講談社文庫

老侍

吉川永青

講談社

目次

老侍

意地の天寿

怒りに燃えた、と言えば聞こえは良いのだが。目の前に進んだ具足《ぐそく》姿は、支度《したく》された床机《しょうぎ》にも腰掛けず、頭の上から猛烈にがなり立ててきた。

「朝日頼実《あさひよりざね》が大内《おおうち》に寝返り申したぞ。これは、ご老体の落ち度ではないか」

家兼《いえかね》はうんざりして、長く伸びた白い眉を上げた。

「頼実は我が家中ではなかろうが。わしと同じ、資元《すけもと》公にお仕えする少弐《しょうに》の臣ぞ」

仁王立ちの男——馬場頼周《ばばよりちか》は胸中の激しさを顕《あら》わにしたまま、頬《ほお》を醜《みにく》く歪《ゆが》めた。

「家臣筆頭として大将を仰《おお》せつかりながら、言い逃れとは見苦しい。齢《よわい》七十七、察するに戦場《いくさば》も重荷なのでござろう。おとなしく隠居して……あ、これはいかん。ご嫡子《ちゃくし》が頼りないから、出しゃばっておるか。龍造寺《りゅうぞうじ》の家も先が思いやられるわい」

家兼はぎろりと目を剝《む》いて、この妬み性が、と心中に毒づいた。

龍造寺は元々、肥前千葉《ひぜんちば》氏に仕えていた。だが父・康家《やすいえ》の代に千葉氏が力を落とし、少弐氏へと主家を変えている。父も、そして後を継いだ己も、龍造寺を快く迎えてくれた主家に誠心誠意尽くした。それが自らの生きる道と信じて疑わず、この歳まで生きてきたのだ。今の立場はその結果に過ぎない。もっとも馬場にしてみれば、少弐一門の自分を差し置いて外様《とざま》風情が、というところなのだろう。

（じゃが……この小僧め）

昨今の少弐は周防《すおう》・長門《ながと》に覇《は》を唱える大内義隆《よしたか》に攻め立てられ、青息吐息《あおいきといき》の体《てい》だった。代々大宰少弐《だざいのしょうに》に任じる名門が大宰府のある筑前《ちくぜん》を追われ、肥前に細々と命運を保っている。

そこまで落ちぶれたのは、確かに家臣筆頭の責に帰するのやも知れぬ。知れぬが、今回の大内勢は一万の大軍なのだ。まさに風前の灯火《ともしび》、この危急に厭味《いやみ》ばかりの馬場に苛立《いらだ》ちが募った。

「せせこましい話をするでない。わしは少弐を守ることで頭が一杯なんじゃ」

「いやはや。然《しか》らば戦の采配はお任せする。必勝の策がおありなのだろうからな」

だから、おまえは龍造寺の下に見られるのだ。言いたいことを噛《か》み殺し、白い髭《ひげ》の奥で唇をむずむずと動かした。馬場は嘲《あざけ》りの笑みを浮かべ、自陣へと帰っていった。

家兼は「愚か者め」と口だけを動かした。主家一門ゆえ好きなように言わせているが、腹に据えかねている。そもそも吊り眉に垂れ目という嫌らしい顔つきが気に入らない。似たような顔の者だと、どうしても端《はな》から人となりを疑って——。

「……っと。こうしてはおられぬ」

つまらぬ怒りに囚《とら》われている暇はない。よっこらしょ、と床机を立てば、具足の重さに少し身が揺れる。ふん、と気を入れて足に力を込め、本陣の陣幕から前へと進んだ。

左手前、北東の向こうに聳《そび》える鎮西山《ちんぜいざん》の裾野には街道が通り、こちらへと向かって来ていた。これを挟んだ南向かいには、山から千切《ちぎ》れ飛んだように鬱蒼《うっそう》とした森がある。この隘路《あいろ》こそ勝負どころだ。

「……大内め、そろそろ来い。うぬらが待たせるから、馬場の如き糞餓鬼《くそがき》の相手をする破目になったのだ」

背後を走る田手川《たでがわ》、さらさらと鳴る浅瀬の響きは未だ涼やかなままだ。家兼の陣は右翼で、川を背にした中央の陣より少し前、左翼よりやや後ろにあった。左翼では、秋八月の朝日を浴びた山と森が手前へと長く影を落としていて、兵の姿も暗がりに呑まれがちである。

しばし味方の陣容を眺めているうちに、雲が流れて日を遮《さえぎ》った。枯れ始めた野が、すっと暗くなる。それと同時に草の揺れ具合が変わった。そよ風に靡《なび》く動きに、小刻みな震えが加わり始めていた。

家兼は自らの手勢に向けて「来るぞ」と呼ばわった。千の徒歩兵《かちへい》を二手に分け、縦に二隊を配している。先手《さきて》を任せた鍋島清房《なべしまきよふさ》が「おう」と馬上で槍を掲げた。

田手川の瀬音が濁ってきた。遠くから、じわりと別の響きが伝わっているのだ。その乱れはやがて、正面から迫る駆け足の音として顕《あき》らかになった。

山向こうで敵の陣太鼓が響き、次いで兵の群れが押し寄せて来た。山と森に挟まれた細い道に喚《わめ》き声がひしめき合い、どっと弾き出される。黒い貸し具足の一団、さながら蟻《あり》の群れと見えたものが、瞬《また》く間に人だと分かるくらいまで膨らんだ。二千そこそこの少弐など、ものの数にあらずという気配がはっきりと伝わった。

「迎え撃て」

清房の号令ひとつ、先手の足軽衆が左前を向いて長槍を振り上げた。左翼、小田政《おだまさ》光《みつ》率いる五百も街道を向いて槍を掲げる。中央の馬場勢は正面へ弓を構えた。

「一気に踏み潰《つぶ》せ」

聞き知った声、敵の先手は少弐から大内に寝返った朝日頼実である。家兼は失笑を漏らした。体よく大内の捨て駒にされた男が何をほざく。

「囲んでやれ」

下知《げち》を飛ばすと、少弐勢の左右が、わっと街道へ喚き掛かった。天をも穿《うが》つ長さの足軽槍が一気に振り下ろされ、具足や地面を叩く。がらがら、ばちん、と耳障《みみざわ》りな音が、人の発する喧騒《けんそう》を上書きした。敵味方に悲鳴が上がる。

「今ぞ。矢を放て」

家兼の大声に続いて陣太鼓が打ち鳴らされ、馬場の弓兵が一斉に弦《つる》を弾いた。風を切る矢羽《やばね》の音が束になって敵に降り注ぐ。足軽の一撃と矢の雨が交互に繰り返され、敵味方が入り乱れて混沌としてゆく。数えて五度めの斉射が加えられた。

「があ!」

喉に一矢を受け、朝日頼実が馬から落ちた。それでも敵の勢いは止まらなかった。大軍の強みか、末端の兵に至るまで気が大きい。二番手は「三つ撫子《なでしこ》」の指物《さしもの》、筑前国衆・秋月文種《あきづきふみたね》だ。続いて三番手、四番手が田手畷《たでなわて》の狭い野に雪崩《なだ》れ込み、瞬く間に味方の兵が呑み込まれていった。家兼はその様を、じっと見ているばかりだった。

「糞爺《くそじじい》など頼むに足らず。者共、放《せ》て」

中央の馬場が怒鳴り散らし、弓兵を急き立てている。乱れ撃ちの矢に、しかし敵は「何するものぞ」と勢いを増して突っ掛けてきた。河原を覆っていた枯れかけの草が、すっかり敵の幟《のぼり》に埋め尽くされる。山裾の切所を抜けて踏み込んできた数は、こちらの倍以上だろう。ここに至って家兼は小声を漏らした。

「頼周よ。必勝の策があるのかと、ほざきおったな」

ひと当たりして押し込まれれば、この家兼を疎《うと》んじる馬場は必ずや「我こそ手柄を」と逸《はや》るはず。そして逆に敵を勢い付け、より懐深く踏み込ませるに違いないと睨んでいた。

「おまえの浅はかさを使わせてもろうたわい。戦も喧嘩《けんか》も、わしの勝ちじゃ」

あまりにも思いどおりに運び、愉快でならない。にやり、と脇を向き、大声で呼ばわった。

「頃合ぞ。太鼓、打てぃ」

下知に従い、ドン、ドドン、ドドン、ドン、と響く。向かって右手、街道の南にある森から怪異な一群が湧き起こった。

「熊じゃあ！」

「赤熊《しゃぐま》、見参じゃ」

口々に奇声を張り上げ、大内勢の横合いに百ほどが躍《おど》り掛かる。どれも兜《かぶと》や母衣《ほろ》に赤く染めた犛牛《ヤク》の毛を飾り、黒い夜叉《やしゃ》の面を着けていた。鍋島清房の父・清久《きよひさ》、および肥前国衆・石井《いしい》党が率いる「赤熊隊」であった。

敵が一斉に動きを止めた。たった今までの喚き声すら失われている。何が起きたか分からず恐怖していることが、ありありと分かった。そこへ百の赤熊が群《むら》がってゆく。ひとりの兵に二人、三人で飛び掛かって瞬く間に首を掻《か》き、次また次と片付けて、容赦なく暴れ回った。

「敵！　野伏《のぶ》せりだ」

大内方は、ようやく伏兵と気付いたらしい。たった今まで恐怖に声を失っていたのが、今度は怯《おび》えて叫んでいる。この乱れに耳を奪われ、田手畷に駆け込んだ敵兵の多くが後ろを向いた。

「それ、突っ込め」

機を敏に察した清房が突撃を食らわせる。家兼の嫡子・家純《いえずみ》がこれに続き、左翼からは小田政光が同じように喚き掛かった。中央、馬場の弓兵も乱れ撃ちを続けている。

「人ちゅうのはな、背が安んじられてこそ前を見られるものよ」

呟《つぶや》いて踵《きびす》を返し、家兼は床机に戻った。深く腰を曲げ、ふう、と疲れた息を吐いた頃には、田手畷を埋め尽くす敵はすっかり浮き足立っていた。個々の乱れは小さくとも、それが束になれば大きな流れになる。だからこそ、敢《あ》えてこれほどの数を懐深くに呼び込んだのだ。

暴れ回る赤熊への恐怖、退路が断たれた不安、強気の土台を崩されると人は脆《もろ》い。自らの心に押し潰された敵兵はたちまち壊乱した。初めはちらほらと、続いて十人、百人が鎮西山を指して逃げ出している。若い頃から幾度も目にしてきた光景、勝機到来である。すう、と大きく息を吸い込み、あらん限りの声を上げた。

「降《くだ》る者は容《い》れるぞ。今すぐ大内の兵を叩いて降れ」

家兼は「大内を叩いて降れ」を何度も繰り返した。敵兵はそれでも逃げ散っていたが、中には聞き拾って引き返し、こちらの兵と共に敵の群れへ挑む者もあった。戦の流れは、今や完全に少弐方のものであった。

「退《ひ》け、退けい」

山と森に挟まれた向こうで、大内方の退き太鼓が打ち鳴らされた。

「深追い無用じゃ。無様に逃げる者など放っておけ」

小勢の少弐は一兵たりとて無駄にできない。生き残った者と降った者を少しでも温存すべく、家兼は軽挙を戒《いまし》めた。

「よっしゃあ！　勝った」

「わしら二千で、一万を蹴散らしたぞ」

枯れ草が踏み潰された野に、赤熊たちの狂喜乱舞が一層不気味に映った。

＊

「またも、斯様《かよう》なものが届いてございます」

勢福寺《せいふくじ》城本丸館の広間に腰を下ろし、家兼は懐から一通の書状を取り出した。大内当主・義隆の名で、家兼に寝返りを促《うなが》す密書であった。田手畷の戦いから四年、幾度となく同じ用件のものが届いている。

主君・少弐資元の小姓が受け取り、数歩を戻って手渡した。資元は書状を開き、つまらなそうに目を通して溜息をついた。

「其方《そのほう》の名も売れたものよのう。いっそ大内に付きたいと、思うておるのではないか」

卑屈な物言いに、家兼は「何を仰せられます」と眉根を寄せた。

「こうしてお目にかけておるのですぞ。八十一を数えた老い先短い身なれば、最後まで少弐のために尽くすのみ。如何《いか》なる餌《えさ》をぶら下げられようと、意地にかけて大内には従いませぬ」

「其方は自ら申すとおりの意地っ張りで、歳を重ねてなお隠居もせず、幾度も戦に出ておる。まだまだ十分に働けると、大内は見ておるだろう」

田手畷では大勝を収めたものの、以後も小競り合いは続いていた。大内は本腰を入れて兵を寄越さず、しかし小勢の少弐を休ませず、裏では筑前・肥前の国衆を取り込んでいる。じわじわと絞め上げられているのだ。

資元は目を逸《そ》らし、悲嘆の声を漏《も》らした。

「最早《もはや》、龍造寺の力は少弐より上じゃ」

「いやさ、それは……全て少弐家より下されたご恩ゆえ。龍造寺は、大樹に寄らねば潰《つい》えていたはずの国衆にござった。それを拾っていただき、外様の身にお引き立てを賜《たまわ》って、今があるのです」

「少弐の恩のみではあるまい。龍造寺は他の国衆も取り込んできた」

「それもこれも――」

全ては少弐のため。続くべき言葉を待たず、資元は小姓に「おい」と声をかけて、背後の文箱を運ばせた。白木の蓋《ふた》を開け、中の書状を放って寄越す。

家兼は「御免《ごめん》」と一礼して膝でにじり寄り、それを検《あらた》めた。数日前の日付で、少弐に降伏を促す書状であった。資元が力なく自嘲《じちょう》の笑い声を上げる。

「其方には味方に付け、わしには降れと……少弐は沈みゆく船ぞ。其方ほどの者が、何ゆえそれにしがみ付く」

「君臣とは左様なものにはござりませぬか」

「では大内に付いた国衆たちを引き戻して見せよ。さすれば少弐は力を戻す。が、できまい」

「いえ……。確かに、すぐには」

重い沈黙が流れた。

煙《けむ》たがられる条件は揃っている。それでも、と口を開いた。

「如何に旗色が悪くとも、この家兼が必ずや――」

「降ろうと思う」

待っていたかのように言葉を重ねられ、目が丸くなった。

「いや、いやさ。少弐は大内に勝るとも劣らぬ名門にござりますぞ。いずれ大宰府に返り咲くべく、家臣一同力を尽くして参りましたのに」

「力を尽くして、力を得るのは、わしではない」

得をするのは龍造寺。言葉に込められた棘《とげ》が胸に刺さる。資元はすまし顔で続けた。

「大内との談合は頼周に任せる。あれは我が一門じゃ」

大国との談合、しかも、できるだけ相手に譲らせねばならぬ降伏の交渉から家臣筆頭を外す。それが主君の心情なのだ。悲しい。そして寂しい。

「……どこまでも、殿に従い申す」

掠《かす》れ声で深々と一礼し、家兼《きし》は広間を去った。

足が重い。館の廊下が軽い軋みを立て、玄関までがやけに遠く感じる。外の明るさが見えてきて目を瞬《しばたた》いた頃、声をかけられた。

「ご老体、浮かぬ顔にござるのう」

向こうから馬場の嫌らしい五十路《いそじ》顔が近付き、互いに手の届かぬ辺りで止まる。小《こ》童《わっぱ》が、と胸に怒りの火が灯《とも》った。

「……お主か」

馬場は頬を歪ませたまま「はて」と首を傾《かし》げた。間違いない、この男だ。なるほど、主にとって自身を凌《しの》ぐ家臣など信を置きづらいのが人情である。そこを突いて揺さぶり、一門衆である自らの価値を高めたのだ。

「お主という奴は」

静かに発する。小刻みに身が揺れた。怒りばかりではない、長く立ち止まって脚が萎え始めたのだ。しかし、たとえ無様に倒れても、気持ちだけは倒れてなるものか。

「何ごとか」

後ろから怪訝《けげん》な声が寄越《よこ》された。振り向けば、資元の嫡子・冬尚《ふゆひさ》であった。犬猿の仲たる二人を見て、察するところがあるようだった。

「頼周、家兼に無礼はならぬぞ。少弐の柱石である」

「左様なことは何も。お待たせ致し、申し訳ござりませぬ」

こちらが口を開く前に馬場が発し、脇を通って冬尚の方へと進んだ。その背を見て家兼は確信した。

この男は、大内からの勧告を知っている。そして「全てを失うよりは」と降伏を勧めたのだ。召し出されたのも、以後の交渉にまつわる話に違いない。白《しら》を切るのも良かろう。だが、ひとつだけ言っておきたかった。

「必ずだ。必ず、少弐の本領だけは守れ」

言い残して立ち去り、家兼は自らの居城・水《みず》ケ江《え》に帰った。

間もなく少弐は大内に降った。大内は寛容で、少弐および家中全ての本領を安堵した。

だが、それこそ罠《わな》であった。本領安堵を言った舌の根も乾かぬうちに、少弐の所領を全て召し上げると通達してきたのである。

資元は大宰少弐の役職にありながら、大宰府を取り仕切る役目を果たしていない。主家としてこの怠慢《たいまん》は見過ごせぬゆえ所領を召し上げる、というのが大内の言い分である。降伏の翌年、天文《てんぶん》四年（一五三五年）のことであった。

鍋島清房のもたらした一報に、家兼は声を荒らげた。

「言い掛かりではないか！　そも大宰府は筑前じゃ。大内の守護代があるからには、少弐に何ができる。頼周め、何を談合しておったのじゃ。わしが出ておれば斯様な顛《てん》末《まつ》には……」

臍《ほぞ》を嚙み、歯軋《はぎし》りする。大声のせいで咳が出た。清房が眉をひそめて宥《なだ》めた。

「爺様《じじ》、お鎮《しず》まりを。左様に力まれては、また歯が抜けますぞ」

清房は田手畷の戦いの後、家兼の孫娘を娶《めと》っている。柔らかい「爺様」の呼びかけで、少しばかり気が鎮まった。察したか、清房が言い添える。

「それに、これは避けようのない話だったと存じますが」

そのとおりだろう。そして何より恐いのは、この次に起きることだ。

「大内め、少弐が受け入れられぬと知って……。遠からず、これに託《かこつ》けて兵を差し向けよう」

「ならば、その戦でこそ明らかになされませ。龍造寺は必ず少弐を救い、守り立ててゆくと。爺様も具足が重いお歳なれば、負けじの心意気は、わしが代わって示しましょう」

「おお……よくぞ申した。死んだ清久も喜んでおろう」

清房の父・清久は少し前に息を引き取っていた。だが、たった百騎の赤熊で大軍を突き崩した豪胆《ごうたん》は、間違いなく子に受け継がれている。家兼は目を細め、何度も頷きながら続けた。

「お主が存分に働けるよう、わしもこの歳まで積み重ねたものを全て出さねばな」

「え？　その……わしが爺様に代わって戦場に出ますゆえ」

「戦は槍ばかりと違うわい。人を、どう踊らせるかじゃ」

ふふん、と鼻を鳴らし、戦に備えて足軽を雇い入れるよう命じた。

年が改まると、大内は当然のように大軍を差し向けてきた。大将は家中一番の大物・陶興房《すえおきふさ》である。家兼は、返り討ちにしてくれんと息巻いていたのだが――。

「何じゃと？　歳のせいか、耳が遠くなったのやも知れぬ。もう一度申せ」

水ヶ江城に寄越された使者、馬場家中の者を前に言葉が震えた。極限の怒りは伝わっているのだろう、使者は身をすくめ、しかし役目は果たさねばと口籠《くちご》もりながら発した。

「……資元公に於《お》かれましては、龍造寺様の参陣を、ですな。お認めなさらぬと」

家兼は広間の床机から立って、少しふらついた。戦勝祈願に「三献《さんこん》の儀」を行なった縁起ものの膳にぶつかり、それがひっくり返った。

「またも頼周か。小僧め、どこまで……」

使者が跪《ひざまず》いたまま後ずさった。清房が右後ろから「爺様」と制さねば、腰のものを抜いていただろう。二つ、三つと大きく息を繰り返して気を落ち着けると、少し頭がくらりとした。それでも食い殺さんばかりの気迫を緩《ゆる》めはしない。

「わしがおらんで戦えるのか」

「されど、資元公が……仰せられて。大内からの誘いが、どう、こう、と」

使者を見下ろしていた顔が、すう、と上がった。愕然《がくぜん》として、右と左の目が別のものを見ている。何たることか。包み隠さず密書を見せたせいで、逆に疑われている。

少弐が降って、寝返りの誘いは途絶えた。龍造寺が少弐に従っている以上、当然ではある。だが、かつては書状が届くたびに報じていたのだ。それがなくなり、いざ攻め込まれるとなれば資元はどう思うか。こちらが大内の誘いを云々《うんぬん》しなくなったことを以《もっ》て、敵に通じていると勘繰《かんぐ》ったのに違いない。そう仕向けたのは馬場かも知れぬが、それでもこれは自らの失敗である。人の猜疑《さいぎ》は根が深いと知りながら、特段の手を打たずにきたのだ。己が甘さに臍を嚙む。

「お伝えすべき話は、これにて終わりましたゆえ」

使者が恐る恐る声を寄越す。何も返せずにいると、傍《かたわ》らの清房が「ご苦労」と応じた。逃げるような足音が遠くなり、やがて静寂《せいじゃく》となった。

「如何なされます。どうやら、わしらも大内に嵌《は》められたようですが」

清房の声に、ゆらりと右を向いた。悔しげな顔が、二重、三重に揺らめいて見えた。

「……兵は出す。戦って殿をお守りする道は、のうなったが。せめて」

年老いて骨が目立ち始めた手を、清房にぐっと握られた。肚《はら》の据わった眼差しが続きを促している。家兼は強く頭《かぶり》を振り、自らの虚脱を吹き飛ばした。

「殿を助けに参らば、きっと槍を向けられる。じゃが、このままでは少弐は……せめて若様をお救いする」

「分かり申した。ならば、大勢を連れて目立つのは避けたいところです」

「ああ。兵は二百、道々に伏せておく。いざ城が落ちて殿がお腹を召される折、わしらは若様をお連れして逃げるのだ」

家兼は嫡子・家純に留守を任せ、雇い入れた兵の大半で城を守るように命じると、次子・家門《いえかど》と鍋島清房を連れて二百の兵で出陣した。

少弐の本拠・勢福寺城は水ヶ江城から北東十二里（一里は約六百五十メートル）ほど、指呼《しこ》の間である。道のりの中途に兵を伏せ、物見を出して成り行きを見守った。

戦況を聞くたび身悶《みもだ》えしていた家兼の許《もと》に、ついにその報せが届いた。

「資元公、城を捨てて梶峰《かじみね》に逃げられた由《よし》」

水ヶ江城から見ても、ずいぶん西の城である。狭く、大して高所にあるのでもない山城を指すのは、戦を続けるためではあるまい。静かに威儀を保って自刃《じじん》するつもりなのだ。

家兼は「そうか」と長く嘆息して目元を拭《ぬぐ》い、引き連れた家門と清房に命じた。

「梶峰には、闇に紛《まぎ》れてお向かいなされるはず。先回りして若様を奪うべし」

「父上、それなら殿を助けて水ヶ江にお連れしては？」

家門の問いに、寂しく首を横に振った。

「わしを見れば、殿はその場で果ててしまわれよう」

家臣筆頭を信じられなかった自らを恥じ、自刃する。そうでなければ、なお家兼を疑い、自身の誇りを守るべく腹を切る。どちらかだろう。今の己に翻意《ほんい》させる力はない。

「清房。殿のご一行に紛れ、人知れず若様を」

夕日が落ちんとする赤い空の下、清房は「承知仕《つかまつ》った」と単騎で駆け出した。今なら梶峰城までの中途で資元一行に潜り込める。家兼は合掌《がっしょう》して目を瞑《つむ》り、神仏に祈った。

待ち続け、祈り続け、背や腰に強い張りを感じて苦しい息が漏れるようになった。やがて日が沈み、西の地平に燻《くすぶ》る残照も消えなんという頃、清房は馬を曳《ひ》いて駆け足で戻った。馬上には資元嫡子・冬尚の姿があった。一間（約一・八メートル）の辺りまで近寄ると、清房は足を止めて跪く。家兼は下馬して少しよろめくも、どうにか踏み止まって片膝を突き、冬尚を見上げて涙を落とした。

「若様、よくぞご無事で」

冬尚は何も発しない。龍造寺は裏切り者と吹き込まれたのだろう。

「どうか、お命を永らえてくださいませ。少弐の血を絶やしてはなりませぬ」

「……とは申せど」

ようやく、ひと言を聞いた。それで満足である。

「必ずお守りいたします。そしていつの日か少弐を再興すべし。この年寄りは、そのためだけに残る天寿を使いましょう」

冬尚は「好きにせよ」とだけ返した。自刃も殺されるも同じ、という捨て鉢の心が見て取れた。

「蓮池城《はすいけ》にお連れせよ」

かつて田手畷で共に戦った小田政光の父・資光《すけみつ》の居城である。龍造寺の水ヶ江城からは目と鼻の先、行き来するにも、わざわざ馬を曳かせるより歩いた方が早いくらいの地であった。常に冬尚を守れるように、という思いゆえである。

水ヶ江ではなく蓮池だと聞き、冬尚は少し疲れた顔を見せた。どうやら龍造寺は味方らしいと安堵したのだろう。そして父が自刃することを思い出したか、悲痛な嗚咽《おえつ》を漏らし始めた。

＊

資元が自刃してから、家兼は陰で小田資光と図り、八方に手を尽くした。まずは少弐残党を集め、内密に水ヶ江城と蓮池城に潜《ひそ》ませた。その中に馬場頼周がいたのは腹立たしかったが、ひとりでも多く味方が欲しいとあって嫌忌《けんき》を堪《こら》え、蓮池城に迎えた。

捲土重来《けんどちょうらい》を期して四年、大内が出雲《いずも》の雄・尼子《あまご》氏との争いに掛かりきりになり、九州が手薄になった。

再興の機会、到来。少弐残党は、豊後《ぶんご》と筑後《ちくご》に強勢《きょうせい》を張る大友義鑑《おおともよしあき》の援助によって決起した。大友も大内の九州侵攻に頭を悩ませており、少弐を波除けにできると判じたのであろう。大友から借りた三千の兵に龍造寺の千を合わせて攻め込むと、勢福寺城は呆気《あっけ》なく落ちた。

残る生涯を主家再興にと決めていた家兼だが、未だ天寿は尽きていない。悲願を成し遂げてますます意気盛ん、身を苛《さいな》む腰や背の痛みを堪え、肥前国衆を訪ねて回った。大内は尼子との争いに目が行って、おまえたちを守ってはくれない。それでも少弐に弓引き、龍造寺を相手にする気はあるのか――天文十四年（一五四五年）を迎え、家兼が齢九十二を数えた頃には、十人ほどの国衆を束ねていた。

今日も、またひとり籠絡《ろうらく》した。水ヶ江城に戻る道中、家兼は天台宗《てんだいしゅう》の寺・宝琳院《ほうりんいん》を訪ねた。城から三里ほど西である。岩のような大男、曾孫に当たる円月入道《えんげつにゅうどう》が出迎えた。

「ようこそ、おいでくださいました」

次子・家門が養子に取った周家《ちかいえ》の子で、十年前に七歳で出家していた。家兼のように子や孫が多い場合、傍流の子を寺に出すのは武家の常である。家督争いの火種を除くためであり、跡継ぎに万が一の不幸があった際に還俗《げんぞく》させ、後を託《たく》すためでもある。そうした立場の子を、家兼はことの外《ほか》かわいがっていた。

本堂の縁側に腰を下ろすと、家兼は体を大きく前に倒した。背のあちこちで骨がぼきぼき音を立て、力の抜けた溜息が漏れる。円月が盆を運んで来た。

「大爺様、白湯《さゆ》をお持ちいたしました」

強い痛みに唸《うな》りながら身を起こし、曾孫を見上げた。丸顔に凜《りん》とした眉、太い鼻筋には強い心が垣間見《かいまみ》える。僧形《そうぎょう》ながら威風堂々として、惚《ほ》れぼれする佇《たたず》まいだった。熊の如き体では、盆が小皿に見えるから滑稽《こっけい》である。家兼は「はは」と笑って手招きし、隣に座らせた。

「精進しておるか」

「はい。寺にある経典や書物は全て読み終えましたゆえ、昨今は唐土《もろこし》の兵法書《ひょうほうしょ》なども取り寄せて学んでおります」

「おまえは、できの良い子じゃな」

円月が十二歳の頃には、既に二十歳の兄弟子を軽く超える学識があった。そこで慢心せず、なお多くを学ぼうとは見上げたものだ。加えて体が大きく力も強い。僧門に入れず育てていたら、将として大成する器だったろう。

家兼は顔を綻《ほころ》ばせ、曾孫の剃髪《ていはつ》した頭を撫《な》でた。十七を数えた大男にすることではなかろうが、かわいいものは、かわいいのだ。

「こうしておられれば、隠居の好々爺《こうこうや》という風ですのに」

円月が困ったように笑みを浮かべた。そろそろ、やめておこうか。手を戻すと、穏やかな声で「ところで」と問うてきた。

「今日も国衆回りですか」

「うむ。老骨に鞭打っておるゆえ、腰が痛うて敵《かな》わん」

「身を起こしているのも辛《つら》そうに見えますぞ。少しはご自愛召されませ」

「そうはいくか。少弐の力を取り戻してこそ家臣筆頭じゃ。安閑《あんかん》としてはおられん。若い頃から鍛えてきた積み重ねがあらば、まだまだ動けるわい」

眉根を寄せ、口を尖《とが》らせて返す。円月は、また苦笑を浮かべた。先ほどの笑みとは、少し意味合いが違うようである。

「で、今日は誰を脅《おど》して来たのです」

「口の悪い。道理を説いて回っておるだけじゃ」

そっぽを向いて鼻息を抜くと、心配そうな声が寄越された。

「とは仰せられましても、いささか評判が悪うございます」

顔を向け直し、右目の眉を持ち上げる。円月はじわりと面持ちを曇らせた。

「少弐のご家中で、大爺様を疎んじる者があると」

「頼周の阿呆《あほう》じゃろう」

「馬場様のみならず、横岳《よこだけ》様のお名前も漏れ聞こえて参ります」

「何？」

馬場と同じく少弐一門に名を連ねる者であった。苦い思いが口元に溢れる。

「大爺様のお耳に入っていないなら、なお気掛かりです。方々《かたがた》は、龍造寺のやりようが主家を食らうと仰せだとか。国衆を脅して従えるのは二心があるからだと」

「戯《たわ》けたことを。少弐が再興した後、大内は手を出せぬままではないか。動かぬ体を心意気で動かし、わしが骨を折っておるからぞ」

苛立って吐き捨てる。少し面倒そうな咳払いに続き、強い口調で返された。

「大爺様のお働きゆえでもありましょうが、それ以上に、大内が尼子に負けたからではございませんのか。二年前に出雲の富田城《とだ》で敗れ、世継ぎの晴持《はるもち》殿まで失うて、大内義隆は呆けているとの噂です」

家兼は少し唸った。が、すぐに「いいや」と返す。

「左様な時こそ好機よ。わしも九十二じゃ。もう、いつお迎えが来てもおかしゅうない。天寿が残っておる間に主家の力を蓄《たくわ》えねば」

円月は「ふう」と長く息を吐いた。

「人とは押しなべて愚かである……我がお師匠様の教えです。私も大爺様も、少弐の殿も、御仏の前では等しく愚か者でしかない。その中でも大爺様は目端の利くお方と存じておりますが、他はどうでしょう。勘繰る者がいても、おかしくありません」

分からぬでもない。日々奔走して束ねた国衆も、少弐ではなく龍造寺を恐れているに過ぎないのだ。ならば、自らが力を付けるためと言われることもあろう。嫉妬《しっと》深い馬場なら、そう考えて当然である。が、横岳まで染まっているなら危うい。

「……忠言、痛み入る。素直に聞こう」

家兼は頭を下げて縁側を立った。円月は安堵して眉を開きつつ、軽く目を見開いた。

「ずいぶんと、お早いお帰りにございますな」

「実はこの後で冬尚公に招かれておるのよ。春の宵《よい》、朧月《おぼろづき》を愛でながらの宴《うたげ》じゃ。わしが老骨に鞭打って走り回っておるのを、お慰《なぐさ》めくださると仰せられてな」

「それは喜ばしいお話にございますな」

笑みを見せられ、こじれた気持ちも吹き飛んだ。岩か熊かと見紛《みまが》う大男も、己にはかわいい曾孫である。

「そうじゃろう。馬場や横岳が何を申そうと、殿はお分かりくださっておる。わしだけでなく、龍造寺の者を全てお招きくださった」

「え？」

円月の笑みが凍り付いた。家兼は首を傾げるも、少しの後に「あ」と口を開いた。

「まさか。頼周か」

宴に招くにせよ、水ケ江城を空にしろと命じるのはおかしい。今の少弐には備えを疎《おろそ》かにする余裕などないのだ。

「冬尚公の名を騙《かた》り、誘《おび》き出して襲う気やも。病を得たと偽って、お断りなされませ」

それもひとつの手だ。が、家兼は首を横に振った。

「……いや。殿の御名で招かれたものぞ。そこに頼周の悪巧みがなかったら、家兼は臆病者よと国衆に侮《あなど》られる。わしは構わんが、少弐の味方が減ってしまっては困るんじゃ。おまけに頼周も騒ぐだろうよ。殿のお招きを断るなど増長も甚《はなは》だしい、龍造寺には二心ありと」

「とは申せ、大爺様にもしものことがあっては。せめて清房殿をお連れなさい。あの御仁なら、きっと大爺様たちを守ってくださる」

「そうしよう。重ね重ねの忠言、有難く思うぞ」

もうひとつ笑みを浮かべ、家兼はふらふらと歩を進めた。円月に背を向けると笑みは消え、戦場に臨むが如き、ぎらついた眼差しになった。

＊

その晩、家兼は勢福寺城に向かった。家純と家門、二人の子に加え、周家、純家《すみいえ》、頼純《よりすみ》、および家泰《いえやす》、四人の孫も一緒である。また円月の勧めに従って鍋島清房を連れた。

城までの中途、一行は祇園原《ぎおんばる》に差しかかった。するとどうしたのか、まだ草も芽吹かぬ中にいくつも篝火《かがりび》が焚《た》かれている。

「何じゃ、これは」

朧月の下、板輿《いたごし》に乗った家兼は息を呑んだ。やはり円月が案じたとおりなのか。前を行く子らに「止まれ」と命じる。篝火の向こうから、聞き覚えのある声が響いた。

「家兼殿。お迎えに参りましたぞ。殿もご一緒にござる」

少弐一門の高木鑑房《たかぎあきふさ》であった。資元の死後に大友家を頼り、少弐再興への助力を勝ち取った者である。同志と言ってよい男の出迎えに、幾らか安堵して猫背になる。だが冬尚がここまで運んでいると聞くと、すぐに背が伸びた。

高木は、すぐ近くまで馬を進めてきた。

「案内仕ろう」

「忝《かたじけな》い。さあ皆の者」

声をかけて進もうとする。家純と家門が板輿の先に立ち、四人の孫が左右を固めた。清房は背後を守るように続く。すると高木が硬い声音を寄越した。

「待たれよ。鍋島は殿のお招きを頂戴《ちょうだい》しておるまい。通す訳には参らぬ」

家兼は「異なことを」と笑みを返した。

「清房は我が孫娘の婿、しかも、わしに従うて幾度も殿の御前に出た身にござる。供回りとして不足はないと心得るが」

「されど殿は、大事な話ゆえ余人を介しとうないと仰せにて。ほれ、あちらを」

示された先、篝火の向こうに輿が見えた。屋形から人が降りたが、夜陰の上に、こう遠くては顔が見えない。

「冬尚じゃ。待っておったぞ」

間違いなく、主君の声だった。

「……清房、お主は城に戻っておれ」

「されど、あ――」

続くべき「危のうございます」を眼差しで制した。その言葉は少弐への疑念を示す。清房は口を真一文字に結び、苦悶《くもん》を滲《にじ》ませつつ頭を下げた。家兼は目元を緩めて静かに語りかけた。

「殿が御自ら、あれまでお運びじゃ。また後でな」

馬場や横岳ではない、案ずるなと言外に示す。清房を残したまま高木に従って進み、遠目にも篝火の揺らぎ具合が見て取れるようになってきた頃――。

「むっ」

「爺様！」

家兼と後方の清房が二人同時に気配を察し、それぞれ声を上げた。引き絞られた弓の軋みがわずかに伝わる。音のした右前を向くと、野の中に三十ほどの兵が姿を現し、一斉に矢を放った。先に立って歩く家純が「父上」と叫び、斜めに身を躍らせる。

全てが、ゆっくりに見えた。家兼の前へと出た家純に矢が迫る。楯《たて》となった我が子の胸が四本を受け、二本が背へと突き抜けた。そして、くずおれる。ばたりと音が立つ。

「放て」

続いて左前の野に横岳資誠《すけまさ》の声が渡る。板輿を担《かつ》ぐ兵たちが慄《おのの》いて逃げ去った。放り出されそうになった家兼の身を必死で支えた孫たちの中、純家の首に矢が突き刺さった。

身が震えた。恐ろしいのではない。年老いた己を守るために、なぜ子や孫が死ななければならないのか。

「爺様！　今、参りますぞ」

背後で清房が叫ぶ。伏せ勢の矢は容赦なく家兼たちに迫り、今度は家門が斃《たお》れた。

「冬尚様！　これは如何なる思し召《おぼ》しか」

家兼は血を吐く思いで叫んだ。しかし冬尚と思しき人影は何も返さず、そそくさと輿に乗り直して闇の向こうに消えてしまった。

何たることか。少弐を思い、冬尚を救い、再興のために尽くしてきた。主家に力をと国衆を束ね、齢九十を超えた身を励まして走り回ってきた。その報いがこれか。我が命をこそ、主君は欲しているというのか！

「卑怯者《ひきょう》め」

駆け寄る清房が獣の如き雄叫《おたけ》びを上げ、闇討ちを罵った。その間にも、次また次と矢が迫る。

家兼は我に返った。この身はどうなっても良い、だが孫たちだけは逃がさねば。龍造寺の若い血を、ひとりでも多く。

左右に「逃げよ」と叫び、三人の孫を追い立てた。そこへ一斉に兵が駆け寄ってきた。家兼以下は瞬く間に囲まれ、道を阻《はば》まれた。

「……なめるな」

奥歯を噛んで喉の奥から唸り、家兼は腰の刀を抜いた。だが、刀の重さで思うように振ることができない。孫たちも奮戦しているものの、やはり多勢に無勢である。百に近い伏せ勢はさすがに退けられず、周家が、やがて頼純と家泰も敵の手に掛かった。

「どっせえい！」

ひと際強い咆哮《ほうこう》、取り囲む敵兵の群れを目掛け、清房が体当たりを食らわせた。そして転げた者から槍を奪い取り、幾度も振り回して囲みを解いてゆく。

「爺様、逃げますぞ」

槍を掲げて敵を睨み、こちらの手を取る。ぐい、と引く若い力にたたらを踏みながら、闇討ちの兵に背を向けた。

「死に損ないの爺め、見よ」

背後遠く、初めに襲われた辺りから嘲笑が届いた。肩越しに振り向けば、馬場頼周が二つの首を楽しそうに踏み付け、蹴飛ばしていた。

「うぬの子らじゃ。主家を食らおうとした狼藉《ろうぜき》、高く付いたのう」

愕然とした。如何なる戦であれ、討ち取った者の首は丁重に扱って霊を慰めるものだ。

「おのれ……糞餓鬼！」

家兼は寸時に激昂《げっこう》し、刀を振り上げて引き返そうとした。だが、前に進めない。

「その体で何ができるのです」

清房が家兼の狂気を無理やり引き戻していた。今ほど自らの衰えを思ったことはない。口では離せと喚きながら、身は引かれるまま、抗《あらが》いようもなく下がってゆく。足許は覚束《おぼつか》なかったが、槍を伸ばしてくる者があれば、そのたびに清房が払い、突き伏せて退けた。

清房、手強し——向こうの兵が怯《ひる》み、追い討ちの勢いが次第に緩くなった。

「今こそ！　急ぎますぞ」

家兼の身を「えいや」と背負い、清房は脱兎の勢いで逃げた。やがて祇園原の北方、暗い中にひと際黒く聳える日《ひ》の隈山《くまやま》に入った。

「どうやら、逃げ果《おお》せたようです」

肩で息をしながらの囁《ささや》きに、家兼は何とも応じられない。茫然自失の体で、ぶつぶつ呟くばかりであった。

「どうして……子や孫が先に死ぬ。わしか……わしのせいか」

「爺様、お気を強くお持ちくだされ」

「教えてくれ。わしが悪いのか」

清房は諦《あきら》めたようにゆっくりと頭《かぶり》を振り、またひとつ囁いた。

「水ヶ江の城に戻るのは、止《よ》した方が良いでしょう」

龍造寺の血族を全て殺そうとしたのだ。城にも兵を回しているのは疑いない。それは分かっているものの、口からは自責の念ばかりが零《こぼ》れ出た。

「あやつが忠言してくれたのに。危ないと分かっておったのに……」

忠言――冬尚の招きに難色を示していた円月が思い起こされ、家兼は、はたと顔を上げた。

「円月……。円月は、無事か」

「しかとは。ですが、宝琳院は水ヶ江より少し向こうです。未だ敵の手は及んでおらぬかも」

息を切らしながら言い、清房は「よし」と再び駆け出した。

足許の悪い山中を、夜陰に紛れて西を指す。水ヶ江城の近くで野に戻り、萌え始めた春の草を踏んで走った。左手遠く、南には兵の掲げる松明《たいまつ》が確かに見て取れる。ざっと眺めただけで、火の粉のようなものが百以上あるだろうか。居城は既に囲まれているようであった。

もっとも、闇討ちを企む裏で集めた兵である。先んじてこちらに気取られぬよう、そう多くの数を動かしてはいなかったらしい。城の辺りから一里も西に進むだけで、松明の灯りはひとつも見えなくなった。

「まだ運がある。この分なら円月様はお救いできますぞ」

清房は励まして、なお西へと進んだ。背負われた我が身が、激しい揺れに悲鳴を上げていた。円月を案じる心と身の辛さで、潰れそうなほどのしかめ面である。

ようやく辿り着いた宝琳院の辺りは、何とも静かなものだった。曾孫の無事が察せられ、渋面《じゅうめん》に涙が浮かぶ。

「開門、開門！」

寺の前で清房が叫ぶと、少しも待たせず円月が駆け出して来た。月明かりの下、主従二人だけ――何が起きたのかを、円月はすぐに察したようであった。

「大爺様……やはり」

「話は後です。まずは逃げねば」

清房に促され、円月も共に走り始めた。

少弐の家臣筆頭・龍造寺はひと晩で全てを失い、肥前を追われた。

＊

すっかり気の抜けた日々を送り続けていた。何もする気になれないまま一ヵ月、歩くことすら面倒になって三ヵ月、明けても暮れても悲しみばかりの心を持て余し、全てが辛いと思い続けて幾度も涙を流した。そのたびに、清房と円月は慰めてくれた。ついに十ヵ月が過ぎ、十一月を迎えても追っ手は来なかった。ここ筑後柳川《やながわ》は大友の麾下《きか》なのだ。少弐再興に手を貸した恩人に兵を向けるはずがない。

城の本丸館、家兼は庭の隅に屈んで弱々しく咳をした。西から渡る海風が、ずいぶん冷たくなっている。ふと目を向ければ、日陰にも水仙がぽつぽつ咲いていた。

「お主ら、気張っておるのう」

日陰の花は小さい。それでも懸命に生きている。翻《ひるがえ》って、日陰者となった己はどうか。

子を失い、孫を失い、城も家臣も、名も失った。柳川の主・蒲池《かまち》鑑盛《あきもり》が義の人でなければ、老い先短い我が身すら失っていただろう。

だが、その方が良かったのではないか。

この水仙には、まだ望みがある。日差しはなくとも、懸命に生きれば次の花が咲くという、確かな望みが。

（わしには……それがない。抜け殻じゃ）

若き日から変わらず、ひたすら主家のために働いた。年老いて動くのが億劫《おつくう》になっても、気持ちひとつで体を励ましてきた。その気持ちすら失った今、老いさらばえたこの身があって何になる。

否。ひとつだけ望みの種はあった。曾孫の円月である。地を耕し、水と肥やしを与えれば、きっと大輪の花を付けるだろう。曾祖父の贔屓目《ひいきめ》ではないはずだ。

（もっとも）

その種を植えるべきところがない。耕し育てるだけの時も、己には残されておるまい。

自嘲の笑みを浮かべ、ふらりと立った。覚束ない足取りで本丸館の縁側に戻り、腰を曲げて、顔をしかめながら座る。

「円月はどうした」

ただひとり付き従った家臣、鍋島清房が辛そうに答えた。

「蒲池殿のところへ」

ここ二ヵ月ほど、ほぼ毎日である。家兼は「そうか」と呟き、寂しく笑った。

円月は、自らを植え付けるべき大地を探し始めたのだろう。かわいがってきた曾孫も、ついに己を見限ったか。だが、それで良い。頼りにならぬ年寄りが珠玉の種を握っていたとて、宝の持ち腐れなのだから。

「では清房に頼もう。すまぬが床の支度をしてくれ。腰が痛うてな」

背を丸め、ぼそぼそと頼む。清房は「はっ」と応じ、静かに動き始めた。

「大内義隆がのう、子を失うて呆けたという、あれな」

しわがれた小声に、清房が動きを止めた。家兼は構わず、独り言のように続けた。

「何もかもなくして、初めて分かるわい。わしも同じよ……」

「同じではござりませぬ。まだ、わしらが付いておりますぞ」

床の支度に戻りつつ、清房は陰のある声を返した。何だろう、これは。おかしな具合に押し潰されたものを感じる。円月が足しげく蒲池を訪ねるようになった頃から、清房もこうしたものを漂わせていた。

薄々、分かる気がする。口では「付いている」と言うが、遠からず清房も、全てを失ったこの年寄りを――。

今こそ、ひとりぼっちだ。ならば何を憚《はばか》る必要もない。繰言《くりごと》はまだ続いた。

「円月は良うできた奴じゃ。僧門のままでも、還俗しても良し。蒲池殿に仕えてくれれば、もう思い残すことはない」

「左様な弱気を仰せられますな。まだまだ生きていただかねば」

返される言葉の歪みが大きくなった。だが家兼の顔には自嘲の笑みばかり、虚《うつ》ろな目が泳いで吐く息にすら力がない。

「わしも九十二ぞ。この先、どれほど生きたら良い。そもそも……この歳まで生きたのが、間違いじゃったと思えてならぬ。もっと早うに死んでおれば、龍造寺を――」

「おやめくだされ」

呟くような声音を寄越された。それでも心を覆う闇が口を衝《つ》いて出る。止めようがない。

「――潰さずに済んだかも知れんのに。なまじ、わしなどがおったから、家純も家門も……。ああ……何ゆえ、わしは生きて――」

「爺様、お願いです。左様に悲しいことをお聞きしとうはござらぬ」

痛々しい小声だ。そうか、おまえも辛いか。辛いものを吐き出せば良いのだ。こうして死にゆく己のように。

「――おるのかのう。体も動かん、気も晴れぬ。遠からず天寿も尽きようが、それならそれで、早う死にたいものじゃ」

「おやめくだされと申しておる！」

不意の大声が響いた。床の支度に運んでいた綿入れの夜具を、板間に投げ付ける音がする。家兼はびくりと身を震わせ、涙の浮いた目で背後を向いた。

「……そう、怒らんでくれ」

「やかましい！　うぬは、いったい何をしておるのか。何かと言えば繰言を吐き、涙を流し、口を開けば早う死にたいなどと。これほど性根の据わらぬ腰抜けとは思わなんだ」

戦場ですら見せたことのない激しさである。すっかり気圧《けお》され、返す言葉も震えた。

「うぬ、とは何じゃ。わしは主じゃぞ」

「これは、したり。主とは家を構え、人を従える者を言う。うぬはそれを失い、取り戻そうともせん。どうして、わしが主君と仰ぐ値打ちがあろうか」

家兼は、ぽろりと涙を落とした。勢いがあれば寄って来るも、ひとたび躓《つまず》けば知らぬ顔をして去ってゆくのが人というものだ。熱い溜息が漏れる。やはり清房も同じだったか。

「もう主とは思えんか。構わんよ。お主は優れた武士ゆえ、どこに仕えても重んじられようて。じゃが主でなくとも、わしの歳を思えば、もう少し労《いたわ》ってくれても良いではないか」

俯いて嗚咽を漏らすと、清房は「たわけ」と一喝を返した。

「うぬは九十二を数えたのだろう。人は六十で赤子に返るものなれば、そこから三十二年じゃ。わしより、ひとつ歳下ぞ。長幼の序を申すなら、わしをこそ敬え」

「……もう良い。放っておいてくれ」

「何がもう良いと申す。そも、円月様が何のために幾度も蒲池殿にお目通りを願い出ておられるか、うぬは分かっておるのか」

「円月は、蒲池殿に仕えて――」

「阿呆！」

大喝と共に、床板が強く踏み付けられた。どん、と骨に響いて顔が跳ね上がる。清房は、そこへ一気に捲《まく》し立てた。

「龍造寺家兼は、たったひとりで少弐の家を支えてきた。その男がこのまま朽ち果てるなど、円月様は、どうしても認められぬと仰せである。うぬはこのまま、負け犬のまま死んで満足か。わしは違うぞ。円月様と同じ、どうしても我慢がならん」

清房は少し黙り、やがて悲痛に声を揺らした。

「……我慢がならんのです」

そして号泣した。背を丸めて突っ伏し、右の拳《こぶし》で骨も折れよと何度も床板を殴り付ける。

「懸命に働きながら疎んじられ、それでも少弐を思って冬尚公をお助けした！　忍び難きを忍んで大内に従い、ここぞの機を見て主家を再興させた！　そういう負けじの魂に、わしは惚れておったのに。あの気骨は、いったいどこへ行ってしまわれたのです。円月様も同じ、爺様の呆けたお姿に心を痛め、それなら龍造寺を再興せんと……蒲池殿に兵を貸してくれと頼み続けているのですぞ」

ずん、と胸に響いた。ああ、しかし。この身はもう終わりなのだ。赤子に返って三十二年と清房は言うが、それでもやはり九十二の死に損ないなのである。

「……いつまであるか分からぬ命ぞ」

「それが何じゃと仰せられる！　主家のために働いて二心と謗《そし》られ、必死の奉公に斯様な仕打ちで報いられて、悔しくはござりませんのか。わしは悔しい！　爺様の受けた扱いが。何より龍造寺家兼が、わしの憧れでなくなってしまうことが！　無理にでも、まだ三十二なのだとお思いくだされ。さすれば意地で天寿は延びまする。いいや、延ばしてくだされ。もう一度、爺様に惚れさせてくだされ」

以後は涙ながらに叫び散らすのみ、言葉を発しているのは分かるが、何を言っているか聞き分けられぬくらいに乱れきっていた。

（……わしは）

かつて円月が言っていた。人とは愚かな生きものだと。

そのとおりである。己もやはり愚か者だった。この歳で全てを失い、誰が見ても終わった生涯である。だからこそ、自らの歳を言い訳にしていたのではなかろうか。逃げていたのでは、ないだろうか。

(清房は)

これほど熱い忠節を持ち続けてくれていた。なのに己は、見限られたと思ってしまった。それだけでも万死に値する。馬場や横岳に唆《そそのか》され、己が粉骨砕身《ふんこつさいしん》に弓矢で報いた冬尚と何が違おう。

廊下の向こうから足音がした。二人、急ぎ足だ。

「何ごとです、この騒ぎは」

ゆらりと顔を上げれば、蒲池鑑盛と円月が驚愕の面持ちを並べていた。

円月が何度も蒲池を訪ねたのは、兵を貸してくれと頼んでいたからだという。この身を救ってくれた義の人・蒲池が、その頼みを断り続けてきた訳は——。

「……分かる」

ぼそりと漏らす。円月が「は?」と返し、未だ狂ったように泣き叫ぶ清房へと目を戻した。

そうだ。清房の涙こそ、己の進むべき道ではないのか。老い先短い老骨ひとり、戦を知らぬ僧門の曾孫ひとり、龍造寺の再興などできなくて当たり前だ。だから己は逃げても良い。このまま死ねば楽になれる。

(だが……ひとりではなかった)

家兼の冷えきった胸に、小さな火が灯った。全てを諦めて死に、楽になって、本当にそれで良いのか。円月は間違いなく傑物だ。清房ほどの猛者《もさ》とて、探しても得られるものではない。この二人が最後の最後まで傍にいて、道を示してくれと言っているのに。

御仏、釈迦《しゃか》は、人の生には苦しみしかないと弟子たちに教えた。だから同時に、それを少しでも和らげるための生き方を説いた。この身はどうか。遠からず常世《とこよ》に渡り、仏の端くれになるであろう。なのに、先々を担う若い力を導けなくてどうする。

胸の火が大きくなる。燻《くすぶ》っていた消し炭が、かっ、と赤い熱を放った。

「恥ずべき阿呆じゃ」

肚の据わった声に、円月が、ぎょっとした目を向ける。対して蒲池は「お」という顔だ。

「わしは……。いやさ、わしこそ」

誰に向けるのでもない、自らの内に向けて発した。蒲池が「ふふ」と笑った。

「逃げるのは、もうやめますかな」

黙って頷く家兼の目に、ぎらついた光が戻った。蒲池が跪き、猛《たけ》るが如き声を出した。

「今こそ兵をお貸ししよう。三千でよろしいか」

円月が目を丸くして「三千も」と呟いた。蒲池の所領で抱えられる兵の大半なのだ。それを一時でも人のために使う重さは計り知れない。他から攻められたら、守りの兵にさえこと欠くのである。家兼は居住まいを正し、胡坐《あぐら》の脇に両の拳を突いて、蒲池に頭を下げた。

「わしは龍造寺家兼にござる。三百で結構。それだけあらば、必ずや再び身を立ててご覧に入れよう」

蒲池は満足そうな笑みで応じた。円月が憎らしからぬ雄叫びを上げる。その傍らで、清房の泣き叫ぶ声はさらに大きくなっていた。

＊

蒲池鑑盛に借りた三百を連れ、家兼は再び戦場に赴いた。年明け天文十五年（一五四六年）一月、九十三を数えての出陣である。重い具足を身に着けるのは苦しく、陣羽織《じんばおり》に頭巾《ずきん》という出で立ちで板輿に乗っていた。家兼の傍らには円月入道も付き従って馬を進めた。

粛々《しゆくしゆく》と行軍し、夕刻には千歳川《ちとせがわ》（筑後川）に至った。川を越えれば肥前、水ヶ江城まであと二日である。

寺に宿陣して一夜を明かした早暁《そうぎよう》、川向こうから「家兼様」と呼ばわる声があった。外に出てみれば石井党であった。未だ草も芽吹かぬ河原に立って、五十余で手を振っている。

「鍋島殿から文を頂戴し、馳せ参じた次第」

石井の当主・忠清《ただきよ》が良く通る声を寄越した。家兼は「おう」と力強い笑みを返した。

「お主らの助けは何よりの力となろう。今の肥前は、どうなっておる」

石井忠清は豪快に笑いながら答えた。

「馬場の奴め、龍造寺の旧領を押さえ込もうとて、城を築いておりますぞ。されど未だ仮普請《かりぶしん》にて戦の用には使えませんな、あれは」

先んじて送り込んだ清房からの一報と、大きく違いはない。家兼は「よし」と頷き、率いた兵と石井党に浮き橋を支度させた。ゆるゆる流れる川面に船を連ね、板を渡して釘を打つ。仕上がった橋を渡って肥前に入ると、兵たちが川を越える中、忠清に向けてにやりと笑った。

「然らば、あとは手筈《てはず》どおりじゃ。清房と示し合わせてな」

「承知仕った」

石井党は三百の兵が渡り終えるのを待たず、先駆けして行った。

家兼に同心したのは石井党だけではない。肥前晴気《はるけ》城主・千葉胤連《たねつら》も、二百を従えて駆け付けた。胤連は清房の次男・彦法師丸を養子に取っていたが、昨年の一件によって養子縁組が白紙に戻されていた。つまりは、少弐冬尚の――というより馬場頼周の横槍を不服に思っての助力である。千葉勢を加えて五百となった軍は一路北を指した。

朝日煌《きらめ》く空は突き抜けるように澄んで、青色が目に眩《まぶ》しい。未だ田起こしすらしていないのだろう、野の土は黒く、堅く締まっている。その間を緩やかに伸びる道の先には水ヶ江城が、その手前には馬場頼周が縄張りしている祇園岳《ぎおんだけ》城がある。半日余りの行軍、空の青が幾らか濁る頃になって、家兼は「お」と目元を歪めた。

「ようやく来おったか」

遠く向こう、昼下がりの野に土煙が立っている。馬場が差し向けた兵であろう。先手に立った千葉胤連と後詰の家兼は、それぞれが従える兵に槍を掲げさせた。

やがて駆け足が響いてくる。待つこと少し、群生する葦《あし》の立ち枯れに挟まれた地を走り抜け、敵兵が猛然と詰め寄って来た。遠目に見て数は七百ほど、率いる将の具足は新しい。

「頼周め……小倅《こせがれ》を寄越したか。なめられたものよ」

家兼は、ぎろりと目を剝いた。ぴりぴりした敵意、肌を刺す殺し合いの空気が迫る。今こそ帰ってきた。己が生涯で知り得た全てをこの一戦に——乾坤一擲《けんこんいってき》の気概に、すっかり曲がってしまった腰と背が、しゃんと伸びた。

「先手、当たれ！」

肚の底から声が出た。大音声《だいおんじょう》に衝き動かされ、胤連の二百が喊声と共に走り出す。十、二十と数えた頃、二つの群れはぶつかり合い、互いの槍を叩き下ろした。

「腑抜け爺の兵ぞ。数も少なく意気地もない。突き崩せ」

敵将の声は、やはり馬場の子・政員《まさかず》だ。円月が悔しがって「おのれ」と目を吊り上げるも、家兼は「鎮まれ」と制するのみであった。

馬場の小倅も、言うだけのことはある。先手の二百は長槍での叩き合いに少し押されていた。

「弱い弱い！　わしらに襲われ、命からがら逃げ出した腰抜け爺だ。皆、覚えておろう」

どうやら敵兵には、闇討ちに加わった者も含まれているらしい。逃げるしかなかった己、あの情けない姿を見た者たちは気が大きくなっている。

右後ろの馬上で円月が眉をひそめた。

「大爺様。敵の意気は、こちらを呑む勢いですぞ」

敵を呑んで得られる勇猛は馬鹿にできない。しかし多くの戦場を知る家兼にとっては、ある程度見通せたなりゆきでもあった。

「だから良いのじゃ。あの者たちを見て思わんか。一年前の、わしに似ておると」

あの頃は主家のために骨を折り続け、それが実を結んで得意の絶頂にあった。しかし一夜にして肥前を追われ、失意の底に沈んだのである。円月はこちらの意を察したか、はっとした顔を見せた。

「馬場勢は端から我らを呑んで掛かり、戦場の勢いも握っている……」

「そうじゃ。左様な者共じゃからこそ、叩き落された時の乱れは大きい。長らく戦場にあって、そういうのを知っておるつもりじゃったが、この一年で改めて学んだわい。身を以《もっ》てな」

「では、三百しか兵を借りなかったのは」

家兼は、にたあ、と頬を歪めた。

「わしと同じ思いをさせてやれば、黙っておっても勝てるゆえな」

言葉を交わすうちにも、味方はさらに押し込まれていた。正面に目を戻せば、千葉胤連の二百は壊乱と言って良い有様で、今にも敵の七百が家兼の三百を包もうとしている。

「戦場ちゅうのを、良う見ておけよ」

円月に向けて言い、次いで声を低く抑え、遠くへ飛ばした。

「清房、忠清!」

先に敵兵が通り過ぎた葦の中から、わっ、と怪異な一団が躍り出た。

「赤熊じゃ!」

「熊じゃ熊じゃあ」

赤く染めた犛牛の毛を兜に付け、黒い夜叉の面を被った百である。清房が百姓の次男坊や三男坊を雇って兵に仕立て、そこに石井党が加わった赤熊隊だった。

敵兵の多くがこの名乗りに足を止め、背後を振り返った。少弐家中に於いて、大内の一万を蹴散らした不意打ちの兵・赤熊を知らぬ者はいない。目も眩《くら》むばかりの大軍さえ蹴散らした熊のひと噛みが、自らに襲い掛かる――それを思った敵方は、先までの勇猛を急に冷ましていった。

百の赤熊たちは、馬場勢の横腹を一気に食い破った。そして内から外へと突き崩してゆく。胤連の二百を呑み込もうとしていた敵は、たちまちのうちに烏合《うごう》の衆と化した。

「今ぞ。蹴散らせい」

家兼の号令一下、三百の徒歩が突撃を食らわせた。敵は数に勝れど、天上から地の底に引き摺《ず》り下ろされて、何も考えられぬという風である。そこかしこで味方の槍が打ち下ろされるたび、怯えた悲鳴が上がる。ひとりの兵を二人、三人で襲い、袋叩きに片付けてゆく。

「ひ、退け。逃げろ」

馬場政員の裏返った声を聞き、家兼はげらげらと剣呑《けんのん》な笑い声を上げた。

「何じゃい。腑抜け爺にすら敵わんとは、餓鬼の使いめ」

勝ち誇った揶揄《やゆ》を耳にして、敵兵の多くが膝を折った。足軽衆が手を合わせ、命ばかりはと喚き散らしている。家兼は目を吊り上げた。

「助けて欲しいか。じゃが断る。皆の者、敵をひとり残らず血祭りに上げい」

右後ろにあった円月が、泡を食って馬を進めて来た。

「大爺様、お待ちを。降る者は容れておやりなされ」

諫言《かんげん》を受けて口がへの字になり、ことさらに強く眉が寄った。隣にある熊の如き曾孫を下から睨み上げる。

「おまえに意地はないのか。馬場の、頼周の寄越した兵ぞ」

「それでも、降ると申しておるのです」

「嫌なことじゃ。戦を知らんおまえが、わしに説法をするか」

「喝《かつ》！」

円月は頭の上から雷の如き声を降らせ、次いで野に向けて声高に呼ばわった。

「降る者は全て容れる。千葉殿と共に、今すぐ追い討ち掛けい」

跪いた降兵たちは、円月の気が変わらぬうちにとばかり、胤連の許に走った。

「千葉殿、よろしゅうお頼みしますぞ」

胤連が「承知」と応じ、敵の背を追って行った。馬場政員に付き従う者は既に二百余りに減って、残りはこちらに降るか、さもなくば散りぢりに逃げ去っていた。

「勝手な下知を出しおって！」

怒気を発して咎めるも、円月は溜息を以て応えた。

「前々から思うておりましたが、大爺様もお歳を召され、意地を通り越して意固地になられましたな。戦の後には、我らが手勢は蒲池殿に返さねばならんのですぞ。すぐに動かせる自前の兵がなくば、龍造寺を再興しても意地を張れますまい」

家兼は「む」と唸って、ぼそぼそと問うた。

「おまえ、兵法も学んでおると申しておったな」

「大爺様とて、長年の積み重ねでご存知だったのでは？ それに、降る者を容れぬような度量のなさはいただけませんな。少弐の家中も国衆も、次は我らが皆殺しかと慄き、またぞろ龍造寺を疑うのではございませんか」

ぐうの音も出ない。ぷいと顔を背けて背を丸め、輿を先へと進ませた。

*

追い討ちを出して少しすると日暮れとなり、家兼は寺に宿陣を決めた。

「如何に勝ち戦とて、夜を迎えたら休むべし。闇雲に進むばかりでは良き大将と言え円月は杯も持たなかった。

ぬ」

檀家《だんか》が十人も入れば一杯という本堂、汚れと金の剝げが目立つ薬師《やくし》如来《にょらい》の前で、円月を相手に酒を含んでいた。この子は龍造寺に残された光明である。少しでも多くを教えねばと、自らの知るところを説いていた。

「勝っておる時こそ、敢えて勢いを蓄えたまま明日を待つのが良い。なぜか、分かるか」

円月はさらりと返した。

「人の恐れや諦めは、放っておいても心の中で勝手に膨らみ、気を萎えさせるもの。敗軍の兵を無闇に追えば、恐れるがゆえに必死で抗う。明日になって姿を見せれば、諦めゆえに強く手向かいはしない。柳川での大爺様を見ておれば分かりますが、違いますか」

家兼は「参ったな」と目を閉じ、右の掌で自らの額をぴたりと叩いた。

「そのとおりじゃ。戦は人の心を我がものにするが肝要、これは領内を治めるのも同じよ。清房にせよ、おまえにせよ、わしを叱れるほどになりおった。きっと巧くできるであろう」

やはり円月は傑物だ。長く僧門にあって武家の実際を多くは知らぬが、その分、人というものを深く知っている。思って頭を撫でたところで、猫の額ほどの境内が騒がしくなった。三十人しか配せなかった護衛の兵たちが、歓喜の声を上げている。

「爺様！　戻りましたぞ」

清房と石井党が、追い討ちを終えて立ち戻っていた。円月を従えて外に出ると、篝火の下に人の輪ができていた。中央には石井党を束ねる忠清以下の五人が横一列に並び、その前に立つ清房が二つの首を手に提げていた。

「馬場頼周、政員父子！　首のみの姿と成り果ててござる」

感慨と共に発し、清房は手にしたものを地に置いた。二つの首級《しゆきゆう》は、恐怖と怨念に満ちた醜い死に顔だった。

「……うむ。大儀であったのう」

皆を労《ねぎら》って境内に下り、家兼は馬場父子の首へと歩を進める。石井忠清が馬場を嘲って声を上げた。

「お子たちの首を踏み付け、足蹴《あしげ》にした外道ですぞ。同じようにしてやりなされ」

しかし家兼は「いいや」と首を横に振った。

「それは、意地を通り越して意固地と申すものよ。のう」

背後を見れば、円月がにこりと頷いた。前に向き直って続ける。

「頼周の振る舞いは、いくら怨《うら》んでも呪っても飽き足らぬ。じゃがこの首を踏み付ければ、わしも外道に落ちるでな」

そして静かに目を閉じ、二つの首の前で手を合わせた。

龍造寺の再興戦は少弐家臣同士の争いで、当主・冬尚には関わりがないということになる。しかし水ヶ江城に返り咲いた家兼は、決して冬尚を訪ねようとはしなかった。理由は二つある。ひとつは言うまでもない。もうひとつは、隠居を決めたためだった。

龍造寺は僧門から還俗した円月――胤信《たねのぶ》が継いだ。後に龍造寺隆信《たかのぶ》と名を改め「肥前の熊」と恐れられる男である。若い当主、しかも長く俗世を離れていた身には後見が必要であり、それには鍋島清房が当たった。龍造寺と家老の鍋島は、やがて少弐を滅ぼして肥前に強勢を誇った。

龍造寺家の行く末を示し終えると、家兼は間もなく浄土へと旅立った。再興戦からわずか二ヵ月、天文十五年三月十日である。

死出の旅に就くに当たり、家兼は清房にひとつを託した。もし龍造寺が傾いたなら、鍋島が取って替われ――あまりにも重い頼みである。家兼の目には清房の忠烈が、少弐に尽くした自らに重なって見えていた。だからこそ同じ轍《てつ》を踏んで欲しくない。この訓示は、清房の子・直茂《なおしげ》の代に現実となる。しかし龍造寺を滅ぼした上の話ではない。力を増した者と失くした者、穏やかな主従の交替であった。

勝てば良かろう

「されど宗滴殿《そうてき》、左様な不心得者は成敗するが領国安寧《りょうごくあんねい》のためではないのか」

向かい合う主座で、若き当主・義景《よしかげ》が眉をひそめた。宗滴は真っ白になった顎をがりがりと掻き、鷹揚《おうよう》な笑い声を上げた。

「仰せ、至極《しごく》もっとも。とは申せ、地侍《じざむらい》共の上前《うわまえ》を禁ずるなら、奴らが暴れぬよう召し抱え、食わせていかねば。今の朝倉《あさくら》がそれを為《な》そうとすれば、抱えられる兵が目減りしましょうな」

「如何ほど減るであろう」

「まず三千ほど」

義景は、つるりとした丸顔の目まで丸くした。さもありなんと、宗滴は二度、三度と頷く。当主となって一年余、齢十七の若者には未だ世を広く見られぬらしい。

「ゆえに年貢というものは、差し出される帳面《ちょうめん》をそのまま受け取っておくのが良うござる。取りまとめる者が少しごまかしたとて、朝倉の取り分は大きくは減りませぬでな」

「そうか……。いや待て。宗滴殿は先に『今の朝倉が』と申されたな。力を増していけば違うのだろうか」

問われて、白い口髭がにやりと動いた。なるほど、義景は当主の器《うつわ》たり得る。宗滴はしわがれ声を張って「如何にも」と明朗に応じた。

「朝倉の所領は越前《えちぜん》一国にござるが、三ヵ国、四ヵ国を握るようにならば如何にござろう。今は二万の兵を集めるのみなれど、七万、八万を動かせるようになる」

「さすれば領国を治めるのも、なお難しくなろう。人の頭数が要る」

「その時こそ地侍共を抱え、こちらの下知のとおりに治めさせるのです。食い扶持《ぶち》を与えれば、年貢のごまかしを取り締まることもできましょう」

「二万から三千が欠ければ痛いが、総勢が八万もおれば……。そこから一万余が削《そ》がれても、今ほどには困らぬということか」

「左様。ひとりで十人を負かすは容易《たやす》くとも、十人で百人を相手にするのは難しい。数とはそういうものにござる。朝倉の力が増さば、無駄が無駄でなくなり申す」

義景は眉を開いた。

「あい分かった。此度の年貢、帳面に記されたとおりに受け取っておこう」

宗滴は「然らば、これにて」と一礼して一乗谷館《いちじょうだにやかた》の広間を辞した。

常御殿《つねごてん》を出ると、正面には苔生《こけむ》した飛び石の道が伸び、その先に横長の構えがある。朝倉館に住まう者を賄《まかな》う上台所《かみだいどころ》であった。煮炊きの用に使う建物でさえ、華やかさを帯びている。壁はどこまでも白く整えられ、配膳のために設けられた幾つかの出入り口には格子戸が赤く映える。北国、越前にあって京の御所と見紛うばかりの壮麗な様であった。

「朝倉の力か」

これほど雅《みや》びた館を構える力があっても、それはまだ足りないと言えた。宗滴はひと言を漏らして左手に進む。上台所から棟続きの遠侍《とおさぶらい》は障子が開け放たれていて、出仕して来た者たちが屯《たむろ》する姿が見えた。皆、若い。中には四十を越えた顔もあるが、宗滴から見れば、どれも嘴《くちばし》の黄色い青二才であった。

左手に常御殿、右手に遠侍を見ながら進む。正面に横たわる土塁が十月の空を切り取り、突き抜けるばかりの青を背に庭木の柊《ひいらぎ》が白く弾けていた。宗滴はそこへと歩を進め、小ぶりな花弁を慈しむように撫でた。

「あれから……ええと。わしが七十六を数えたから、二十二年も過ぎたのか」

思い出すのは昔日《せきじつ》の戦であった。大永《たいえい》七年（一五二七年）の十月、ちょうど今と同じくらいの時節であった。

長く続く戦乱は幾多《いくた》の者の力を奪い、他の者に付け替えてきた。京の御所も例に漏れない。往時は十二代将軍・足利義晴《あしかがよしはる》の世だったが、実権は管領《かんれい》・細川高国《ほそかわたかくに》に握られていた。その高国も細川晴元《はるもと》と三好元長《みよしもとなが》に攻められ、将軍と共に近江《おうみ》へ逃れるに至った。

ここで高国は、三好勢と一戦を交えるべく、将軍と手を組んで八方に援軍を募る。朝倉は二代将軍・足利義詮《よしあきら》の頃に直臣《じきしん》となった家柄で、当然のように出陣を求められた。前当主・朝倉孝景《たかかげ》は、宗滴を大将とする一万を差し向けた。

将軍方は近江に集結して上洛《じょうらく》の途に就き、軍の半分を占める朝倉勢が先手となって、京の川勝寺《せんしょうじ》口に待ち受ける三好方を打ち破った。

「朝倉は戦に勝ち、世に負けた」

ぽつりと独りごち、寂しく笑みを浮かべた。

緒戦の大勝をもたらしたにも拘《かかわ》らず、管領・細川高国は朝倉を軽んじた。将軍・義晴を長らく庇護してきた功を重んじ、近江の六角定頼《ろっかくさだより》を立てたのである。馬鹿な、と思った。将軍が近江に逃れたのは、単に京から近いところに味方がいたからに過ぎない。六角家がなければ越前をこそ頼んだはずではないか。加えて朝倉は、援軍に差し向けられる精一杯の数を捻《ひね》り出し、奮戦したというのに。

「管領殿の力の強さよ」

あの時ほど力のなさを悔しく思ったことはない。何かを為すには、それに応じたものが要る。そして、力を得るには勝ち続けねばならない。手管《てくだ》は槍働きのみではなかろう。六角定頼が将軍や管領の覚えをめでたくしたのも、ひとつの形なのだ。

ふう、と溜息をついて天を仰《あお》ぐ。空の向こう側まで見えそうな眩しさに目を瞬くと、肩の凝りと背の痛みを覚えた。顔をしかめて大きく首を回す。特に痛む辺りで止め、筋を伸ばそうとして斜めに頷いた。三つ、四つと小刻みに動かせば、ひとりでに「あ痛た」と漏れてくる。

「ご老体、肩でも揉みましょうかな」

遠くから無遠慮な声が渡る。従甥《じゅうせい》の景隆《かげたか》が中門を抜けて来るところだった。並の男なら楽にくぐれる門も、この男にはいささか窮屈そうで、やや腰を屈《かが》めている。門を抜けると両手の拳で天を突き、大きく「うん」と伸びをしながら歩を進めてきた。

「おまえ、何をしておる」

「出仕に決まっておりましょう」

口元から頰に縮れ髭を蓄えた四十路《よそじ》の顔が、きょとんとしていた。四角く張った顎と鋭い目元が己に似ている。そうした慕《した》わしさゆえか、この体たらくは何だという気持ちが湧き上がった。わしの若い頃は――宗滴は眉をひそめ、呆れ声で苦言を呈した。

「遅いわ、阿呆。同名衆《どうみょうしゅう》の座に胡坐をかいて何とする。誰にも後《おく》れを取らずの心意気で、夜明けと共に館に上がるが良かろう」

景隆は苦笑交じりに返した。

「朝倉宗滴がおる限り、御屋形様へのお目通りが一番になることはありません」

「その宗滴を、おまえが越えろと申しておる。さもなくば朝倉の力は」

発して、またひとつ溜息をつく。景隆が「おや」という目を見せた。

「どうなされました」

「いや……。わしも、いつまで生きておられるかと思うてのう。義景殿は朝倉の当主たるべき器なれど、まだまだ若い。支える者が要る」

「ご自身が長生きなされませ」

幾らか困ったような笑みを見て、宗滴は軽く鼻で笑った。

「齢八十に届かんという身じゃ。いつまでも頼りにされては困るわい」

「ならば景紀《かげとし》殿がおられる。御身の薫陶を受けたお子なれば、御屋形様の支えになれましょう」

宗滴には実の子があったが、仏門に入れていた。幼い頃に武芸の稽古で大怪我を負い、以後は刀や槍を見るだけで吐くようになって、武士として生きられなかったからだ。そこで又甥の景紀を養子に取った。今では宗滴の所領・敦賀《つるが》の郡司《ぐんじ》を任せている。家中に於いても文武に優れた将と看做《みな》されていたし、養父の目から見てもそれに間違いはなかった。

宗滴は景隆に頷いて返し、然る後に「されど」と首を横に振った。

「景紀ひとりで支えるのは難しかろう」

景隆は少し考え、やがて嫌そうな顔を見せた。

「景鏡《かげあきら》ですか」

当主・義景の従兄である。気位が高く、自身より八つ歳下の義景を侮って、下命にも素直に従わぬ困り者だ。宗滴は景鏡の顔を思い出して眉を吊り上げ、右手に拳を握って声を押し潰した。

「あやつは性根《ね》が捻じ曲がっておる。なまじ義景殿に近い血を持つがゆえ」

そこまでで顔が歪んだ。

「あ痛たた、あたた……」

「どうなされました」

「う、腕が」

あまりに強く拳を握ったためか、右腕の内側が攣《つ》ってしまった。景隆が、笑いを噛み殺しながら揉んでくれる。しばらくすると痛みが退いて安堵の息が漏れた。

「……ともかくじゃ。景鏡め、義景殿に近い身を鼻に掛けて大きな顔をしよる。わしが死に、おまえや景紀が隠居する頃になれば勝手放題じゃろうて。今のうちに、おまえにも力を付けて欲しいのだ」

「今のそれがしでは足らぬと?」

うんざり、という目である。宗滴は胸を反らし、頭ひとつ大きい景隆を見上げた。

「おまえは武勇に優れるが、それを頼み過ぎる。左様なものは猪《いのしし》武者であって将ではないわい。そも、わしが一向一揆《いっこういっき》の三十万を蹴散らしたのは――」

「そのお話を聞くのも何度めか。もう耳に胼胝《たこ》ができております」

つまりは「歳を取ったものだ」と嫌がられているのか。年老いたことは自ら認めていても、決まりが悪い。宗滴はひとつ咳払いした。

「まあ、ええわい。されど、もっと大きい男になって欲しいというのは、心からの願いゆえな。いずれ、おまえと戦に出た時にでも色々と教えてやろう」

「よろしく、お頼みします」

景隆は少し腰を曲げ、宗滴の背に合わせて一礼した。常御殿へと向かう背からは「敵わんな」という気配が見え隠れしていた。

＊

五年、六年――朝倉の所領は容易に増えない。当主・義景の若さが原因ではなかった。

そもそも越前は治めにくい国である。冬になれば雪に埋もれてしまうのも然りながら、北にある加賀《かが》と能登《のと》、越中《えっちゅう》が厄介《やっかい》だった。これらに蔓延《はびこ》る一向宗が越前に入って各地を侵《おか》すため、まずは今の所領を保つことを第一としなければならなかった。

そうした中、天文二十四年（一五五五年）六月も末を迎える。宗滴は主君に目通りし、ひとつの話を切り出した。

「そろそろ、この身も引き際かと存じます。敦賀の郡司は景紀に任せており申すが、此度、軍奉行《いくさぶぎょう》を景隆に譲りたいと思うておるのです」

主座の義景が渋面を返した。

「景隆殿は武勇に優れるも、未だ宗滴殿と肩を並べ」

並べるほどではない――続くはずの言葉は、宗滴の咳で遮られた。

「風邪を召されたか」

懸念の問いに小さく頷き、力なく咳き込んだ後、宗滴は喉仏を上下させて「やれやれ」と息をついた。

「この夏は少しばかり終わりが早うござろう。暑さが身に応えたところへ、急に朝晩が涼しゅうなり、年寄りには辛うござりましてな」

「そうか……。いやさ、大事にせよと申したきところなれど、今は困る」

「今は、とは？」

向かい合う義景は渋面だが、その裏に強い決心が垣間見える。さては、と頷いて問うた。

「一向宗の奴輩《やつばら》にござるか」

「越後《えちご》の長尾《ながお》景虎《かげとら》が越中の一向宗に兵を向けてな。朝倉にも加賀を叩いて欲しいと申してきた。千載一遇の好機だろう」

「ふむ……」

大名にせよ国衆にせよ、戦に於いて槍を持たせるのは士分の者と麾下の地侍、雇われの足軽だけであり、百姓や町人は賦役《ぶやく》の雑用番に少数を駆り出すのみである。然るに一向宗はそれらの民、つまり門徒を兵として使うとあって、桁違いに数が多い。朝倉は長らく一向宗を相手にしてきたが、一国でこれらの一揆を鎮めるのは相当に骨の折れる話であった。

「共に戦う者がある……。この機に叩いてしまえば」

腕組みして返した宗滴に、義景は「そうだ」と強く頷いた。

「根絶やしにはできぬまでも、しばらくは抑え付けられよう。朝倉が力を蓄えてゆくには」

またも宗滴は咳き込んだ。先の咳よりもずっと強い。

「あ、痛たた、痛たたた」

胸に刺すような痛みが走り、口元を押さえていた右手がそちらへ動く。そうかと思えばまた咳が出て、左手で口を覆った。少しの間、宗滴は「あ痛たた」と咳を繰り返した。

「かなり悪そうだ」

義景が少し身を乗り出し、傍らに控えていた小姓に「これ」と声をかけた。若い小姓はすぐに席を外した。水の椀でも支度しに行ったのだろう。

ようやく咳が治まると、宗滴は深く息を吸い、長く吐いた。

「わしも歳を取ったものでしてな。若い頃には幾日か伏せておれば治ったと申すに、此度は十日経っても良うならず。おまけに胸まで痛み始めて」

義景はしばし逡巡《しゅんじゅん》し、やがて「致し方ない」という顔を見せた。

「ならば、やはり……。一向宗との戦、御身は大事を取られるが良い」

しかし宗滴は「いえ」と頭を振った。

「どこまで先があるか分からぬ身、相手が一向宗と聞いては寝ている訳には参りませぬ。景隆の手には余るやも知れぬ相手ゆえ」

「とは申せ」

先には決断したものの、こちらの申し出を聞いて再び迷っている。宗滴にはその姿が好ましいものに映った。

「なに、出陣までは幾らか間があるのでしょう。今少し養生すれば足りるかと存ずる」

自身の衰えは身に染みて感じている。だからこそ難敵相手の戦から逃げる訳にはいかない。義景はやはり懸念の残る面持ちだったが、こちらの思いを感じ取ったか、やがて首を縦に振った。

ひと月近くが過ぎた七月二十一日、宗滴率いる朝倉軍一万一千余は一乗谷館を発った。副将に付いた景隆と轡《くつわ》を並べて進む。

もっとも宗滴の病は一向に良くなっていなかった。咳はやや少なくなったものの、胸の痛みはむしろ強まっている。そうした様子は傍目にも分かるのだろう、脇を進む景隆が大きな身を丸めるように、こちらの顔を覗き込んだ。

「お加減、思わしくないようですな」

宗滴は痩せ我慢して胸を張った。

「何を申す。このとおり、ぴんぴんしておるわい」

「顔色が悪い。誰が見ても分かりますぞ」

「戦に出るからには、どこが痛い、ここが悪いとは申しておられぬ。そも、わしの若い頃は誰もがそうして戦っておった。然るに近頃の若い者は――」

「御身から見れば誰でも若うござろう。されどそれがしも四十七ですぞ。御身が病を押して出陣せねばならぬほど、頼りなくはないつもりです」

珍しく、強い語気だった。頑なにさせてしまったか。宥めるように「そうではない」と返し、穏やかな笑みを向けた。

「これが最後の槍働きになる気がしてな」

景隆の顔から、じわりと何かが抜けた。

「なれば、此度は大将として陣に座っていてくだされ。朝倉宗滴の名があらば、敵とて怯みましょう。戦そのものはお任せあれ、一向宗など蹴散らしてご覧に入れる」

相変わらず気持ちの良い男だ。思いつつ、敢えて苦言を呈した。

「甘く見てはならぬぞ。何より敵は数が多い。しかも、御仏のためと思い込んでおるから面倒じゃ。わしが三十万の一向宗を蹴散らした時には――」

「また、その話にござるか」

いつもと同じに返されて、口の両端が下がった。

宗滴が一向宗の大軍を退《しりぞ》けたのは、四十九年も前だった。加賀・越中・能登、三国の一向門徒が一斉に蜂起し、越前の一揆に加勢したものである。往時も朝倉方は今回と同じ一万二千余、越前を東から西へと流れる九頭竜川《くずりゅう》で一揆勢三十万と対峙した。

戦の当初は小競り合いがあるばかりだった。何しろ真正面から戦っては勝ち目がないほどの大差である。敵もそれを知り、また一乗谷館を指呼の間に捉《とら》えていたためか、無理な攻めを慎《つつし》んでいるようだった。そこで宗滴は一乗谷から北に十里（一里は約六百五十メートル）ほど、中《なか》ノ郷《さと》から果敢《かかん》に川を渡って敵陣に手痛い一撃を加えた。この一戦で一揆衆は総崩れとなり、朝倉は辛《から》くも勝利を収めた。

「これから大事な話をしようと思うたのに」

ぷい、と顔を逸らす。景隆が面倒そうな声音で応じた。

「戦の顛末から何から、隅々まで知っております。同じ話を何度もするのは年寄りの証、やはり御身は此度、大将らしく本陣にあってくだされよ」

宗滴は再び顔を向けて目元をにやりと緩め、小馬鹿にしたように口元を歪めた。

「隅々まで知っておると申したな。さにあらず。わしとて、力押しで三十万を蹴散らした訳ではないわい。策を使った」

「ほう。それは初耳」

「そうじゃろう。順を追って話すが、長くなるゆえ一度しか言わぬぞ」

「それが良うござろう。息も苦しいでしょうし」

宗滴は長く、それは長く息を吐いて、呟くようなひと言を発した。

「その昔、わしは謀叛《むほん》を起こそうとした」

「……は？」

裏返った声に含み笑いを返し、小声で続けた。

「実は、わしは朝倉の嫡男だった。なのに家督《かとく》を取れなんだのでな」

宗滴――朝倉教景《のりかげ》は、四代前の当主・朝倉英林《えいりん》の末子であった。それが嫡男とされた理由は知らない。同じ当主の治世が長く続いた方が領国のためになる、ゆえに歳若い者を、という思いだったのだろうか。その父は宗滴が八歳の時に世を去った。若年の当主を頂くことへの不安ゆえであろう、家臣たちは宗滴ではなく、長兄・氏景《うじかげ》を家督の座に推した。

その時は何の不平を抱きもしなかった。だが長じるほどに、宗滴の胸には熾火《おきび》の如《ごと》き熱が宿るようになった。本当なら自らこそ当主だったはず――その思いに目を付け、謀叛を唆した者があった。庶兄・景総《かげふさ》である。景総は正室腹の弟より下の序列に置かれたことを恨みに思い、すぐ下の弟を相撲見物に連れ出して殺した挙句、越前を出ていた。

「兄者は、よほど朝倉の宗家が憎かったのじゃろう。手当たり次第に声をかけておってな。わしの他にも、従兄の景豊《かげとよ》殿とも語らっていた」

「誰でも構わぬと思われては……応じる気にもなれず、謀叛を思い止まったのですな」

得心顔に向け、小刻みに「いや」と頭を振った。

往時は父の死から二十一年が過ぎ、朝倉の当主も兄・氏景の子、貞景《さだかげ》に代替わりしていた。既に世襲が行なわれ、新たな嫡流が磐石《ばんじゃく》となっている。そこで波風を立てるのがどういうことか。謀叛という挙《きょ》を実際に考え始めると、次第に恐くなった。

「勝てる戦ではなかった。よしんば勝ったとて朝倉は傾こう。諦めざるを得なんだだけじゃ」

それが宗滴の答であった。結果、景総の誘いに乗った振りをして騙《だま》し、同じく謀叛を企てた従兄《くわだ》・景豊の動きを密告した。そして時の当主・貞景と共に景豊を攻め、自害に追い込んだ。戦は一日で終わった。

「左様なことが」

景隆は神妙な面持ちである。宗滴は自らを嘲るように笑みを漏らした。

「押しなべて、物ごとには頃合というのがある。わしの野心は潮時を逸しておった。引き際だったのじゃよ」

「それで満足なのですか。今の御屋形様にも色々とご不満がありそうですが」

「無論、義景殿はまだまだ甘い。されどこのとおりの年寄りぞ。今さら家督を云々するのも馬鹿らしかろうて。それに……大望を捨ててまで守った朝倉の家じゃ。先々まで続いて欲しい。そのために力を持って欲しい。じゃからこそ、おまえにも大きゅうなって欲しいのよ」

しみじみと語る。年寄りの昔語りを嫌うはずの景隆が、幾らか涙ぐんでいた。

「さて、話を一向宗との戦いに戻すか」

九頭竜川の戦いでは、一向門徒を率いる者があった。長く朝倉に抗って滅ぼされた甲斐《かい》氏の残党である。そのことを聞かせた上で、宗滴は楽しげに「ふはは」と笑った。

「わしの謀叛騒ぎは、甲斐……ええと、何というたかな。まあ名前など、どうでもええわい。甲斐何とかも当然知っておった。ゆえに逆手に取ったのよ。わしこそ朝倉の家督を取っていたはずじゃ、今の宗家には怨みがあるゆえ寝返ってやる、とな」

先まで感じ入っていた景隆が、ぽかんと口を開けた。

「あの。騙し討ちだったのですか」

「楽しかったぞ、あれは。何しろ相手は三十万じゃからのう。そうでもせねば、ひと太刀を加えることもできなんだろう。向こうは『宗滴は攻める振りをして寝返る』と思い込んでおる。わしは『お味方に参上』と呼ばわりながら、敵陣を踏み潰したのだ」

大口を開けて「ひゃひゃひゃひゃ」と笑い、然る後に胸を押さえて「あ痛たた」とやった。景隆が口を尖らせ、大いに眉根を寄せた。

「途中までは良きお話と思うておりましたが、それを使って敵を騙すとは。左様に卑怯な手管を使わずとも、御身なれば勝てたでしょうに」

「何を申すか阿呆。正々堂々だの、真正面からだの、つまらん体面に拘って一国の軍奉行が務まるか。武者は犬とも言え、畜生とも言え、戦うからには勝たねばならんのだ」

景隆は「はあ」と素っ気なく応じ、それきり口を噤《つぐ》んだ。宗滴は何も言わず、薄《う》っすらと笑みを浮かべた。己が負ければ朝倉が潰える、そういう時にどう立ち回るべきか——どうやら己の最後の役目は、この男にそれを教えることらしい。

加賀へと続く街道に冷えた風が抜け、色褪《いろあ》せ始めた草が道の脇に靡いている。秋は駆け足に過ぎ去ろうとしていた。

*

「険《けわ》しい山ではないぞ。一気に登れ」

左手に大聖寺川《だいしょうじ》を望み、三つ横に並んだ陣の中央、宗滴は胸の痛みを堪えて声を張った。右翼にある朝倉景連《かげつら》の兵が「おう」と返し、右前の山を駆け上がってゆく。錦《きん》城山《じょうざん》の頂《いただき》にある津葉《つば》城は西の山肌が緩く、ここが一番の攻め口であった。

「申し上げます」

注進の兵が床机の前に駆け込んで跪く。宗滴が手短に「どうじゃ」と問うと、先手の戦ぶりが細《こま》かに告げられた。

津葉城の土塁は人の背丈三つほど、かなり高い。だが周囲に丸く巡らされた空堀は胸までしかなく、渡るのは容易と言えた。景連の兵は既に空堀の底にある逆茂木《さかもぎ》を壊し、西丸へと進みかけているという。

「西丸に入らば、本丸の背を取れまする。遠からず落ちるかと」

頷いて下がらせ、宗滴は「甘いな」と呟いた。そして伝令を呼ぶと言下に命じた。

「熊坂《くまさか》の堀江《ほりえ》に伝えよ。城方《しろがた》は西丸を破られることを恐れておる。そろそろ、ほとんどの兵が景連だけを狙って集まっておろう。追手口《おうてぐち》は手薄なはず、すぐに動いて挟み撃ちにすべし」

津葉攻めに先立って、堀江景忠《かげただ》には城の南・熊坂砦《とりで》を襲わせている。城方の目が景連に釘付けとなった今、熊坂から谷あいの野を通って城の東、追手口に迫ることは造作もない。

「御大将、よろしゅうござるか」

本陣にある景隆が、小山のような体を揺すりながら、のしのしとやって来た。宗滴はちらりと見て無言で頷き、続きを促《うなが》した。

「漏れ聞こえましてな。追手口の坂は険しかれど、堀江が仕掛ければ城方は慌《あわ》てふためきましょう」

「それが？」

「然らば敵は逃げに転じます。城の北側、三之丸から山を下りるしかございますまい」

何を言わんとしているのか、大方の想像が付いた。宗滴は口を真一文字に結んで床机を立ち、腰に差した馬の鞭《むち》を取る。そして頭ひとつ上の兜を叩いてやった。カン、と音が響く。景隆は少し辛そうに顔を歪め、両手で頭のものを押さえた。

「何をなさる」

「何を考えとるんじゃ、おまえは」

「北を塞《ふさ》がねば敵が逃げてしまいます。少しでも数を減らし、後々の戦に備えるのです」

不服そうである。宗滴は眉をひそめ、右手の鞭で立て続けにカンカンカンと兜を叩いた。

「それは大将の考え方ではない。ここで少しばかり数を殺《そ》いだところで、一揆衆には屁でもないわい。敢えて逃がしてやれば、この城は楽に落ちるじゃろう」

「城を落とすための戦ではござらぬ」

「無論、一向宗を蹴散らすための戦よ。されど城を奪っておけば、わしらの旗色が悪うなった時の逃げ場に使えるではないか」

景隆の不平が大きくなった。

「何があっても勝たねばならぬと仰せられましたろうに。負けた時を考えて、兵の意気が上がりましょうや」

「逆じゃい。しくじっても傷が浅いと分かっておれば、人は思い切った働きができるものよ。ゆえに、常に負けた時の立て直しを考えておけ。良いことばかり思うておる奴は勝てぬ」

「そこは……まあ、仰せのとおりやも知れませぬ。されど城方を敢えて逃がしてやるのは、どうにも。少しずつでも討っておくべきでは？　塵《ちり》も積もれば山となる、と申しますぞ」

宗滴は掠れがちな喉を無理に上下させ、頷いた。

「覚えておけ。戦とは詰まるところ、敵の逃げ場をひとつずつ潰し、自らの兵で押さえていくことじゃ。無理に討とうとすれば、こちらの手勢も削られ、それができぬようになる。何しろ奴らは、どこからどれだけの数を出してくるか分からぬ。まずは楽に勝って気勢を上げ、敵の気概を削り取るべし」

話している間に、山の向こうから喊声が上がった。熊坂砦を出た堀江隊が仕掛けたらしい。錦城山を包む気配が明らかに変わった。

「そうこう申しておるうちに、城方が乱れおったわい。良いか景隆、楽に勝てと申すのは、何も城攻めだけではない。まずは見ておけ」

未だ得心していない景隆に釘を刺し、しばし戦場を眺めた。見遣《みや》る先、西丸の土塁から降り注ぐ矢の数が減っている。それに応じ、朝倉景連率いる二千の動きが目に見えて良くなった。緑と黄色が斑《まだら》になった木々の中、山肌を進む指物が実に速い。そうかと思うと、今度は矢の数が増えた。追手口に向かっていた城方が「西丸危うし」と見て、取って返したのだろう。だが攻め始めの頃と比べれば、抵抗は大いに手ぬるい。

矢が減り、また増え、そして減る。繰り返すほどに抗戦の粗《あら》が大きくなってゆく。そして山向こう、堀江隊の喚き声がひと際大きくなった。喜び勇んだ大騒ぎである。

「追手の門を破ったようですな」

景隆は動けないのが悔しそうである。宗滴は、にやにやしながら口を開かない。

と、ついに敵が逃げに転じた。西丸の左、ずっと奥で悲鳴が飛び交っている。算を乱した者の声は、勇ましい寄せ手よりずっとやかましい。やがて城の北側、景隆が向かおうとしていた先から、わらわらと城兵が走り出した。ここから見ても慌てた足取りが分かる。親指の頭ほどに映る姿は、馬ならば瞬く間に駆け込める辺りだろう。錆《さ》びた古具足で焦げ茶色の者共は、さながら蜚蠊《ひれん》——ごきぶりの群れであった。

宗滴は「はは」と笑いを漏らした。

「ほれ、あやつらが次の城へ案内してくれるぞ」

今こそ行けと背を叩いてやると、景隆が「あ」と口を開いた。宗滴は、にたりと弓月のような目を向けた。

「人というのは面白いものでな。端から討ち取ってやると挑んで掛かれば、何を糞と死に物狂いになるものじゃ。それよりは、いったん緩めるに限る。助かったと思うたところを叩かば、極楽から地獄に突き落とされて乱れるものよ。どうじゃ。楽に勝てるであろう」

「その……仰せは分かりますが。何と申しますか、血も涙もないやり口で」

「殺し合いの場に左様なものが要るか。早う行け」

急き立てると、景隆は引き攣った笑みを残し、駆け出して行った。

逃げることしか頭にない者への追い討ちくらい、楽なものはない。景隆ほどの武辺《ぶへん》者《もの》には軽すぎる役目かも知れなかった。しかし宗滴は自らの頬をぴたりと叩き、苦笑して「いやいや」と漏らした。

「大将の戦を教えるためぞ」

落城した津葉を蔵谷晴政《くらだんはるまさ》に任せると、宗滴以下は悠々と景隆の後を追った。景隆は既に三里ほど東の南郷《なんごう》城を落とし終え、そこからやや北、作見《さくみ》の千足《せんぞく》城に向かっていた。一乗谷を出てわずか二日後の七月二十三日、昼からの戦で朝倉軍は三つの城を落とした。

宗滴以下は千足城で一夜を明かし、翌二十四日、早暁に発って東進した。昨日落とした三城のうち、南郷城と千足城に千ずつ、津葉城に二千を残し、率いる数は七千ほどである。

「申し上げます」

先んじて発していた物見が戻り、宗滴の馬前に跪いた。

「敵方の姿、見えませせぬ。伏せ勢もないものかと」

「そうか」

返して物見を下がらせる。宗滴は首から力を抜いて下を向き、目を閉じた。

（どうにも）

馬を進めながら心中に呟き、具足の胸に手を当てた。体の具合がすこぶる悪い。総身に熱が回って薄ぼんやりと寒気を覚え、何とも言えず気だるい。胸の痛みも一層強くなっていた。戦場に出れば病だの何だのと言ってはいられないが、昨日は張り切りすぎたやも知れぬ。

「ふう」

吐く息が熱く、胸の奥からは木枯らしにも似た嫌な音が聞こえる。少し気を紛らわせたい。顔を上げて遠く見渡せば、刈り入れを目前に控えた田の中に、わっと広がった水がある。幾筋もの小川が集まった湖、柴山潟《しばやまがた》であった。

「粟津《あわづ》の辺りか」

水辺に立ち込めた黎明《れいめい》の霧が払われようとしている。朝日が右手の遥《はる》か向こう、鷹《たか》落山《おちやま》の頂を越えてきた。山際の空を橙《だいだい》に彩っていた光が斜めに伸び、一面の田を黄金に染めた。畦道《あぜみち》には今日の野良仕事に出て来た百姓衆の姿がある。

「長閑《のどか》なもの」

言いかけた口を押さえ、宗滴は目を見開いた。ぐっと眉根が寄る。

おかしい。なぜここに百姓がいる。昨日、目と鼻の先で戦があったのだ。逃げ散るか、或《あ》るいは隠れているのが当たり前ではないか。

「いかん」

掌《てのひら》の内で呟き、前を行く景隆に呼ばわった。

「行軍を止めよ」

景隆が訝《いぶか》しげな目を向ける。顎をしゃくって田の方を示してやると、いったんそちらを見て、面持ちを一変させた。青ざめて馬首を返し、急ぎ足に寄せて来る。

「伏せ勢にござるな」

宗滴は苦虫を嚙み潰したような面持ちで頷いた。

「野良稼ぎなどしておる時ではなかろうに、ああして出て来ておる。稲穂に隠れて、大勢おるじゃろう」

これが一向宗を相手にする恐さであった。他の軍兵と違い、百姓や町人が戦をする。貸し具足や陣笠《じんがさ》を着けていない者も、全てが敵だと思わねばならない。

「引き返しましょうや」

景隆の囁きに、宗滴は「いや」と小さく頭を振った。

「返した先も、ああした奴らばかりじゃろう。山に陣取るしかあるまい」

行軍の右手には緩い丘があり、向こうに行くに従って険しく聳え、山となる。左の鷹落山と、右にはそれより高い動山《ゆるぎやま》、二つが尾根を連ねていた。

「止まれい！　これより山に入る。急げ」

景隆が大声を上げ、兵を先導して丘を指した。宗滴もこれを追って枯れかけた草を踏み分け、色褪せた葉を鬱蒼と茂らせる木々の間に進む。朝日漏れ入る静かな森が一転、落ち葉や枯れ木を踏み割る乾いた喧騒に包まれた。この丘を抜け、もう少し先まで行けば険しい山に陣取れる。

しかし――。

「返せ、返せ！」

先駆けした景隆の大声が飛んで来る。宗滴は息を呑んだ。

「……しもうた。ここに誘い込むためか」

どうやら一向宗側は、昨夜のうちに山中を埋め尽くしていたらしい。野良仕事の百姓姿は、こちらを低い丘に引き込んで囲むための囮《おとり》だったのだ。

「皆々、止まれ！　景隆」

胸の痛みを押して、あらん限りの声を張った。兵たちが足を止め、しばしの後に景隆が戻って来る。木々を縫う人影がさっと二つに割れ、その壁の間を馬が馳《は》せ寄った。

「してやられました。山から敵が湧き出してござる」

「数は？」

「はっきりとは。されど、味方よりずっと多いことは間違いござらぬ」

「まずは守りを固めさせい」

景隆は「承知」と応じ、引き連れた馬廻《うままわり》と共に戻って行った。

＊

八方で戦の声が飛び交う中、宗滴は地べたに腰を下ろして腕を組んだ。

「一生の不覚よな」

何ゆえ、このような罠に嵌まった。病ゆえ散漫になっていたのだろうか。それを言い訳にはすまいと思えど、自らの衰《おとろ》えを突き付けられたようで苛立ちが募った。

「注進、注進！　山側、魚住景栄《うおずみかげしげ》様、苦戦なされておられます」

「野の側、小泉藤左衛門《こいずみとうざえもん》様、手傷を負われました」

引っ切りなしに伝えられる戦況は、芳《かんば》しからぬ報せばかりであった。宗滴は「むう」と唸って強く目を瞑り、俯《うつむ》いて額を押さえる。右の掌に、焼けそうな熱さを覚えた。

（どうやら）

一向門徒を率いる将があるらしい。それも、かなり戦慣れしている。

「誰ぞある。景隆を呼べ」

厳しい顔を上げて命ずる。すぐに馬廻の若者が走り去った。

「お呼びにござるか」

しばらく待たせて参じた景隆は、肩で息をしていた。頰に乱れた縮れ髭も、汗を含んで重たそうだ。敵の攻めを食い止めるのも相当に苦しいらしい。宗滴は鼻息を抜いて頷いた。

「おまえの有様を見て踏ん切りが付いたわい。この戦、続けてはならぬ」

「何を仰せられる。退くことも難しいのですぞ」

「違う。降参するんじゃ。わしの首で手を打ってもらうよう、敵方に遣《つか》いを出せ」

「以ての外にござる！」

血相を変えた叫びを耳に、宗滴はふわりと笑みを浮かべ、ゆったりと立った。

「おまえが大将なら最後まで戦うのか」

「申すまでもござらぬ」

「阿呆め。さすれば七千を失い、家中の者も多く討ち死にさせるのだぞ」

それでは朝倉が傾く——察してか、景隆が呆然とした顔を見せた。宗滴は右手を伸ばし、頭上にある顔の頰をぴたぴたと叩いた。

「勝ち負けは兵家の常、という言葉がある。ならば大将は、負け戦の時こそ傷を小さく収めねばならん。おまえは、わしの次の軍奉行じゃ。ここで死なせる訳にいくか」

景隆の顔が赤く染まった。涙と鼻水、滴る汗でくしゃくしゃになっている。宗滴は苦笑して、その頰を摘《つま》み上げた。

「何という顔をしておる。ほれ。……さらばじゃ」

摘んだ頰を、ぐいと押して突き放す。景隆は荒っぽく涙を拭い、決然とした面持ちで頷くと、大地を穿たんばかりに踏みしめて返して行った。宗滴は穏やかな笑みを浮かべ、細く長い溜息をつく。そして腰の刀や鎧通《よろいどお》しの小刀を放り捨てると、どこへともなく呼びかけた。

「一平太《いっぺいた》。おるか」

二つ向こうに伸びる木の上から、音もなく飛び降りた者がある。透波《すっぱ》であった。

「お下知を」

「わしを縛れ。ひと目で、縄目がきついと分かるようにな」

「……ああ。なるほど」

おかしな間を置いて頷き、透波が縄を打つ。十分に縛られると、宗滴は馬廻の橋屋《はしや》次郎左衛門《じろうざえもん》を呼び、下知を与えた。

「すまぬが敵陣まで縄を引いてくれ。わしと同じく、寸鉄も帯びるでないぞ」

次いで透波に向く。

「一平太は景隆に言伝《ことづて》を頼む」

「はっ。その……そういう次第で？」

「それじゃ」

短く返し、馬廻の若者と二人だけで丘を下って行った。

朝倉方の降参、そして日暮れを迎えたことで戦場の喧騒は収まった。だが、今度は辺りにざわめきが満ちている。敵味方の見守る中、宗滴は山中の敵陣に歩を進めた。

秋の日は釣瓶《つるべ》落《お》とし、陣を出た頃には茜《あかね》色だった空が、もうすっかり闇に染まっていた。

敵将の陣幕は小ぢんまりとしていた。二人並んで通れるくらいの出入り口はあれど、そこから左右の広がりは、あってないようなものである。入り口を守る木っ端《こ》武《ぱむ》者《しゃ》が二人、その両脇に掲げられた篝火の明かりだけで奥まで見渡せた。陣将の他、三人も入れば一杯であろう。

「降参のため、参上」

宗滴の縄を引く橋屋が呼ばわる。中から小姓らしき者が出て来て縄尻を受け取った。橋屋は中に入ることを許されず、外に留め置かれた。

引かれた先は外から見たとおりの狭さであった。奥の床机に座る五十絡みの将の他は、縄を引いた男に加え、もうひとり稚児の如き小姓がいるばかりである。宗滴は中央に跪き、うな垂れるように頭を下げた。

「朝倉宗滴にござる」

「窪田《くぼた》経忠《つねただ》じゃ」

加賀の国衆に、その名があると耳にしていた。声に応じて顔を上げると、窪田は望外の喜びを押さえ込み難いようで、笑いを噛み殺している。

「音に聞こえた名将、どのような男かと思うておったが、しょぼくれた爺じゃのう。まあ良い。うぬが首を取らば、わしの名は一躍《いちやく》高まると申すものよ」

堪えきれずに、げらげらと大笑する。そして血走った目で腰の刀を抜いた。

「言い残すことはないか」

窪田は嘲るように問い、すっと腕を伸ばす。切っ先が鼻面のすぐ前に迫った。

「……けを」

喉を滑り出た囁きに、窪田は嫌らしい笑みで「ああ？」と問い返した。宗滴は額を地に打ち付けんばかりに頭を下げた。

「お助けを。お助けくだされ」

窪田は呆気に取られたようで、しばし何も言えずにいた。ひたすら「お助け」を繰り返していると、取り繕うような咳払いが聞こえた。

「うぬが首で手を打つのではなかったのか。今さら何を申す」

宗滴は縛られたままの体を起こし、涙を流して声を震わせた。

「老い先短い老骨にござる。しかも、ここしばらくは病に伏せておった次第……。胸が痛《いと》うて痛うて、体に力も入らず、槍ひとつ満足に持てませぬ。そのような身、もう隠居したいと思うておりましたのに、朝倉の当主はまだ戦働きを命じるのでござる。左様な主君に仕え、こき使われて野垂れ死ぬのが、どれほどの無念か。貴殿も一向宗を率いる身なら、御仏のお慈悲を持ち合わせておられよう。このとおりの爺にござる。哀れと思われるなら、どうか天寿を全うさせてはいただけまいか」

窪田はしばし、ぽかんとした顔であった。その面持ちが次第に緩む。じわり、じわりと嘲りの笑みが浮かび、ついに破裂して下卑《げび》た大笑に変わった。

「これは何と言うて良いのやら。うぬは、まことに宗滴か。天下無双が聞いて呆れるわい。いやはや、歳は取りとうないものよ」

ひと頻《しき》り笑うと、窪田は肩を揺らしながら一歩、二歩と近寄った。そしてすぐ目の前に片膝を突き、勝ち誇った顔を近付ける。

「どれ。まことに宗滴か、顔を良く見せい」

笑い物にせん、という悪意を撒《ま》き散らしている。窪田は右手の刀を体の脇に下ろし、左手で宗滴の顎をぐいと持ち上げた。

「……っは。あ、は……」

途端、窪田が苦しげな呻きを漏らした。宗滴の右手が、具足に守られていない股間をしっかりと握っている。雁字《がんじ》搦《がら》めに身を絞め付けていた縄が、はらりと解けていた。

「な、縄。どうして」

何が起きたのか分からぬらしい。宗滴は「ひゃひゃ」と笑って返した。

「おまえは阿呆か。解けるように縛っておったからじゃ。決まっとるじゃろうが」

そして右手に力を込める。

「あ、やぁああっ！　やめ、やめ」

ついに窪田は刀を取り落とした。宗滴は左手で素早く拾う。床机の左右、陣幕の隅に控えていた窪田の小姓たちが「すわ」と動いた。

「たわけ！」

一喝と共に、宗滴は左手の刀を窪田の首筋に当てる。

「主がどうなっても良いのか。ああ？」

ぎろりと目を剝く。窪田の小姓たちが、おろおろして足を震わせた。そこで背後から「ぎゃ」と短い悲鳴が二つ上がる。外に待っていた橋屋次郎左衛門が入り口の番兵《ばんぺい》二人を殴り、昏倒させたものであった。

「次郎左衛門！」

宗滴の声に「おう」と返し、橋屋が陣幕に踏み込んだ。左右の手には番兵から奪った槍、これを小さく持ち上げて鋭く振り下ろし、動きを止めた小姓二人を叩き据えた。相手は濁った悲鳴を上げ、べそをかいて腕を押さえている。折れたのに違いない。

騒ぎを聞き付けたか、陣幕の外に駆け足の音が近付いている。宗滴は「ひひ」と笑って窪田の耳元に囁いた。

「わしは死ぬ気で来たゆえ、命なんぞどうでもええ。おまえは、どうじゃ。このまま握り潰したら、面白そうじゃのう。それとも首を掻っ斬られて死ぬか。ん？」

窪田の顔から血の気が退いた。股間を強く握られ続け、脂汗を浮かべている。

「わ、分かった。退く。兵を退かせる」

「ならば、わしと共に出るが良い」

すくと立つのに合わせ、窪田が力なく腰を上げた。外までほんの五、六歩、股間を鷲摑《わしづか》みにされた窪田は後ろを向いて小刻みに歩を進めた。

山中の闇、篝火がようやく届く辺りに数十人の影が迫っていた。錆の目立つ具足だが、一向門徒のようにみすぼらしい姿ではない。窪田の家臣だろう。

「これを見よ」

宗滴の大喝、今にも命を奪われそうな窪田の有様が、兵の足を止めた。皆が皆、それ以上近寄るのを躊躇《ためら》っている。そこへ向けて、なお声を張り上げた。

「主君を死なせても構わぬなら、掛かって来い。朝倉宗滴、うぬらを道連れに死んでやるわい。されど兵を退くなら、こやつの命は助けてやる」

皆、たじろいでいる。しかし中には血気盛んな者もあり、三人、四人が喚き掛かって来た。宗滴は窪田の股座に一層の力を込め、左手の刀で頬をざっくりと斬ってやった。

「あ、ひ！　ひ、やめんか、来るな。宗滴の申すとおりに！」

「あ？　何と申した。宗滴、じゃと？　聞き間違いかのう……」

渾身の力で握り付ける。窪田は半ば泡を吹きながら絶叫した。

「宗滴殿！　いやさ宗滴様の、仰せに！　従え、早う。頼むから退いてくれ」

「情けないのう。これじゃから青二才は」

げらげらと剣呑な笑い声を上げる。ついに窪田の家臣たちは後退《あとずさ》りして、闇に沈んで行った。見届けると、宗滴は後ろにある橋屋に呼ばわった。

「陣幕を燃やせ」

応じて、橋屋が篝火を蹴り倒す。薄い布一枚は瞬く間に炎を上げ、やがて地に落ちた枯葉に燃え移った。漆黒の中に昼間の明るさが蘇り、濛々《もうもう》と煙を上げた。

「……あぅ」

右手に掛かる重さが急に増す。窪田が気を失っていた。

「こやつがおらねば、一揆など烏合の衆よ。次郎左衛門、首を刎《は》ねてやれ」

橋屋に始末を命じると、宗滴は遠く朝倉の陣を眺めた。松明が列を作り、こちらに向けて馳せ付けんとしている。敵陣の火を合図に仕掛けるのは、透波の一平太に言伝を命じたとおりの手筈であった。

本陣に火の手、前からは朝倉方の突撃、一揆勢は蜂の巣を突《つっ》いたような騒ぎになっていて、昼間の勢いはどこにもない。見下ろす山裾《やますそ》の闇は、死を恐れる狂乱の悲鳴に満ちていた。

「わしらも行くとするか」

橋屋に声をかけ、窪田から奪った刀を手に山を下った。右往左往する敵兵の群れに飛び込み、逃げ惑う背を両断する。ぶつかり合って転げる者があれば、膝を踏み付けて壊し、味方の兵に後を任せた。乱戦は夜半には終わり、宗滴は引き続いて近隣を焼き討ちして回った。

明くる朝、宗滴はいったん兵を下がらせた。先に落とした千足城を先手の陣城と定め、やや西の敷地山《しきじやま》に本陣を定める。兵を督して陣屋を築かせていると、昨晩の朝倉軍を率いた者——景隆が訪ねて来た。

「おう、良く来たのう。昨夜はご苦労じゃった」

労ってやるも、景隆は釈然としない風である。宗滴は首を傾げた。

「どうした」

この上なく難しい顔が返された。

「……御身の覚悟に感じ入っておりましたのに」

「は？」

「朝倉のために身を挺《てい》したお姿に、涙まで流しましたのに。それすら謀《はかりごと》だったとは！　それがしは、いったい何のために泣いたのです。策なら策だと、初めからお教えいただいても構わぬところにござった」

驚くべき剣幕である。しかし宗滴は、あっけらかんと返した。

「左様なことか。良かろうよ、勝ったのじゃから」

「ああ！　ああ！　ああ、もう！」

怒り、悔しさ、涙、笑い、それらを全てない交ぜにした珍妙な顔で、景隆は地団太《じだんだ》を踏んだ。宗滴は「やれやれ」と溜息をつく。

「じゃがのう景隆よ。昨日わしが申したのは、間違いなく大将の心得じゃぞ。加えて、機を見て敏に兵を動かすも大将の役目よ。まあ此度の戦で、おまえも大いに学んだじゃろうて」

そして「ひゃひゃひゃひゃ」と裏返った笑い声を上げ、然る後に「あ痛たたた」と胸を押さえた。

＊

この加賀攻めは朝倉だけで動いたのではない。越後の長尾景虎と共に一向一揆を締め上げている。連携を図る必要を考えれば、どうしても長陣にならざるを得なかった。

「お加減は如何ですか」

敷地山の陣屋に景隆が訪ねて来た。宗滴は床に伏せたまま顔を左に向けた。

「知らんわい」

はぐらかすように返すと、景隆が渋面を向けた。声を出すたび、ひとつ息をするたび、胸の奥からひゅうひゅうと鳴る。

景隆は床の傍ら、頭に近い辺りに腰を下ろして小声を寄越した。

「一乗谷にお戻りあった方が良いでしょう」

「何を——」

何を申すか。たったそれだけの短い言葉が掠れ、中途から出なくなった。見上げる顔が眉をひそめ、横たわるこちらの額に手を置く。面持ちがさらに曇った。

「出陣から一ヵ月が過ぎ、八月も終わらんとしております。こうして伏せておられるとは申せ、仮普請の陣屋では養生もできますまい」

ひゅう、と息を吐いて、宗滴は弱々しく頭を振った。景隆には、まだ教えたいことが残っている。自らが長くないと分かっているからこそ、容易く引き上げたくはなかった。

「やれやれ。とんだ頑固爺にござるな」

このような口の利き方は、景隆にしては珍しい。もっとも、顔に湛《たた》えられているのは慈悲の色のみであった。

「朝倉宗滴が陣中で死んだとあらば、一揆衆は勢い付きましょう。仏罰じゃ、天罰じゃと気勢を上げるのは目に見えており申す。何もせずに意気が上がるのですから、向こうにしてみれば楽な話でしょうなあ」

楽に勝って気勢を上げ、敵の気は逆に挫《くじ》くべし――かつて教えたことに反すると言われて、肉の落ちかけた口元が渋く歪んだ。

（そうかも知れぬ）

大将は常に兵を鼓舞し、味方の立つ土台となってやらねばならない。命絶えなんとしている己の名は、諸刃の剣ではないのだろうか。

逡巡した顔を、景隆は見逃さなかった。苦しげに眼差しを引き締め、すっと手を伸ばして、こちらの額を指先でポンと叩く。

「武者は犬とも言え、畜生とも言え、勝つことが本義だと仰せでしたろう。それがしの指ひとつ避けられぬ身で、それができると仰せですか。動けぬ大将など味方の足枷《あしかせ》でしかない」

続けて、額をポンポンポンと叩いてくる。痛くはない。この間、兜を叩いてやったことに意趣を返したか。身動きひとつできぬようになり、今や己こそ諭される側なのだ。そう思うと苦笑が漏れる。口の動きだけで「分かった」と伝えると、景隆はようやく眉を開いた。

「御身の汚いやり口を目の当《ま》たりにして、それがしも肚を据え申した。名将・朝倉宗滴とて、初めから大将の戦ができた訳ではござるまい。今は頼りなくお思いでしょうが、それがし、約束いたします。これからはひとりで苦しみ、しかし乗り越え、如何なる手を使っても勝つのだと。そしていつの日か、必ず御身と肩を並べる大将になってご覧に入れる」

景隆は言い残して座を立ち、陣屋の出入り口へと進む。そこで足を止めた。

「ゆえに、病が癒えたら……相談に乗っていただきとうございますな」

声と背中が震えていた。宗滴は「さらばじゃ」と口を動かし、両の眼からひと筋ずつの涙を流した。どんな手を使っても勝てば良い。自らの信念を受け継ごうという者ができ、肩の荷が下りた気がした。

（おまえと景紀で朝倉を守れ。頼んだぞ）

力を付け、他の侵攻を跳ね返し、世の戦乱が鎮まる日までそれを続けよ。生き残ることができれば、卑怯な姿、情けない姿を世に晒《さら》さずとも済むようになる。思って目を閉じた。

以後、朝倉軍は景隆を大将として加賀に留まったが、これ以上の戦果は上げられなかった。また宗滴も、一乗谷で手厚い看病を受けたものの、病が癒えることなく、九月八日、眠るように息を引き取った。齢八十二の生涯であった。

宗滴の死後、乱世は激動の時に突入した。十五代将軍・足利義昭《よしあき》を奉じた織田信長《おだのぶなが》が天下を睨むに至り、しかし義昭は傀儡《かいらい》たる立場を潔《いさぎよ》しとせず、諸大名に命じて織田を包囲させる。朝倉義景もこれに加わり、信長を大いに締め上げた。

この包囲網は、甲斐の虎・武田信玄《たけだしんげん》の死によって崩壊する。信長は息を吹き返し、自らを最も苦しめた朝倉を討つべく三万の兵を発した。宗滴の死から十八年後の天正《てんしょう》元年（一五七三年）八月、朝倉は滅亡した。宗滴が養子に取って期待した景紀も、軍奉行を引き継いだ景隆も、既になかった。

不屈なれ

草の汁が染みた鎧下《よろいした》、くたびれて乱れた髪、土にまみれた顔、顔、顔――箕輪《みのわ》城の本郭《ほんぐるわ》、広間にある面々はみすぼらしいばかりである。業正《なりまさ》が上座から入ると、それらが揃って平伏した。

「上杉《うえすぎ》家老、長野《ながの》業正様にあらせられる」

従って来た家臣・矢島定勝《やじまさだかつ》の声は何とも居丈高《いたけだか》で、主君たる己の耳にさえ嫌な響きを残した。瓜実顔《うりざねがお》に白い口髭という顔の中、業正は切れ長の目元をわずかに曇らせた。

「定勝」

小声で窘《たしな》めると、なぜ斯様な者共を迎え入れるのか、とでも言いたげな眼差しが返された。小さく首を横に振ってそれを制し、目の前で頭《こうべ》を垂れる者たちに労わりの声を向ける。

「業正にござる。方々、面を上げられよ」

海野棟綱《うんのむねつな》以下、七人が平伏を解いた。ほんの六日前、甲斐の武田信虎《のぶとら》に攻められて負け、信濃《しなの》を追われたのだという。そして隣国の上野《こうずけ》、この箕輪を頼って来た。再起を期するべく、関東管領・山内《やまのうち》上杉家の力を借りようというのだ。それだけでも肩身は狭かろうに、そこへ矢島の尊大な声を浴びたせいか、皆が負け戦の悔しさを満面に湛えている。

「情けなき姿をお見せ致す」

搾り出された海野の声に、業正は鷹揚に応じた。

「勝敗は兵家の常と申す。それに、こうして頼まれるは男の冥利じゃ。方々が佐久《さく》と小県《ちいさがた》に帰れるまで、この城にて身を養われるが良かろう」

「有難きお言葉、痛み入り申す」

海野が、うな垂れるように頭を下げる。滲み出る悔しさは消えていない。が、負け戦に対するものではなくなったようだ。屈辱、という気配である。海野一族ともあろう身が、平安の昔から続いた名門が斯様なことに——どの顔にも、そうしたものが漂い始めていた。今や信濃の国衆となった古《いにしえ》の名門、しかし気位は高い。肌で感じ、業正は大いに落胆した。

（海野も、わしが従えてきた者共と変わらぬ）

長野家は今でこそ関東管領家の家宰《かさい》だが、元々は上野の一国衆でしかなかった。業正が周囲を斬り従え、また他の国衆と縁組みを進めて地歩を築いてきたのだ。それゆえ山内も一目置くようになり、一族・扇谷《おうぎがやつ》上杉朝良《ともよし》の娘を正室に寄越してきた。

（じゃが、その時々の勢いなど水物よ）

関東管領・山内家と一門の扇谷家も、昨今では苦しい。かつては上野に加えて相模《さがみ》と武蔵《むさし》も領していたが、今や相模は北条《ほうじょう》の本拠となり、武蔵も南半国を切り取られていた。上杉と北条の争いとて自らが生き残るため、戦乱の世の習いである。果たして海野一族は、生き残りにどれほど力を尽くしてきたのだろうか。

（うん？）

ふと、ひとりの顔に目が止まった。この男だけは違う。歳の頃は三十路《みそじ》の少し手前か、土で真っ黒になった細面《ほそおもて》に目を炯々《けいけい》と光らせている。

「其許《そこもと》、名は」

「……真田《さなだ》源太左衛門《げんたざえもん》、幸綱《ゆきつな》。しばしご厄介になり申す」

特に名を聞いたのは、只者でないと感じたからだ。そして己が勘は正しかったらしい。返された静かな声音には、嘆くような響きなど一切なかった。名門の誇りが地に落ちたとて、だからどうした。落ちたものなら這い上がるのみ。明日を見据えた強い心根と、それを支える負けん気だけが伝わってきた。業正も静かに頷きを返した。

「通仲《みちなか》南郭に侍詰所がある。海野殿以下、そこに寝起きしていただこう。まずは身を休められるがよろしい」

発して座を立つと、海野一族が再び頭を下げた。最前からの無念を膨らませている。侍詰所、つまり長野家臣の居所に寝起きせよと言われ、見下されたと受け取ったのだろう。

だが幸綱だけは、やはり異質であった。堅苦しい挨拶が終わり、ひと息ついたという顔だ。

（この男、自らの今を受け入れておる）

人とは、自らが某《なにがし》かの器であると信じたい生き物だ。しかし、そうした己惚《うぬぼ》れに溺れてしまう者は、大業を成せない。幸綱は違う。海野の血は自らの力に非ず、負けて逃げるしかなかった己など塵屑《ごみくず》のようなものだと思っている。何を糞と奮い立ち、這い上がろうとする気概は、そうしたところにしか育たぬものだ。

（わしが、そうであったようにな）

長野家の勢力を一代で広げた自らを思い、業正は幸綱を見下ろした。そして「気張れよ」と念じ、笑みを浮かべて広間を後にした。天文十年（一五四一年）五月も末のことであった。

海野一族を受け入れて半月ほど、業正は真田幸綱という男を少しずつ知っていった。当年取って二十九歳、五十一を数えた己より二十二も若い。父の頼昌《よりまさ》は海野棟綱の女婿《むすめむこ》で、昨年に病で息を引き取ったという。

「真田の所領は如何ほどであった」

業正の問いに、幸綱は控えめに答えた。

「信濃、小県の真田郷に五百貫のみ。海野一族を併せても七千貫には届きませなんだ」

一貫は、一年の年貢にして米二石に当たる。七千貫なら一万四千石で、抱えられる兵は七百人が精々といったところか。武田の大軍を迎え撃てなかったのは無理もない。しかし幸綱は続けて言った。

「今少し時があらば、長野様の如く、小県の国衆を束ねられましたものを」

業正が今の立場に上り詰めたのは、やはり婚姻を抜きには語れない。多くの子に恵まれ、男児には他家から嫁を取り、姫は嫁に出して、箕輪一円から武蔵国の北部にまで与党を固めてきたのだ。

「幸綱殿には、多くのお子がおありかな」

「いいえ。五つになる倅、ひとりだけにござります」

肩透かしを食った気分である。分かりかねる、という顔に笑みが返された。

「海野の血筋など黴《かび》の生えたものなれど、未だ斯様なものに肖《あやか》りたく思う者は多うござりましてな。実の子でなくとも構わぬのです。地侍にも懇意の者はござれば、その娘を我が養女として小県の国衆に嫁がせ、束ねることはできたはず」

「これはまた」

いささか呆れた。もっとも、幸綱に対してではない。誰かの娘を養女に取って嫁がせるのは、婚姻に於いて常なる手管である。だが己は、養女と為す者にもそれなりの家格が求められると考えていた。自らの頭の固さを知って、思わず苦笑が漏れた。

「なるほど……相手は大名でも公卿でもない、か」

「落ちぶれた名門であれ、力なき国衆たちの旗頭には十分でしょう。繋《つな》がりさえ持てれば良いという者に、素性を云々する気はござらぬはず」

幸綱という男、なかなかの策士である。そして実に正しい。

（人の心というものを、よく見抜いておるわい）

業正の妻は上杉一族だが、これを嫁に迎えた頃の長野家は「勢いを増してきた国衆」といったものでしかなかった。未だ大国に抗う術はなかった頃で、上杉と結べるのなら実の娘かどうかは無論のこと、養女だとて元々の素性を問うたりはしなかったはずだ。

「殿、殿！　また、こちらにおいででしたか」

侍詰所の廊下を慌《あわただ》しく馳せ、矢島定勝が語気荒く発した。

「城主たる者、客分に関わり合うてばかりで何となされます。しかも」

このような負け犬に、と言いたかったのだろう。続くはずの言葉を呑み込んだ顔が、忌々《いまいま》しげに歪む。業正は眉をひそめて返した。

「お主こそ、家中に重きを成す身で忙しないことよ。何を左様に慌てておるのか」

矢島は、ひとつ咳払いして声を震わせた。

「甲斐にて謀叛あり……。武田信虎が、嫡子・晴信《はるのぶ》に国を追われてござります」

悪逆無道で鳴らした男が――驚天動地の一報に耳を疑う。海野一族を攻め下してから、まだひと月足らずではないか。

「……ことは武田の乱れのみに非ず」

業正は目元を引き締めた。箕輪城から三十余里（一里は約六百五十メートル）の先、吾妻《あがつま》郡からさらに三十里を進めば、そこはもう信濃の小県郡なのだ。この上野とて武田の騒動と無縁ではいられない。矢島も大きく頷いて捲し立てる。

「左様、我らがどうするべきかを決めねばなりませぬ。すぐに管領様との談合を」

そこへ、幸綱がすくと立った。

「甲斐の一件、いつの話にござろうか」

「六月十四日。三日前だ」

吐き捨てた矢島は大いに苛立ち、焦っている。対して幸綱は、胸のつかえが取れたような顔をしていた。

業正はすぐに当代の関東管領・山内上杉憲政《のりまさ》と諸事談合に及んだ。

武田晴信の謀叛で甲斐は乱れているはず、この機に乗じて信濃へと兵を進めるべし。憲政はそう判じたが、結局、立ち消えになった。

謀叛の後の武田は戦を手控え、守りを固めて内治に勤しむようになった。信虎の代に信濃攻めを繰り返し、また相模の北条――先代・氏綱《うじつな》の頃だが――とも争いを重ねて、国が疲弊しきっていたためである。武田が戦をしなければ、北条の負担が減る。北条はその分、北武蔵への攻勢を強めるに至った。新たな地を切り取るより、今の所領を守る方が先決であった。

*

「まこと見事な縄張りにござるのう」

武田晴信が父・信虎を追放し、家督を奪い取ってから一年が過ぎていた。業正の向こう六間（一間は約一・八メートル）、通仲南郭の土塁によじ登りながら発する者がある。数日前に客分として迎え入れた、流れ者の兵法者であった。一見して醜い男である。幼い頃に疱瘡《ほうそう》でも患《わずら》ったか、酷《ひど》いあばた面で、左目も白く濁って見えないらしい。不自由な右脚を引き摺りながら歩き、両手の指も何本か断ち落とされていた。もっとも、こうした体に慣れているのか、土塁を登るのに不都合はないようである。

「西に白川《しらかわ》の流れ、断崖絶壁に沿って搦手口《からめてぐち》」

郭から南を見下ろし、搦手口へと引かれた白川沿いの道を右手の人差し指で辿る。門を過ぎれば、道は急に南東へと折れて三之丸へ、そこから東に進んで二之丸、さらに北の本丸へと続く。

「本丸に向かうべく三之丸を通らば、この通仲南郭から丸見えか。弓矢の良き的よ。先んじてこの郭を落としてしまえば……だが」

土塁の上から、今度は北を見上げた。城の構えの中で最も高い玉木山《たまきやま》が峻険に聳えている。ここから狙われたら、通仲南郭および通仲郭を落とすことも儘《まま》ならない。

「どうじゃな。この城を落とす手立ては見つかったか」

業正が声をかけると、男はこちらを見て、醜悪な面相に清々しい笑みを浮かべた。

「いやはや、この山本勘助《やまもとかんすけ》、感服の至りにござりますわい」

言いつつ、土塁を滑り下りる。ろくに動かぬ脚を抱えて器用なものだ。ただ、左脚のみで地に下りた時には、体を支え損ねて軽く転げたが。

勘助は照れ隠しに「はは」と笑い、尻の泥を払いながら、ひょこひょこと歩を進めて来た。

「されど、ひとつだけ甘いところがござる」

「追手口であろう」

箕輪城は白川の流れと断崖に西を守られ、そちら側には多くの備えを要しない造りになっている。しかし二之丸の東にある追手口は、引かれた道こそ狭いものの、平地へと真っすぐに通じていた。一度に多くの兵が通れない分、大軍に寄せられても数の利を殺すことはできる。それでも、損兵を顧みぬ力押しを続けられたら、どうなるかは分からないと言えた。

しかし勘助は「いえいえ」と大きく首を横に振った。

「正面は、本丸の裾にある稲荷郭から守ってやる道もありましょう。それがしなら二之丸の南、馬出しの盛り土を登らせるでしょうな」

勘助は城取り——築城に詳しく、諸国を放浪しているとあって見識にも優れている。だが業正は、この指摘に首を傾げた。

「南は椿名沼《つばきなぬま》が塞いでおるぞ。渡る間に打って出て、矢を射掛ければよし。敵は手も足も出ぬじゃろう」

「左様。馬出しを窺《うかが》う者あらば、こちらも城を出なければならぬのです」

業正は少し目を見開いた。それがどういうことか、背後からの声が駄目を押す。

「沼と城の間が空きすぎておるのです。城から兵を出した隙なれば、勘助殿が諦めた正面も楽に破れましょう。逆に、追手を攻め立てる間に沼を渡らせてもよい」

幸綱が歩を進めて来ていた。そのとおり、桁《けた》外れの大軍が二手から攻めて来たら、どうにもならないのだ。敵わぬな、と口元が歪んだ。

「この城の弱みを知る其許が、共にあってくれる。我が身の幸いと申すべきかのう」

「さに非ず。武田が戦を手控えておることこそ、幸いと申せましょう。それがしや勘助殿の申すやり口、武田ならできましょうゆえ」

勘助が重そうに身を運び、近付きながら大声を寄越した。

「とは申せ、武田が戦を控えるのは向こう二年……どう長くとも四年にござろう。戦をせねば、実入りは全て国を治めることに使え申す」

それだけの時があれば、荒れ果てた甲斐を立て直せると言う。正しいだろう。何しろ北条の目が北武蔵に向いているのだ。加えて武田晴信は佐久や小県の信濃衆――つまり海野一族にも、降るなら本領を回復すると触れて、丁寧に火種を潰していた。

勘助はようやく業正の前まで戻り、傍らの幸綱に問うた。

「お主の一族、多くが武田への恨みを捨てて降ったと聞く。共に行かんで良かったのかな？」

「恨みつらみではござらぬのです」

幸綱が小声で答える。しかし眼差しには、何か確たるものが宿っていた。

「おや、居候《いそうろう》殿がおるぞ」

「今日も殿に取り入ろうとしておるな」

「ほんに、精の出ることだ」

侍詰所に何人かの家臣が入って行こうとしている。聞こえよがしの陰口が誰であるか、業正にはさすがに分かっていた。敢えて名指しはせず「其方ら」と呼ばわる。

「口さがないことを申すでない。客分を粗略に扱う者は、信用を得られぬ。長野が力は、縁組と人の信に因《よ》ることを忘れるべからず」

すると一団から土井大膳《どいたいぜん》が一歩前に出た。

「如何にも仰せのとおり。殿が変わらぬ信を置いてくださる限り、我らとて誰ひとり背くつもりはござりませぬゆえ」

幸綱を高く買う己への、遠回しな厭みであった。業正は「当たり前じゃ」と返すのみで、咎めなかった。皆が詰所に入って行くのを見届けると、幸綱に眼差しを流す。

「お気になさるな……と申したいところじゃが、其許がわしに仕えてくれればのう。さすれば、あの者たちも少しはおとなしゅうなろうて」

「それは、ござりますまい。これほど嫌われておれば、たとえ長野様にお仕えしたとて、ひとつ働く毎に皆様のご気分を害するは必定かと」

「左様にお思いなら、何ゆえここに留まっておられる」

幸綱は、何とも気持ちの良い笑みを見せた。

「未だ、長野様にご恩をお返ししておりませぬ」

報恩が済めば出て行く、ということなのか。海野一族と共に信濃に帰った方が、幸綱にとっては良いだろう。分かってはいるが、寂しいのも確かである。

「人の主たることは、難しゅうござるのう。いやはや、されど幸綱殿のお心持ち、この勘助は大いに気に入った」

こちらの胸中を慮《おもんぱか》ったか、勘助はそう言って高らかに笑った。沈んでいた空気が押し流される気がした。

山本勘助は、十日もするとまた流れて行った。どこへ向かったのかは知らない。しかし、さらに二年が過ぎて天文十三年（一五四四年）の七月を迎えた頃、風の便りに聞こえてきた。勘助は甲斐に入り、武田晴信に仕えたという。

この頃になっても幸綱は未だ箕輪にあった。ただ、やはり侍詰所での毎日は息が詰まったのであろう。昨年からは城下に庵《いおり》を構えている。それでも日々城に上がり、業正への挨拶を欠かさなかった。

その幸綱が、ここ十日ばかり顔を見せない。初秋七月、昼間は夏の暑さを残せど、朝夕はずいぶんと冷えるようになっている。風邪でもひいたかと思っていたが、今日になって思いもよらぬ一報が入った。

「幸綱の庵に、怪しき者が入るのを目に致しました」

家臣の赤石豊前《あかいしぶぜん》である。二年前、皆が幸綱を揶揄した時に、その場にいたひとりであった。赤石は何を言った訳でもないが、同じ思いだったに違いない。以後も似たようなことは何度もあって、業正はその度に苦言を呈してきたが、皆の態度が改まるには至っていない。此度の話も讒訴《ざんそ》ではあるまいか。

「何ゆえ、怪しいと分かる」

「大膳殿が、幸綱の庵に入る者を見たと申しまして。もしやと思うて見張っておったところ、案の定にござった。その者は庵から出ると、俺の目に気付いて逃げおったのです。透波では？」

「それは、いつだ」

「先ほど、昼過ぎです」

やれやれ、と呆れて溜息をついた。

「昼日中に動いて、容易く見つかる透波があるものか。なりは、どうであった」

「小綺麗な小袖と括《くく》り袴《ばかま》にござった」

「なれば、いずれかの武士であろう。海野の遣いやも知れぬ」

すると赤石は「あ」と大きく口を開いた。

「海野は武田に降ったのでしょう。よもや幸綱も……おのれ、恩知らずめ！」

「恩と申すほどの恩は施しておらぬ。やっかむ者があるゆえ、わしは何もしてやれなんだ」

ちくりと刺す。さすがに赤石も口籠もったが、引き下がる訳ではなかった。

「いえ、その。されど、ですな。どこの誰とも知らぬ者が出入りしておるのを、少なくとも二人が目にしておるのですぞ」

業正は眉をひそめた。幸綱は、人の思いがどう動くかを熟知している。つまり策謀の基となる才を豊かに持っているのだ。他に取られたくない――しかしその思いは、何より、一本芯の通った幸綱の心根を気に入っていたからだ。幸綱は言った。未だ恩を返していないから箕輪に留まっているのだと。そして散々に厭みを言われながら、一度として抗おうとしなかった。

「さあ殿、お手を拱《こまね》いておられては。今すぐ幸綱を召し出して、仔細を問い詰めねば」

ひそめた眉根が、ぐっと寄った。赤石が言うのにも一理ある。幸綱ほどの男が北条や武田に与するなら、この上なく手強い敵となるであろう。

「あい分かった。仔細を問うてみるとするわい」

赤石は実に嬉しそうな顔で一礼し、足早に去って行った。そして幸綱が城に上がるのと同じ頃に、長野家臣の多くを引き連れて戻った。得心できる申し開きを聞かねば収まりが付かぬと言って、接見の広間に押しかけて来る。

「まこと、勘助の申したとおりよ」

人の主たることは、ことほど左様に難しい。業正は致し方なく、皆を迎え入れて幸綱に問い糺《ただ》した。

「――という話が耳に入っておるのじゃが。訳を聞かせてもらえぬか」

左右の列から疑惑の眼差しを向けられる中、幸綱は大きく息を吸い込み、長く吐いた。

「如何にも、我が庵には遣いの者が参りました。山本勘助殿のご推挙があり、武田晴信がこの身を迎えたいと申し出て参ったのです」

途端、満座にざわめきが満ちた。あちこちから「恩知らず」「誇りなき者」と罵声が飛ぶ。業正はじろりと睨んで皆を黙らせ、しかと幸綱の目を見据えた。

「して、其許はどうされるおつもりか」

「我が願いは二つあり申した。ひとつは長野様にご恩を返す」

「もうひとつは？」

「我が真田郷を奪った武田に、頭を下げさせる」

目が丸くなった。この地に来た日から、ずっと、幸綱の中には信念があった。その正体を知って、手放したくないという思いが強くなる。

「なるほど。自ら降るのではなく、向こうから迎えたいと申してきた。まさに、武田が頭を下げたことになるのう」

「はい。されど……」

未だ報恩はしていない。心苦しそうな面持ちに、業正は静かな笑みを向けた。

「其許の思いは分かった。下がって良い」

幸綱が意外そうな目を見せる。業正は小さく、それこそ、少しでも気を抜いていれば見落とすほどに小さく、頭《かぶり》を振った。箕輪に留まっても、どうにもなるまい。恩の返し方など幾らでもあるのだ。眼差しの意味を感じ取ったか、幸綱は深く一礼して広間を辞した。

「あの者、きっと武田に寝返りますぞ」

矢島定勝が目を吊り上げて呟いた。余の者も同じような顔でこちらを見ている。

「たわけ！」

腹の底からの大喝に、皆がびくりと身を震わせた。言葉を失った隙に、業正はなお大声を捻じ込んでいった。

「恩知らずと申した者があったな。恩を返させなんだのは誰だ。客分を疎んじるべからずと、わしが何度同じことを申したか。恥じよ」

家臣の気持ちを案じ、これまで決して口にしなかった叱責である。矢島定勝や内田《うちだ》頼信《よりのぶ》、岸信保《きしのぶやす》らの重臣は元より、赤石豊前や土井大膳らの中堅も下を向いてしまった。だが一方で、なお嫉妬の炎を滾《たぎ》らせている者がある。

度し難い。それでも、これが人というものなのだ。幸綱はきっと、こうした者がいると察していよう。だとすれば己は、今こそ本当の意味で恩を施さねばならぬ。

「幸綱に馬を与える。戦場で報いよと、我が恩を重ねるのだ。その上でなお武田に参るなら、其方らが申すとおりの恩知らずじゃろうて。定勝」

矢島が畏まって「はっ」と返す。業正は厳《おごそ》かに命じた。

「其方が遣いとして赴くべし。武田には仕えぬと血判を取って参れ。与える馬には、鞍《くら》と手綱《たづな》も付けておけよ」

「……御意」

矢島の眼差しは、これまでと全く違うものになっていた。深い悔恨の情が見える。この分なら障りあるまい。

一時《いっとき》半（一時は約二時間）の後、夕刻を迎えた頃になって、矢島は幸綱の誓詞を取って戻って来た。これにて家臣たちは本丸館から下がって行った。

業正は、なお広間に佇《たたず》んでいた。辺りが闇に包まれた頃、ひとり深く溜息をつく。

「こうするより外にない」

叱責されて悔い改めた者は良い。しかし、そうでない者もいるからには、命さえ狙われかねないのだ。すぐに逃げよ——鞍と手綱の意味を、幸綱ならば分かってくれるだろう。

「さらばじゃ」

右手の指で瞼《まぶた》を押さえ、静かに肩を揺らす。暗い広間に己ひとり、誰を憚《はばか》らずともよい。

＊

また二年が過ぎ、天文十五年（一五四六年）となった。そして初夏四月二十日、業正が仕える山内憲政は北条氏康《うじやす》に大敗を喫した。

ことの起こりは昨年の七月である。駿河《するが》の今川義元《いまがわよしもと》が東へと兵を向け、北条の領を襲った。この機を逃すべからず——山内・扇谷の両上杉家は、かつて北条に奪われた地、武蔵北部の要衝・河越《かわごえ》城を窺う。しかし長陣の緩みが生じたところに夜討ちを喰らい、兵を四散させた。扇谷家は当代・朝定《ともさだ》を討たれて滅亡し、山内家も配下の国衆を多く失った。

深手を負ったのは上杉だけではない。この戦に参陣した業正も同じであった。

「そうか。吉業《よしなり》も……」

どうにか主君を守り切り、疲れ果てて箕輪に帰ったところへ告げられたのは、嫡子が討ち死にしたという一報であった。所領を治むるの何たるか、戦の何たるかを、ようやく解してきたというのに。既に次男もこの世にない。幼い三男の行く末を吉業になら託せると思っていたのに。

討ち死にした者は、主家に比べればずいぶん少なかった。だが、それを幸いとは思えない。やはり自らの子であり、目をかけてきた家臣たちだ。業正はひと月を喪に服すと決め、しばらく戦を手控えて力を蓄えると決した。

そして半月が過ぎる。喪に服すと決めていても、山内の家宰たる身は安閑としていられない。考えねばならぬこと、打たねばならぬ手は山ほどあった。

(関東管領家は、この先)

どうやって生き残るべきか。今朝も仏間にあって倅の霊に手を合わせ、伏し目がちに思いを巡らせていた。少なくとも山内には、もう北条と渡り合う力はない。

(いっそ北条に降るのも)

それもひとつの道である。主家が北条の家臣になってしまったとて、人の命を失い、家名を絶やすよりは遥かにましであった。

「申し上げます。管領様よりご使者、殿をお召しにございます」

仏間の外、障子の向こうから矢島定勝の声が渡った。ちょうど良い。先々のことを話し、何とか主君を説き伏せよう。山内憲政は、置かれた立場が分からぬほどの愚昧《ぐまい》ではない。

業正は召致に従い、箕輪から三十余里の南、平井《ひらい》城へと参じた。

「先の負け戦で、我らは多くを失うた。このまま北条と争い続けるは滅びの道であろう」

主君は山内の今を正しく見極めている。だが起伏の少ない細面には、並々ならぬ決意が滾っていた。危ういものが感じられてならない。

（もしや殿は）

業正は背に粟《あわ》を立てた。捨て鉢の一手に出るつもりか。それを言わせてはならぬと、憲政に先回りして「左様にございます」と応じた。

「今や扇谷は滅び、武蔵国衆も多くはご当家を離れてござる。この上は北条と誼《よしみ》を通じ――」

のか」

「慮外者《りょがいもの》！　北条に誼を通じるとは、降るということぞ。それが分かって申しておるのか」

憲政は勢い良く立ち上がり、主座から業正を見下ろした。だが主家を永らえさせるためには、ここで引き下がる訳にはいかない。

「今のままでは、ついにはこの上野をも失うこととなりましょう。御身の体面よりもお命を重んじられませい。ご歴代が守ってきた上杉の家名を、絶やしてはならぬのです」

「たわけ、たわけ！　北条と戦うて勝てぬと申すなら、勝てるようになる道を探るべし」

「それができれば苦労はござらぬ」

憲政は満面を怒りの朱に染め、身を震わせながら、小さく鼻で笑った。

「できぬ話なら、するものか。幾年前か、小県の海野が武田に追われて箕輪に逃げて参ったであろう。海野一族は再び武田に膝を屈したが、恨み骨髄《こつずい》に徹す相手なれば、胸の内はどうだか分かったものではあるまい。我らが兵を向ければ一斉に靡く」

心中に嘆息した。何たることだ。これほど目端の利かぬ人ではなかったはずである。絶体絶命の窮地に陥り、一縷《いちる》の望みを繋がんと七転八倒して、その果てに目を曇らせたとは。信濃に兵を向けたとて、今の山内に誰が屈するものか。

（少なくとも）

あの男、真田幸綱は絶対に屈しない。それも、間違いなく謀の才がある男だ。憲政の乱れきった心、断末魔の悪足掻《わるあが》きなど容易に見抜くだろう。よしんば山内か武田かで迷う者があったにせよ、全てを語らい、武田側にまとめてしまうはずだ。

業正は大きく息を吸い込み、がば、と平伏して一気に捲し立てた。

「河越で北条に敗れたは夜討ちの妙ゆえ、我らの力が及ばなかったのではござらぬ。されど今は違い申す。武田の兵は、その北条と長らく互角に渡り合うたのです。無理に兵を進めては、かえって武田の兵を上州《じょうしゅう》に引き込むことになりましょう」

「黙れ！」

憲政はつかつかと歩を進め、手にしていた扇子《せんす》を業正に投げ付けた。

「勇猛果敢と謳《うた》われた身も、年老いて意気地がのうなったか。誰が何を申したとて、わしは信濃に兵を出す」

「どうか、何とぞ、お考え直しくだされ」

「……箕輪、丸裸にしても良いのだぞ」

静かな、かつ狂気に満ちたひと声であった。山内は、武田には勝てない。しかし麾下の国衆を束ねれば、箕輪城のひとつを落とすだけの兵は動かせる。

「それがしは管領様の家来にござる」

「ゆえに、従わぬなら成敗《せいばい》すると申しておる」

このままでは、上野は潰れる。己では止められないのか。

（いやさ。止められぬなら……）

業正は奥歯を噛み締めて自らを奮い立たせ、ゆらりと顔を上げた。

「主に従うは家来の務め。承知仕った」

「それで良い。ひと月で兵を整えよ」

憲政は勝ち誇って頰を歪め、悠々と去って行った。

一ヵ月の後、山内軍は四千を揃えて信濃を指した。箕輪城の北、利根川《とねがわ》から枝分かれする吾妻川に沿って西へ、鳥居峠《とりいとうげ》を越えて上田原《うえだはら》へと出る。

案の定、惨敗であった。武田方の先手は海野一族率いる小県の衆だが、やはり山内に靡く者など誰ひとりとしていなかった。小県衆は山がちな地の利を生かして八方から夜討ちを仕掛け、野伏せりで山内勢を乱し、千足らずの兵で四千の大軍を蹂躪《じゅうりん》した。そして今日は、ついに昼日中の奇襲である。蹴散らされる兵、混乱を極めて飛び交う悲鳴、河越の負けを思い起こさせる喧騒の中で、憲政が恨みがましく声を震わせた。

「なぜだ。海野如きの家名に縋《すが》る者共が、何ゆえ上杉に靡かぬ」

「家名云々ではござらぬ。戦乱の世なれば、誰も勢いを見るものにて」

止められぬなら、思い知らせるのみ。そう決意して臨んだ戦である。これで目が覚めただろうと、業正はどこまでも落ち着いて返した。青ざめた憲政が力なく頷く。ならば、今こそ主家を守るべし。

「未だ二千ほどの兵が残っておりまする。これを連れて平井に戻られ、先々のことを図るがよろしいでしょう。この業正が殿軍《しんがり》を務め、必ずや殿の背を安んじてご覧に入れる」

憲政はふらりと立って、幽鬼の如き足取りで陣を出て行った。そして馬廻衆の手で馬上に押し上げられると、二百ほどの兵に囲まれて退いていった。

これで半分だ。あと半分、全てを失う前に退き果せれば、いずれ北条に降伏しても、山内家はそれなりの扱いを受けられる。

「手のかかるお方よな。さて、我が役目を果たすとするか」

業正は自らの陣に戻ると、当初の八百から半減した兵を束ね、殿軍に付いた。

「土井大膳、赤石豊前、これへ」

呼ばわると、すぐに二人が参じた。敵の喊声はなお近い。猶予はないぞと言下に命じた。

「我らは殿軍を仰せつかった。其方らの武勇を見込んで、我が兵の最も後ろを任せる」

土井と赤石は大いに喜び、武者震いして「承知」と返した。二人に百の兵を付け、自らは三百を率いると、業正は後続との間合いを計りながら先行した。

千曲川《ちくまがわ》の支流たる神川《かんがわ》を北に遡れば、その北東に上野との境・鳥居峠がある。峠を抜けた先は谷間の狭隘《きょうあい》な道が続いており、そこまで退けば敵も深追いはして来ないだろう。

思いつつ右手を見遣る。神川の対岸では平地が向こうへと延び、山がこちらへとせり出し、それらが交互に連なっていた。入り組んだ地形のひとつ、平地の中に軽く突き出た丘があり、小ぢんまりとした館が建てられていた。あと二時《ふたとき》もすれば暮れるであろう日差しの中、海野が家紋とする「六文銭」と、もうひとつ「結び雁金《かりがね》」の旗が翻っていた。

(あの辺りが真田郷か)

思い出すのはやはり幸綱の顔であった。人の心を読める男ゆえ、謀には長《た》けているだろうと見ていた。この力はそのまま戦に転じられる。きっと戦も巧《うま》いはずで、あの男が追って来たら、ただでは済むまい。日暮れ前に峠を越えねばと馬を励まし、兵を鼓舞して先を急いだ。

日が傾き始めた頃、業正は峠道を抜けた。吾妻川の浅い流れ、狭隘な谷間の南には浅間山《あさまやま》、北に四阿山《あずまやさん》が聳えている。ここに伏せ勢があると臭わせれば、逃げ切れるだろう。ようやくひと息ついた。

「止まれ。少し休んで良いぞ」

一時半も走り詰めだった兵たちが乾いた悲鳴を上げ、救われたようにへたり込んだ。業正はそれらを見回して微笑を浮かべる。しかし。

「ありゃあ、何だべえ」

足軽の驚いた声に振り向けば、後ろから二頭の空馬が闊歩《かっぽ》して来ていた。背に負う鞍を見て、業正は面持ちを曇らせた。土井と赤石の馬である。

「大膳、豊前……さては討ち死にしたか」

山中の伏せ勢を装うには、少しだけ兵を残せば済む。しかし、それとて後ろを受け持つ二人があればこそだ。罠に嵌めてやる——そういう構えを見せる者がなければ、敵兵は「危うい」と思ってくれない。勝ち戦の勢いに任せ、将が制止しようと構わずに押し通ってしまう。

(さすれば暗くなってから追い付かれ……目も当てられぬ)

業正は頭を三度、強く左右に振って、家臣の死の悲しみを振り払った。

「この上は自ら追っ手を迎え撃ち、蹴散らさねばならぬ。者共、続け」

馬の首を手綱で叩く。士分と足軽とを問わず、体を動かせる者が我も我もと追い慕って百余の数となり、来た道を取って返した。

四半時《しはんとき》も進むと鳥居峠が見えてきた。だが、先に通った時とは様子が異なる。峠へと続く道には、皁莢《さいかち》の大木が横たわっていた。

「え？　あ！」

「殿！　何とてこれへ」

驚いたことに、大木の傍らには土井と赤石の姿があった。業正は「おお」と手綱を引き、馬の足を緩めて二人へと寄せた。

「討ち死にしたのではなかったのか」

「このとおり、ぴんぴんしておりますぞ」

赤石が胸を張ると、土井がその頭を小突いた。

聞けば、赤石の背にあった指物が皁莢の棘に引っ掛かり、取れなくなったのだという。指物を捨てて帰るは末代までの恥と、二人は馬を下りて刀を振るい、やっとのことでこの木を切り倒したのだそうだ。赤石の背にある指物は、なるほど、あちこちに穴が空いている。業正は呵々《かか》と笑った。

「そうであったか。其方らの命があって何よりじゃ」

いざ退かん、言い掛けたところで、峠を越えて馳せ寄る兵があった。数は二百ほど、こちらの倍と見えた。

「しつこい奴らめ」

赤石が恨めしげに唸る。土井がその肩を叩き、励ますように応じた。

「元より皁莢の木は棘が多い。お主の指物を絡め取ったほどじゃ。これを楯に迎え撃たん」

そして二人で頷き合うと、業正らを背に「ござんなれ」と大音声に発した。

「止まれ、止まれい」

敵将が発する声を聞き、業正は目を見開いた。

「あれ見よ、敵には野伏せりの備えあり！　皆の者、返せ返せ。深追いは無用ぞ」

真田幸綱である。この下知に従い、武田方は踵を返した。

倒れた大木の先、峠の向こうに日が隠れようとしている。幸綱が馬上から肩越しの眼差しを寄越した。強い橙色に包まれて、面差しは、はっきりと見えない。しかし業正には、柔らかな笑みを浮かべているように思えた。

＊

和田《わだ》城主・和田業繁《なりしげ》と、倉賀野《くらがの》城主・倉賀野尚行《なおゆき》が箕輪城を訪れている。それぞれ業正の娘を娶った婿たちは、異口同音に不平を漏らした。

「そも、御嶽《みたけ》城が攻められた折に援兵を出すべきだったのです」

「左様、さすれば平井城とて落とされずに済んだものを」

小県に攻め込んで返り討ちに遭ってから、六年が過ぎていた。

案の定、山内上杉家の家運は坂道を転げ落ちるが如しで、北武蔵の国衆は少しずつ北条に鞍替えし、そうでない地は攻め落とされていった。業正とて大敗で多くの兵を失ったからには、戦によって食い止める術はなかった。せめて鞍替えする者を説き伏せようと奔走するも、その全てが無駄足に終わった。

気持ちではまだ若いつもりだが、こうしたことが重なると、さすがに心も萎える。婿たちの若い血気に押されながら、業正は苦しい胸の内を吐き出すように、小声で応じた。

「そう申すでない。御嶽に出せる兵があったと思うのか。致し方なき、なりゆきじゃろうて」

昨年、主君・山内憲政は越後の長尾景虎に助力を頼み、上野国衆と共に武蔵の旧領奪還を試みたが失敗に終わった。長尾勢はまだしも、上杉勢の数が少なすぎたのだ。憲政が兵を退くと、北条は間髪を入れずに上野を襲わんとして、山内の本拠・平井城の間近にある武蔵の御嶽城を囲んだ。敗戦直後ゆえ憲政は援軍も出せず、北条の蹂躙するに任せるのみである。そして、ついには本拠・平井城まで失っていた。

「致し方ないなどと、まことに左様お思いですか」

倉賀野はかえって激憤した。

「管領様は、御嶽城に送る兵を集めようとすらなさらなかった。ゆえに平井を落とされた折も、誰も兵を出さなんだのです。困った時に守ってくれぬ主君など、助けても無駄ですからな」

業正は「それは違う」と応じた。

「長尾と共に兵を出したは、わしも、皆も同じよ。武蔵を切り取り損ね、兵の備えが薄いところを衝かれては」

おまえたちとて、出せる兵があったのか。身を以て知っているだろう。そういう業正の眼差しにも、倉賀野は収まりが付かぬようであった。

「義父上《ちちうえ》が仰せのとおりなれど、そもそも管領様をお助けする気もござらなんだ。自ら戦って負け、長尾の力を借りても負けて、すっかり腑抜けておられる。左様なお人に与するなど」

気持ちは分かる。御嶽城の一件を始め、己とて何度も諫言したのだ。しかし。

「お主、憲政公を見限ると申すか」

倉賀野が、きっぱりと首を横に振った。和田も大いに頷いて続いた。

「俺が、ではござらぬ。皆がです」

「忍《おし》城と国峰《くにみね》城も、北条に降るそうですぞ。浜川《はまかわ》、山名《やまな》、板鼻《いたはな》の各城も揺れておりますれば」

眉根が寄った。全て長野の姻戚である。忍城は武蔵にあって北条勢に囲まれ、国峰城も北条が勢力を張る秩父《ちちぶ》に近い。苦渋の決断なのだろう。だが浜川、山名、板鼻の各城は、この箕輪の出城ではないか。それでさえ山内に愛想を尽かしているとは。

「……否とよ。主君の腑抜けた姿を見れば、下は気が気でない。山内を支えられなんだ、わしの咎よな」

業正の寂しい笑みに、和田が身を乗り出した。

「左様なこと！　義父上が重ねたご苦労は皆が知っており申す。ひとえに、義父上の諫めをお聞き入れなかった管領様の咎にござる」

「そのとおり。武田との戦に於いても、義父上の殿軍なくば、管領様はお命を落としておられましたろう。長野業正は老いてなお健在にござる」

細く、長く息を吐いた。これが婿たちの、箕輪衆の総意なのだ。

（わしは、これまで）

ひたすら上杉に忠節を誓ってきた。この上野で勢いを増し始めた頃、上杉が一族の娘を嫁に出し、我が立場を確固たるものにしてくれたからだ。だから憲政を諫め、時には負け戦の中に放り込んで叱咤してきた。婿たちも己を信じてくれていた。

だが今、その大本が揺らいでいる。腑抜けてしまった主君・憲政の姿に、皆が不安を抱えている。和田も倉賀野も、頼みにしているのは上杉ではない。この業正なのだ。

ならば――。

「わしこそ、腑抜けた姿など見せられぬ」

一度瞼を閉じて、胸中の思いを捻じ伏せる。再び見開かれた切れ長の目は、鋭く吊り上がっていた。

「殿にお目通りを願う。お主らと同じ思いの者を集め、共に参るが良い」

平井城を落とされた後、憲政は箕輪の東方にほど近い厩橋《まやばし》城を居所と定めている。業正はここに主君を訪ねた。随行したのは和田に倉賀野、その他十余名、全てが山内の麾下で一城を任される者たちであった。

「揃いも揃って何用か」

大挙して押し寄せた臣下を前に、山内憲政は幾分怯えたように発した。粗方を察しているのだろう。業正は自らの湿っぽい心を噛み殺し、声音を低く抑えて迫るように発した。

「ここにおる者は皆、御嶽城の撫で斬りを嘆いており申す」

「……わしに何ができたと申す」

「できることは、山ほどござった。されど殿は手を拱いておられるばかりでしたろう。河越で負け、それがしの諫めも聞かず小県に兵を向けて負けた。ようやく拾ったお命なれば、北条にでも武田にでも降れば良うござったのです」

憲政は幾らか気色《けしき》ばんだ。

「上杉が降るなど以ての外じゃ。名家には名家の誇りがある」

「人の世は流転するもの、上杉が再び栄える日も来ると、どうしてお思いになれませぬ。殿が拘っておられるは家名に非ず、御自らの体面のみ。左様なもの、安い誇りと申し上げる外はない。海野が形ばかりでも生き延びたは、左様なつまらぬものを捨てたからにござります」

「無礼者が……」

怒りに震え始めた主君を睨み据え、業正は傍らに置いた刀を手に、すくと立った。

「今一度、お諫め致す。北条に誼を求められませい」

「断る！」

刀の鞘《さや》を強く握り、業正は瞑目《めいもく》してゆっくりと頭を振った。

「然らば、おひとりで落ちぶれなさるがよろしい。御身の他は、全て北条に降り申す」

「謀叛じゃ。これは謀叛じゃ！」

震える叫びを耳に、かっと目を見開く。そして、すらりと刀を抜いた。

「左様、謀叛にござる。一両日で上州から去られよ。さもなくば……この業正、齢六十二を数えたとて、衰えてはおりませぬぞ。御身が首で確かめられますか」

憲政は無念の涙を落とし、がくりとうな垂れた。その首に刃が向くことはなかった。

山内憲政を追放した上野国衆は、揃って北条に膝を屈した。これより先は、北条と武田の争いとなるだろう。新参の者は、戦で最も危険な先手を命じられるのが常である。だが、長らく主君と仰いだ人を追ってまで生き残りの道を探ったのだ。業正を始め、皆が「捨て石で終わってなるものか」と躍起《やっき》になり、力を蓄えんと奔走した。

その思いは、無駄になった。

「申し訳次第もござらなんだ」

主座にあって、業正は皆に平伏した。箕輪城本丸館の広間には二十数名が顔を揃えていた。縁戚に加え、業正を信じて共に北条に降った者がひととおりである。

「どうなされるおつもりか」

「何のために管領様を裏切ったか分からぬ」

怒号が飛ぶ。同時に、それらに対する罵声が返った。

「山内は死に体であった。それを知って離れたのであろう」

「今になって業正殿を責めるとは見苦しいぞ」

それぞれが手前勝手に怒りを撒き散らしている。業正は静かに平伏を解き、目を閉じて、苦渋に顔を歪めた。

北条に降って一年、上野の国衆に求められたのは、戦場に於ける捨て石の役目ではなく城の明け渡しであった。武田に備えるためと聞く者もあれば、武田との和議が進み、国衆を先手にする必要がなくなったからだと聞く者もあった。業正に伝えられたのは前者である。

だが、理由などどうでも良かった。武田と戦うにせよ、和議にせよ、上野の国衆が買い叩かれたことに変わりはない。

(武田と戦うにせよ……か)

そう思って、あの真田幸綱の顔が瞼に浮かんだ。幸綱は武田の先代・信虎に抗い、負けてなお屈せずに落ち延びた。武田が代替わりして海野一族が自ら降って行く中、ひとり、向こうが頭を下げるまで待った。それが何のためであったか、今こそ身に沁《し》みて分かる。

(戦乱の世は、生き残った者の勝ち。されど)

生き残りを図るにしても、自ら膝を折ることは愚かしいのだ。主家を裏切って屈したのは、それに輪をかけた愚行である。媚《こ》び、へつらい、卑屈に命乞いをしたようなものではないか。だからこそ北条は、上野国衆を安く見た。

（武士たるもの）

悔恨を嚙み殺し、思い定めて目を見開く。広間では相変わらず、皆が互いを罵り合っていた。

「北条に降れば安泰と思わせた、業正殿の咎であろう」

「慮外者が。自ら何を思うこともせず、流された己を恥じるべし」

立ち上がって互いに歩を進め、摑み掛からんばかりの二人がある。

「やめい！」

業正が一喝すると、二人は元より、皆が驚いてこちらを向いた。どの顔にも怒りが湛えられている。それで良い。しかし怒りの矛先は違うところに向かわねばならぬ。

「恨むべきは、我らの弱みに付け込んだ者である。ゆえに、わしは決めた。北条を離れる！　付いて来る者は、この先、わしを主君と思うべし。如何にしてもこの業正が悪いと思う者は、北条に城を明け渡して留まるが良い。各々、道は自ら決められい」

皆の怒りが一瞬で消えた。何を言っているのか分からぬ、という面持ちだ。しかし、少しすると、じわじわと憤怒が戻り始める。

「……そうともよ。我ら、互いにいがみ合うておる時ではない」

真っ先に口を開いたのは和田業繁であった。業正の婿だから、と見る向きもあったかも知れない。だがそれ以上に、北条に見くびられた怒りの方が強かったようだ。皆が続いて声を上げた。

「上州武士の心意気、見せてくれん」

「城を枕に討ち死にするとて、必ずや一矢報いてくれよう」

喧騒が再び熱を持った。先までの、互いを焼くような炎ではない。ひとつになって激しく燃え盛る業火だ。それに押されるように、倉賀野尚行が勢い良く立った。

「婿から義父上にお願い致す。我ら皆、管領様を頼んで裏切られ、北条を頼んで裏切られた身にござる。然らばお約束くだされ。長野業正は決して裏切らぬと」

業正はゆっくりと、力強く頷いた。

「屈することが如何につまらぬか、皆も、わしも思い知った。泥水を啜《すす》ってでも生き延びんとするも誇りなれど、死ぬ気で胸を張る方が清々しい。わしは、もう誰にも屈せぬ。決して皆を見捨てず、共に命を落とす覚悟ぞ。方々、力を貸してくれ。智慧《ちえ》を寄せ合い、武を束ねるべし」

そして皆を見回し、高らかに吼《ほ》えた。

「武士たるもの、不屈なれ」

一同が、わっと沸いた。この上ない熱気に包まれた広間の中、誰もが額に汗を浮かべていた。

＊

箕輪衆は業正の下にまとまり、越後の長尾から援助を受けて北条と武田に抗い続けた。長尾は信濃に於いて武田と鎬《しのぎ》を削っている。つまり双方が武田への牽制《けんせい》も兼ねて、手を組んだものであった。

だが天文二十三年（一五五四年）を以て情勢が変わった。甲斐の武田、相模の北条、駿河の今川、三つの大国が相互に盟約を結んだためである。

それから三年――。

「申し上げます。武田勢、小県から吾妻に入り申した。七千の大軍にござる」

重臣・矢島定勝の一報を受け、業正は面持ちを引き締めた。

「羽根尾《はねお》と岩櫃《いわびつ》は？」

「両城とも兵が少なく、足止めは難しいとの由にて」

武田が動くことは、二ヵ月ほど前に聞かされていた。業正以下もこれに備えて兵を集めてはいたが、如何にしても向こうは大国、こちらは国衆の寄り合いでしかない。

山ばかりの西上野、天険を利して戦うにせよ、山国の甲斐を本拠とする武田を相手に長くは抗えないだろう。

「あい分かった。吾妻衆には、ひと当たりして退き、箕輪に入るよう伝えておけ」

矢島が「御意」と応じて駆け去って行く。大きく溜息が漏れた。

甲相駿の三国が盟約を結んでから、北条は上野を捨て置いて下野《しもつけ》にも目を向け始めた。それだけの力を持っていることも然りながら、上野は武田に睨ませればよいという目算である。逆に武田は、北条が下野を窺って、信濃に於ける長尾景虎の脅威を減じられる。長尾は下野国衆との繋がりも深く、こちらにも兵を割かねばならぬからだ。

「頼める者はない。されど、決して屈しはすまいぞ」

こちらの兵は精々二千余、これが七千もの大軍を相手にするのだ。敵の虚を衝いて攻めるか、或いは堅城に拠って迎え撃つしかない。もっとも吾妻で足止めもできぬとあらば、奇襲を仕掛けるのは難しいだろう。山名、大戸《おおど》、和田、倉賀野、浜川、板鼻、鷹留《たかとめ》――箕輪の出城も平城か平山城が多く、ひとつずつ潰されたら打つ手がない。ならばと、業正はそれらの出城にある者を箕輪に集め、半月の間に籠城の支度を整えた。

そして、いよいよ武田方が陣を張る。城の周りは、白川と断崖に遮られた西側を除く全てを囲まれていた。

本丸館の広間、具足に身を固めた業正は居並ぶ諸将をざっと見回した。

(武田には幸綱と勘助がおる)

遠い昔、山本勘助や真田幸綱に、この城をどう攻めるかと問うた。勘助は言った。搦手から攻めるには通仲郭と通仲南郭が厄介、これを先に落とすにせよ、城の構えの中で最も高い玉木山から狙われる、と。

「まず玉木山に旗を立てい。兵は置かんでよい」

実際、そこまで兵を割く余裕はない。西側が堅いと見せ掛けるだけで十分だった。

続いて搦手を見下ろす通仲南郭、および蔵屋敷の郭に二百ずつの兵と家臣たちを置く。それでも抜かれた場合の備えとして、三之丸と二之丸にも百ずつを割いた。

だが、最も多くの兵を置いたのは、それらではなかった。

「矢島定勝、木部《きべ》駿河《するが》、和田業繁、木暮《こぐれ》丹後《たんご》。それぞれ百を率いて二之丸の馬出しを固めよ。岸信保、内田因幡《いなば》、大熊備中《おおくまびっちゅう》、倉賀野尚行、同じく百ずつで追手口を守るように」

家臣や婿たちは、一様に眉をひそめた。

「馬出しと正面だけで、八百にござりますか。それは如何にも……」

首を傾げた矢島に、業正は胸を張って応じた。

「其方らが疎んじた幸綱は、武田の臣となった。この城の縄張りは筒抜けよ。されど」

あの時、勘助と幸綱は言っていた。榛名沼と馬出しの間が空きすぎていて、南からの攻めを迎え撃つには城を出なければならない。かと言って、打って出れば、平地に直結した追手口の備えは薄くなる。この城の弱みを説き、そして続けた。

「城に寄せる兵が多ければの話じゃと申しておったがな。此度の武田は、その攻め方を為し得るだけの数を連れておる」

皆が得心し、矢島も「はっ」と頭を下げた。

「承知仕った。されど、殿の本丸には百ほどしか残りませぬぞ。少のうござりますゆえ、重々お気を付け召されませ」

業正は呵々と大笑した。

「誰が本丸で縮み上がっておるものか。その百を全て率い、稲荷郭の百と共に敵を迎え撃つのみ」

「危のうござる。殿がご落命となれば、箕輪は終わりなのですぞ」

矢島が血相を変え、余の者もあんぐりと口を開けた。しかし業正は、ぎらりと目を光らせて吼えた。

「四十、五十の洟《はな》垂《た》れ小僧が何を申す。この業正は齢六十七の大人なり。年寄りと侮るなよ。其方らに戦というものを教えてやるわ」

発して立ち、腰に佩《は》いた刀を抜く。横薙《よこな》ぎに振りぬくと、パン、と剣呑な音が立った。二つに断ち割られた空気が、ひとつに戻ろうとしてぶつかった音であった。

「それ！　者共、戦の始まりだ」

何者にも屈するべからず。たとえ相手が大軍とて、智慧と武勇で必ず退けてみせる。その猛々しい気勢に押され、将たちは命じられた持ち場へと散って行った。

稲荷郭は本丸の東、追手口のすぐ北にある。そこに向かえば、土井大膳と赤石豊前が各々五十の兵に列を作らせていた。業正は敵に気付かれぬようにと、小声で二人を呼んだ。

「大膳に豊前。其方らは正面を狙う者の相手をしてやれ」

「御意！　して、殿は？」

土井の問いに、にんまりと笑って答えた。

「わしはこの稲荷郭の東じゃ」

「はて……そちらは敵陣の真向かいなれど、門も何もなく。攻める者がありましょうか」

怪訝そうな赤石に「いずれ分かる」とだけ返し、土塁の内側に兵を伏せた。

（きっと来る）

勘助と幸綱が揃って挙げた弱点には、十分な手当てをした。だがあの二人も往時のやりとりを覚えていよう。こちらも承知している城の弱みを、敢えて攻めるだろうか。

（左様なはずはない）

こちらが承知しているからこそ、弱点でないところを衝く。必ずだ。さあ勘助、幸綱、どちらが来る。必ず退けてくれん。

しばし息を潜めていると、武田方に法螺貝《ほらがい》が鳴った。途端、徒歩勢が大挙して追手口に迫る。きっと馬出しも同じような有様であろう。

「今ぞ」

土井の一声が響き、五十の兵が弓の弦を弾いた。風を切る音、そして悲鳴、しかし敵はこの備えを知って、なお猛り狂った喊声を門へと叩き付ける。

「抜かせるものか」

赤石が兵を督し、土塁の上から石を降らせた。敵兵が気を取られた隙にと、今度は追手口の櫓《やぐら》から内田と大熊が矢を放ち、倉賀野が門の上から煮え湯を撒く。半時余りの攻防を経ても、敵は誰ひとり門扉を穿つことができずにいた。

と、業正の正面に鬨《とき》の声が上がった。

「者共、気張れよ。えい、えい、えい！」

「おう！」

以後は一切の喚き声を上げず、猛然たる足音だけが迫って来た。稲荷郭の高い土塁を登って雪崩れ込み、追手口と呼応する土井や赤石を襲わんという動きである。業正は「やはりな」とほくそ笑み、頃合を計った。あと半里、まだ遠い。あと四半里、もう少しだ。

残り一町（約百九メートル）を切る。矢で射抜ける間合いに入った――。

「立てい！」

大音声に従い、百の兵が一斉に立つ。土塁の内に設《しつら》えた石段を駆け上がり、弓を引き絞る。

「放て」

百の矢が束になって寄せ手の一団を襲った。不意の一撃に、敵の雑兵たちが足を止める。業正も背の弓を取り、矢を番《つが》えては放ち、放っては番えながら遠くを見遣った。翻るは「六文銭」と「結び雁金」の旗二つ、真田幸綱であった。

「見よ、良き敵ぞ。強きに抗い退けてこそ、弱き者の誉れである。いざ放て」

鼓舞に従い、兵たちは乱れ撃ちに矢を放った。すると向こうは気を怖じけさせるどころか、一層勢いを増して突っ掛けてくる。

（そうか。其許も嬉しいか）

業正はひとつ大きく笑い、なお矢を放った。寄せ手――幸綱の兵は三百ほどと見えたが、少しずつ削がれてゆく。それでも数に勝るがゆえか、さらに半時もすると、土塁の裾に取り付く者が出始めた。

「もてなしの支度じゃ」

命じると、足軽三人掛かりで、ひと抱えもある岩を運んで来る。業正も手を貸し、土塁の上に運び上げると、皆で大きく持ち上げて真下に投げ下ろした。よじ登り始めた敵兵が三人四人、まとめて叩き落とされ、その体がさらに他を払い落とした。

「放て！」

敵陣から懐かしい声が渡る。続いて、業正目掛けて矢が撃ち上げられた。

「何の！」

腰の刀を抜き、迫る矢をひとつ残らず払い落とす。

「どうした幸綱。左様に腰の入らぬ矢で、このわしを討ち取れると思うてか。年寄りひとりを射抜けぬとは、武田の兵は弱いのう」

罵声を浴びせつつ、業正は至上の笑みを弾けさせた。

さらに戦うこと一時余り、稲荷郭を窺った兵の五十人ほどを討ち取り、同じくらいの数に手傷を負わせる。すると寄せ手の足軽に、ちらほらと逃げる者が現れた。

「者共、あとひと息じゃ。ここでやらんで、いつやるのか。気張れい」

業正は土塁の上に身を晒し、敵の矢を集めては払い続けた。この身が潰えれば箕輪は終わり、確かに矢島が危ぶんだとおりである。しかし、だからこそだ。攻めあぐねた敵にこの首をちらつかせ、それによって味方の兵を十分に働かせるべし。一歩たりとて退くものか。

「見よ！　敵が返してゆくぞ」

足軽に乱れが生じてから一刻《いっこく》（約三十分）ほど、真田幸綱は退いた。整え直さなければ、勝てるものも勝てない。良い判断であった。

朝一番で始まった戦は夕刻を前に終わった。

それから十日、箕輪城は固く守って敵を寄せ付けなかった。損じた兵、逃げた兵が千に届かんとする頃、武田方は陣を払った。

＊

何者にも屈するまい――そう心に決めて生きた業正にも、どうしても抗えぬものがあった。老いと、それゆえの病である。

「お加減は如何にございますか」

矢島定勝が寝所を訪れ、心配そうな声を寄越した。業正は身を横たえたまま、閉めきられた障子へと顔を向けた。己が顔はこの紙より白いのだろうな、と思った。

「客人……じゃな」

「何とてお分かりに」

矢島は大いに驚いたようだ。掠れた声で「はは」と短い笑いを返す。

「人とはな、そういうものだ。お通しせい」

「はっ。あの、参られたのは――」

「言わんで良い。それから定勝。案内したら、すまぬが外してくれ」

業正は身を起こして待った。体が重く、なかなか言うことを聞かない。やっとの思いで床に座った頃、人の気配がして、すっと障子が開いた。

「お久しゅうござる」

「来てくれると、思うておった」

そこには真田幸綱の姿があった。幸綱は会釈して入り、入り口に近い右手の床へ腰を下ろす。

「長野様が重き病と耳に致しまして。旧恩の御礼を申し上げねばと、参じた次第にござる」

「恩は返したろうに。小県での戦の折、わしが殿軍と知って見逃してくれた」

「それは、この身を逃してくだされた恩への報いにござった。箕輪で養うてもろうたのは、また別の話です」

業正は柔らかな笑みを浮かべ、何度も頷いた。

「律儀《りちぎ》な御仁よな。時に、その頭巾は?」

幸綱は芥子《からし》色の頭巾を取り、剃髪した頭を見せた。

「二年前、主君・信玄が得度《とくど》致しましたが、此度それがしも子に家督を譲るに当たり、主君に倣い申した。今は一徳斎幸隆《いっとくさいこうりゅう》と号しております」

「隠居されたか。それほどの時が過ぎておったのだな」

初めて会った頃の己は五十一、幸綱――幸隆は二十九であった。あれから二十年、働き盛りだった幸隆も齢四十九を数え、老境に差し掛からんとしている。その顔がしみじみと綻んだ。

「もっとも主君からは、楽隠居はさせぬと言われましてな。此度も、箕輪に参るなら長野様の病がどれほどか検分して参れと」

業正は苦笑して、細くなった肩を小刻みに揺すった。信玄は中々に気持ちの良い男らしい。

「見たとおり、間もなくお迎えが来るであろう。信玄殿は喜んでくれるかな」

「一方では大いに悲しまれましょう。何しろ、御身を高く買っておられた。業正がある限り上野には手出しできぬと、嘆いておったほどです」

「ほう」

稲荷郭で幸隆と干戈《かんか》を交えたのが四年前、それに続いて二年前にも、武田は同じほどの軍勢を寄越していた。以後は音沙汰がなく、どうしたのかと思っていたが、そういうことだったか。

「わしが死んだら、またぞろ兵を寄越すか」

もし幸隆が長野の家臣だったら、それでも蹴散らせるのに。思っても詮ない話か。

「ならば、頼みがある」

真剣な眼差しを向けると、幸隆も軽く面持ちを引き締めた。

「それがしに、できることなら」

業正は丸めていた背を伸ばした。骨が軋み、ぽきりと音を立てる。

「わしは主君を裏切って北条に降った。が……それが愚かな行ないだと気付くのに、時はかからなんだ。信玄に頭を下げさせた其許を見習い、誰にも屈するまいと心に決めたのだ。とは申せ」

ふう、と大きく息を吐く。長く言葉を連ねると少し辛い。再び口を開くのを、幸隆は待ってくれている。ごくりと喉を鳴らして、続きを口にした。

「わしが死んだら上野は、信濃と同じく、いずれ信玄に切り取られようて。同じ奪われるなら、他の誰でもない、其許の手でやってくれぬか」

幸隆は少し目を見開き、すぐに半ばまで閉じて、こちらの言葉を噛み締めている。無言、引き受けてくれたのだろう。業正は二つ三つと咳をして「さて」と軽く膝を叩いた。

「吾妻の東、沼田《ぬまた》城は存じておるじゃろう。我が婿、沼田顕泰《あきやす》の城だが……このところ、血迷いおってな。側女《そばめ》に生ませた子をかわいがって、嫡男の朝憲《とものり》を廃せんとしておる」

「愚かな。それでは長野家と袂《たもと》を分かつことになる」

業正は、ゆっくりと頭を振った。

「わしがおるから、武田にも北条にも目を付けられると思うておるのだろう」

「実のところ、長野様があればこそ手を出せぬのに……」

「そうでなくとも、父に嫌われて廃嫡など、子としては承服できまいよ。これでは沼田の家も長からず。ならばこの手で取ってやろうと思うたが、そろそろあの世に旅立つ身ゆえな」

「跡継ぎの業盛《なりもり》殿に託しては？」

幸隆は笑みを見せた。が、どこかぎこちない。業盛は業正の三男で未だ十六歳、手に余ることは承知しているのだろう。

「お気を使いなさるな。吉業が生きておれば任せたろうが、ずいぶん前、河越で討死にしてしもうたしな。託す相手は、やはり其許の他にあるまい」

罠と疑うだろうか。そんなはずはない。人の誠を感じ取れる男だ。にこりと笑って見せると、果たして幸隆は誠心誠意の一礼を返した。

「然らば沼田に於いて首尾し、必ず奪い取ると約束いたしましょう」

「それで良い。されど、楽に取れるは沼田のみ。この箕輪を攻めるなら、心して掛かられよ。業盛には、決して降るべからず、ひとりでも多くを討ち取って死ねと遺言するゆえ」

「これは手厳しい」

幸隆の苦笑にも「それで良い」という気持ちが滲んでいた。業正は満足し、ゆっくりと床に身を横たえて、大きく息をついた。

「其許は自らの生き様で、降ることのつまらなさを教えてくれた。その男が、別れを済ませに来た……。律儀には律儀で返すべし、わしも其許から教わった心意気を貫くのみ」

「承知仕った……。然らば、これにて。永《なが》のお別れにござる」

今一度深々と一礼し、幸隆は去って行った。

この永禄《えいろく》四年(一五六一年)六月二十一日、長野業正は世を去った。やがて沼田城は真田が領するようになり、箕輪城も武田方の手に落ちることになる。だが業正の三子・業盛は父の遺言に従い、決して屈せず戦い抜き、そして自害した。

この折の城攻めは、猛烈の一語に尽きた。心して掛かれ——業正のもうひとつの遺言は、幸隆を通じて武田全軍を引き締めていた。

捨て身の思慕

野辺《のべ》にあるより、山中の方が夜を暗く感じる。秋九月を迎えて、なお葉を落とさぬ木立のせいだろうか。思って北の麓《ふもと》を見下ろす。昨晩は千曲川の流れと八幡原《はちまんぱら》の枯草が月明かりに浮かび上がっていたのだが、今宵はそれも見渡せなかった。天を仰げば、月は分厚い雲に覆い隠されている。ところどころの切れ目ばかりが、やけに明るく映った。

霧、霧、霧――それを待つばかりの時を過ごし、さすがに焦《じ》れていた。空の雲が地に下りて来てくれたらと嘆息し、定満《さだみつ》は痩せた腹を具足の上から擦《さす》って独りごちる。

「きりきりと痛みよるわい」

覚悟を決めて示した策ではあったが、外れたらと思うと気が気でない。齢七十三、自らの使い古した命は惜しくもないが、下手をすれば敬愛する主君をも道連れにしかねないのだ。

どこまでも続く闇の中、定満は瞑目して合掌した。南無八幡大菩薩《なむはちまんだいぼさつ》、願わくは霧をもたらし、我が主君・上杉政虎《まさとら》にご加護を垂れ給わんことを。我に力を貸し給うて、宇佐美《うさみ》の一族に光明を示されませい。幾度も胸の中に繰り返す。

どれほどの時が過ぎたかも分からなくなった頃、左手の後ろから不意に小声が届いた。

「殿、殿」

若い馬廻衆の耳に慣れた声である。定満は細く瞼を開け、肩越しに目を流した。

「何とした」

「ご覧くだされ」

指し示された方を向けば、先まで底なしの黒であった辺りが濁っていた。

「霧……ついに」

呟いて、ごくりと固唾《かたず》を呑んだ。間違いない。地の底は己が髭よりも白く、闇の中でもそれと分かる。山の中腹にある陣の篝火も、ぼんやりと滲んでいた。

ゆらりと立ち上がる身が小さく震えた。

「急ぎ御屋形様にお伝えせよ」

「はっ」

伝令を命じ、定満はいま一度合掌して神仏に謝意を示した。歓喜に弾けそうな胸に、このひと月ほどがありありと思い起こされた。

＊

永禄四年（一五六一年）八月十五日、上杉軍は善光寺《ぜんこうじ》に着陣した。北信濃を窺う武田信玄を迎え撃つためである。

「宇佐美。何ゆえ海津《かいづ》を攻めてはならぬと申す」

政虎が問うた。本堂を借りての評定《ひょうじょう》には、上杉の家臣や越後国衆など、二十人ほどが参集している。それらが向かい合わせに座った奥、本尊の阿弥陀如来《あみだにょらい》を背に負う主君の顔は実に険しい。自ら毘沙門天《びしゃもんてん》の化身と称しているが、さもありなんと思わせるだけの気迫に満ちていた。

「然らば――」

「異なことを。あの城が何のために築かれたか、分からぬと申されるか」

答えようとしたら、向かいの列、政虎の右手筆頭から声が飛んできた。上杉家中で一二を争う猛将・柿崎景家《かきざきかげいえ》である。定満は苦い面持ちで応じた。

「そこを、今からお話しするところだったと申すに」

するとと柿崎のひとつ下座、甘粕景持《あまかすかげもち》が「ふふん」と鼻で笑った。

「無用になされい。御屋形様の軍師として、ご老体はどれほどの策を示してこられたか」

評定の席に失笑が上がる。定満は言葉を詰まらせた。

政虎の軍師として仕えてきたものの、確かにこれといった功などなかった。十一年前、政虎に叛旗を翻した長尾政景《まさかげ》を下したのが唯一と言ってよい。それとて政景は政虎の義兄であり、言わば家中の諍《いさか》いを鎮めたくらいのものであった。そもそも上杉政虎という人は、自らが抜きん出た軍略を備えている。ゆえに、わざわざ定満に何かを諮《はか》ることもない。誰も皆、他ならぬ定満でさえ、名ばかりの軍師であると認めていた。

それが悔しくないと言えば嘘になる。長年に亘《わた》ってあまたの戦を見てきたのだ。将が、兵が、如何なる時に如何様な動き方をするかは知り抜いている。政虎を除けば、策に於いて誰にも負けるつもりはない。なのに、己より若い者たちに嘲られて何も言い返せないとは。

「されど御屋形様」

先からの面相を崩しもせぬ主君に向き直り、定満は深々と頭を下げた。

「海津は北を千曲川に、残る三方を山に囲まれた堅城にござる。しかも縄張りは信玄が軍師・山本勘助にて、ひと筋縄ではゆかぬ造りですぞ。忍び衆の報せでは、城の外と言わず内と言わず、多くの堀が行く手を阻む構えだとか。これを落とさんとすれば、幾日を費やすことになるか」

「お主らの働き次第だ」

実に短い返答である。どうやら城を落とす算段はあるらしい。そうと知りつつ、定満は「さりとて」と顔を上げた。

「城の堅固なることに加え、音に聞こえた高坂弾正《こうさかだんじょう》が守っておるのです。全てが胸算用のとおりに運ぶとは申せませぬ。攻めあぐね、その間に信玄の援兵がこれへ至らば、我らは挟み撃ちに遭いましょう」

政虎は、わずかに身を乗り出した。

「ゆえに、城を捨て置けと申すか」

海津城がある限り、北信の地は武田の脅威に晒され続ける。それを慮っての城攻めも分からぬではない。だが「甲斐の虎」と二つ名を取るほどの相手だからこそ、背後を衝かれる隙を残しての城攻めなど以ての外だ。

定満は小さく頭《かぶり》を振った。

「まずは睨みを利かせるのです。海津は堅城なれど、ひとつだけ弱みがありまする。三方を山に囲まれておればこそ、その山々からは中が丸見えとなるに相違なく」

「信玄ほどの男ぞ。左様な見落としはせぬ。周りの山には、そもそも入ること能《あた》わず」

主君は、即座に、ゆっくりとした言葉を返す。それに大きく頷き、定満は腹に力を込めた。

「つまり、妻女山《さいじょさん》には敵兵もござるまい」

城から南西に四里（一里は約六百五十メートル）ほどの山であった。海津城内を見通すにはやや遠く、また両所の間には象山《ぞうざん》が聳えている。妻女山にも砦はあれど、武田の本隊が到着する前なら、まずはより城に近い象山に兵を集めるのが筋なのだ。

「隙を衝くか」

政虎の目が、じわりと熱を帯びる。定満の言葉も熱くなった。

「妻女山に陣を張らば、敵も気が気ではないはず。いつ象山を叩かれ、城を覗かれるか……左様に思わば、先んじて叩きとうなるのが人の常にござる。必ずや城を出て戦いを挑みましょう」

強く声を出し続けたせいか、軽く咳が出た。ごくりと喉を動かし、なお続ける。

「我らはまずこれを叩き、然る後にゆっくりと城攻めをすれば良いかと存じます」

評定の席が、しんと静まる。政虎もしばし無言で瞑目していたが、やがて瞼を半開きに皆を見回して短く発した。

「聞く訳にはいかぬ」

満座に静かな嘲笑の波が立った。誰からとなく「宇佐美殿ゆえ、のう」と小声が発せられる。定満は心中に歯噛みした。図らずもそのひと言が、自らの立場を如実に表していた。

政虎は越後守護代・長尾家の出自である。上杉を名乗るようになったのは、今年の閏《うるう》三月、関東管領・山内上杉家の名跡を継いだためであった。

そして己、この宇佐美定満は、かつては長尾家の上に立つ守護・上杉定実《さだざね》に仕えていた。往時の己は主君の下命に従い、政虎の父・長尾為景《ためかげ》を攻めたものだ。しかし敗北して捕らえられ、逆に為景に従う破目になった。軍師の立場はこの時に与えられた。少しでも飼い馴らそうという、為景の思惑ゆえであろう。

経緯《いきさつ》を知る越後国衆は己と宇佐美の一族を信用していない。無理からぬ話である。だが政虎まで同じだと言うのか。我が忠節は揺るぎないのに。名ばかりの軍師に甘んじ、それでもなお、この人に仕えたいという気持ちを大切に持ち続けているのに。

「それがしはお父上、兄君、御屋形様と、三代に亘って仕えてきた身にございますぞ」

悔しさを口にすれば、ひとりでに声もしわがれる。それでも政虎は首を縦に振らなかった。やる瀬ない、そして切ない。主君を慕う思いが、如何にしても届かない。我が身はこのまま朽ち果てるのだろうか。一族に冷や飯を食わせ、歳ばかり無駄に重ねて、ひたすら耐え続ける。それも男としての生涯ではあろう。だが、せめてこの忠節だけは分かって欲しいのだ。どうせ老い先短いこの命、ならば——。

「よろしゅうござる。この策が成らなんだら、我が首を献じましょうぞ！　宇佐美の一族とて、根絶やしにしていただいて構いませぬ」

自棄とも取れるひと言で、座のざわめきが再び静まった。だが三つ、四つ、五つ、呼吸を繰り返すと、また、ひそひそとやり始めている。

「二言はないか」

居心地の悪い空気を断ち割り、政虎がこの日一番の大声で問うてきた。眼差しは抉り込むように鋭い。

そこに、何とも奇妙なものを覚えた。同輩や国衆たちは大方、これで邪魔者を除けるとでも考えているのだろう。だが政虎も同じなのだろうか。

（……違うのでは）

そうであって欲しいという、己が願いなのかも知れぬ。それでも構わぬ。主君が認めてくれるやも知れぬという喜びに、胸を張って応じた。

「無論、二言などござりませぬ。これに集いし皆に誓いましょう」

「よし」

短いひと言と共に、政虎は強く頷いた。

評定は決した。この戦を、そして北信濃の行く末を左右するであろう海津城は敢えて攻めず、上杉軍は妻女山を取る。

＊

定満は善光寺の西、門前町《もんぜんちょう》に商家の離れを借りて陣屋としていた。評定の日の晩、政虎譜代の家老・直江《なおえ》実綱《さねつな》がそこを訪ねて来た。己より二十も若いが、近習《きんじゅ》の中の近習である。常に主君の傍らにあり、他家との談合や朝廷との折衝をひととおり任される切れ者だった。

「御免」

部屋に入った直江の面持ちは、幾らか渋い。昼間のことかと見当を付けながら、定満は藁《わら》で編んだ円座を勧めた。

「ようこそ、お出でくだされた」

直江を嫌うではないが、主君からの信の篤さには嫉妬を覚えている。対して、向こうは年嵩《としかさ》の己に気を遣っているらしい。二人になると息が詰まりそうな思いをするのが常だった。

直江は小さく頷き、そのまま口を噤んでいる。蠟燭《ろうそく》一本の乏《とぼ》しい灯りに照らされ、五十路の顔に深い皺《しわ》が際立って見えた。評定の一件に何らかの苦言を呈しに来たのは明らかで、否応なくぴりぴりと気が張る。

しばしの後、定満から口を開いた。

「さて」

用もなく足を運んだのではあるまい。皆まで言わずとも、今のひと言で伝わったようだ。直江は言い難そうに口を開いた。

「ご老体の策……。城攻めを後回しにというのは、頷けぬでもないが。ただ、首を賭すとは。あれでは、まるで」

言葉尻を濁している。どうやら直江は脅しと受け取ったようだ。これほどの男にも読み違えがあるのかと思うと、張り詰めていた気が緩んだ。

「さにあらず」

定満は頭を振って、やや俯いた。

向こうが勝手に取り違えたのだ。言われたままを認め、詫びる気にはなれない。だが、どうしたものだろう。真意を伝えるには、この胸の思いを明かさねばならぬが――。

寸時の逡巡を経て、ままよ、と口を開いた。

「御屋形様に、我が忠節をお認めいただきたい。その一心にござった」

伏せ気味の顔が少しばかり火照《ほて》る。その様を見て、直江が拍子抜けしたように「は?」と問い返した。

「御屋形様に不平を抱いておられるのでは」

そういう目で見られていたのも当然か。誰もが同じに思っているのだ。

己は軽んじられている。名ばかりの軍師、三代の当主に二十五年も仕えながら満足に働かせてもらえず、新恩の知行すら与えられていない。確かに忸怩《じくじ》たる思いを抱いていたし、我が身の不甲斐なさを嘆いた日もあった。

だが、と真っすぐな眼差しを向けた。

「それがしと同じに扱われたら、直江様は背かれますか」

「何を申される。左様なこと、断じてござらぬ。我が身は上杉家に……いやさ、未だ長尾家の頃からご恩を賜って参ったのだ」

「長尾家の頃からご恩を頂戴したは、それがしとて同じにござる」

返しつつ、定満は心中に「否とよ」と自嘲の嘆息を漏らした。

守護代・長尾家の家督を継いで以来、政虎は国衆の叛乱に悩まされ続けた。将軍・足利義輝《よしてる》の裁定で国主と認められたものの、出自は他の国衆と同じ一豪族でしかなく、心から服する者など数えるほどしかなかった。

家臣であるからには、そうした苦境にある政虎を支えねばならなかった。だが己もまた、国衆たちと同じ思いを抱いていたのだ。斯様な若造に何ができると侮っていた。

考えていると、ふと直江と目が合った。

「何を思うておられた」

問われて「何でも」と返す。直江は幾らか厳しい目つきで首を横に振った。

「ご老体は、自らを長尾の古株だと申される。されど、それがしから見れば違いますな」

「異なことを……とは申せませぬ。御屋形様も直江様も目端の利くお方ゆえ、我が心根などお見通しだったのでしょう」

神妙な物言いで応じると、「分かっていたのか」とばかり、直江の目が軽く見開かれた。

なるほど、確かに見透かされている。定満は「はは」と笑って顔を赤らめた。

「お恥ずかしい話にござる。されど信じてくだされ。我が心は五年前に変わり申した」

「あの出家騒ぎにござるか」

五年前の弘治《こうじ》二年（一五五六年）三月、二十七歳を数えた政虎は何の前触れもなく出奔《しゅっぽん》してしまった。自らの力及ばず、一国をまとめることができぬ。隠居して出家し、高野山《こうやさん》に入るゆえ、以後の越後は全て国衆の談合で治めるべしと。

若い国主を侮っていた国衆は、これを以て青くなった。誰が叛乱するか分からぬ中、互いを疑いながら、どうやって国の舵を取ればよいのか。不安が不安を呼び、ついに政虎の義兄・長尾政景――この男もかつて叛乱を起こしている――が奔走して説得するに至った。

往時を思い出し、定満は赤面した顔を隠すように俯いた。

「乞うてまで国主の座にお戻りいただいた上は、国衆とて従わざるを得ぬ。御屋形様は、そうなると見越しておられたのでしょう。我を頼むに足らずと申すなら、うぬらがやってみよ……越後を治むる難しさを突き付け、従わぬ者の心を挫《くじ》いた」

ひとつ溜息をついて間を置く。我が心も同じように挫かれたのだ。ならば、思いが届かぬのは身から出た錆か。俯いたまま、自らの不明に向けてゆっくりと頭を振った。

「一兵たりとて動かさず、あれほど悩まされた国衆をまとめて従わせるとは。かくも鮮やかな戦を見せられて、それがしは目の曇りを払われ申した」

そこまで言って顔を上げた。

「この宇佐美定満、四十一も年下のお方に惚れてしもうたのです」

齢七十三を数えて斯様なことを打ち明けるなど、顔から火が出そうな思いであった。口からはまたひとつ「はは」と笑いが漏れた。自らを嘲笑うような響きである。しかし面に浮かぶ笑みは違うだろう。上杉政虎という稀有《けう》な器に仕える喜びに、晴々《はればれ》としているはずだ。

「重ねて申し上げまする。首を懸けて策を示したは、我が思いを御屋形様にお伝えせんがためにござった」

直江は呆気に取られたように、口を半開きにしていた。だが、こちらの言葉を噛み砕くほどの時が過ぎると、さもおかしそうに吹き出した。

「これは何とも、初めて男に惚れた未通女《おぼこ》の如き顔をなさるとは」

そして、腹を抱えて笑う。定満も共に笑った。

二人してひと頻り笑い終えると、直江は左の目尻に浮かんだ涙を指で擦り取った。

「分かり申した。然らば、御屋形様に左様お伝えして進ぜよう」

しかし定満は、きっぱりと首を横に振った。

「それはご無用に願い申す。老いたりとて、それがしも男にござる。形ばかりでも軍師と任ぜられて参ったからには、この策を成らしめて我が誠を示さん。さすれば思いも届くはず」

「左様か。ならば、惚れた男に精一杯尽くされよ」

直江は何度も頷いて座を立ち、定満の陣屋を後にした。

＊

八月十六日、善光寺に備えの兵を二千ほど残し、上杉軍本隊の一万三千は妻女山へと進んだ。

山には幾つかの砦があるが、人の気配はない。定満は狭く曲がりくねった山道で馬を下り、数人の供を連れて森へと歩を進めた。しばらく坂を登ると脚が震え始める。両の拳で腿を叩き、励ましているうちに、供のひとりが先に進んで声を上げた。

「殿、あれを」

十数歩の向こうで指し示されたのは、石を積んで作った竈《かまど》であった。周囲に散らばる石は、同じように作った竈を蹴り壊した跡だろう。

近寄って検分する。壊し損ねた竈の中と、散らばった石の下には、未だ黒々と新しい煤《すす》があった。先頃まで兵が屯《たむろ》していたものの、やはり、より城に近い象山を固めに回ったのだ。

——冴えている。定満は、にやりと頰に皺を寄せた。

「御屋形様にお報せすべし」

それだけで、我が策が当たっていると分かるだろう。伝令を飛ばすと、定満はなお山を登り、頂よりやや低い八合めに陣張りをした。

遅れること八日、八月二十四日になって武田信玄率いる軍兵が到着した。数は一万六千、海津の城兵と合わせて二万の大軍である。信玄は千曲川と八幡原を挟んで海津城の北西、茶臼山《ちゃうすやま》に陣張りした。城と山の双方から善光寺を窺い、退路を脅《おびや》かす構えだ。

だが政虎は動かなかった。もし慌てて妻女山から出たら、八幡原で挟み撃ちに遭う。見え透いた誘いであった。

こちらが乗って来ないことを確かめ、八月二十九日、茶臼山の武田軍は海津城に入った。

そのまま睨み合いが続く。しかし定満は日々を無為に過ごしはしなかった。

「申し上げます。お望みの者、連れて参りました」

「通せ」

応じると、伝令がひとりの百姓を連れて陣屋に入った。齢六十を優に越えたと見られる、土地の古老である。

「年寄りに山登りをさせて、すまなんだな」

声をかけてやると、老爺はからからと笑った。

「多分じゃけんど、わしより殿様の方が歳を取っちょりますら？」

「其方、幾つだ」

「六十九になりました」

苦笑して「そうか」と頷き、床机に座った腰から上を乗り出した。

「わしより四つ若い。されど長くこの地に住んでおったのだろう。いつ雨が降るのか、予《あらかじ》め知ることはできよう。どうじゃ」

「へえ、まあ大方は。だども、しばらくは雨も降りそうにねえら」

「そうか……雨は降らぬか」

当てが外れた思いだった。寄る年波か疲れも溜まっているのだが、今少しの長陣になりそうである。定満は瞑目し、右手で目頭を揉むように押さえた。

妻女山を取ったのは、海津城を一望できる象山を脅かすと見せかけるためだ。善光寺に備えの兵を残したのも、退路を保つためでもあるが、本隊の兵を少なくして武田軍を誘《おび》き出す狙いの方が大きい。

上杉本隊は一万三千である。対して武田方は二万、その気になれば全軍を動かして妻女山を襲うこともできる。だが、そうはするまい。海津城を空にすれば善光寺の上杉方が脅威となる。不意打ちを仕掛けるにも、こちらと同じほどの数までしか出さぬはずだ。

(ならば夜討ち、それも雨の晩よな。これを摑んでおけば)

敵襲に先んじて山を下り、逆に不意打ちを仕掛けて蹴散らすこともできよう。そうなれば海津城に兵が残っていようと、味方の有利は揺るぎないものとなる。武田が増援を整えるにもひと月以上は要するはずで、その間に城を落としてしまえばよい。

「まあ、二十日もあれば雨ぐれえ降るずら」

あまりにも朗《ほが》らかな声を聞き、定満は目を開けて口をへの字に結んだ。老爺を連れて来た伝令に、ちらりと視線を流す。

当てにならぬではないか。こちらの思いを悟ったか、伝令は恐縮したように頭を下げた。

「ああ、そうじゃ。靄《もや》なら出らあ」

老爺の思い出したようなひと言に、定満は鋭く目を戻した。

「靄……。霧か」

「へえ。ここんとこ昼間は暖かくて、夜は冷え込んどるずら。川に挟まれちょるで、こういう時やあ深い靄になるもんです」

「夜から出るのか」

目を見開く。老爺は得意そうに頷いた。

「そらあもう、十間先も見えねえぐれえに。朝になっても晴れんです」

それだ。雨音は軍兵の足音を消すのみだが、霧なら姿そのものを隠してくれる。土地の者に空模様を問うているのは武田方とて同じだろう。奇襲があるなら、その晩なのだ。

「霧はいつ出る。分かるか」

「さあ……。二十日もあればのう」

肩透かしを喰らい、がくりとうな垂れた。やはり当てにならぬ。

「大儀であった。帰ってよい」

少しばかりの米を与えて老爺を帰すと、定満は大きく溜息をついた。

＊

武田方はいつ動くのか。いつまで山に籠もっておればよいのか。定満に向けられる皆の目が、なお冷ややかなものになっていった。

九月に入って、もう九日になる。この日は朝からの曇天であった。あの百姓は「二十日もあれば雨は降る」と当てにならぬことを言っていたが、それを聞いてから七日めだ。或いは今日降るのかと、定満は時折、空を眺めた。

「うん？」

昼餉《ひるげ》を終えた頃、頬に冷たいものを感じた。弾かれるように天を見上げる。空の一面を白く染めた雲を凝視することしばし、今度は額にぽつりと来た。

「降りおった……」

このまま雨足が強くなれば。思って、自らの近習に声をかける。

「おい。海津は見渡せるか」

「はっ。されど、城の中までは」

「構わぬ。夕餉の煙のみでよい」

そのくらいなら、と返される。定満は大きく頷いて陣屋に入った。床机に腰を下ろし、背を丸めて腰を叩く。そして、ひたすら願った。雨よ降り続け。もっと強くなれと。

だが、雨はごく弱いものだった。しかも夕刻を前に小止みになっている。恨めしく思い、また空を見上げた。

「申し上げます。城に煙が上がりました」

待ちかねた報せであった。定満は目を前に戻し、せっつくように問うた。

「数は如何ほどか」

「いつもの三……いえ、四、五倍はあろうかと」

「何だと？」

陣屋を出て、木立の合間から北東の先に目を凝らす。確かに、常ならぬ数の炊煙が上がっていた。

「何たることか」

呆然と独りごち、腕組みで瞑目する。止みかけの雨は、再び勢いを増さぬだろう。否、それ以前に、これほどの数の炊煙をどう考えたものか。

と、駆け足の音が聞こえた。目を開けてみれば、政虎の小姓であった。

「宇佐美定満殿。御屋形様のお召しにござりまする」

年端もいかぬ者の尊大な呼び声に、背筋がびりびりと痺《しび》れた。

「案内仕ります。これへ」

「あい……分かった」

促す声に、震える声で返す。山頂の本陣まで登る道中、総身に嫌な汗を覚えた。本陣に通されると、政虎はいつもどおりの厳しい眼光を湛えていた。

「お召しに従い参上仕りました」

下げた頭に、極めて静かな声が投げ掛けられた。

「海津が兵を動かすぞ」

定満は顔を上げ、ごくりと固唾を呑んだ。妻女山から城の炊煙が見えるのを、武田方は知らなかったのか。そんなはずはない。

「夜討ちかと。されど、こちらに見通されては」

雨を待って仕掛けるとばかり考えていた。こちらの心中を察したように、政虎はゆっくりと首を横に振る。

「夕餉の煙から見て、総攻めだ。隠すまでもないということだ」

先に己が思ったのと全く同じ見立てである。頭から、さっと血の気が引いた。唇が震える。

「総攻め、とは……解《げ》せませぬ」

じろりと睨み返された。

「善光寺に備えを残して妻女山の数を減らせば、敵は兵を小出しにする。お主の、その見込みは外れたのだ」

「とは申せ」

言葉が続かない。策が外れた今、己はどうすればよい。上杉の軍兵を四散させぬために、どう立ち回る。主君の命を危うくせぬよう、どうやって兵を動かせばよいのだ。

考える暇を与えぬかのように、政虎は溜息をついた。

「ここに陣取って二十日余りぞ。さすがに信玄も痺れを切らしたか。わしの本隊を全軍で叩いてしまえば……その算段があるということだ」

やはり、おまえは名ばかりの軍師だ。二十日余りも、いったい何をしていたのか。

主君の言葉がそうした侮蔑《ぶべつ》、叱責に思えた。

（……うん？）

しかし、奇妙な違和を覚えた。胸に、やけに引っ掛かるのは何だろう。

「あ」

定満は、ぽかんと口を開けた。

「そうか。二十日……。あの百姓」

続いて漏れた言葉に、政虎が幾らか怪訝そうな面持ちを向けている。

だが、そうなのだ。二十日もあれば雨くらいは降ると、あの老爺は言っていた。そして、二十日もあれば霧は出ると。

思い出せ。越後とて霧の日はあった。雨降りの後、冷え込む夜が明けた時は特に酷かった。つまり老爺の言う「雨の二十日」と「霧の二十日」は、同じではないのか。

定満は、ぐっと腹に力を込めて声を支えた。

「今宵は、霧が出まする。夜中に立ち込め、明日の朝遅くまで晴れぬものだとか。この地の者から左様に聞いておりますれば」

自らの推し当てを、確かな話の如く語ってしまった。だが武田が動くと分かった以上、他に道などない。それに敵が海津を空にするなら、善光寺の目を盗まねばならぬのだ。もし武田方が已より確かな報を得ていたとしたら――。

政虎は「ふむ」と頷いた。

「霧か」

「はい。それに紛れての夜討ちに相違なく」

政虎は微動だにせず押し黙った。十、二十、呼吸を繰り返す間がことさらに長く感じる。

「ならば武田方は、なぜ全ての兵を動かす」

やがて向けられた問いに、定満は、ごくりと唾を飲み込んだ。

「我らを山から追い出し、その上で挟み撃ちにするのではと」

全て、本当に霧が出ればの話である。だが、どちらにせよ、このまま山に留まるのは危うい。

政虎は値踏みをするような眼差しで床机から立ち、傍らの台に置かれた地図を見下ろした。そして、千曲川と犀川《さいがわ》に挟まれた八幡原──川中島《かわなかじま》の図に指を置く。

指し示されたのは、善光寺から犀川を挟んだ真南であった。

「妻女山を襲うのとは別に、背を窺う隊を出す……。わしが信玄なら、挟み撃ちの兵はここに置く」

次いで政虎は語気激しく捲し立てた。

「この辺りなれば、善光寺の備えが我らに加勢を試みたとて、行く手を阻むことができよう。我ら一万三千は袋の鼠《ねずみ》となる。然らば」

ぎろりと目を剝く。だが咎めているのではない。

(御屋形様は……わしに、諮っておられる)

答えよ。敵の動きを読んで、おまえはどう兵を使う。妻女山に押し寄せる兵と挟み撃ちの伏せ勢を、どう退けたらよい。

その気迫を受け止めて、定満は総身を打ち震わせた。己は名ばかりの軍師ではない。戦場を駆けて五十有余年、多くの将の用兵を目の当たりにしてきた。積み重ねた眼識は、今この時のためにある。

挟み撃ちのはずが返り討ちに遭う、そういう戦を見たのも一度や二度ではない。如何なる時にそうなったか。先手を打たれ、正面と背後、どちらか一方が蹴散らされた時だ。端から兵を二手に分けているのだから、個々の兵はどうしても少なくなる。そして政虎の言うとおり、此度、敵が伏せ勢を置くなら八幡原であろう。ならば、狙いはひとつしかない。すう、と大きく息を吸い込み、口を開いた。

「挟み撃ちの兵を叩くべし。善光寺の備えは然して多からず、武田方がこれを阻むに万余の数を割く道理はござらぬ。我らは敵の本隊が押し寄せる前に山を下り、霧に紛れて八幡原へ進む。妻女山がもぬけの殻《から》と知らば、敵も返し来るは必定。なれどそれらの兵とて挟み撃ちの小勢を叩き、善光寺の備えを呼び込んでしまえば蹴散らせましょうぞ」

一気に言い切った。少し足許がふらふらする。

政虎は眉尻を吊り上げ、低く響く声で大きく頷いた。

「陣へ帰り、兵を整えておけ。霧を待って出陣じゃ」

「はっ。されど」

「如何した」

認めてもらえたのは素直に嬉しい。だが、本当によいのかという疑念があった。そもそも霧のことは不確かな話である。それ以前に、自らの策は半ば外れたのだ。

「それがしの進言にござりますぞ。よろしいのでしょうや」

控えめな声に「ふふん」と鼻で笑って返し、政虎は床机に戻った。

「お主は首を懸けると申した。信じる」

「は……はっ！」

勢いよく頭を下げ、定満は政虎の陣を出た。

百姓の言や武田の動きから見当を付けた話で兵を動かすなど、博奕《ばくち》でしかない。だが政虎は信じると言ってくれた。ならばこそ、首を懸けるだけの値打ちがある。霧よ出ろ、出てくれ。定満は深く祈りながら自陣へと返した。

＊

——そうして、どれほど祈り続けたろう。待ち望んだ霧は、ついに出た。九月九日の晩、或いは子《ね》の刻《こく》（零時）を越えて十日になった頃か、妻女山から見下ろす八幡原には白い塊がこんもりと盛り上がっていて、とても闇夜とは思えぬ有様である。山中とて同じ、百姓の老爺が言ったとおり十間先すら見通せない。

「進め」

政虎の静かな号令の下、上杉軍一万三千は松明ひとつ持たずに妻女山を下った。定満は自らの手勢三百と共に、主君の馬廻衆の後ろに付いた。

忍びの者を先に立て、一歩一歩を確かめて進む。自《おの》ずと忍び足の体になった。山道に転げた枯れ枝を踏む音が、時折ぱきりと響く。兵の足音よりもはるかに大きく聞こえた。

やがて全軍が山を下り、いったん西へと向かった。真っすぐ北に八幡原を指さないのは、雨宮《あめのみや》の渡しを進むためである。

犬でも渡れる「狗ヶ瀬《こませ》」の異名のとおり、この浅瀬は人馬なら楽に渡り果せた。加えて千曲川のせせらぎが、気配をも覆い隠してくれる。ただし川底に転がる大小の石には用心が必要で、渡河にはかなりの時を食った。

「何時《なんどき》か」

瀬を渡り終えた辺りで政虎が問う。先頭に立つ忍びであろう、ひとりが「八つ半かと」と答えた。山を下りたのが子の刻とすると、わずか二里半を進むのに一時半（一時は約二時間）をかけたことになる。

政虎は「ふう」と長く息をつき、次いで少し大きな声を出した。

「甘粕」

上杉家臣・甘粕景持が、後ろから静々と馬を進めて来た。

「景持、これに」

「お主の手勢五百、村上《むらかみ》の二百、高梨《たかなし》の三百は残す」

政虎は言う。妻女山に誰もいないことは、ほどなく武田方も嗅《か》ぎ付けるだろう。だが、どこへ移ったかは分からぬゆえ、闇雲に動きはしないはずだと。

「敵は必ず朝を待って動く。お主らは妻女山の北、川を前に陣を張れ」

上杉軍が避けた、妻女山から八幡原まで真っすぐに進む途上である。雨宮の渡しに比べて多分に川も深く、敵方が渡ろうにも手間取るはずだ。

「ありったけの矢玉を射込み、足止めせよ。どれだけ時を稼いだかで功を論ずる」

「承知仕りました」

肚の据わった声を残し、甘粕は馬首を返して行った。

甘粕景持、村上義清《よしきよ》、高梨政頼《まさより》と千の兵を押さえに残し、余の一万二千は八幡原を指した。霧の中だが、山道や川の瀬と違って足許も危うくない。目指す地までは概ね八里、徒歩の行軍でも一時あれば進み果せる。妻女山や海津城からも四里ほど離れており、足音に用心する必要もなくなっていた。

どこもかしこも真っ白の野を、先導する忍び衆に付いてひたすら進む。次第に、自らが現世《うつしよ》にあるのか黄泉《よみ》にあるのかという思いに囚われ、薄ら寒くなる。

その頃、やっと忍びが口を開いた。

「八里、進み果せました」

「よし」

政虎が馬の手綱を引く。後続も前を行く者に倣《なら》い、次々と歩を止めた。声を出す者こそいないが、誰もが静かに安堵の息をついていた。

「東向きに車懸《くるまがか》りの陣を布《し》くべし」

馬廻衆が後方へ走り、政虎の下知を伝える。将に率いられた兵が二百、五百と動き始め、政虎の在所――本陣を確かめると、これを中心に渦巻き状に隊を並べていった。定満の手勢は本陣のすぐ前に、六十人ずつ五列の横陣を布いた。軍師という立場ゆえ、主君の近くにいるのが常であった。

陣形を整え終わると、落ち着く間もなく空が白み始めた。夜明けを前に霧は一層深く、二十歩離れた者の影すら見えない。

本陣に備える兵は二千、定満は直江実綱らと共にその一角を担いつつ、瞑目して合掌した。南無八幡大菩薩、願わくは霧の向こうに武田の寡兵があらんことを。

「夜が明ける」

背後に政虎の呟きを聞き、目を開いた。先より薄くなったかに見える霧の向こうから朝日が差し込み、乳色の中に幾筋もの光芒《こうぼう》を作って、ぼんやりとこちらの顔を照らしてきた。

じりじりとしながら、馬上でその時を待った。忍び衆が空を見上げ、半時毎に知らせてくる。

「明け六つ半」

日の出は明け六つ、卯《う》の刻（六時）頃であった。そこから既に半時が過ぎている。日は徐々に高く上り始め、白い野を薄黄色に乱している。霧はまた少し晴れ、ぼんやりとだが、車懸りの渦巻きも見渡せるようになっていた。

今少しだ。武田方よ、そこにいてくれ。

「いやさ」

小さく頭を振る。何よりもまず、主君・政虎の命を危難に晒さぬことである。武田の旗がなければそれでよし、己が腹を切れば済む。

祈り、そして迷う。締め付けられるように腹が痛い。これほどに心を磨り減らす戦が、かつてあっただろうか。自らの乱れを嚙み潰さんとして、ぎり、と歯軋りする。

さらに半時が過ぎ、朝五つ、辰《たつ》の刻（八時）となった。霧はなお薄らいできた。

一陣の、風が吹いた。さっと白いものが動く――。

見えたのは、風が止むまでのわずかの間であった。しかし自軍の前方二里足らず、目と鼻の先と言えるところに間違いなく武田菱の大将旗が翻っていた。その脇には紺地の大幟、白く染め抜かれた文言は古《いにしえ》の兵法書『孫子《そんし》』の一節であろう。

「いた……」

自らに言い聞かせる囁きと共に、定満は強く手綱を握った。

忍び衆が、遠目に見た敵の陣容を伝えた。

「武田方、概ね八千！　鶴翼《かくよく》に陣を布いております」

「よし。進めい！」

大地を、そして未だ薄っすらと立ち込める霧を断ち割らんばかりの大音声が、政虎の口から発せられた。次いで法螺貝が吹き鳴らされる。

「鬨、上げい！　えい、えい、えい！」

「おう！」

先鋒・柿崎景家が雄叫びを上げ、兵が応じる。そうして気勢を上げた後は、ぴたりと声が止んだ。上杉家では戦場での無駄口が許されない。誰もが黙々と、渦巻きの陣形を保って前に出た。

こちらの法螺に誘われるように、敵陣でも貝の音が上がった。定満は政虎の前を守るように馬を駆り、鶴が左右の翼を広げた格好の敵陣へと進んだ。

先に風が抜けて以来、霧は見る見るうちに晴れてきた。向かって左に二町（一町は約百九メートル）の先、敵右翼には赤い具足の一団が見える。これなん、泣く子も黙る山縣昌景《やまがたまさかげ》の赤備えか。

「敵の左翼から崩す」

政虎は難敵・赤備えを避け、右前に進めと下知を飛ばした。将兵が「おう」と声を合わせてこれに応じる。

「当たるぞ。それ！」

柿崎の一声に応じ、足軽衆が身の丈の三倍もある長槍を高々と振り上げた。

「何でじゃあ！」

敵の足軽が叫んだ。なぜここに上杉の兵がいるのかと、うろたえている。そこに向け、味方の足軽が猛然と槍を打ち下ろした。一撃を受けた敵が、あちこちで「ぎゃ」と短く悲鳴を上げる。

武田方は初めのひと当たりで大きく乱れた。戦場で無駄口を利かぬのは、本来、信玄麾下の兵とて同じである。しかしこの日だけは違った。

「く、糞ったれが！」

「おらあ」

捨て鉢になって、将の下知も聞かずに槍を振り回す兵がいる。

「ひい、いやあああ」

そうかと思えば、半ばべそをかいて逃げ惑う者もあった。静かなること林の如く——武田の軍法が、全く守られていない。

（勝てる）

定満は左手の手綱を離し、右手から槍を持ち替えた。掌の汗を馬の首で拭い、また右手に槍を構え直す。

「そら、どうした！　甲斐の兵は腰抜けか。者共、進め！」

三十間も向こうでは、柿崎が敵兵を槍で打ち据え、切っ先で喉を穿って奮戦している。馬の周りで右往左往する者があれば、これでどうだとばかり蹴り飛ばしていた。いつもながらの凄まじい戦いを目にして、定満は少しだけ頬を歪めた。

（わしが侮られてきたのも道理よな）

軍師として皆の後ろにあり、しかも年老いた身とあって、まず矢面《やおもて》に立たない。加えて主君の卓越した軍略ゆえに、戦場での差配《さはい》に関わることもなかったのだ。

（されど）

ひとりの将として、胸を張って戦場を見回した。

「足軽如きで、この景家を止められるものか」

柿崎の猛攻に対して敵陣は多分に受身であった。

そもそも武田方は、妻女山を襲うのが第一の狙いだったはずだ。八幡原の兵は善光寺を睨み、一方で上杉軍が山を下りたところを叩くための伏せ勢であったろう。しかし今、奇襲のはずの隊が逆に不意打ちを喰らった格好になっている。将にせよ兵にせよ、何をするにも後手に回り、如何ともし難い狼狽《ろうばい》の気配を漂わせていた。

（もう誰にも、哂《わら》わせぬわい）

定満の心中から、忸怩たるものが押し流された。武田方の乱れを生んだのは、間違いなく我が策なのである。百姓のいい加減な話を一蹴せず、霧を待った。血気に逸るばかりの若い者に、同じことができようか。政虎の助けこそ借りたが、敵の動きを読んで虚を衝き得たのも、積み重ねた年月の賜物《たまもの》である。今こそ申すべし、我は上杉政虎の軍師であると。

「陣、回せ！」

車の中央で、政虎が再び声を上げた。先鋒が戦い疲れたら第二陣、それが疲れたら第三陣と、渦巻き状の陣形を回し、余力のある兵を次々と前に繰り出すのが車懸りの陣である。柿崎の先鋒は一刻（約三十分）ほど戦ったところで右に回り、第二陣の本《ほん》庄慶秀《じょうよしひで》に譲った。

だが――。

「越後衆、何するものぞ」

雄叫びと共に、敵右翼から騎馬の一団が突っ掛けて来た。先に見た赤備え、武田軍中で最も勇猛な兵《つわもの》共である。馬の数は三百余りか、迫る地鳴りに味方の足が止まった。

「怯むな。槍衾《やりぶすま》、組めい！」

猛然と駆け寄る赤備えを前に、本庄の足軽が地に片膝を突く。そして長槍の石突《いしづき》を地にめり込ませて据え、穂先を斜め上に向けて一列に揃えた。

足軽の長槍はよくしなる作りで、突くのには向かない。本来は叩き下ろし、敵を打ち据えるための得物である。だがこうして槍衾を組めば、馬の出足を止めることはできた。一本なら勢いに負けて折られるが、束になれば、しなりこそがものを言う。数本の槍で馬の一頭、二頭は弾き返せるのだ。

敵方もそれは承知している。先頭の馬に跨《また》がる小男、赤備えの大将・山縣昌景が体ごと後ろに倒して手綱を引くと、続く騎馬武者たちも同じく馬の足を止めた。

寸時、戦場が止まった気がした。背にぞくりと寒気を感じる。

いつ以来か。昔は己も矢面に立っていたのだ。往時の勘が戻り、今こそ好機と告げている。それに衝き動かされ、定満はあらん限りの声を上げた。

「矢を射掛けよ！」

下知に従い、手勢が一斉に弓の弦を弾いた。無数の矢羽が風を切り、赤備えに降り掛かってゆく。その光景に、総身の痺れを覚えた。

もっとも、相手はさすがに武田随一の兵である。馬上槍で、或いは刀で、この矢を難なく切り払う。それでも本庄の徒歩武者が詰め寄るだけの間を作ることはできた。

「三陣、前へ」

未だ本庄隊が赤備えと斬り結んでいて、車懸りは回らない。だが政虎は第三陣、新《し》発《ば》田《た》長敦《ながあつ》の隊を進ませた。赤備えの横腹を叩きに掛かるのだ。

「そうれ！」

新発田の一声で長槍が打ち下ろされる。定満も再び声を上げた。

「二の矢、放て」

そうだ。これが戦である。己とて軍師である前に武士、これぞ働きどころなのだ。

「三の矢、四の矢、続けよ！　合わせずともよい」

この下知により、宇佐美隊からの矢は乱れ撃ちとなった。

正面から本庄隊、空からは矢の雨、横合いから新発田の兵、さすがの赤備えも全てを相手にはできず、じりじりと下がってゆく。

「……よし」

定満は、顎を引くように頷いた。ついに赤備えが馬首を返したのである。こちらも山縣隊に勢いを殺されたが、武田家中で最強を誇る者共を退けたのは大きい。

そこへ、鶴翼の中央から千ほどを率いて前に出る者があった。

「典厩《てんきゅう》これにあり。者共、怯むな！　要を抜かせてはならぬ」

信玄の弟・信繁《のぶしげ》である。敵陣に大歓声が上がった。名将の鼓舞で挫けそうな気を支え、武田方は鶴翼の両翼を狭めて車懸りを押し潰しに掛かる。

恐怖が反転した狂乱に目を爛々《らんらん》と輝かせ、わっと左右から敵兵が覆い被さってきた。車懸りを右へと回すも、味方の中に敵兵の数が増えている。

「死に、死にくされ！」

裏返った絶叫と共に、敵兵が槍を叩き付ける。死の恐怖を通り越し、恍惚《こうこつ》の面持ちであった。

「あぎゃっ！　いっ……」

味方の兵が地に転がされたところへ、敵の徒歩武者が馬乗りになって首を掻き斬る。そうかと思えば、向こうではこちらの兵が同じように敵を討ち取っていた。双方が完全に入り乱れ、大混戦となった。

だが、ここで再び柿崎景家の先鋒が前に回って来た。そして乱戦の中、兵を督して声を嗄らす敵の老将を目に止める。

「あれを見よ。諸角虎定《もろずみとらさだ》ぞ」

柿崎は「手柄挙げい」と吼え、遮二無二《しゃにむに》突っ掛けていった。

押し合い、揉み合い、摑み合い、そして殺し合う。悲鳴が飛び交う中、首を押さえてふらふらと歩く兵がある。押さえても止められぬ血煙が赤黒い霧を作った。

やがて――。

「虎定、討ち取った！」

柿崎の兵に揉みくちゃにされ、諸角虎定は落命した。上杉方が「おう」と歓声で応える。すると敵兵は、背を押さえていた戸板を外されたかの如く真後ろに転げ、這うようにして逃げに転じた。

「潰せ！　行くぞ」

柿崎隊が勢いを増し、敵陣中央の武田信繁へと突っ込んで行く。

定満は満面を紅潮させた。

「信繁を蹴散らさば」

敵本陣には、まだ大将・武田信玄がいる。しかし信繁は信玄の片腕とまで言われる男だ。これを叩けば勝ちは揺るぎない。

干戈の交わる喧騒を聞き、先陣の揉み合いを見守ること如何ほどか、柿崎隊が鶴翼の要から外れた。そこへ、本庄慶秀が斬り込む。また少しすると本庄も退き、今度は新発田長敦が突っ掛ける。諸角虎定を討ち取って敵右翼の圧迫を押し返し、車懸りの動きが蘇っていた。

定満の胸に、頭に、熱いものが駆け巡った。その熱気のまま声を限りに下知を飛ばす。

「信繁の隊に矢を放て」

馬廻衆から「お待ちを」と声が上がった。

「味方もおりますれば」

だが、ぎろりと右の肩越しに睨んで返した。

「戦場は命を賭して働く場ぞ。流れ矢に当たらば、それも天運じゃ。構うことはない。射よ！」

「し、承知！」

宇佐美勢が一斉に矢の雨を降らせた。敵味方の血を見る毎に、定満の血はなお熱く滾る。

「それ、もっとだ。休みなく放て。誰も彼も、射殺してやれ」

兵と同じだ。己も狂乱している。首を懸けて己は勝ったのだ。この勢いを味方に与えてやる！

思いが通じたか、乱戦の中に狂おしいばかりの絶叫が上がった。

「おおおお！　討ち取った！　典厩、討ち取ったり！」

「よし！」

大声で叫び返し、定満は腹の底から笑った。げらげらと人の死を喜び、何と剣呑な笑い声であろう。修羅《しゅら》か、閻魔《えんま》か、己に乗り移ったのはどちらだ。

「定満」

背後から政虎の声が渡った。振り向けば、主君は旗本を従えて馬を前に出している。身を焼かんばかりに満ちていた熱が、さっと冷めた。如何なる戦でも、敵の只中に飛び込んで兵の意気を上げるのが政虎のやり方である。だが、さすがに今日ばかりは危ない。

「御屋形様、もしや。いけませんぞ」

政虎は、それには答えなかった。

「見事に策を当ておった。これで、お主を疑う者はいなくなろう」

そして、少しばかり照れ臭そうに頰を歪めた。

「わしも、ようやく重んじてやれる」

愕然とした。身が震え、戦場の騒ぎが耳に入らなくなる。主君との間を、何者にも侵されぬ静寂が包んだような気がした。

「御屋形様は」

もしや、我が思いをずっと承知していたのか。己を疎んじる皆の手前、重んじることができなかった、それだけの話であったと。

「五年というのはな、長いものだ」

言い残すと、政虎は旗本衆に向けて厳かに命じた。

「これより突撃。典厩を蹴散らした今、為すべきはひとつである」

おう、と返して旗本衆が走った。

「おらあ！　どけ、どけ、どけ！」

猛然と突っ掛けた旗本の先頭で、鬼小島弥太郎《おにこじまやたろう》が横薙ぎに槍を払っている。弾き飛ばされた敵兵が別の者にぶつかり、敵味方を問わず将棋倒しになった。

そうしてできた道を目掛け、政虎は名馬・放生月毛《ほうしょうつきげ》に鞭を入れた。

遠ざかる馬蹄の音を聞きつつ、定満は両の眼から涙を落とした。

「わしは……何たる阿呆か」

届かなかったのではない。あの出家騒ぎから五年、政虎はとうに我が思いを見抜いていた。ずっと、分かっていてくれたのだ。

「宇佐美殿」

後ろから強く肩を叩かれた。直江実綱であった。

「御屋形様を追い駆けられよ。老骨の、命の捨て場所ぞ」

「如何にも」

戦場の埃と涙で白い髭を斑に乱しながら、定満は笑って返した。そして、しかと敵の本陣を見据え、槍の石突で馬の尻を叩く。

「行けい！」

二度、三度、四度、叩くほどに馬は足を速める。討ち死にした兵の骸《むくろ》を踏み付け、踏み越え、大きく揺れる馬の背を両の腿で挟み付けて馳せた。腰に響く痛みすら、気にならなかった。

政虎を、守らねば――。

「あれだ」

敵味方が入り乱れた隙間から見える。政虎は敵本陣の将に向けて刀を振るっていた。ひと太刀が相手の軍配に弾かれる。次のひと太刀も同じであった。

「何と」

赤糸縅《あかいとおどし》の楯無《たてなし》具足、肩にも掛かる白い毛を備えた白熊《はぐま》の兜、間違いない。主君は今まさに、武田信玄に襲い掛かっている。

息を呑む間に、政虎は三の太刀を繰り出した。それが、信玄の右の肩先を鋭く掠める。

「御屋形様を討たせてなるか」

信玄の横合いでひとりの将が叫び、政虎の前に割って入って放生月毛に斬り付けた。馬は激しく嘶《いなな》き、棹立《さおだ》ちになる。政虎は大きく後ろに仰け反ったものの、巧みに手綱を操り、馬首を返して疾駆して来た。

脇を通り過ぎて後退する主君を追い、定満も引き返した。

「御屋形様！　今の相手、あれは武田信玄にござろう。ご無理が過ぎますぞ」

先とは違う涙に声を揺らしながら、振り絞るように怒鳴る。政虎は背を向けたまま天を仰ぎ、いかにも痛快そうに哄笑を上げた。

＊

一時は敵大将・武田信玄に肉薄する勢いで攻め込んだものの、この戦に決着は付かなかった。妻女山に向かっていた武田の別働隊が取って返したためだった。

上杉方は甘粕景持以下の千で敵の渡河をよく防いだものの、何しろ向こうは一万二千である。如何ともし難い大差であった。それでも殿軍が退くように戦いながら下がり、戦が始まった朝五つ（八時）から昼四つ半（十一時）までの時を稼いだ。諸角虎定や武田信繁に加え、信玄の軍師・山本勘助らを討ち取るなどの戦果は、甘粕によって支えられていた。

政虎は甘粕隊の動きを見て、これが蹴散らされる前に迎え入れると、さっと軍を退いて善光寺へ返した。中途までが上杉の勝ち、そこからは武田の勝ちという格好《ふさわ》である。両軍合わせて一万六千の討ち死にを数えた戦は、まさに痛み分けと言うに相応しかった。

宇佐美定満はこの戦の三年後、永禄七年（一五六四年）七月五日に齢七十六の生涯を閉じた。自らの居城・琵琶島《びわじま》城近くの芙蓉《ふよう》湖（野尻湖《のじりこ》）で溺れ死んだものである。

ただの溺死ではない。定満と共に、長尾政景が死んでいた。

政景は上杉政虎の義兄でありながら、かつて叛旗を翻した。以後も不穏な動きを見せ続けたとあって、政虎にとっては目の上の瘤《こぶ》であった。

闇討ちにせよ――主君の密命を受けた定満は、政景を船遊びに連れ出した。酒を呑ませ、湖に落として葬る手筈である。だが政景は、やはり歴戦の猛者だった。酩酊《めいてい》し、腹を二ヵ所刺されながらも、定満の首を抱きかかえて道連れにした。

もっとも定満にとっては、無念の最期ではなかった。義兄、常なる手管では除けぬ者の闇討ちなど、絶対の信を置く者にしか命じられないのだから。

芙蓉湖に浮かんだ定満の亡骸は、主君の思いを嚙み締めるが如く、会心の笑みを湛えていた。

魂の檻《おり》

檻《おり》に繋がれた虎は死んだも同じだ。この十九年、我が生はそうして朽ち果てんとしていた。だが、わしは待った。世に返り咲く日を、来ぬかも知れぬ日をひたすら待った。まさか斯様な形で光が差すとは思ってもみなかったが。

「氏真《うじざね》殿、よろしいか」

「これは信虎様」

駿河の今川館、本殿に当主の氏真を訪ねた。我が女婿・今川義元の子で、ほんの二日前、義元の死によって家督を継いだ身だ。細面に垂れ目の頼りない顔が強張っておる。

「堅苦しい呼び方をなさるな」

少しばかり笑みを見せてやったのだが、我が面相は骨張って武骨そのもの、氏真の恐れた様子はまるで変わらない。どうも、この眼差しがいかんのだ。かつて「甲斐の虎」と呼ばれた頃のまま、戦場で敵を噛み殺す勢いである。生来の面立ちとは厄介よな。目の力を抜くのにも苦労する。

「わしは、そなたの祖父じゃ。爺様で良い」

「とは申せ、武田の先代にあらせられます」

氏真め、我が傷に塩を塗り込むとは。それで礼に則《のっと》っておるつもりか。

十九年前、わしは謀叛によって故国・甲斐を追われた。由緒正しき甲斐源氏《げんじ》の誇りも、力も、全てを奪われた身なのだ。まさに人生の袋小路、檻の中である。しかもこの謀叛、我が嫡子・晴信めの手による。あやつめ、今では得度して信玄と名乗っているそうだが、偉そうな号が余計に憎たらしい。

――おっと、小童が身構えている。少しばかり目つきがきつくなったろうか。

「昔の話よ。今や甲斐は晴信の国じゃ」

努めてのんびりと腰を下ろし、剃髪した頭を軽く下げた。畳を重ねて三段も高くなった主座から、落ち着かぬ眼差しが見下ろしている。

「如何なる御用にござりましょう」

当たり障りのない問いから入る辺り、義元に似て中々に用心深い。だが氏真は、あの婿殿ほど修羅場を潜《くぐ》っておらぬ。齢二十三の若造、六十七のわしから見れば赤子同然よ。付け入る隙は、いくらでもある。

そう――氏真の祖父として今川に食い込み、取って代わる。それが我が筋書きだ。力を得て世に返り咲き、再び暴れてやる。我が武勇と智略で他国を斬り従え、恨み重なる晴信を跪かせてやるのだ。

「そなたを励ましに来たのじゃ。お父上を亡くして心細くはあるまいか、とな」

義元の死は唐突であった。何しろ討ち死にである。尾張《おわり》の織田信長、負けるはずのない相手に不覚を取って泉下の人となったのだ。

実に四万五千もの大軍を従えながら、何ゆえ数千の織田に負けたのか。義元は行軍をいくつかに分け、本陣には五千のみしか置かず、大雨を避けて桶狭間《おけはざま》山の陣屋に休んでいたという。そこへ不意打ちを食らったのだ。

この顚末を聞いた時には、思わず吹き出してしもうた。義元は駿河と遠江《とおとうみ》をまとめ上げ、三河《みかわ》にまで手を伸ばした男だ。これは傑物じゃと一目置いておったのに、この詰めの甘さは何か。自らが休むなら、野伏せりや不意打ちへの備えとして、家臣をこき使うのが道理だろう。雨を云々して厭《いと》う者あらば、一刀の下に斬り捨てるまでだ。

まあ義元がこの体たらくなら、氏真はさらに甘い。どれ、さっそく踊らせてやる。

「義元殿はさぞご無念であったろう。そなたに気を落としておる暇《いとま》はないぞ」

「金言、肝に銘じます」

「ついては弔い合戦を仕掛けねばなるまい。わしが手を貸してやろうかと思うが」

氏真め、眉をひそめおった。気乗りがせぬか。大方、こう申すのだろう——。

「父を討たれて仇《かたき》に報いるは常なる話、ゆえに織田も手ぐすね引いて待っておりましょう」

「ぶ、はっ」

わしが見越したままの返答とは。笑ってしもうたではないか。いやいや、それも用心と申すべきか。何しろ氏真め、胸の内が全て目に出ておる。

「それに、兵をお任せして爺様の御身を危難に晒す訳には……」

「我が身を案じてくれるか。有難いのう」

剣呑な面持ちでよく申すものよ。どうやら、わしが兵を横取りするのではと思うたらしい。そのとおりだ。なるほど阿呆ではない。或いは義元が「入道したとて信虎は信用ならぬ」と言い含めていたのやも知れぬ。

だが氏真はやはり若い。用心を相手に悟らせては、用心とはならぬ。にや、と浮かぶ笑みを止めようがない。

「然らば、わしは駿府《すんぷ》でゆるりと過ごさせてもらおう」

「……左様になされませ」

お、目が吊り上がった。奥歯を嚙みおったぞ。しまった、という胸の内が手に取るように分かる。こやつの顔を見ておるだけで面白い。内に秘めた猛々しさはさすがに義元の子、この信虎の孫よな。

「万が一のことあらば、その時こそ、わしが背を守ってやる。氏真殿は存分に仇を討つがよろしい。では、これにて御免」

恭《うやうや》しく一礼して辞し、東の御殿に宛がわれた居室へと廊下を進んだ。

わしに力を与えとうないがゆえ、弔い合戦への助力を断った。だが、わしが駿府で背を窺っておると匂わせたからには、氏真もおいそれと兵を出せまい。それで良いのだ。当面、義元の弔い合戦は行なわれぬ。今川家中は誰も彼も気を萎えさせるだろうよ。

「そこで」

クク、と肩が揺れた。そこで不平を抱く者を焚き付ければ、必ずや謀叛が起きる。いやさ、わしが左様に仕向けるのだ。それを助けて兵を奪い、果ては今川の家領・駿河と遠江をも奪ってくれよう。虎は死なずと思い知れ。ああ愉快、愉快。居室――駿府館の檻に戻るまでの間、こみ上げる笑いを何度嚙み殺したか分からなんだ。

数日の後、今川一門・堀越六郎《ほりこしろくろう》の居城を訪ねた。遠江の見付端城《みつけは》である。氏真め、頼みもせぬのに、自らの近習・三浦右衛門《みうらうえもん》を供に付けおった。わしの動きに目を光らせるためだろう。斯様な時には常にそうだ。

が、この三浦は元々が地侍、半分百姓という下賤《げせん》の出自である。左様な半端者ゆえ、昨今では目付もすっかり形ばかりである。

何しろ入道してからというもの、晴信が寄越した扶持と今川の財で京に遊山し、公家や僧門と語らって楽しむ振りを続けてきた。野心を捨てたと取り繕うための、長きに亘る労苦である。これも氏真には半分しか通じなんだが、三浦の如き痴れ者を騙すくらいは訳もない。堀越を訪ねたのは年寄りの慰みじゃ、一々付き合うに及ばずと申してやったら、武者溜りに留まって城の御殿にまでは付いて来なかった。盆暗《ぼんくら》め。

「遥々《はるばる》のお越し、痛み入り申す」

身ひとつで広間に入ると、その堀越が頭を下げた。辛気臭い顔だが、致し方あるまい。この男はかつて、父の貞基《さだもと》に従って二度も今川に歯向かった挙句、冷や飯を食わされておる。

「駿府に閉じ籠ってばかりでも退屈ゆえな」

ははは、と枯れた笑いを向けてやった。堀越が腑抜けた薄笑いで応じる。こやつも気を抜いておるわい。阿呆めが。もっとも、さにあらずば小勢の身で義元に嚙み付いたりはせぬ。

そして、その愚鈍と反骨こそ我が力となる。

「とは申せ、ただ遊びに来た訳ではないぞ」

「と、仰せられますと？」

「其許に活を入れに参った。義元殿が討ち死にされて、昨日で初七日……じゃが氏真殿は、一向に弔い合戦を起こそうとせぬ。かくなる上は、六郎殿が気を吐かずばなるまい」

「はて。仰せの意味が、良う分かりませぬが」

「氏真殿の腰が重いなら、ここにも今川一門の旗はある」

いささか嫌そうな顔が返された。義元の弔い合戦など御免蒙《こうむ》るといったところか。

「……堀越に左様な力はありませぬ」

「それで、よろしいのかな？　捨て置かば、織田は勢いに任せて攻め込んでくるぞ。まず矢面に立つのは、この遠州《えんしゅう》じゃ」

さすがに息を呑みおったか。いやはや、道理を申しておるだけなのに、斯様に分かりやすい成り行きすら見越しておらなんだのか。蒙昧《もうまい》め。そして、気の小さな奴じや。急におどおどして目を泳がせておる。

「遠州は……曳馬《ひくま》の飯尾《いいお》と掛川《かけがわ》の朝比奈《あさひな》に力があり申す。それらの者が防いでおる間に、駿河の御屋形様が兵を寄越してくだされましょう」

「間に合えばの話じゃろう」

援軍と口で申すは易いが、支度にはそれなりに時を食う。土分の者と国衆、それらが従える地侍だけでは、各々の城でようやく二百を揃えられるかどうか。その場雇いの足軽なしで戦はできぬ。弔い合戦の手筈も整えておらぬ以上、まともな数など寄越せまい。

堀越もそれは承知しているらしい。俯いて、ぶつぶつと何か呟いている。しばらく黙って見ていると、やがて心許なげな眼差しが向けられた。

「織田は、どれほどの兵を差し向けましょう」

掛かった。この男の頭は小鮒《こぶな》並みだ。

「そうじゃのう」

もったいぶって、思案する風を装《よそお》ってやる。その間にも堀越の不安は勝手に膨れ上がっているようだ。そろそろ良かろう。

「桶狭間の戦いを見ても分かるであろう。織田は今川と違うて、常に二千、三千の足軽を抱えたままにしておる。これに雇い増して、まあ……五千は下るまいな」

「五千！」

とても防ぎきれない、と青くなった。良いぞ、良いぞ。もっと、うろたえい。

「援軍を三千ほど整えるのに、まず半月じゃ。攻め込まれてから凌ぐ手立てを探すより、先んじて兵を集めておく方が良い。だから、其許が気を吐くべしと申したのじゃが」

こともなげに返してやった。堀越の小童が、泣きそうな顔でゆっくりと頭を振る。

「城に拠って戦うにせよ、五千を相手にするなら、こちらも二千ほどは揃えねば。御屋形様のお下知なく、それだけの兵を集めては謀叛を疑われましょう」

大げさに「何と」と驚いて見せた。

「今川一門の者が、何ゆえ左様な疑われ方を」

「信虎様とてご存知でしょう。堀越はその昔……。息をひそめて、生き延びねばならぬのです。それに」

「それに？」

言いたいことは分かる。ほれ、申してみよと目で促した。堀越は思いきったように、がばと平伏して早口に捲し立てた。

「今の御屋形様は先代にも増して気が短く、しかも先代ほどご深慮がございませぬ。遠州を守るためと申し上げて、得心いただけるとは……とても」

言いにくかったであろう。氏真は阿呆じゃが、あれでも一応わしの孫だからな。もっとも、我が思惑を察しておらぬ辺り、うぬの方が余計に愚鈍だ。

「弔い合戦を起こそうとせず、六郎殿が兵を集めても咎める。……そうかも知れぬ」

「はい。どうしたら良いのか。何をどうやっても……」

頭を抱えおった。それも文字どおりに。これだから弱き者は楽しい。ますます苛《いじ》めてやりとうなる。

「喝！」

今までとは一転して、声を荒らげてやった。戦場で鍛えた大喝の味はどうだ。堀越は腰を抜かしたように、虚ろな目をこちらに向けるばかりである。

「嘆いてばかりで、座して死を待つとは、それでも武士か。駿遠《すんえん》両国の守護は元々、其許の祖ではないか。今川の宗家よりも栄えておった家柄じゃろうに」

おお。泳いでいた堀越の眼差しが、ぴたりと定まった。それも、危ういものを湛えておる。もうひと押しだ。

「先祖に申し訳なしと思わば、まず兵を集めい。氏真殿が謀叛じゃと申されるなら、その時は、このわしが力になってやろう」

「力に……」

「言い聞かせてやるわい。聞かぬなら、氏真殿の爺としてきつく灸を据えてやる。そうさな……骨身に沁みて思い知るくらいにじゃ。老いたりとは申せ、諸国を震え上がらせた武田信虎よ」

光った。堀越の目が爛々と輝いておる。そうだ、良いぞ。踊れ踊れ。

「もう一度申す。其許は駿遠守護・今川貞世《さだよ》の後胤じゃ」

「わしは、堀越は……。今川……貞世の！」

己が愚昧も知らぬ小僧のくせに、猛々しいものを撒き散らしおって。その辺りは今川の血筋だろうが、うぬの如く思慮の浅い勇猛は猪武者と申す。

「血筋の誇りを以て、それがし必ずや遠州を守りましょうぞ。ご助力、何とぞ」

その気になったか。もっとも遠州をと申すより、自らの身を守るしか考えておるまいな。だが構わぬ。

(あとは筆のみで良し)

この見付端城より西、曳馬城の飯尾連龍《つらたつ》辺りが良い。堀越が兵を集めておると書き送り、氏真の耳に入るよう仕向ける。氏真の中途半端な用心は、堀越の動きを謀叛と決め付けるだろう。

(じゃが六郎。わしは、うぬを助けてやらぬ)

これは容易い。堀越には、氏真がわしの説法を容《い》れなかったと言えばこと足りる。氏真と飯尾に挟まれて進退窮《きわ》まれば、六郎は思い出すであろう。武田信虎が氏真に灸を据える——あのひと言に一縷の望みを託し、反骨の気性に火を点けて捨て鉢の謀叛に及ぶ。

(嘘からまことを捻り出すのが、智略というものよ)

その騒乱に乗じ、堀越の兵と所領を奪ってやる。さあ、我が手駒となって果てるが良い。うぬが血肉は、この武田信虎が食ろうてやる。

おっと。親身になっていると見せねばならんのだ。努めて笑みを柔らかく。ああ、こういうのも疲れるものだわい。

＊

「これは如何なるお話にござろうか」

見付端城を訪ねて四日、氏真が我が居室に参りおった。入るなり、携えた書状を床板に叩き付ける。只ならぬ気配だ。

「はて……」

書状を取って顔を覆うように近付けた。歳のせいで目が悪くなった、と見せかけ――。

いやさ。見せかけるつもりだったが、怪我の功名か。心底驚いた面持ちを見られずに済んだ。

「六郎殿が」

それきり、しばし何も言えなんだ。

策のとおり、飯尾連龍に堀越の動きを報せてやった。無論、その折の書状には名も花押も記しておらぬ。案の定、飯尾は驚いて氏真に報じたようだが、そこから先が見込み違いであった。堀越の意気地なしめ。氏真に問い詰められたくらいで、あっさり降参してしまうとは。

「爺様に謀叛を唆されたと、六郎は申しておりますが」

氏真は見るからに苛々して、されど祖父が相手ゆえ強くも出られずという風だ。これが義元なら問答無用で捕らえられたであろう。若造は甘い。ああ、されど堀越のうつけめ。力になってやると申した意味も分からなんだか。踊らせる相手が極めつきの阿呆では、策は策たり得ぬ。

「爺様。ご返答を」

いかん。今は氏真を言い負かすのが先だ。なに、老いても信虎ぞ。深く、長く息を吸い込み、呆れ果てたように「やれやれ」と溜息をついてやった。

「六郎殿は阿呆じゃのう」

「そうでしょうな。焚き付けられて謀叛に及ばんとしたのですから」

氏真の顔が硬い。対して、わしは嘆く面持ちを満面に貼り付けた。

「左様な無法を説いた覚えはない。義元殿の弔い合戦も起こさずにおれば、織田が攻めて参るぞと気を引き締めてやったのみ」

「それが何ゆえ謀叛になるのです」

書状を畳み直して氏真の手に戻し、胸を張った。

「織田に備えて兵を集めておけ、とは申した」

「されど六郎は、爺様が力になると仰せられたから謀叛――」

「たわけ！」

怒鳴り付けると、氏真は軽く身を仰け反らせた。やはり義元より数枚落ちる。

「兵を向けられなば、遠州で食い止めるが道理じゃ。氏真殿がもたもたしておるから、援軍にも余計な時を使うと案じ、兵を集めよと六郎殿の尻を叩いたのみ。確かに、力になるとは申したわい。じゃが……氏真殿に疑われた時に口添えするという話を、六郎殿は勝手に取り違えた。ゆえに、あの御仁は阿呆じゃと嘆いた。どこか、おかしなところがあるか」

声を低く、静かに凄む。齢六十七、この信虎は未だ戦場を忘れておらぬぞ。修羅場を知らぬ小僧の分際で、幾万の敵を竦ませた睨みを受け止められるか。

「いえ。されど、曳馬の連龍からは謀叛じゃと」

「裏付けも取らずに信じるなど、それでも今川の当主か。甘い……甘い甘い！　我が申しようが嘘かどうか、六郎殿に確かめてみられい」

嘘などない。言葉の裏に含ませはしたが、この口からはひと言も「謀叛せよ」とは吐いておらぬのだ。さあ氏真、どうする。

「……然らば、まずは六郎に確かめましょう」

「手ぬるい。間違った報せを寄越した飯尾殿にも罰を与えよ」

「それも、全ては六郎に質した後に」

最前の苛立ちはどこへやら、氏真はそわそわし始めた。ざまを見よ。智略と武勇で甲斐一国をまとめ上げた武田信虎だ。この館でぬくぬくと長じたお主などに後れを取るものか。

「然らば、これにて」

そそくさと去ってゆく。氏真め、首が繋がっただけで有難いと思え。わしは従わぬ者を全て斬り捨てて参った男なのだ。

ああ、それにしても堀越の間抜けめ。飯尾を動かし、謀叛するしかないように道筋を付けたのは何のためだと思っている。わしが、うぬを食らうためだ。分かっておるのか。

憤然と二日を過ごす。氏真は堀越に仔細を質し、わしが謀叛を唆したのではないと認めるに至った。飯尾にも叱責が加えられる。当然だろう。斯様な場合に備え、言葉を選んで踊らせたのだから。

ただ、ひとつだけ手筈が狂った。やはり信虎は油断ならぬと、わしに向けられる氏真の目が厳しくなったことだ。こうなると駿府館は、前にも増して固い檻だ。一刻も早く世に出て暴れたいのに、何と息苦しい。

案じた挙句、氏真を訪ねた。

「何用にござりましょう」

明らかに身構えて、胡散臭《うさんくさ》い者を見る目つきである。わしは萎《しお》れた風を装ってやった。

「詫びに参った」

「はて」

「六郎殿の一件は、わしが要らぬ気を回したのが間違いの元じゃ。氏真殿に養ってもろうておる以上、役に立たねばと先走ってな。そこに思い至り……歳は取りとうないものよ」

「重々省《かえり》みていただきとう存じますが、今川を思うてなされたことなれば」

慰める顔は穏やかだが、目が笑っていない。さすがに学んだか。氏真にしてみれば、わしが手許にあるがゆえ、気の休まる暇もないのだろう。これを突いてやる。

「ついては晴季《はるすえ》殿を頼み、隠居の場を京に移そうと思うてな」

菊亭《きくてい》晴季——今年の初め、我が末娘を娶った婿殿である。

「あの御仁は二十二歳にして従三位《じゆさんみ》の公卿、何不自由ない暮らしをしておるからには、庵のひとつくらいは無心できよう。京で心安らかに命を終える所存じゃ」

「ほう……」

「どうじゃろう。お認めくださるか」

「左様に思し召されておいでなら、お引き止めする訳にも参りませぬ。爺様がおられぬようになると、寂しゅうなりますが」

　この上ない恵比寿顔で、よくも申した。わしがおらねば領国を乱されぬと、高を括っておるらしい。

「然らば、支度が整い次第の出立と致す」

「遠州の国境まで、見送りの者を付けましょう」

　快く認められ、自室に戻って荷をまとめた。

　もっとも狭い部屋ひとつ、下人に命じれば荷造りは瞬く間で、翌朝には駿府を出た。東海道を取って遠江へ、やがて三河に入り、氏真の目付・三浦右衛門とはそこで別れた。

「空じゃ」

　馬上で天を仰ぎ、あまりの青さに笑みが漏れた。否、ほくそ笑んだと言う方が正しいか。

　氏真め、厄介払いができたと喜んでおろう。相変わらず甘い。わしが何ゆえ京に雌伏するか、全く分かっておらぬ。

（堀越の一件で、お主は既に）

　騒乱の種を蒔《ま》いたのだ。此度の話は堀越も飯尾も叱責で済まされたが、飯尾の側はあらぬ咎めを受けて悔しがっているだろう。この小さな綻びが思わぬ穴となる。織田に攻められるか、或いは他が今川領を窺うか。どちらにせよ危うぃと判ずれば、飯尾は必ず心を揺らす。

「その時こそ」

きっと舞い戻り、火の手を挙げてくれよう。我が道の先に広がる空は、どこまでも澄み渡っておる。

＊

三河から先は、のんびり進んだ。今川に謀叛騒ぎがあったすぐ後ゆえ、織田が乗じるのではと楽しみにしておったのだ。さすれば踵を返して遠州に戻り、境目の者として向背に迷うだろう飯尾を焚き付けて我が力とする。檻を食い破るのは明日か、その次か――。

だが織田は動かなかった。

遠江と尾張の間、三河には今川方の国衆が多いが、それゆえであろうか。織田信長は評判どおりのうつけ者か。調略でも何でも、打てる手はあるだろうに。今川の本家筋たる吉良《きら》を切り崩せば、他も風向きを読むはずではないか。

やきもきしておる間に、尾張に至る。織田の本城・清洲《きよす》の城下では、過ぎるほど丁寧に引かれた道を町衆が行き来していた。誰も彼も安閑として、へらへら笑っておるとは。戦の気配が微塵もないことに苛立ちながら、とうとう伊勢《いせ》にまで至ってしまった。

わしを解き放つ兵は、まことに動かぬのか。否、否！　ひと当たりで突き崩せる国が目の前にあるのに、食らわぬ阿呆はあるまい。信長よ、さっさと動いて我が牙に掛かれ。

思い続けて伊勢の入り口、桑名《くわな》で待った。世の動きを窺うこと二日、六月四日を迎える。

「い、戦じゃ！　戦じゃあ」

街道沿いの飯屋で焼き蛤《はまぐり》を食うておると、叫びながら目の前の道を走る若い者があった。町衆らしい。来た、来た来た来た。ついに来たのだ！　腰掛を立って道に飛び出し、慌てる男の肩を捕まえた。

「おい。戦じゃと申したな。尾張か」

「は？　お坊様、何言うとるんか」

面倒そうに応じるとは、この下郎め。わしを誰だと思うておる。

「織田が今川を攻めるのかと聞いておる」

摑んだ肩を思いきり握ってやった。町衆は「あ痛たた」と叫び、あろうことか手を振り払うて、この信虎に怒りの形相を向けおった。

「ちゃうわい、阿呆! 九鬼《くき》様の田城《たしろ》城が戦なんじゃ」

「九鬼……ああ、海賊か」

若い男は「何やちゅうんじゃ」と文句を言いながら、苛立った一瞥《いちべつ》をくれて走り去った。無礼者め。わしが戦乱に舞い戻れば、うぬを探して五体を切り離し、どこぞの河原に晒してくれる。

だが良い話を聞いた。今川を叩こうとせぬ辺り、うつけという信長の評判は当たらずとも遠からず。左様な者の戦を待っておる間に、我が生が終わったらどうするのだ。それより目の前の戦を食いものにする方が、よほどためになる。

田城城は伊勢の南、志摩《しま》の鳥羽《とば》だ。荷運びの下人たちに後から来るように命じ、京に向かう道を外れて馬を飛ばした。

黒いほどに青く染まった伊勢湾を左に見て二日、ぽつぽつと島影が見え始める。かつて京や奈良で遊山した時よりも長閑な眺めだ。斯様なものを見ると、乱し、壊したくなる。良いぞ。我が身に宿る戦の魂が荒ぶっておる証だ。

馬に鞭をくれて急ぐと、やがて遠くの川沿いに、こんもりと丘が盛り上がった。幾つもの軍陣が遠巻きに対峙している。ひとつ、二つ……人の群れは八つも見えた。真ん中のひとつは極めて大きく、そこ彼処《かしこ》に兵の塊が屯している。五千は下らぬだろう。他の陣はそれぞれ二百から三百といったところだが、全てを合わせれば八千に近い大軍だ。これほどの数を集めながら、斯様な小城ひとつに手こずっておるらしい。能なし共め。

「待て、待たれい！」

国衆か地侍か、いずれにしても粗末な具足の木っ端武者が我が馬を遮った。蹴り殺すべきところだが、この下郎と話をすれば本陣の大将に渡りを付けられよう。ゆえに助けてやる。命冥加な奴め。

ぐいと手綱を引いて鞍から降りる。端武者がいきり立って胸を反らせた。

「戦場じゃと分からずに馬を進めるか。この糞坊主め」

「たわけ。分からぬはずがあるか」

雑魚めが、と睨み据える。それだけで端武者の勢いは瞬く間に凋《しぼ》んだ。

「わ……分かっておるなら、何用あって法体《ほったい》がこれへ」

「拙僧、無人斎道有《むにんさいどうゆう》と申す者。この戦の大将に目通りを願いたい」

「いずれかの、ご使者であろうか」

有象無象《うぞうむぞう》の分際で。わしが大将に会わせよと申しておるのだ。黙って言うことを聞け。

「会えば分かる。早う取り次ぐべし」

睨む目をさらに吊り上げると、下郎は一歩飛び退いて頭を下げ、逃げるように立ち去った。

そう長くを待たせず、案内の者が至る。これに従って進むと、笹龍胆《ささりんどう》の大旗があった。どうやら伊勢の国司、北畠具教《きたばたけとものり》か。

軍評定の陣幕に四角く囲われ、北畠の家臣らしき者共が向かい合わせに列を成していた。皆が皆、入り口に立つわしの姿を目に、怪訝な思いを隠そうともせぬ。小者の分際で。

「道有殿と申されたか。僧門が何用あって戦場に参られた」

奥の主座から澄んだ声が渡る。その響きに似つかわしい、女子の如き面立ちだ。茹でた卵の如き顔に切れ長の目、およそ戦場で役に立つとは思えぬ。

「北畠具教殿にござるな。この戦、楽に勝たせて進ぜようと思い、罷り越した次第。

我が策を以てすれば、十日を経ずに城は落ちる」

「失礼ながら、貴殿は戦場をご存知か。武家に仕えて策を献じる僧は数あれど、未だ道有の号を聞いたためしがない」

見たところ、具教は三十路に入ったばかりだ。その小僧が生意気に、値踏みをする目を向けてくるとは。思わず、クク、と笑いが漏れた。次第に強く、大きくなってゆく。

「ははは、あっははは！　このわしに向かって、戦を知っておるのか、とは！」

ひと頻り笑い、ぎろりと目を剝いた。

「道有の号は知らずとも、この名は知っておられよう。……武田信虎だ」

腰に佩いた刀を鞘ごと抜き、正面に突き出す。我が子・晴信の謀叛で国を追い出されたが、身に着けていたこの刀だけは我が手にあった。主座の左手から、ひとりの男が「御免」と進み、受け取って鯉口を弾く。明るく冴えた刀身、刃紋との境目――沸《にえ》がくっきりと強い直刃《すぐは》を見て、男は具教へと震え声を向けた。

「まさに甲斐源氏伝来の宝刀、筑前左文字《さもんじ》にござる」

満座が驚きに包まれた。伊勢には村正《むらまさ》派の刀工が多い。ゆえに詳しい者もおるはずと踏んでいたが、案の定だ。愉快極まりない。具教の顔も凍り付きおった。

「甲斐の虎が、何ゆえ」

「倅に国を譲って十九年、ゆるりと過ごそうと思うて京に上る道中じゃった。が、同じ源氏の血を引く具教殿が戦に及ぶと聞き、手助けせんと参じたのよ」

今度は主座の右手から、家臣がひそひそと耳打ちしている。具教は幾度か頷いて、やがて再びこちらを見た。

「信虎殿の智略あらば、確かに十日を経ずに勝てましょう。が……何がお望みで？」

「久しぶりに戦場を楽しみたい。それだけじゃ」

具教はしばし思案していた。踏ん切りが付かぬらしい。ならば、まずお主を我が智略の贄《にえ》としてやろうか。

「戦が長引かば、尾張の織田信長がどう動くか分からぬぞ。何しろあの大うつけ、今川義元を討ち取っておきながら、三河や遠江に手を伸ばそうとせぬ。……狙いは何であろうな」

具教は言葉を失った。さもあろう。今川の大軍を退けた戦上手が伊勢に目を付けている、考えるだけでも本城の留守が心許ないはずだ。

「……あい分かった。策をご指南くだされよ」

「祝着、祝着」

にやり、と笑ってやった。具教とその家中は、揃って気もそぞろという風である。

ああ、良き眺めよ。わしを恐れて震え上がれ。世の全てにお主らと同じ顔をさせるのが、まことの我が望みなのだ。

＊

向こうからこちらへと進む加茂川《かもがわ》が大きく曲がり、右へと流れを変えている。目の前にある水のうねりは、さながら蛇か。幅の太い青大将だ。その腹に刺さった刺《とげ》の如く、右前の奥から支流の河内川《こうちがわ》が流れ込んでいる。二つの流れに狭く切り取られた中に、田城城の丘はあった。北畠の本陣から見れば加茂川が正面を遮っている格好だ。城のある丘は横向きに細長く、ぽんと野に突き出ておる。

もっともこの信虎にとって、斯様な構えなど天険とは申せぬ。甲斐の険しい山々に比べれば、ただの出っ張りではないか。丘の肌とて坂のうちにも入るまい。

従って、勝敗を分けるのは川である。ところが、だ。わしが戦場に参じた折、全ての陣は加茂川の手前にあった。こやつらは本当に城を落とす気があるのか。水を前にした陣は守りに良しとは申せ、城方にしてみれば川が天与の堀となる。寄せ手の全軍がこの外側から攻め掛かっては、矢玉の的にしかなるまいに。わしはまず、各々の陣を移すよう指南した。加茂川の手前には本陣の北畠のみ、残る小勢はひととおり河内川の西だ。支流は幅が狭く水も浅い。早瀬と川底の石に少しばかり足を取られようが、踏み越えて攻めるには向いた陣所だ。遠く右手を見遣れば、七つの陣が流れに沿って向こう側へと続いている。それぞれの陣所の間は、懸命の駆け足で息が切れるくらいに空けた。

「まこと、これでよろしいのでしょうや」

本陣から南に城を眺め、北畠具教が問うてくる。左後ろの床机へと肩越しに向き、悠々と笑みを浮かべて返した。

「ご不満かな？」

「いささか。先んじて陣を移さば、加茂川を渡る手間もなくなり申す。されど七島党《しちとうとう》を動かすのなら、この本陣とて共にあらねば……」

具教が束ねる小勢は志摩七島党と言う。浦《うら》・相差《おうさつ》・国府《こう》・甲賀《こうか》・和具《わぐ》・越賀《こしか》・浜島《はまじま》の地頭で、国衆とも申せぬほどの者共だ。地侍に近い。他国の地侍は半分百姓だが、この者共は半分漁夫でもしておるのだろう。

具教はまだ不平があるらしい。わしに指南を頼んだ手前、少し迷った様子だったが、ややあって再び口を開いた。

「しかも、各々の陣所をあれほど離しているのは解せませぬ」

「あの者共が、群れねば何もできぬ奴輩ゆえか」

七島党とやらは、海賊領主の九鬼が力を持っているのが気に入らず、徒党を組んで国司の北畠を頼んだ。身の上も、ものの考え方も、全く以て下衆である。

が、具教は少しばかり色を作《な》した。

「戦はまず、数の勝負ではござらぬか。九鬼は二千も従えておるのですぞ。あの布陣では守りが弱い。七島党の陣を、ひとつずつ潰してくれと申しておるようなものでしょう」

如何な下郎でも自らを頼ったとあらば、というところか。美しき心根よ。気に入らぬ。

「聞くが、具教殿には九鬼を叩く気がおありか」

「無論にござる。九鬼ひとりに国衆の和を乱されては、伊勢は一枚岩になれませぬ」

ならば理由を付けて召し出し、斬ってしまえば済む話だろうに。国を保つ力は和に非ず、国主が下々をどれだけ強く縛れるかだ。まあ、わしにとっては斯様に甘い男の方が楽なのだが。

とは申せ、得心させねば采配の振るいようもない。面倒だが説いて聞かせてやる。

「考えてみられい。あれだけ各々が離れた陣、城方が打って出るなら、どこから攻める」

具教は引き続き腹立たしげな面持ちで、幾らか間を置いて答えた。

「一番向こうの端からでしょう。手近なところから攻めて、他の陣の加勢に挟み撃ちにされるのは避けるはず」

「左様。城にある二千から千八百も出し、その中の六百ほどで向こうの端の陣を襲う。残りが加勢の者を待ち受ければ、七島党は手も足も出ぬ」

「ならば何ゆえ！」

床机を立ち、怒りに身を震わせておる。まだ話は終わっておらぬのに、せっかちな奴め。

と、遠く南の彼方から喧騒が届いてきた。

「これは……鬨の声じゃな。具教殿のお見立てどおり、九鬼は打って出た。まあ……七島党の四つくらいは潰れてしまうやも知れぬ」

「信虎殿。貴殿は、いったい……」

おお、鬼神の如き眼差しだ。女子の如き優男に斯様な剣幕があったとは、結構、結構。

「いやっはは、あは、あはは、はははははっ！」

思わず笑うてしもうた。戦とは何と楽しいものじゃ。今こそ、この快楽へと帰らん。

「おい。すぐに援兵を送れ。二千を整え――」

「黙って、見ておられい！」

気迫を込めた一喝に押され、具教の拙《つたな》い指示が止まる。そこへ、我が魂に宿る虎の威で睨み付けてやった。

「必ず、勝たせてやるわい」

憤懣《ふんまん》やる方ないという顔ながら、具教は腰を下ろした。それで良い。

七島党は、やはり九鬼の兵を食い止められなかった。時折届くひと際大きな歓声は、遠くの陣から順に落とされた証だ。本陣に近い陣所からも、慌しく南へと走ってゆく。七つの陣にあった兵の、ほぼ全てが野の向こうに消えた。

「頃合じゃな」

いざ、武田信虎の戦を見せてやる。床机から腰を上げ、大きく息を吸い込んで、腹の底から吼えた。

「本陣、城に攻め掛かれ！　船など使わぬぞ。泳いで渡るのだ」

「信虎殿！」

具教め、大将を差し置いてと怒鳴りおった。愚か者め。この時のために、わざわざ加茂川沿いに本陣を残したのだ。

「七島党の陣を、ばらばらに置いたのは何のためか……。城方を誘き出し、遠くの陣を叩かせるためよ。さすれば城との間に、七島党の他の陣から出た援兵が押し寄せる。見てみよ、城方の退き口は既に埋め尽くされておるぞ」

「あ！　だから……船を使わずに」

ようやく分かったか。なるほど加茂川は流れが太く水も深い。渡るには船を使い、幾度も行き来して兵を送るのが常道と言える。九鬼は海賊、なまじ船に通じておるがゆえ、その定石に嵌まり込んだ。北畠の兵が動いたとて、船を使う以上は時を要する。ゆえに、寄せ手が城に至るまでには十分に兵を返せる——そう高を括り、遠くまで打って出たのだ。

「餌に食らい付きよった。自らが、この信虎の餌になるとも知らずにな。さあ具教殿、貴殿の口から命じてやれ」

「ぜ、全軍……前へ！　死ぬ気で泳ぎ、川を渡れ」

号令ひとつ、本陣の五千余が俄《にわ》かに慌しくなった。個々の将が三百五百と引き連れて、ひと塊に流れに飛び込む。渡りにくい川ではあれど、蛇行しているだけに流れは遅い。重い具足を着たまま泳いでも、溺れ死ぬ者は少なかった。

わしも具教と共に馬を駆り、川へと踏み入った。馬がようやく頭を出せるくらいで、我が身も胸まで水に浸かる。それでも底に足が着く分、やはり兵より馬の方が速い。

「急げい！　遅れる者は、わしが斬る」

腰の左文字を抜き、振り下ろす。傾き始めた日差しを跳ね返し、足軽の陣笠の端が音もなく切れて飛んだ。雑兵共が震え上がって悲鳴を上げる。ぎゃあぎゃあと慄く声が耳に心地好い。兵はなお必死に泳いで、川底に足が着くと一目散に城へと駆けていった。

ここに至り、丘の陰から届く喧騒が様相を変えた。本陣が動いたと知って、九鬼が兵を返し始めたのだ。が、声の遠さで分かる。七島党の兵に阻まれ、易々とは退けずにおるらしい。

「間抜けの海賊が！　うぬらに陸《おか》の戦など百年早い。全軍進めい、一気に城を叩くのじゃ」

兵共は先ほどからの狂乱のまま、けたたましく喚き散らしながら進んだ。そうした中、城の遠く向こうから歓声が飛んでくる。何かを成し遂げた時の、血が沸くような恍惚の気配だ。

「……やったな」

にや、と笑いが漏れた。

城を出た兵は大半が退き果せず、七島党と北畠本陣の挟み撃ちに遭って逃げ散った。引き続いて城攻めとなったが、勝敗が決せぬまま夕暮れを迎えた。

夜討ち朝駆けの不意打ちを除き、日が落ちれば兵を引くのが戦の常道である。この日はいったん兵を退くと決し、加茂川沿いから少し北、具教が陣屋とする寺に入った。

具教と二人、本堂の板間で今日の戦を語りながら夕餉を取る。久しぶりに荒ぶったせいか腹も減り、湯漬けを三度も代えて食った。椀の飯に少し湯を足し、川魚――これは鮠《はや》か――の塩焼きを頭からかじる。

そこへ汚い具足の伝令が参じ、沸き立つものを抑えきれぬように早口で捲し立てた。

「七島党、九鬼当主・浄隆《きよたか》を討ち取り申した！　敵は最早、烏合の衆にござろう」

「おお……」

具教が目を丸くする。わしは、にんまりと声をかけた。

「どうじゃ。あと幾日かで城は落ちよう」

「まさに、甲斐の虎と恐れられた戦にござる」

戦の最中には訳も分からず怒っておったくせに、良く申すものだ。まあ構うまい。さて、我が檻を破らせてもらうぞ。

「九鬼を追い出した後、田城城は如何なされる。乗り掛かった船ゆえ、わしが貴公の家中に入って、処遇が決まるまで守ってやろうかと思うのじゃが」

「え？」

具教の目が皿になった。厳しく眉根を寄せ、この上ない嫌気が迸《ほとばし》っておる。その顔は何だ。わしがおらねば、こうまで易々と勝てるはずもなかったのだ。さあ、わしに任せると申せ。そして我が牙に掛かるが良かろう。

「驚くには及ぶまい。同じ源氏の血、戦の前にも申したとおり、わしは貴公を助けたいのじゃ。悪いことは申さぬ。わしに田城城を預けられい」

「その儀には……及ばずと存ずる」

「何じゃと？」

あまりに無礼な返答に、眉が吊り上がった。手にしていた湯漬けの椀を投げ捨て、脇に置いた刀に手を掛ける。

「働きに報いる気がないのか。しかも、この先も力になってやると申すのに」

「ご助力は、この一戦のみで十分。そも信虎殿は……ですな」

言いよどむ姿を見て、ふふん、と鼻が鳴った。

「甲斐の民を虐《しいた》げたと聞いておる、か？」

「さにあらず！　この具教を超える器が家中に入るなどは、畏れ多く。それに……そう、九鬼にござる！　九鬼を見ればお分かりでしょう。あまりに抜きん出た才あらば、またぞろ余の者が妬み、此度と同じ不平を抱く……と存じましてな」

「……たわけ」

所領も与えず、あまつさえ海賊如きと同じに見るとは何ごとだ。四の五の抜かすなら と、ゆらりと立ち上がって刀を抜いた。

「ご無体な」

本堂の隅に控えた具教の小姓が三人四人、声を上げて駆け寄る。これに気を強くしたか、具教は頼りない気配を振り払って叫んだ。

「誰かある！　出合え」

応じて北畠の家中が十人ほど駆け付けた。足音はまだ、幾つも近付いている。さすがに分が悪い。具教は勝ち誇ったように胸を反らせた。

「武田信虎殿。今日の働きに恩賞を差し上げよう。黄金十枚、および感状をお渡しする。確か、京に上る道中でしたな。ご助力はもう十分、都でゆるりとお過ごしあられよ」

何が恩賞だ。わしの上にでも立ったつもりか。ああ、されど引っ切りなしに人が踏み込んでくる。瞬く間に、本堂には三十人もの数が押し寄せていた。

「……恩賞、有難くお受け致す」

そう返すしか、なくなっていた。抜いた刀を鞘に戻して床板に平伏する。畜生め。糞ったれめが。伊勢を乗っ取ってやるつもりだったのに、斯様な辱《はずかし》めを受けるとは。我が命運が呪わしい。奥歯を噛み締める音が、ぎりぎりと耳に響いた。

＊

あれから二年半。女婿・菊亭晴季の助力で京に庵を結び、鬱々《うつうつ》と過ごしてきた。駿府を脱したとて何が変わる訳でもない。長く戦場を離れても牙は鈍っておらぬ――伊勢でその証を立てたにも拘《かかわ》らず、我が身は未だ固い檻に囲われておる。このまま朽ち果てるのか。日々の煩悶《はんもん》に正月の酒もまずい。

それを逆撫でするように、年明け早々、晴季から報せが入った。昨年、今川領の遠江で謀叛が起きたという。火の手を上げたのは、あの堀越六郎だ。わしが唆した折には腰砕けになりおったくせに。書状を持つ手も震えるというものだ。

「待て。落ち着け。これは」

腹立たしいばかりの一報ではない。何しろ此度の謀叛には、曳馬城の飯尾連龍も与していた。今川は大きく揺れているのだろう。先代・義元の死から二年経っても、織田信長への報仇は為されずにいる。それが弱腰と看做されたのに違いない。

「じゃが、腐っても鯛か」

堀越と飯尾の謀叛は、年の瀬までに鎮められたそうだ。堀越は居城・見付端を追われ、三河の徳川家康《とくがわいえやす》を頼った。飯尾は頑なに抗ったが、和議を持ち掛けられて折れたという。

ふう、と息をついた。

「氏真も苦労しておると見える」

義元の弔い合戦が行われないのには、一応の訳がある。わしが駿河を出て幾月か後、今川の盟友・北条から援軍を求められたのだ。越後の上杉政虎が相模に攻め込んだためである。盟約に従うて兵を送ったがゆえ、弔い合戦どころではなかった。

もっとも、それで家臣に見限られておるのだから世話はない。盟約など破るためにあるものではないか。そもそも家臣の分際で当主に否やを申す者など、斬らねばならぬだろうに。氏真の甘さが、はっきりと分かる。

「つまり……これぞ我が好機じゃ」

当年取って七十の我が生涯、世の屑共は武田信虎など昔の名じゃと思うておるだろう。たわけが。余の者ならばいざ知らず、わしは百でも二百でも生きて世に挑み続けてくれる。

さて、今川の乱れを如何に使うべきか。手中の書状を床に置き、腕を組んだ。此度は「爺として氏真を助ける」という名分は使えまい。如何にうすのろの孫だとて、かつて疑った相手には用心を深くしておるはずだ。

どうしたものか。額を押さえると、指先が剃髪した頭に触れる。その手触りで、にたあ、と笑みが浮かんだ。

「わしは法体じゃ」

駿府館や各地の城には入れまいが、僧門としてどこぞの寺に入るのは楽な話だ。これを利して今川領に戻り、智略の限りを尽くすべし。

おい、と手を打つ。すぐに下人がひとり、庭に参じた。

「何ぞ、ご用ですやろか」

参じたは良いのだが、その「薄気味悪い」という顔は何だ。うん？　わしを見ておるな。楽しそうな笑みなど似合わぬと、うぬは左様に申すのか。

「無礼者め。斬り捨ててくれる」

「え？　……う、ひっ」

腰を抜かしよった。いかん。今のは、なしだ。

「待て、怯えるでない。それより、わしは遠州に下るでな。明日の朝一番で発てるよう、支度をしておけ」

「は、はいっ」

転げるように逃げていった。よほど恐ろしかったのか、その日の晩には旅支度が整う。明くる朝、三人の下人を連れて京を発った。

概ね一ヵ月、遠江に至る。大井川《おおいがわ》の西、駿河との国境も間近の掛川で、円福寺《えんぷくじ》に身を寄せた。今川の重鎮・朝比奈泰朝《やすとも》の領を選んだのは、騒ぎが起きた折の動きやすさを思うてのことである。

その騒ぎは、わしが呼び寄せてやる。国衆や家臣の謀叛などという小火《ぼや》ではない。今川家そのものを焼くような大火だ。これに乗じて――。

「道有様。お客様が参られましたが」

僧坊の外、下人の声で我に返る。これぞ待ち望んだ客だ。駿遠二国に烈火をもたらす呼び水である。火なのに水とは、これ如何に。

「来たか。すぐに通せ」

少しして僧坊に入ったのは、日向源藤斎《ひゅうがげんとうさい》と申す男であった。わしが甲斐の国主だった頃、奏者に召し使っていた者だ。今では信玄入道こと、我が子・晴信に仕えておる。忌々しいが、まあ、こやつに罪はない。

日向は我が前に至ると、青く剃り上げた頭を下げた。

「お久しゅうございます。此度は何用あって、それがしをお召しあられました」

「お主は、良くものを覚えて忘れぬ。晴信に言伝を頼みとうてな」

「はあ。それなら書状の方がよろしいのでは」

この男は昔からこうだ。見聞きしたものを忘れぬ代わりに、道理を弁《わきま》えておらぬ。

思わず、強く眉根が寄った。

「書状で済む話なら、お主を呼ぶものか。大事は決して紙に記してはならぬ」

ぎろりと睨んで首を突き出すと、日向は軽く身を反らせて顔を遠退かせた。小声で話さねばならぬのに、分からんのか。面倒な奴め、と手招きしてやる。囁きが届くほど前屈みになったところで、おもむろに切り出した。

「良いか。今川はな、この十年のうちに滅ぶであろう」

「それはまた、何ゆえに？」

「氏真の近習に、三浦右衛門というのがおる。元々が地侍の下郎だ」

かつて、駿府でわしの目付を命じられていた者だ。あの鬱陶《うっとう》しさを思い出すと苛々する。今から我が策の踏み台にしてやるゆえ、有難く思え。

「下賤の者が珍しいのか、氏真は三浦を寵《ちょう》し過ぎてな」

そこからは口八丁、あることないこと、これでもかと並べ立てた。

氏真は三浦と共に遊び呆けてばかりいる。それどころか三浦が望むなら何でも叶えてやり、民百姓を虐げて顧みず、譜代の家老や今川一門にさえ三浦に平伏させる。

「斯様な無体を働いておるのだ」

「はあ……」

おい日向。何ゆえ、しかめ面でわしを見る。否、わしも同じようなことはしていたな。だが全て我が胸に従っての行ないだ。国主たるもの、誰かに惑わされてはならぬ。ともあれ。

「しかも、この三浦は武士の義理を知らぬ」

今川の先代・義元が、菊鶴《きくづる》という女子を手付きにした。三浦は義元が死んだ年のうちに、密かにこの菊鶴を妾にしてしまった。逆心と言ってもよい狼藉である。

「今川家中は三浦を恐れて、誰も氏真殿に報せぬ。斯様な大事が当主の耳に入らぬほど、今川は乱れておるのだ。それもこれも、全ては氏真の心得が悪いからだ」

見てみよ、義元が討ち死にして二年半も過ぎながら、氏真は弔い合戦を起こそうとせぬ。先に堀越六郎や飯尾連龍が謀叛したのも、全ては氏真の弱腰に家中が揺れ動いているせいだ。

「最も大きいのが三河だ。あそこは今川の本家筋に当たる吉良がおると申すに、岡崎《おかざき》城の徳川家康など、吉良の目も憚らずに今川を見限り、織田と盟約を結んだではないか」

氏真とて、これを問い詰めてはいる。だが家康が「織田を油断させるため」と申し開きをすると不問に付してしまった。今川の老臣が「信じてはならぬ」と諫言するも、氏真は聞こうとしない。斯様な次第では、いずれ駿河も遠江も織田と徳川に切り取られてしまうだろう。

「それくらいなら、いっそ晴信が切り取れ。以上だ」

日向は全てを噛み砕くように幾度も頷きながら聞き、そして去っていった。

さあ晴信、父に謀叛した不孝を償え。今川を揺るがす大軍を発するが良い。わしは、その動乱を衝いて氏真を廃し、駿河と遠江を奪うのだ。

返答を心待ちにして、幾日かを円福寺で過ごす。しかし――。

「言うにこと欠いて、耄碌《もうろく》じゃと……」

日向源藤斎の書状によれば、晴信はこう申したそうだ。

父上の仰せは皆、いたずらごとである。酷く耄碌なされているに相違なし、これに惑うて兵を起こし、今川への義理を欠くべからず。其方も今後、二度とこの儀を取り沙汰してはならぬ。

斯様な愚弄を加えた上に、この上なく不機嫌であったそうな。たわけ、たわけ、たわけ！　我が申し様の、どこが耄碌か。三浦の暴虐云々は半分ほどでっち上げだが、他は全て確かな話ではないか。おまえは堀越と飯尾の謀叛を、徳川と織田の盟約を知らぬのか。今川家中が主家を見限っておるのを、勘付いておらぬと申すか。左様なはずはあるまい。

「……義理じゃと？　甘んじて機を逃すとは。それで甲斐と信濃、二ヵ国の主が務まるか！」

日向の書状を引き裂き、細切れに千切って床に投げ付けた。息が荒い。しばし走り回っていたかの如く、肩が上下に動く。

落ち着け。落ち着くのだ。晴信が兵を出さぬとあらば、我が望みは成就せぬ。

いやさ。織田や徳川を手駒にする道もある。が、正直なところ、わしには信長という小僧が分からぬ。義元を討ちながら、盆暗の氏真を攻めようとせず、わざわざ攻めにくい美濃に兵を出しておるのだ。相手を知らずして策は立てられぬ。斯様な中で長く遠州におっては、いずれこの身も今川の乱れに呑み込まれてしまうのではないか。

だが、まだ終わる訳にいくものか。この身を解き放つ鍵は、どこかにきっとある。

「京に戻る。支度せい」

声を荒らげると、下人が慄いたように「はい」と返事を寄越した。都には諸国の動きがつぶさに報じられてくる。一々を吟味して、ここぞの時を待つべし。

＊

六年が過ぎた。あまりに色々なことがあった。

四年前、将軍・足利義輝が松永久秀《まつながひさひで》に殺され、幕府は松永の思うがままとなった。だが天下の権は、あちらへ、こちらへ、忙しなく転がる。

義輝の弟、僧門に入った覚慶《かくけい》は松永に見張られていたが、やがて助け出され、還俗して義昭と名を改めた。先頃、織田信長がこれを神輿《みこし》に上洛し、幅を利かせておる。

これほどの大事が立て続けにあったのに、わしは何ひとつできなんだ。

松永に自らを売り込まんとしたら、今日は病ゆえ、今は多忙ゆえと理由を付けられ、幾度も退けられた。婿の晴季に聞けば、あの北畠具教が、伊勢での一件を御所に報じたからじゃろうと申す。なるほど松永め、御所で御供衆に任じられておったな。具教め、いらぬことをしおって。

そうこうしておるうちに、信長が上洛して松永は降りおった。ならば信長を食ろうてやろうと試みるも、松永の時と同じようにあしらわれている。これは晴信が悪い。そうに決まっておる。何せ晴信の子、我が孫に当たる勝頼《かつより》の室が信長の姪なのだ。あの親不孝者め、その伝手を使うて信長に余計な話を吹き込んだのだろう。

折々の乱れに乗じる気概はあれど、誰も我が力を頼もうとせなんだ。いったい、どういうことか。世の中は誰も彼も蒙昧じゃ。武田信虎であるぞ。極上の戦をする男が手を貸してやると申しておるのに、声ばかり大きな盆暗共に踊らされおって。ああ、ああ！　わしの血肉となるのが、それほど嫌か。いっそ御所に討ち入りでもするか。そして朝廷を我が手に落とし、遍《あまね》く全ての者を――。

「斬り捨ててやる」

ぎろりと目を剝いたところに下人がおった。ひっ、と腰を抜かして尻餅をついている。

「お、お……おじ、おじ、お慈悲を」

「たわけ。何を申しておる」

「斬り捨てると、仰せられて」

この阿呆めが、と目が吊り上がった。

「うぬを斬ってどうなる。さっさと用を申せ」

下人は気を落ち着けようとしたのか、三つほど深く呼吸した。

「……晴季様から書状でして」

見れば漆塗りの文箱を運んでいる。婿殿からの書状ならば間違いあるまい。信長がわしを疎んじた一件、晴信が唆したゆえと裏を取ったのだ。

「渡せ。どれどれ」

文箱を受け取って中を検めると、全く違う報せであった。驚愕に、わなわなと身が震える。斯様な姿は見慣れておらぬのか、下人がうろたえた声を寄越した。

「ど、どないなされました」

「晴信が……我が倅が、今川の領に兵を出しおった。遠からず……二ヵ国は武田の手に」

「そらあ、おめでたい話で。道有様へのお扶持も、増えるのと違いますか。お父上のお望みを知って、それを成す。さすがは道有様のご嫡子で」

それで機嫌を取ったつもりだとは、度し難い。慮外者め。我が心を踏みにじるか――そうは思えど、斬ってやるという気持ちにはなれぬ。

「もう良い。下がれ」

がくりと肩が落ちた。

父の望みを知って、と下人は申した。そのとおりやも知れぬ。やはり晴信は我が子だ。わしの望みを、今川の動乱に乗じようという肚を、実の子ゆえに見透かしておった。ゆえに、兵を出せと唆しても動かなんだのだ。

「父が遠州を去り……再び手を出さぬと見極めた上で、か」

晴信もまた、今川を食らわんとしていた。虎の子は虎である。わしと倅は、並び立たぬ雄だったのではあるまいか。

「齢七十六か。もう、檻の中で死を待つのみじゃ」

ははは、と寂しく笑いが漏れた。斯様な笑い声など、ついぞ発したためしがなかった。

それからの京は、まさに信長の掌の上にあった。将軍となった足利義昭の名を借りて越前の朝倉義景を絞め上げ、本願寺《ほんがんじ》の一向一揆を目の敵にし、あまつさえ義昭さえ組み敷いて放埒《ほうらつ》に振る舞っている。

義昭は無論、朝倉や本願寺、果ては畿内から弾き出された三好義継《よしつぐ》などが合力し、信長を囲んで抗おうとしたのも道理である。だが、わしは騒ぎの外で全てを眺めていた。我が子に肚の内を見透かされた爺に、できることなど何もない。晴信が申したとおり、武田信虎はとうに耄碌していたのやも知れぬ。

腹立たしいほど穏やかな気持ちで、庵の中に余生を過ごす。近頃では下人たちも、わしを恐れぬようになった。

「道有様、道有様！　ええお話ですよ」

自らの老いを認めた日から四年、元亀《げんき》三年（一五七二年）も年の瀬となった頃に、下人が弾けるような笑みを見せた。わしは「ほう」と笑みを浮かべ、続きを促した。

「御身のご嫡子、武田信玄様が上洛の兵をお出しになったとか。うまくすれば天下人ですわ」

「あやつが……。そうか」

深く、何度も頷いた。甲斐の虎という二つ名も、今では晴信のものとなった。虎の子は虎、ついに大仕事を仕掛けるのだ。朝倉、本願寺、三好、そして将軍。これに我が子が加われば、果たして信長は命運を保てるだろうか。

「天下人のお父上になられはったら、どんなにええでしょうな」

「人の世はな、なるようにしかならぬわい」

笑って返す。晴信が天下を取ったとて、わしには何の望みもない。ただひとつ、甲斐の土を踏んでから死にたいものだ、とだけ語った。

下人の願い如きが天に届いたのだろうか、晴信の上洛軍は、信長の楯に成り下がった徳川家康を散々に打ち負かした。そのまま陣で年を越し、いざ尾張から美濃《みの》、近江、そして京へと攻め上らんとしている。

そのはずだった。

ところが年が明けても、武田の軍兵は一向に動こうとせぬ。そればかりか、四月を迎えると俄かに甲斐へと引き上げてしまった。

何ゆえ引き上げたのか。菊亭晴季を通じて訳を問うてもらう。晴信は病ゆえに隠居した、とだけ伝えられた。

おかしい。病だとて、家臣まで何もできぬ訳ではあるまいに。徳川は風前の灯火、隠居するにせよ滅ぼしてからと考えるのが当たり前だ。なのに、それすら捨て置いて国に帰るとは。

「まさか晴信」

いや。間違いない。晴信は、我が子は死んだ。

「虎の子が……。わしを追い落とした虎が」

呆然、目も虚ろになった。が、膝元に落ちた眼差しが、次第に定まってくる。胸に何かが湧き出した。瑞々《みずみず》しい生気、生きる気力と呼べるものが。

「そうか……。死んだか」

にたあ、と頰が歪んだ。クク、と含み笑いが零れる。

両雄は並び立たず。されど今、一方の雄は冥府へと旅立った。父より先に死ぬとは何ごとか。これぞ孝行の極み、我が檻の扉を開く鍵ではないか。がば、と顔が上がる。

「おい。墨を持てい」

心折れてから実に四年、久方ぶりに力のある声が出た。下人が「どうしたのか」と目を白黒させ、文机の前に参じた。

＊

晴信が死に、武田が兵を退いた後、信長は足利義昭を攻め破って京から追放した。さらに朝倉義景を滅ぼし、これに与した浅井長政《あさいながまさ》を討って危地を脱した。

晴信の死から概ね一年、天正《てんしょう》二年（一五七四年）の正月、わしは信濃の高遠《たかとお》城にあった。我が三男・信廉《のぶかど》の居城である。

信廉は晴信と違い、虎の性根を持っておらぬ。戦下手で、所領にあっては民を慈しみ、絵心があるという軟弱者だ。老い先短い身ゆえ故郷の土を踏んで死にたいと書き送ってやったら、情にほだされて、一も二もなく認めおった。まことに我が血を引いておるのかと疑いとうなる。

高遠城の広間、連座する家臣たちに囲まれ、ひとりの若者と向かい合うた。晴信の跡を継いで当主となった勝頼だ。互いに主座は外している。

「信虎じゃ。面を上げい」

「はっ。初めてお目にかかりまする。勝頼にございます」

勝頼は恐縮しきりであった。晴信に比べれば、まだまだ青二才よな。果たして、こやつは虎か否か。試してやろう。

「国主となって苦労も多かろう。国を治め、家臣を束ねるとは如何なる道と、おまえは心得ておる。爺に聞かせてみい」

「はい。国を治めるとは民を治めるに他ならず。田を作らせ、畑を育てさせるため、時に慈しみ時に厳しく接し、筋道を通してやらねばなりませぬ。家臣はそのために力を尽くし――」

強張った顔で、退屈な口上が延々と続く。この者は虎ではない。

「ゆえに皆が国主の下、一枚岩となって臨まねばならず――」

「そこまで」

静かに、しかし腹の底から声を響かせた。座の傍らに置いた刀、武田家伝来の筑前左文字を取って、すくと立った。鯉口を弾き、すらりと抜いて二度、三度と振るう。

勝頼以下、誰もが息を呑んだ。良き眺めじゃ。

「この刀は多くの血を吸うた。家臣の分際でわしを諫めようとした者など、全て手討ちにした。誰かが斬られるのを見て、なお諫言を吐いた阿呆は五十人もおったかのう。分かるか勝頼。おまえが申すように筋道を通さんとするなら、左様な非情こそ肝要じゃ。一枚岩になるには、何人《なんぴと》たりとも国主に逆らわせてはならぬ。……おまえは若い。この爺が、力を貸してやらねばな」

わしは笑った。天を向き、げらげらと、この上なく楽しく哄笑した。

が、それが悪かった。上を向いて笑うておる間に、日向源藤斎――かつて晴信を踊らせんとして召し出した男が進み出で、我が手から刀を奪い取りおった。

「ここな無礼者が！　手討ちに致すぞ」

「できるのでしょうや」

ぐ、と口籠もった。我が手には、日向の首を断ち落とすべき得物がない。

「御屋形様、お聞きくだされ。信虎公は、それは酷い国主にござりました」

日向は口を極めて我が所業を罵った。内藤《ないとう》、馬場、山縣、工藤《くどう》、我が手に掛かって命を落とした者の名を連ねる。

「信玄公のお計らいにて全てのご名跡は再興しておりますが、これほどの名家、重臣をご無体に成敗なされたお方にござります。それがしは信虎公の奏者として、いつ自らの首が飛ぶかと、生きた心地がせなんだものです」

狩の折の戯れに民を射殺しただの、川が溢れて途方に暮れた民から無理やり年貢を取り立てただの、戦の旗色が悪い時には賦役に駆り出した百姓を殺して憂さを晴らしただの、悪口雑言は止まるところを知らない。

「加えて信虎公は、信玄公に今川を攻めさせ、乱に乗じて信玄公を亡き者にせんと企て申した」

「待たぬか！　わしが、いつ左様なことを申した」

聞き捨てならぬ。手許に刀があれば、今すぐ頭をかち割っているところだ。

「御身ではござらぬ。信玄公が、確かに左様仰せられたのです。それがし、一度耳にした話は忘れませぬ」

日向は慄いて震えながらも、我が刀を固く握り、冷汗を流しながら捲し立てた。勝頼はそれを見て「これ」と制し、こちらに目を向けて大声を上げた。

「爺様におかれましては、甲斐へのお戻り、罷りなりませぬ。信廉叔父の下、この高遠で余生を送られますよう。武田伝来の左文字は、この勝頼が当主として受け継ぎ申す」

鎖だ。武田家は、勝頼は、家臣共は、この信虎を縛る鎖だ。

「父上。それがしが、お傍《そば》におりますゆえ」

信廉の声に、がくりと膝を突いた。

以後、わしは信濃に留め置かれた。勝頼は余生を過ごせと申したが、檻と鎖、二重の戒めを加えられておる。檻に繋がれた虎は死んだも同じだ。寝ても覚めても憂いの一色である。

「……上。父上」

高遠に至って二ヵ月ほど過ぎたある夜、枕元で誰かの——否、分からぬはずがあろうか、我が嫡子・晴信の声がした。夢枕に立つとは何のつもりだ。そも、謀叛を起こした子に礼儀など要らぬ。身を横たえたまま応じてやった。

「うるさい。何の用だ」

晴信は何も返さなかった。余計に癪に障って、こちらも無言を貫く。やがて、根負けしたように「ふう」と溜息が聞こえた。

「ずいぶん、汲々《きゅうきゅう》としておいでですな」

「……今に始まったことではない。おまえの謀叛から、ずっとだ」

晴信は、また黙った。わしも口を噤む。だが今度は、どれほど待っても何も語られない。こちらが根負けして口を開いた。

「あの謀叛で、わしは檻に繋がれた。おまえはもう死んで、罪を逃れた気になっておろう。されど、わしは未だ生きておる。必ずこの戒めを破り——」

「もう、ご自身を解き放って良い頃合ではござらぬか」

許せぬ。子が父の言を遮るなどとは。

「たわけめ。わしを縛ったは、おまえではないか」

しかし晴信は何も返さなかった。図星を突かれて、ぐうの音も出ぬか。愚かな倅だ。

「何とか申したらどうだ。詫びのひとつも申してみよ。もっとも、許さぬがな」

無言――静寂に、キンと耳が鳴る。

「この、馬鹿息子が！」

そこで目が覚めた。辺りは未だ暗い。身を起こせば、頭が割れそうに痛む。

「死んだ者が道に迷うて、出て参ったか。愚物め」

そも、自らを解き放てとは口幅《くちはば》ったい。わしは檻を破ろうと、それだけを思うてこの歳まで生きてきたのだ。今さら――。

「あ……が」

頭が、痛い。岩でも投げ落とされたような痛みだ。が、頭に手をやっても傷はない。

「晴……信。おのれ」

ばたりと身が倒れた。体が動かない。気が遠くなってゆく。息が苦しい。わしは生きて暴れたいのだ。自らを世に問うて、挑みたいのだ。このまま死んで堪るか——。この死、とは。わしは死ぬのか。死んでしもうては、何もできぬ。ああ、しかし。この安らいだ気持ちは何だ。

(檻……とは)

次第に頭がぼんやりとしてゆく。そうした中、我が頬が、にやりと吊り上がった。何たることか。檻は、晴信が仕掛けたのではない。勝頼でも、武田の家臣でもなかった。認めたくない。だが認めざるを得ぬ。我が心、生ある限り世に挑もうとする執念こそ——。

夜明け前の闇より遥かに黒い「無」が、目の前を覆った。何も見えない。何も聞こえない。自らが、薄れてゆく。

どこまでも続く漆黒、目に見えぬ道が、我が前に引かれた。遥か先にぽつんと光があり、そこでは晴信が手を差し伸べていた。

過ぎたるもの

日暮れの野、しかし夕焼けはない。一面に広がる田畑は既に稲の刈り入れを済ませ、冬場の青物に替わっていた。一里半（一里は約六百五十メートル）ほど向こうにある軍陣の篝火が夕餉の炊煙を照らしだす。その煙よりずっと暗く霞む空には分厚い雲が低く垂れ込め、遥か西に見遣る伊吹山《いぶきやま》の山際さえ曖昧《あいまい》にしていた。雨になるのだろう。降らぬうちに仕掛けねば、と清興《きよおき》は馬の手綱を引き、率いる兵に命じた。

「火矢、支度せい」

手勢五百のうち徒歩は三百、三十人にひとりの割合で松明を持たせている。残る二百の弓方は松明で種火の支度を整えた。鏃《やじり》のすぐ下に巻かれた麻布《あさぬの》が小さな炎を揺らしている。燃え尽きる前にあと八町（一町は約百九メートル）も進まねばならない。

「前へ」

号令一下、兵たちは再び駆け足となった。弓を先手に立て、清興の馬と徒歩勢が続く。暗さを増した野の中で、松明と火矢の灯りは目立つだろう。もしかしたら敵は、こちらが陣に辿り着く前に打って出るやも知れぬ――と思いきや、動きがない。どうせ小勢だと侮っているのなら、それはそれで構わなかった。

夕闇を突き抜けて迫り寄り、一町足らずの先に敵陣を睨んだ。陣外に屯する足軽衆の動きが、さすがに忙しなくなった。だが、あの足軽たちがすぐに突っ掛けてきたとて、もう間に合わない。

「射よ」

清興の下知に応じ、弓方がばらばらと火矢を放った。藍《あい》色の深まった空の中、無数の橙色が糸を引く。人を狙う矢でないがゆえ、一斉に射る必要はない。敵陣に届きさえすれば良かった。

馬防柵、盾、鉄砲の弾薬《たまぐすり》、軍陣には燃えやすいものが多くある。さすがに弾薬を表に出しているはずもなかったが、放った遠矢はあちこちに突き刺さって火の手を上げた。小火と言った程度だが、それで十分である。

「弓方、下がれ」

弓方と後ろの徒歩兵が、ざっと入れ替わる。清興も共に馬を進めて大声を上げた。

「石田治部少輔三成《いしだじぶのしょうみつなり》が家臣、島左近《しまさこん》である。いざ、出て戦わんとする者はないか」

しかし敵陣は、まずは火を消し止めんと、それぱかりに気を取られている。清興はくすくすと肩を揺らし、なお吼えた。

「徳川内府《だいふ》に飼い馴らされた犬共め。所領さえ安堵されれば、後は野となれ山となれ、か。笑うべし、笑うべし」

挑発ではない。掛け値なしの本心であった。眼前の陣にある中村一栄《なかむらかずしげ》は、豊臣《とよとみ》家の中老として重きを成した中村一氏《かずうじ》の弟である。一氏は太閤《たいこう》・豊臣秀吉《ひでよし》の子飼いとも言える身でありながら、秀吉が没するや、大老・徳川家康に擦り寄った。自らの身を保つために節操さえ曲げる、そういう潔からぬ者が多いことに憤懣やる方ない思いを抱いていた。

「どうした、裏切り一氏の郎党よ。たった五百に立ち向かう気概もないか」

散々に罵り続けると、敵陣から峻烈な怒声が渡った。

「島左近！　死人への愚弄、高く付くと知れ」

陣の出口に向け、猛然と突っ掛ける人影がある。暗い中では出で立ちも判然としないが、この怒りようは中村一栄であろう。家康を頼まんとした一氏当人は、病のために弟をこの戦に代参させ、去る七月に逝去していた。

「悔しければ、その身で証を立てるがよい」

応じた大声に、一栄が「待っておれ」と返す。が、そこに重なる声があった。

「あのような下郎、殿が出るまでもござらぬ」

まさに突っ掛けようとしていた一群の前を、向かって右手から進んだ二百ほどが遮った。

「野一色頼母《のいっしきたのも》、参る」

徒歩の二百が喚声と共に詰め寄ってきた。一栄の兵たちも、これを追って後詰めに回る。人の群れが陣の篝火で後ろから照らされ、さながら黒い塊となって押し寄せた。清興は「よし」と小さく頷き、手勢に下知を飛ばした。

「徒歩、当たれ」

味方の足軽が「おう」と返し、背丈の三倍もある長槍を掲げて突っ込んでゆく。敵味方の双方が槍を振り下ろした。

槍と槍がぶつかり合い、ガランと鳴る。兵を叩いた槍は鈍く響いた。空振りして地を叩いた槍は、鍬《くわ》でも振り下ろしたような音である。それらが交じり合った喧騒に、打ち据えられた兵の苦しげな絶叫が重なった。

「先手の頭越しに矢を放て」

清興が次の指示を出すと、弓方が満を持して一斉射を食らわせた。敵が怯んで足を止める。それを見た味方の足軽はさらに前を窺ったのだが――。

「放て!」

敵陣の下知は一栄か。思う間もなく、鉄砲の音が夜空をつんざいた。ぱらぱらと俄か雨の降り始めの如き音は、精々二十挺ほどだろう。ようやく陣の小火を消し止めた中、まさに押っ取り刀とあって、数はまとまっていない。だがそれでも鉄砲である。小勢の足を止めるだけの力はあった。

「左近、そこか」

声に目を向ければ、左手の十間(一間は約一・八メートル)ほど先で馬に跨る影があった。その背に受けた篝火で、金の三幣《さんぺい》の指物、鳥毛《とりげ》二《ふた》つ団子《だんご》の馬印《うまじるし》という颯爽《さっそう》たる姿が際立っている。揉み合う兵の中をこちらへ寄せるのは、名乗りを上げた野一色頼母だろう。

「裏切り一氏の家中か。わざわざ首を渡しにくるとは殊勝よな」

清興は嘲ってげらげらと笑い、馬上で槍を扱《しご》いた。野一色は「何を」と嚙み付いた。

「島左近! 二万石に目が眩んで主家を変えた男が、どの口でほざく」

喚きながら、槍を横薙ぎに払って兵を飛び退かせる。そうして空いたところに馬を捻じ込み、一撃の間合いに詰めてきた。

「死ね、欲深左近！」

がなり立てて二度、三度と突き出してくる。

「うぬ如きに、我が心が」

清興も応じて声を上げ、槍を振るった。

「分かって堪るか！」

右上段から斜めに振り下ろすと、双方の槍の穂先が当たって火花を散らした。

「そら、そら！　そんなものか」

槍を突きながら、馬の腹を小刻みに蹴って前に出し、間合いを計る。あと半間ほどで首を掻ける――思った刹那、左手遠くから勇ましい名乗りが飛んできた。

「有馬《ありま》豊氏《とようじ》、参る」

中村の南に布陣する名であった。清興の眼差しが流れた寸時を衝かんと、正面の野一色が槍を振り回した。

「そらあ」

この一撃を、清興は紙一重で受け止めた。槍の柄と柄が十文字に交わる。

首の間近に迫った切っ先を渾身の力で跳ね返し、手勢に命じる。

「何の！」

「退け、退けい」

言うなり、右手で槍を振り回しながら左手で手綱を取った。馬首を返すと、兵たちも退きに転じた。

今や野は一面の漆黒である。空を覆った雲に遮られ、月明りも星明りも届かない。足軽衆がまばらに持つ松明だけを頼りに進んで一里半、川縁に至った。人の腰まで伸びて立ち枯れた草むらの中、南へと向かう狭く浅い流れは杭瀬川《くいぜがわ》であった。

「急ぎ渡れ」

声を上げ、早瀬に馬を進める。兵たちも我先にと飛び込み、川底のごろた石に身をよろけさせながら、八間向こうの対岸へと急いだ。

「待てい左近！　その首、置いていけ」

思ったとおり、野一色が追ってきている。ようやく渡り終えた清興は、ちらりと後ろを向いて目を細め、彼我《ひが》の間合いを計った。二十間、否、さらに五間か。味方が渡り終えるだけの時は残されている。未だ川の中にある手勢を急かして追い立て、大垣《おおがき》城へと続く道を退いた。やがて右手に、こんもりと黒い森の影が見えた。

「松明、捨てい」

清興が下知し、足軽が従う。地に落ちた灯りを背に受け、馬の足を速めた。

「これっぽっちの火で足止めのつもりか」

剣呑な笑い声と共に、野一色が炎を踏み越えて迫る。その時――。

「放て！」

森の中から声が上がり、百挺の鉄砲が火を噴いた。束になった破裂音が轟音となり、清興の後ろに悲鳴が渦を巻いた。

「よし。返して戦え」

清興の一隊は踵を返し、野一色に襲い掛かった。森の中からも喊声が押し寄せる。

「明石全登《あかしたけのり》、参るぞ」

石田三成の盟友、宇喜多秀家《うきたひでいえ》の家中にその人ありと謳われた猛将である。明石は足軽に混じって駆け足で寄せ、野一色率いる三百余の横合いを抉った。勝ち戦と高を括っていた敵兵は寸時に壊乱し、四分五裂の様相を呈した。

「うらあ！」

明石の槍が野一色の乗り馬を穿つ。腹を突かれて狂乱した馬は、兵たちを蹴り飛ばし、背に跨った主人さえも振り落とした。

「わっ！　うっ……」

地に叩き付けられた野一色が、背を打って息を詰まらせる。明石はそこに馬乗りになり、腰から鎧通しの小刀を抜いて首を掻き切った。

＊

清興が大垣城へと返した頃には雨が降っていた。杭瀬川の戦いについては早馬を出してある。皆、さぞや意気を上げているだろうと思ったのだが、そうは見えない。昨日までの沈鬱な気配ではないものの、切羽詰《せっぱ》まった空気で兵が動いていた。

城の西門を指して進むと、その方面から続々と行軍してくる。もう、ざっと二万ほどと擦れ違っていた。いったい何のために。徳川家康の軍兵は大垣から七里の北西、赤坂《あかさか》に集結している。雌雄を決するなら、堅固な城に拠った方が良いはずだが。

ともあれ、と先を急ぐ。目指す門の篝火がようやく米粒ほどの揺らぎを見せた。そこには、いざ出陣せんというように「大一大万大吉《だいいちだいまんだいきち》」の旗印が翻っていた。

「殿、殿」

呼ばわりながら大旗の許へと馬を寄せる。主君・三成が軽く右手を挙げて迎えた。

「勝ち戦、聞き及んでおる」

二重瞼の、のっぺりした色白を綻ばせる。日頃すまし顔を崩さない男にしては珍しい。清興は三成の脇に進んで轡《くつわ》を並べた。すると、こちらの顔に手が伸ばされた。

「矢を受けたな」

そぼ降る雨の中、やや縦に長い五角の顔、すっきりとした頬骨の下を指で撫でられた。確かに矢傷があり、ちくりと痛む。清興は白いものが混じった濃い吊り眉を開いて「何の」と笑った。

「掠り傷なれば。それより味方の意気は上がりましたろうか」

「うむ。良うやってくれた」

「ゆえに、仕掛けるのでしょうや」

「いや。兵を動かしたのは、上がった気勢が長くは持たぬだろうからだ」

「それは？」

三成は軽く鼻息を抜いて答えた。

「家康が佐和山《さわやま》に進むらしい。皆、うろたえておる」

三成の居城・近江佐和山は、眼下に東山道《とうさんどう》を見下ろす要衝であり、この美濃から京・大坂へと向かうには必ず通らねばならぬ地であった。家康がそこを目指すとは、つまり——。

「まことの話にござりましょうや」

「家康の謀やも知れぬ。されど動かざるを得まい」

実に平らかな言葉だった。いつもどおりの姿だが、こと徳川家康に対しては「そういう謀計にも既に慣れた」という思いが滲んでいた。

太閤秀吉の死後、家康は天下を私《わたくし》せんがため、多くの謀を巡らしてきた。此度の戦もそのひとつである。家康と反目する会津《あいづ》中納言《ちゅうなごん》・上杉景勝《かげかつ》に謀叛の濡れ衣を着せ、これを討伐するというのが元々の名目だった。ところが、この思惑を打ち砕くべく三成が兵を挙げると、家康は会津征伐を取り止めて西へと返してきた。全ては三成を——豊臣家中で家康と力を二分する男を除くためだったのでは、とさえ感じる。ならば佐和山に向かうというのは、やはり三成を誘き出すための流言と見るべきではないか。

思案していると、三成が静かな声を寄越した。

「いずれにせよ、近江との国境を固めるしかあるまい。大坂に入られ、秀頼《ひでより》公の御身を押さえられたら我らの負けだ」

「関《せき》ヶ原《はら》にござるか」

清興は西の空を仰いだ。杭瀬川から見遣った伊吹山には峰続きの笹尾山《ささおやま》がある。この山と、東山道を間に挟んだ南の天満山《てんまやま》、さらにその南の松尾山《まつおやま》で迎え撃てば地の利を得られる。

「如何に家康が戦巧者とて、三つの山に備えを布かれて、おいそれと抜けるはずもない。お主が少しでも気勢を上げてくれた今を措いて戦機はないのだ」

返された言葉には静かな力が籠もっていた。だが、ひとつ気懸かりがある。

「松尾山の小早川《こばやかわ》様……徳川に通じておるという噂は、如何なされます」

三成は面持ちを曇らせるも、寸時の後、迷いを振り払うように咳払いをした。

「あの男は勝ち馬に乗る肚ぞ。我らが押しておれば転びはせぬ」

「だと良いのですが」

「案ずるな。この身に替えても必ず勝つ」

聞いて、柔らかな笑みが漏れた。悲壮な覚悟と取れる言葉には、隠された思いがある。小早川を寝返らせぬよう、必ずや家康の兵を押し返してくれ。お主にならそれができる。控えめに真意を伝えようとする時の三成が、清興は好きであった。

主君が期待してくれるなら、何としても応えるべし。齢六十一、老いた身だとて気持ちがあれば衝き動かせる。我が覇気よ総身に行き渡れと強く鼻息を吐き、瞬時、体に力を込めた。

「然らば」

清興は頭を下げ、手勢の許へと馬首を返した。

家康が動くという話は、果たして虚報ではなかった。恐らくは明朝から、三成方と家康方は雌雄を決することになろう。この戦に勝った者が、以後の世の中を作るのだ。

慶長《けいちょう》五年（一六〇〇年）九月十四日が十五日へと日付を変える頃、三成率いる大垣の軍勢は関ヶ原を西から囲む高地に陣取った。左翼の笹尾山には三成が入り、中央となる天満山は宇喜多秀家と小西行長《こにしゆきなが》が固める。右翼の松尾山古城には先んじて小早川秀秋《ひであき》が入っていた。

「柵、もっと打てぃ」

陣張りの兵に向け、清興は声を張った。笹尾山の東端、戦場となるだろう関ヶ原を目の前にした山裾である。もっとも夜半、しかも雨雲が空を遮っているとあって、今は篝火の届く辺りまでしか見通せない。この闇の向こうでは、敵方も同じように陣をこしらえているのだろう。

「左近殿」

右手の暗がりから、共に先手を命じられた蒲生郷舎《がもうさといえ》が声をかけた。枯れ草を踏んで湿った音を立て、五十路の髭面が歩を進めてくる。清興は右手を挙げて「おう」と返した。

「お主、陣張りは終わったのか」

「もう少し。其許と同じくらいにござる」

応じてこちらの右隣に立ち、兵たちの動きを見回す。郷舎はそのまま、しばし口を噤んでいた。そこはかとなく漂う気配を察し、清興は静かに口を開いた。

「油を売っておってよいのか」

郷舎は目を向けずに呟いた。

「この戦、勝てるかのう」

「弱気は敵ぞ」

「されど、他の陣所はどこも気を萎えさせておる。徳川方の動きで、杭瀬川の勝ちを忘れてしもうたのじゃ」

流された眼差しに「嘆かわしい」という胸中が滲んでいる。清興は少し目を逸らした。

豊臣の世を掠め取ろうとする徳川に憤って味方しながら、三成方の大名は多くが戦けている。こうした澱《よど》みは恐ろしい。郷舎のような猛者でさえ、弱気に嵌まりかけている。

「のう郷舎殿。それがしは殿に、知行云々とは別の恩がある。それを返すために、懸命に働くつもりだ」

どこへとなく視線を泳がせ、語りかける。お主はどうなのか――思いが伝わったのだろう、郷舎は軽く咳払いをした。

「俺も同じ……か」

此度の戦は会津の上杉景勝討伐が発端だが、彼の地はかつて蒲生氏郷《うじさと》が治めており、郷舎はその家中だった。

氏郷が齢四十の若さで病に斃れると、蒲生家は乱れに乱れた。跡継ぎの秀行《ひでゆき》は未だ十三歳の幼君ゆえ、後見を要した。家老・蒲生郷安《さとやす》がその立場となるも、横暴に振舞って他の重臣を軽んじ、一触即発の事態を招く。この騒動によって蒲生家は国替えの上に減封、郷舎も出奔して野に下り、後に三成に拾われた。

郷舎は少し恥じたような、曖昧な笑みを浮かべた。

「其許の受けた恩とは？」

清興は昔を懐かしむように「ふふ」と笑った。

「長くなるのでな。勝ったら話して聞かせよう」

「これは、是が非でも勝たねば。存分に働いて、腑抜けた奴らに見せ付けてくれん。勝てる戦じゃと分からせてやる」

郷舎は具足の胸をドンと叩き、鼻息も荒く自陣に返していった。己と郷舎は共に先手の左右、主君の信頼と期待に応えるにはまたとない持ち場である。軒昂な意気が戻った郷舎を見送り、胸の内に清々しさを覚える。清興は力強い眼差しで、陣にある透破に割れた小声をかけた。

「おい。何時だ」

透破はしばし屈み込み、雨に濡れた枯れ草に触れた。

「冷え具合からして、夜八つ頃かと」

陣張りを始めてから半時（一時は約二時間）ほど、丑《うし》の刻（二時）であろうという。清興は「よし」と頷き、賦役の百姓衆や雇われの足軽など、陣構えに奔走する皆に大声で呼び掛けた。

「急げよ。あと二時もすれば夜が明けるぞ」

そして真っすぐ横向きに張った陣幕の前に戻り、床机に腰を下ろした。正面には隙間なく柵が巡らされ、中央のみ出入り口として馬二頭分が空いている。陣の外には、一間置きに幅半間の逆茂木を設え、それぞれの隙間を互い違いにして三重に巡らすよう命じた。馬も人も進みにくい構えは、敵の出足を止め、その隙に鉄砲を射掛けるための備えである。

着々と陣地が仕上がってゆく様を眺めながら、清興は過ぎ去った日に思いを馳せた。あれは八年半前、天正十九年（一五九一年）四月のことであった。

＊

板間ひとつ、土間ひとつの狭い庵である。明り取りから乏しい陽光と初夏の風が入る中、清興の前で頭を下げる男の姿があった。

「我が家中に加わってはもらえまいか」

豊臣秀吉の第一の近習、石田三成である。切り出された話に嫌気を覚え、清興はしばし黙った。近くを流れる瀬田川《せたがわ》の、さらさらという瀬音だけが耳に届いた。

「せっかくのお誘いなれど、もう誰にも仕える気がないのです」

「其許ほどの男を埋もれさせるのは惜しい」

他の大名も、幾度となく同じ誘いをかけてきた。こうした口説き文句にも飽き飽きしている。

「治部殿のご家中には人も多くありましょう」

「多くあれば良いというものでもない」

三成は言う。自身は天下人の近習として大坂に詰めねばならぬゆえ、新恩として受けた佐和山領の差配を任せる者が要るのだと。

「其許は、かつて筒井《つつい》家の年寄として大和《やまと》一国を切り盛りした。加えて千人力と聞こえる武勇もある。何者にも替え難い」

昔日の働きを高く買ってくれるのは嬉しい。しかし。

「筒井でのことは仰せくださるな。武勇とて……戦とは、失うものの方が大きい」

ひとりでに苦しげな声音になった。これまで寄越された多くの使者は、大概がこの辺りで引き下がった。音に聞こえた島左近が、今は腑抜けて戦を恐れていると受け取られたからだ。それで構わぬところだった。名を損なったとて痛くも痒くもない。だが相対する平たい顔は違った。より関心を強くしたように、軽く目を見開く。

「詳しく聞かせてもらえぬだろうか」

「話しとうないのです」

「話せば、胸の支えとて取れるやも知れぬ」

少し苛々とした。石田治部は嫌われ者だと聞くが、さもあらんと思われた。

「噂どおりの不躾《ぶしつけ》な御仁よな。左様なお人ゆえ、皆の苦労も顧みず、関白《かんぱく》殿下の戦を後押ししておるのだろう」

「そのように聞こえておるのか」

だからどうした、という口ぶりに眉根が寄る。黙っていると三成はなお問うた。

「戦はお嫌いか」

「無情なものでしょう。小田原《おだわら》攻めなど、その最たるところではござらぬか」

昨天正十八年の小田原征伐で、清興は当時の主君、大和宰相・豊臣秀長《ひでなが》の兵を率いた。北条氏政《うじまさ》・氏直《うじなお》父子が籠もる小田原城では包囲と小競り合いのみ、しかしそこに至るまでは激戦が続いた。伊豆《いず》の山中《やまなか》城、韮山《にらやま》城攻めである。

北条方の各城を守ったのは、無理やりに兵として徴発された百姓衆だった。常ならば、百姓は雑用番に少し駆り出されるのみで戦をしない。しかし、戦ごとに雇われ、戦を生業とする足軽衆が、負けの見えた小田原に付くことを嫌った。北条方は頭数が足りなかった。

「貴殿とてご存知のはず。あれは酷い戦であった」

弾除けに使われ、恐れ慄いた百姓衆の顔――あれを見て心底嫌になり、秀長の死後は隠棲の道を選んだのだ。

きっと今、己の面持ちは苦く渋い。だが三成はお構いなしか、少し思案して問うた。

「あれは無用の戦ではなかった」

清興の胸に火が灯り、瞬時に業火となった。

「戦場をご存知ないから、左様なことが言えるのだ」

一喝すると、もう止まらない。思い出したくもないことが口から溢れ出した。

「六年前、それがしは筒井の年寄として関白殿下の紀州《きしゅう》攻めに加わった。千石堀《せんごくぼり》城では奮戦するも、その分、多くの兵を死なせた」

「ゆえに？」

「さにあらず。生き死には戦の常と心得ており申す。なれど、あまりに強き力は人を狂わせる」

「如何なることか、分かり兼ねるが」

相変わらずの平坦な面持ちである。清興は膝元に目を逸らし、顔を歪めた。

己とて若い頃には、戦場の功で身を立てんと躍起になっていた。しかし、あまりに多くの戦場を見すぎた。戦って死ぬだけが、武士の死に様ではない。あれも、これも

——やる瀬ないものをいくつも目にして、そのたびに胸の内には、決して流し去れない澱《おり》が積もっていった。

その泥濘《でいねい》の如きものが、紀州攻めの戦を機に崩れた。さながら、我が心を溺れさせる山津波であった。

(何ゆえ)

三成に激昂してしまったのかと後悔し、深く溜息をついた。だが口を開いた以上、話さぬ訳にはいかない。ちくちくと胸が疼く。

「筒井が治めた大和は、紀州の雑賀《さいか》党と領を接していた。縁の深い者もおったのです。あの時、我が小姓に木塚宗右衛門《きづかそうえもん》という若武者がおりましてな。その者の家こそ、雑賀と持ちつ持たれつの間柄にござった。関白殿下のご下命なればと、宗右衛門は筒井のために働き申した。されどその父は、旧縁捨て難しと主家に背いたのです。そして……紀州は負けた。千石堀が落城の折、宗右衛門の父は腹を切った。子に手柄を挙げさせんと、宗右衛門の目の前で」

「父が子に首を献じるとは……」

「腹を掻っ捌《さば》いて苦しむ父を前に、宗右衛門は涙に暮れて何もできませなんだ。楽にしてやらねばと、それがしが介錯したのです」

やりきれぬ思いが胸を押し潰し、声音も小さくなった。

「筒井の殿は宗右衛門を褒め称え、感状を取らせると。宗右衛門はこれを断り、代わりに父の墓を作りたいと願い出たものの、かえってご勘気を蒙りましてな。殿下に背く気か、と」

清興は主君を諫めた。しかし如何にしても受け入れられず、若者と共に筒井家を去って野に下った。宗右衛門は武士を捨てて百姓になった。

「それがしは大和宰相様のお誘いに従い、ご家中に参じた。あの後で殿下が発せられた『天下《てんか》惣無事《そうぶじ》』を信じ、戦をせずに世をまとめる手助けができればと思うたがゆえ」

沈痛な思いを持て余し、大きくひとつ息を吐き出して続けた。

「その上であの小田原攻め……総勢二十万に攻め込まれては、関東の地にも、宗右衛門と同じ思いをした者がおったのは疑いない。お分かりか。戦は人の心を殺すのです」

「人の心か。わしには」

三成は、やや俯いて首を傾げた。ほとんど面持ちを変えぬ男である。だが再び上げられた顔には、静かながら、どきりとするほどの熱があった。

「わしには、どうにもできぬ。されど其許が誰よりも猛々しく、誰よりも情の深いことは分かった。どちらも、わしにはない」

「だから仕官をと？」

「ならぬか」

「……お受けする気になれませぬ。聞けば殿下は、海の向こうを平らげると仰せだとか。左様な戦に手を貸すのは御免蒙りたい」

目を逸らしたところへ、控えめなひと言が投げ掛けられた。

「そうだな。それは、してはならぬ戦だ」

「え？」

言葉が止まった。三成の言う「必要な戦」と「無用の戦」には、どういう違いがあるのか。訝しい気持ちに向けて、淡々と言葉が継がれた。

「明国《みん》や朝鮮を捨て置いたとて、この国は揺るがぬ」

「なるほど、北条は……。されど殿下のお力を以てすれば、戦を避ける道もあったはず」

「無論、その折もお諫めはした。我が力が及ばなかったのみでな。唐《から》入りの話こそ、殿下に負ける訳にはいかぬ」

分かりかけてきた。三成の胸にあるのは、もしや――。

「此度は、お諫めして止められますのか」

「お聞き入れあるまい。だが殿下のご存じないところで、戦を有耶無耶《うやむや》に潰すくらいは。幸いにも、わしはそういう立場にある」

自らの心情をはっきりと口にしない男ゆえ、察せられずにいた。だが今はわかる。冷え切った我が心とは全く逆の、この上ない熱さがじわりと沁みた。

（わしの思いと……）

戦などない方が良い。三成もそう考えている。だが天下人・秀吉の近習という立場ゆえ、内に秘めねばならない。隠し続け、それが当たり前になり、外からは容易に窺えぬようになってしまったのだ。

（それでもこの人は）

天下人の力に、別のやり方で歯止めをかけようとしている。己より二十歳も下、我が子と比べても二歳若い身が、ひとりで戦っている。あまりにも強すぎる力から逃げようとせず、他に助けを求めもせず、全てを背負い込んでいるのだ。

（それに引き換え……わしの、何とだらしない）

清興は自らを恥じた。自身が戦うのを止めたとて、相手が退かねば争いは消えない。襲い掛かる火はむしろ勢いを増す。武士として生きてきたからには、重々知っていたはずなのに。かつては織田信長、次いで豊臣秀吉、末期を汚したとは言え相模の北条も同じ、一時でも平穏を手にすることができたのは、戦わねばならぬ時に逃げなかった者だけなのだ。

（戦を嫌い、野に下って）

それで何か変わったか。守り果せたのは、自らの萎えた心のみだった。だが三成は世の全てを守るべく戦おうと決意している。

黙りこくっていると、三成は何か勘違いしたらしい。すっと頭を下げた。

「根掘り葉掘り聞いて、すまなんだ。よく言われるのだが、わしには人の心というのが分からぬ。他とぶつかってばかりいるのも、それゆえかも知れぬな」

座を立ち、諦めて去ろうとする。その背に向けて叫んだ。

「お待ちあれ」

肩越しに、きょとんとした眼差しが向く。清興は居住まいを正した。

自ら言うほど人の心が分からぬ男ではない。少なくとも、我が思いの丈を感じ取ってくれたではないか。

眼差しを交わしながら、三成はこちらの言葉を待っていた。清興は両の拳を床に置き、肘を張って深々と頭を下げた。

「貴殿の麾下に加えていただきとう存ずる」

「まことか」

静寂から一転、三成は這うような格好で身を乗り出した。頭を上げて見遣れば、それでも顔色はあまり変わっていない。

「何ゆえ節《せつ》を曲げてくれるのだ」

「我が思いをどう感じられましたか。何ゆえ、それがしを諦める気になられましたか。その時のお気持ちを思い出されませ」

答えると、三成は初めて頼りなげな眼差しを見せた。突き放された子供のように、心中に自問を繰り返している。

「……確《しか》とは分からぬ。分かりさえすれば、其許の求める世に近付けるやも知れぬのだが」

少しの間を置いての言葉に、清興は微笑を向けた。

己の言と真摯に向き合ってくれた。だからこそ、この曖昧な言い様なのだ。諦めて立ち去ろうとしたのも然り、三成は我が思いから逃げずに受け止めたのである。人と人の関わりすらも、この世では戦いか。微笑を苦笑に変えて、清興は柔らかく返した。

「お分かりにならずとも構いませぬ」

滅私《めっし》に慣れ、果ては他人すら敏に察し得ないようになった。そういう弱みを抱えた心で、何ゆえ我が思いを受け止めようと——否、寄り添おうとしたのか。知れたこと、世の行く末を思うに於いて、二人が同じ方を向いていたからだ。

三成は満足そうに「そうか」と返した後、少し苦衷《くちゆう》を垣間見せた。

「とは申せ、この先も戦がないとは言いきれぬ」

清興は笑って返した。

「貴殿……いやさ、殿と話して考えを改め申した。已《や》むなき戦か、それとも無用の戦か、見極めはお任せして、この左近は再び槍を取る所存。されど、ひとつお約束くだされ。それがしは情の通った世を求めます。殿は天下の政《まつりごと》を差配するお立場、いつの日か必ず、我が思いを形にしてくだされますように」

三成の顔に、はっきりと見て取れる喜悦《きえつ》が湧き出した。家中に加わると言った時よりも、ずっと強い心根の動きである。

「あい分かった。ならば、わしからもひとつ頼みたい。家臣としてではなく、友として支えて欲しいのだ」

「いや！　いやそれは！　それがし、五十二の老骨にござりますぞ」

驚いて返すも、三成は前言を改めなかった。

「親子ほど離れていても、友は友だ」

その言葉が全てであった。きっと三成も、自らに漠とした不安を覚えていたのだろう。島左近なら、補い得ると感じてくれたのだ。

「是非に頼む」

重ねて言われ、すう、と顔から力が抜けた。

それで、良いのではないか。死にかけていた我が心を救ってくれたのだ。友ならばこその行ないである。家臣としての分別は保たねばならぬが、この人になら、胸の奥底で同じ情を抱いていられる。

「……承知仕った」

胸のすく思いで平伏した。増え始めた頬の皺が、喜びに深くなる。これよりは、己を知ってくれる者を信ずるべし。二人は、まさに友となったのだから。

＊

「朝五つまで、あと半刻」

透破の声で思念が断ち切られた。そろそろ辰の刻（八時）となる。笹尾山の先手は右手に蒲生郷舎の千、左手に己の千、夜半から進めた陣張りはすっかり終わっていた。

清興は自らの耳にだけ聞こえるくらいに呟いた。

「人と人、か」

理ばかりでは埋められない。そうかも知れぬ、という勘こそが大事な時もある。三成との交わりはそこから始まった。今なら正しかったと自信を持って頷ける。

戦乱の世に巣くう無情は実に除き難い。そういうものに鈍く、ゆえに何ごとからも逃げずにいられる三成の強さは、己にとって暗中の道標《みちしるべ》であった。三成に代わって所領を治め、時に友として、主君が感じられぬ他人の気持ちを説いて聞かせた。世の動きについては三成の展望に従い、折に触れて力を貸せば良かった。

そして今日、徳川家康と雌雄を決せんとしている。秀吉亡き後の天下を覆さんとする巨魁《きょかい》を打ち破れば、もう豊臣に背いて戦を構える者はない。除き難い無情を生まずに済むのだ。逆にこの戦に負ければ、三成も己も命はあるまい。いずれ徳川は豊臣を潰すべく、再びの大戦を求める。己が望む世に近付くためには、まさに必要な戦だ。

今こそ逃げずに戦い、全ての奸凶《かんきょう》を断ち切るべし。

強い決意を胸に、清興は床机を立って陣を見渡した。兵たちは「その時」を待って静かなものである。だが息を潜めているのは、己のように思いを定めているからではない。むしろ心細い気配が漂っている。戦場となる関ヶ原が見渡せないせいだろう。昨晩の雨はとうに上がったが、代わりに朝霧が一面を白く染めている。

(山に囲まれた地には良くあることだが)

とは言いつつ霧はかなり濃い。空が白んだばかりの頃にはもう少し見通しも利いたのだが、日が高くなるにつれて乳色を深くし、十間向こうも見渡せないようになっていた。

それでも家康の陣所は大まかに分かる。遠く正面の宙に浮いたように、ぼんやりと光るものがあった。六里の先、桃配山《ももくばりやま》であろう。細工じみた鈍い光明は、三尺の長大な金扇——家康の馬印に違いない。

さて、どうするか。腕を組んで右へ左へ、ゆっくり歩を進めながら思案する。

物見によれば家康の兵は七万余り、対して味方は総勢八万である。もっとも総大将の毛利《もうり》輝元《てるもと》と旗印の豊臣秀頼が戦場になく、郷舎が案じていたように士気は低い。加えて、こちらに与した多くは小勢である。徳川方に輪をかけた寄せ集めの軍は、多分に危ういと言えた。

「殿のお見立ては、まことに正しい」

昨晩からの家康の動きによって味方は狼狽し、杭瀬川での大勝さえ既に吹き飛ばされている。このまま戦に及んだら、どうなるか。己や郷舎の勇戦ぐらいでは士気も上がるまい。

「もっと大きなものが要る……」

まさに五里霧中《ごりむちゅう》の関ヶ原に於いて、唯一、家康の居所のみが大まかに分かっている。手勢の千で密かに近付き、不意打ちを食らわせれば、味方に与える勢いは計り知れない。全てうまくいけば一気の決着もある。

心中に「よし」と頷き、すぐ前に繋がれた馬へと歩を進めた。三成からは何も命じられていないが、先手のもう一隊、蒲生郷舎に陣を任せて前に出るのが良かろう。

だが――。

手綱に手を伸ばしたところで、右手遠くに鉄砲の音が上がった。清興は鋭くそちらを向く。鉄砲は一斉に放たれたようだが、どうやら数は少ない。昨晩の戦で聞こえた二倍ほど、精々が三十挺といったところだろう。

踵を返し、透破に声をかける。

「どこだ」

「ずいぶんと向こう、天満山と思われます。音の向きからして敵方が放ったものかと」

宇喜多秀家と小西行長が布陣した、味方中央の備えである。清興は、ぎらりと目を光らせて聞き耳を立てた。ことと次第によっては加勢に向かわねばならない。

ほどなく、遠く兵の喊声が渡ってきた。透破ほど耳が良い訳ではないが、先の鉄砲より多分に手前なのは分かる。宇喜多か小西の陣から兵が出たものと思われた。

宇喜多は一万七千、小西は五千近くの兵を率いている。初めの鉄砲からそう経っていない。これほど早く兵を前に出したのなら、天満山に仕掛けたのはやはり小勢だ。

「打って出たか。ならば」

馬に駆け戻り、えいや、と跨る。未だべったりと立ち込める霧の二十間先、陣の前方を指して山肌を馳せ下った。

「郷舎殿！」

先陣右手の蒲生郷舎に大声を飛ばす。心得たもので、すぐに「おう」と返ってきた。心強いことだと頷き、なお前へ出る。兵たちは今や遅しと、こちらの下知を待っていた。

「急ぎ鉄砲を支度せい。そう長くは待つまいぞ」

天満山への仕掛けによって、霧の中でなし崩しに戦端が開かれてしまった。こちらが物見を出しているように、向こうも多くを探っている。宇喜多と小西の大軍は先刻承知、家康は増援を差し向けるに違いない。加えて、三成方が宇喜多と小西に加勢するのを阻もうとする。

野は未だ一面に何も見えぬ白である。しかし分かる。遠く地鳴りがする。戦場で何度もこの身に感じた、人の群れが地を踏み鳴らす響きであった。

「来るぞ。構えい」

清興の下知ひとつ、先手の鉄砲方が柵の内に屈み、霧の中へと銃口を向けた。敵の気勢が近付くほどに、こちらも気が張り詰めてくる。兵たちの息は静かなままだが、次第に速くなってきていた。

白い濁りの中に黒い濁りが薄っすらと混じった。敵の足軽が着ける貸し具足である。どこの手勢かは分からぬが、見届けるまで待つ必要もなかった。

「放て！」

声に従い、二百挺が一斉に火を噴いた。前方から押し寄せる殺気が急激に緩んだ。

「撃てい」

右手に一町余り、蒲生郷舎の声に続いて再び鉄砲が唸った。

先手左右の千ずつ、合わせて二千の中に四百もの鉄砲を配することができる。これこそ石田軍の強みであった。佐和山を所領として受けて以来、三成は領内の国友村《くにともむら》にある鉄砲鍛冶《かじ》衆に百石を与えて保護してきた。他より多くの鉄砲を持ち、本陣に多くの大筒《おおづつ》を置けるのは、そのためである。

清興と郷舎は、弾込めの間を計りながら交互に鉄砲を使った。霧は少しばかり薄くなったかも知れぬが、未だ敵兵の姿がはっきりと見えず、狙いは付けられない。それでも構わなかった。

「必ず勝つのだと、強く念じよ」

当たれば死ぬものが飛び交っているのは、音だけで十分に示せる。これによって敵の出足は鈍くなろう。見通しが利かぬ霧の中だからこそ、自らに課した決定《けつじょう》が何よりものを言う。

「放て」

郷舎と合わせ、もう十何度めかの斉射であった。向かってくる気配は全くの及び腰で、しかし将の下知に押されて何とか前に出ている。

敵兵の黒い濁りが、だいぶ濃くなってきた。先まではひと塊の黒にしか見えなかった中に、霧の白がじんわりと滲み始めている。十分に近付いたと察して、清興は次の下知を飛ばした。

「弓、構えい」

鉄砲方の後ろに控えた弓兵が、ざっと立ち上がる。

「信勝《のぶかつ》、弓に加えて鉄砲も任せる。頼むぞ」

「はっ！　父上、ご武運を」

弓兵を率いる嫡子・信勝に陣を委《ゆだ》ね、清興は馬を前に進めた。徒歩武者と足軽衆が、ばらばらと従ってきた。逆茂木を縫って外に出ると、兵たちは鉄砲の妨げにならぬよう、十数人ずつでひと固まりになって蹲《うずくま》った。今か。いつだ。固唾を呑む兵たちの引き締まった気が肌を撫でる。痺れるような感覚を味わうことしばし、信勝の声が届いた。

「放て」

鉄砲の音、風を切る矢羽の音に続き、清興は大いに吼えた。

「進めい」

率いる六百の徒歩兵が雄叫びを上げて前に出た。それらの中ほどで、やや早足に馬を駆る。そろそろ味方の鉄砲も届かなくなろうと思った頃、ようやく敵兵が人としての輪郭を見せた。

「叩け」

霧をも断ち割る大音声に、足軽が一斉に長槍を振り上げ、喚き散らしながら前に出た。

「りゃあっ」

「死ねや」

互いに力任せに槍を振り下ろし、そこかしこで騒然たる音を立てる。叩かれた者が苦悶の叫びを上げた。

「あ、ぎゃ、ああ……あああああッ」

「い、痛……折れとる！」

腕を折られ、肩を割られ、双方の足軽が地に転がる。邪魔な石を退かすかの如く、徒歩武者がそれらの者に駆け寄って息の根を止めた。白い霧の中、あちこちで赤い霧が噴き上がった。

「前へ」

清興は徒歩武者を従えて足軽の群れを抜け、腹の底から名乗りを上げた。

「島左近、見参！」

すると、聞き付けた敵の徒歩武者がわらわらと出てきて、八方から喚き掛かった。

「手柄首ぞ」

「わしのものだ」

真っ先に駆け付けた二人の背には、黒地に中白《なかじろ》の指物が翻っていた。どうやら、大将は豊前《ぶぜん》の黒田長政《くろだながまさ》である。

「うぬら如きに」

清興は頭上でぶんぶんと槍を回し、勢いを付けて斜めに振り下ろした。

「討たれるものか！」

気合一閃、槍の穂先は過たず、向かって右を捉えた。木っ端武者は頰から鼻面をぱっくりと割られ、また、振り下ろしの勢いをまともに受けて横向きに転がり、遮二無二突っ掛けてきたもうひとりにぶつかった。ぶつかられた側は、何が起きたのか分からぬように身を起こす。そこで見た。自らの足を掬《すく》った味方の顔から、止め処《とど》なく血が溢れ出す様を。

「う、ひっ……」

迸る腥《なまぐさ》い温かみを顔に受け、怯んでいる。清興は「むん」と唸って槍を突き下ろした。

「気持ちが逃げれば負けぞ」

吐き捨てて辺りをざっと見回す。瞬く間に二人を片付けられ、こちらに寄せていた徒歩たちは足を竦ませていた。

「どうした」

呼ばわりながら、左手の一方、最も近くにあった敵に馬首を向ける。それだけで相手は転げるように下がり、その怖じ気が余の者に伝わり、皆が背を見せた。

同じようにして、次、また次と敵兵を蹴散らす。逃げ惑う者の背を何度脅かした頃か、前方遠くで太鼓の音が上がった。ドドン、ドドン、と立て続けに二度鳴る。すると、走っていた敵兵たちが一斉に地に伏せた。

（いかん）

清興は左手で思い切り手綱を引いて馬の足を止め、その背に突っ伏した。束になった鉄砲の音が響く。自らの陣と同じほど、二百もあろうか。周囲の味方が三人四人と斃れ、弾のひとつが清興の兜を掠めた。じん、と頭の全体に痺れが伝わった。弾がこれほどの力を残しているなら、恐らく敵は——未だ晴れぬ霧の先、一町足らずといったところにある。

くらりとする頭を持ち上げて小刻みに振り、清興は槍の穂先で後ろを示しながら命じた。

「やや退け。一町だ」

自らも馬首を返す。だが敵の鉄砲はそれきり鳴りを潜めた。それどころか、どうやら退き太鼓と思しき拍子が刻まれている。

押し返したのか。否、何かおかしい。見えぬ向こうに蠢《うごめ》く殺意は未だ衰えていない。

「忍び衆やある」

清興が声を上げると、兵に紛れて前に出ていた透破がひとり、濃霧を擦り抜けて駆け寄った。

「敵陣を見て参れ」

命じるや、透破は「承知」と発し、枯れ草に紛れるように身を低く飛び去った。

先に射掛けられた辺りから退くと、清興は味方の足軽を助け、未だ逃げ果せていない敵兵を一掃しに掛かった。しばらくすると、先に放った透破が駆け戻った。

「申し上げます。敵陣、四町の先。黒田長政の手勢、未だ陣に三千ほど残っております」

「何？」

またも違和を覚えた。先に相対していた兵は、味方の徒歩衆六百が何とか抗し得るくらいの数でしかなかった。多く見積もっても二千だろう。

ならば。察したところで、再び敵兵が喚き寄せてきた。

「おい。ご苦労だがもう一度、敵陣を見て参れ。わしが敵の気を引いておく」

「はっ。されど」

これ以上何を見たら良いのか、という顔をする。手短に伝えた。

「先に退いた者がどこにいるかだ」

黒田長政は陣に三千を残していた。そして、先手を退かせてすぐ次を寄越している。つまり、敢えて兵を分けているのだ。戦っては交代して疲れを抜き、長く戦って三成の布陣する笹尾山を完全に封じる肚だろう。秀吉の軍師・黒田如水《じょすい》の子だけあって、さすがに戦が巧い。

透破を走らせると、清興はそこからやや左手に馬を進め、自らの名を叫び続けた。案の定、敵兵は「値千金の手柄首」と群がってくる。それを蹴散らし蹴散らし、透破の帰りを待った。

「左近様」

やがて待ち侘びていた声が届いた。先にいた辺りから随分と離れている。透破なら深い霧の中でも見つけてくれるだろうと、清興は手綱を離して左手を高々と上げた。

「ここだ」

だがそこで、またも敵陣の太鼓が響いた。身を伏せねばと思ったものの、たった今まで挙げていた左手だけが寸時遅れた。

斉射された鉄砲の一発が清興の左腕を射抜いた。戻していた最中の腕が、宙から馬の背へと赤い線を引く。

皮肉なことに、透破はそれによってこちらの在所を認めたらしかった。

＊

「左近、その腕は」

本陣に戻ると三成が驚いて床机を立った。右手で押さえていても、射抜かれた左腕からは、ぼたぼたと血が滴り落ちていた。

「掠り傷にござる」

にや、と笑って歩を進めた。三成は小姓に命じ、自らの隣にもうひとつの床机を支度させた。清興はそれに座って壊れた篠籠手《しのごて》を外し、抉れて焼けた肉に食い込む金屑を引き抜いた。届けられた麻布を膝の上で畳み、傷に当てる。三成の小姓が、その上から別の麻布をきつく巻き締めた。

　手当てが終わったのを見届け、三成が問うた。

「先手は苦しいか」

「苦しい、と言えば苦しゅうござる。されど陣の構えは堅固にて、郷舎殿にお任せすれば半時や一時は持ち堪えてくれましょう」

「そうか。如何にしても、忌々しいのはこの霧よ」

「霧がなければ大筒を使える……ですな」

「ああ」

　歯嚙みする三成に、清興は「ふふ」と含み笑いを浮かべた。

「お使いなされればよろしい」

　珍しく三成の面持ちが変わった。目を丸くして、眉をひそめている。

「何も見えぬのだ。闇雲に撃てば味方を巻き込む」

「六町半の先を狙いなされ」

　透破によれば、黒田長政は疲れて退いた兵をその辺りで休ませている。

「居所が知れておれば、見えずとも撃てましょう。梯子《はしご》を外してやりなされ」

「おお」

声と共に、またも面持ちが変わった。眉を開き、幾らか顔を上気させている。これまでの戦況が如何に芳しくないかは、それだけで分かった。少し傷を休ませたら、また前に出なければ。この人を支える者は己を措いて他にない。

「よし。大筒、支度せい」

三成は床机を立ち、細い声を目一杯に張り上げた。撃ち方の兵が「はっ」と引き締まった返答で、後方から八門の大筒を押し出してくる。未だ乾かぬ土の上に、車輪が粘り気のある音を立てた。床机の前に進むと左右四門ずつに分かれ、三成の正面を開ける。

「狙うは六町半の先！　弾、込めい」

撃ち方が砲身の頭を持ち上げ、その下に板を重ねて差し込む。大筒の向きが定められると、弾込めが行なわれた。

「右、放て」

ずば、と腹に響く音が四つ重なり、濛々と煙が上がる。径三寸の弾が風を巻き起こしながら飛び、霧の中に呑まれ、やがて大地を揺るがした。少し前まで真っ白だった野も幾らか晴れ始めている。土くれの巻き上がる様子は、笹尾山の上からでも見て取れた。

大筒方が、五十一、五十二、と声を上げている。できるだけ間を置かずに放ったため、今放った四門の砲身が冷えるだけの時を数えさせているのだ。ひととおりの下知を終えると、三成は隣の床机に戻って腰を下ろした。

「このくらいで退きはすまい。長政は、わしを恨んでおるゆえな」

黒田長政は三成を大層嫌っている。二年半前、秀吉が朝鮮に二度めの出兵をした折の一件が大きい。

慶長二年（一五九七年）の十二月末から翌三年の一月にかけて、遠征軍は海の向こうの蔚山《いさん》で明帝国・朝鮮王国の連合軍と一戦を交えた。辛くも戦には勝ったものの、黒田長政は援軍に参じながらよく戦わなかったと報じられている。三成はそれが讒訴だと見抜きながら、敢えてそのまま秀吉に奏上《そうじょう》させた。結果、長政は矢面から外されるという恥辱を与えられた。

「長政は死に物狂いであろう。わしのせいで、お主にも苦労をかける」

目を合わせず、三成は静かに詫びた。清興は大きく首を横に振った。

「長政が殿を恨むなど、お門違いにござる」

「む？」

清興は軽く溜息をついて続けた。

「亡き太閤殿下の知らぬところで、唐入りの戦を有耶無耶に潰す。あの日それがしに仰せられた策のためにござろう」

「なのだが……な。お主のお陰で、長政の気持ちも分かるようになった」

いささか不満であった。己が三成を支えてきたのは、そういうことのためではない。

「同じように辛い目を見せた方々は他にもあれど、宇喜多様や小西様は殿を恨まず、此度もお味方に参じた。唐入りが無用の戦だと、ご承知だったからでしょう。間違いではなかったのです。道理の通らぬ恨みなどに、揺さぶられてはなりませぬ」

「お主、長政が嫌いか」

「恨みの心を家康に衝かれ、手玉に取られた阿呆にござる。殿が左様にお気を遣ってやるなど、過分にあらずや。あの者は、自らの見たいものしか――」

見ようとせぬ、と言いかけて飲み込んだ。昔の己とて、心中の澱に拘泥していたのは同じだったのだ。伏せたこちらの渋い顔を窺い、三成は微《かす》かに肩を揺らした。

話すうちに鉄砲傷の血は止まりかけてきたが、痛みはなお酷い。主君の下命に従い、半時余り本陣で休んだ。

その間に霧はだいぶ薄らぎ、ぼんやりとだが関ヶ原を見渡せるようになってきた。もっとも、霧の代わりに空を覆うものがあった。敵味方問わず鉄砲を山ほど放ち、また三成や宇喜多の陣、敵方でも家康の桃配山では大筒を使っている。絶え間なく漂う硝煙と、大筒が巻き上げる土煙が立ち込め、日が天頂に届かんという頃ながら夕刻を思わせるばかりであった。

薄暗い中、目を凝らして見遣る戦場は、まさに一進一退である。

「……旗色が悪い」

野辺を見つめていた三成が、ぼそりと呟いた。そもそも、こちらは兵のほぼ全てが山に陣取っている。地の利がありながら互角とは、決して喜ばしい話ではない。

味方中央の天満山を見遣って、清興は声音厳しく頷いた。

「先ほどより少し押し込まれておりますな」

「戦わぬ者があるからだ」

「松尾山ですか」

問うと、三成は嘲るように頬を歪めた。

「小早川は端から当てにしておらぬ。家康とて、向こうには兵を向けておらぬだろう。日和見《ひよりみ》を見抜いておる」

そして右手の軍配を、すう、と動かした。

「島津義弘《しまづよしひろ》。宇喜多殿と小西殿の脇に陣を布きながら、助けるでもない」

発すると、今度は本陣付きの家臣を向いた。

「烽火《のろし》を上げい」

動け、と促すためである。下知に従って数人が櫓に上がって行くが、もし島津が小早川と同じく勝ち馬に乗るつもりなら、奮戦は期待できない。

「手ぬるいかと」

清興は床机を立ち、左手に拳を握って曲げ伸ばしを繰り返した。動かすたびに恐ろしく痛むものの、一切顔には出さず、こちらを見る三成に笑みを向けた。

「だいぶ良うなり申した。長政の阿呆を蹴散らして参ります」

「できるのか」

「今こそ、戦わねばならぬのです」

そして南に目を遣り、松尾山と天満山を眺めた。

「勝って勢いを示さば、この期《ご》に及んで成り行きを窺うておる者共は青くなりましょう。何しろ皆、この軍の大将は人を陥れる男だと、見損なっております」

「こやつめ」

三成が苦笑を浮かべる。にこりと返して背を向けた。そこに、ひと言が加わった。

「左近。死ぬなよ」

清興は振り返らずに瞑目し、頭を下げた。

＊

「島左近、戻ってござる」

山肌を駆け下りながら、清興はあらん限りの声で叫んだ。一時近くも蒲生郷舎に先手を任せきりにしてしまった。疲れているだろう皆に、今一度の覇気を与えねばならぬ。

「わしが参ったからには、この陣は抜かせぬ」

先手左右の陣にある鉄砲方と弓方が、これに勇ましい歓声で応えた。信勝が半町も向こうで槍を掲げ、雄叫びを上げている。

「馬曳けい」

周囲に命じながら我が子の許へと向かう。信勝もこちらに駆け寄ってきた。

「父上。黒田長政が攻め手、幾らか緩んでござりますぞ」

「大筒が効いたのであろう」

「左様、されど油断はできませぬ」

一度に向かってくる敵はやや減っているものの、やはり寄せては退きを繰り返し、交替で休みながら戦っているという。一方味方は戦い続けて疲れ、動きも鈍くなっているそうだ。

「敵が総攻めを決めれば、支えきれるかどうか」

子の言に頷き、野に目を遣る。敵の姿がほとんど見えない。どうやら入れ替えの頃合か。曳かれてきた馬に跨り、清興は声を張った。

「わしが前に出る。陣から離れて敵を迎え撃ち、下がりながら戦うゆえ、陣に引き付けたところで鉄砲を撃たせい」

「それでは、これまでと同じですが」

清興は大きく首を横に振った。

「大筒が続いておるからには、敵の替わり番とて満足には休めぬ。その上、いつまでも我らが備えを抜けずとくれば、いずれ気が滅入《めい》ろう」

そして右手に槍を引っ提げ、左の手首にぐるりと手綱を巻き付けて、馬の腹を蹴った。

「根競べなら、いくらでも付き合ってやるわ」

早足に進み出した馬の尻を、槍の柄で軽く叩く。合図を受けた馬が一気に駆け足となった。

「左近である！　者共、待たせて済まなんだ」

呼ばわる声に、野に出ている徒歩衆が一斉に目を向けた。どれも肩で息をしていたが、こちらの姿を見ると、救われたように笑みを弾けさせる。

「敵がいったん退いた今こそ、我らは前に出るべし。行くぞ」

命じて真っ先に馬を進める。将の役目は第一に兵を動かすことだが、苦しい時には雄姿を示して奮い立たせねばならない。鉄砲傷を負ってなお衰えぬ意気を目の当たりにすると、兵たちは重い体に鞭打ってこれに続いた。

煙と埃が作る真昼の暗がり、その中から敵の替わり番が姿を見せた。足軽衆は錆びた具足で一団となり、中にぽつぽつと徒歩武者の兜が躍る。鉄砲方が筒を掲げて続き、六、七騎の馬が均等に並んでこれらを追い立てていた。ざっと見たところ千二百から千五百、大筒の効き目は確かにあった。

「島左近、これにあり」

猛然と吼えた。気勢で叩いてやる。声で殴ってやる。それでも手向かうなら死に神にもなろう。この一戦に勝てば、世に満ちる苦渋を消し去れるのだ。

「我が道を遮る者は踏み潰す。皆殺しだ！」

馬を疾駆させて敵兵の群れに挑み、頭上に大きく槍をひと回し、右から左へと真一文字に振り抜く。急に足を止めた敵は、槍が巻き起こす風に押されるように転げ、或いは飛び退いた。

名乗りひとつで怯んだ様を見て、心中に「いける」と拳を握った。黒田長政の目的は、まず笹尾山を封じ込めることだ。しかし槍働きの者共には、それこそ二の次である。たった二千、先陣を中々に抜けず、戦に嫌気が差し始めている。

（粘るべし）

そうすれば必ず勝てる。信じて槍を振るい、目を血走らせて人の命を刈り取り続けた。

だが清興と蒲生郷舎、二つの先陣だけで踏み止まるには限りがあった。

「長政殿、お味方仕る」

左前の向こうから、殺気漲《みなぎ》る千ほどの兵が喚き掛かって来た。見遣る先には左三つ巴《ひだりみつどもえ》の紋、兵部大輔《ひょうぶのたいふ》・田中吉政《たなかよしまさ》の新手である。

――熱が、冷めた。

味方を覆っていた乾坤一擲の気概が急激に凋んでゆく。代わりに狼狽が噴き出してきた。そこで、ドドンと敵方の太鼓が鳴る。長政の兵が身を低くした。

「放て」

下知の一声に続いて鉄砲が斉射された。斃れた者は十人、二十人でしかないが、これによって清興の手勢は、最後に残った意地の根すら断ち切られてしまった。

「何の。我が姿を見よ」

清興は決死の覚悟で奮闘した。気勢に支えられ、辛《かろ》うじて正気を保った者もある。もっとも、それとて長くは持つまい。

（この者たちも）

入れ替わり立ち替わりの敵を迎え撃ち、懸命に戦ってきたのだ。無駄死にさせてなろうか。できるだけ多くを陣の内まで導いてやらねば。

その決意は、すぐに打ち砕かれた。

背後遠くの轟音――鉄砲である。黒雲から発する雷鳴の如き響きは、恐るべき数を束ねて放ったものだ。敵味方を問わず、誰もがその方を向いた。

「何と」

言ったきり清興は絶句した。見渡す関ヶ原、松尾山まで一里余りと思しきところには、遠目にもそれと分かる金扇の馬印があった。敵の総大将・徳川家康が前に出ている。小早川秀秋の前だ。どうした。日和見を肚に据えかね、ついに攻めたのか。或いは――。

「りゃっ！」

気を取られた隙に、田中吉政の徒歩武者が槍を伸ばしてくる。清興は首を右に傾け、すんでのところでやり過ごした。そして左手首に巻き付けた手綱をぐいと引き、馬の前足を上げてこの武者を蹴らせた。

至るところで同じようなことが起きていたが、ほとんどの場合、討ち取られているのは味方の兵であった。戦そのものの流れが大きく敵に傾いている。先の鉄砲に耳目《じもく》を奪われたのは皆が同じでも、目の前の戦場へと気を向け直すのは、敵の方が早かった。

「退け、退けい」

清興はついにその下知を飛ばした。兵を励ましつつ、自らは殿軍の形でじわじわと退く。

柵まで、あとどれほどか。何度か後ろに顔を向けたが、その度に、足軽たちが慄いた様子で松尾山を見ている姿が見て取れた。

小早川が動いたのは明らかだ。どうなっている――清興も寸時の間に眼差しを流した。

（これは）

思ったとおり、松尾山は動いていた。しかし目の前の家康本隊に挑んでいるのではない。天満山の宇喜多秀家に襲い掛かっていた。家康が鉄砲をまとめて放たせたのは、小早川を攻めるためではなく、寝返りを促すためだったのか。そして何たることか、小川祐忠《おがわすけただ》、朽木元綱《くつきもとつな》、脇坂安治《わきさかやすはる》ら、松尾山を睨んでいた味方まで雪崩を打って敵方に寝返っている。

遠くを窺ったほんのひと呼吸で、周囲の様相も大きく変わっていた。味方の足軽は正面に見える笹尾山の陣ではなく、右手、北に聳える連山を指して走っていた。槍を捨て、地にひれ伏して敵に降《こう》を請う者もいる。

なお纏わり付く敵を払い除けながら、清興は歯嚙みした。雇われの足軽は戦が生業ゆえ、負けたと判じれば誰よりも早く逃げ散ってゆく。こうなると、もう将が何をしようと無駄であった。

「えいやあ！」

総身の気勢を槍に込め、二つ、三つと振り回す。周囲の敵が飛び退いたところへ馬首を捻じ込み、これを繰り返してどうにか柵の内へと帰り果せた。先手の二陣は、未だ互いに頃合を計りながら鉄砲と弓を放ち、必死で抗っている。もっとも矢玉が尽きればそこまで、遠からず抜かれてしまうだろう。

一進一退の戦況を、こうも鮮やかに塗り替えられるとは。小早川秀秋の一万五千という数は、ことほど左様に重い。この様相を一変させる手立ては、もう三成にも残っていないだろう。

(かくなる上は)

清興は馬を降りて山を駆け登り、脇目も振らずに山頂の本陣へと向かった。

＊

負け戦の疲れが身を苛む。山道を駆ける足はことさらに重く、左腕の鉄砲傷からも再び血が滴り落ちていた。それでも己には、まだ役目がひとつ残っている。

「うん?」

やっとの思いで山頂に至るも、清興は自らの目を疑った。皆を動かさねばならぬはずの三成が四角く囲った陣幕の入り口を閉じている。

「おまさか」

囁くように呟き、嫌な予感に足を励ます。三成の小姓が二人、行く手を阻んで「お待ちくだされ」と騒ぎ立てた。

「やかましい、退け」

清興は動かせる右手でひとりを払い除け、もうひとりには体当たりを食らわせて道を開いた。陣幕を下から捲り上げ、中に飛び込む。

三成は、鎧下のみの姿になって床机に腰を下ろし、今にも匕首《あいくち》を抜こうとしていた。

「何をしておられる！」

一喝と共に手が伸びた。怒りとは違うものが右手の拳に宿り、三成の左頬を捉える。振り抜くと、のっぺりした二重瞼の顔が苦悶に歪み、床机の向こう側へと転げた。

「死んで何になるのです」

額から玉の汗を落とし、悲痛な声を向けた。三成はゆっくり身を起こすと、唇の端から血を流しつつ答えた。

「この身が滅んだと知れば、家康とてそれ以上には攻め立てぬであろう。わしが始めた戦ぞ。味方してくれた皆が無駄死にするのは間違っておる」

静かな、そしてまことに重いひと言であった。胸が、頭が、激しく揺さぶられる。目には熱いものが浮かんだ。

三成は自らを評して「人の気持ちが分からぬ」と言った。全てを背負い込もうとした日々に、心を欠いてしまったからだ。それを思えば、敗戦の責めを一身に受けようとする姿にも頷ける。だが己は、斯様な顛末を迎えるために仕えてきたのではない。

「殿はそれがしに、友として傍にあれと仰せられた」

あの言葉は、三成が吐いた唯一の弱音だった。逃げてはならぬ、戦うべきところでは戦えと教えてくれた人が、言うのである。それでも逃げたくなった時には、背負いきれぬものを共に背負って欲しいのだ。助けてくれ、と。

「ずっと、友であるつもりでした。ゆえに申し上げる。今こそ逃げてはならぬのです。逃げたいのなら、それがしが支えます」

「何を申しておる」

虚を衝かれた顔の三成に、清興は大きく首を横に振った。

「戦場にある皆を守るは、なるほど大将の務めやも知れませぬ。されど！」

自身の心の鈍さを、三成は危ぶんでいた。他人の思いを知らぬまま世を動かし続ければ、いつか歪みを生む、そういう恐れだったろう。

だから己を――悲哀の末に萎えかけてしまった、敏なる心を尊《とうと》んでくれたのだ。

「情の通った世を形にすると、お約束くだされましたろう。殿にしか、できぬことなのです」

石田三成は、島左近を心の軸としていた。同じように島左近は、石田三成を道標としていた。

「……そこから逃げるなと」

そうだ。明日を作ってくれるはずと見込んだからこそ、勝ち残ってもらうため、こうして逃げずに戦ったのだ。だから！

「ここはお退きくだされ。落ち延びて大坂に戻り、秀頼公を推し戴いて再起すれば、家康とておいそれと手は出せますまい」

力強く返すも、三成は呆然としたまま面持ちを変えない。それでも清興には、ごくわずかの揺れが伝わった。

「望みを捨てず、命を永らえてこそにござる。この左近、必ずやそのための時を稼ぎましょうぞ」

石田三成は、遍く世の全てを導かねばならぬ。お主――そう呼ばせてもらおう、友としてお主を支え、一方の重荷を背負いたいのだ。

「我が友よ。さあ、行け！」

三成はしばしこちらの目を見つめ、小さく、それは小さく頷くと、静かに発した。

「三成に　過ぎたるものが　二つあり　島の左近と　佐和山の城……か。お主はまさに、わしにとって、過ぎたるものであった」

清興が仕官を決めた後、誰が詠《よ》んだか、一首の歌が人々の口の端《は》に上るようになった。それを持ち出して柔らかな笑みを見せる。

「我が友、島左近の申すとおりである。最後まで、生き延びることを諦めまい」

「おお……」

眦《まなじり》に堪えていた涙が、戦場の煤に黒く染まった頰を洗う。右の掌《て》で目元を拭い、跪いて三成の顔を正面から見た。

「御身ひとつでは困ることも多いでしょう。本陣付きの者はお連れなさいませ。さあ、お早く」

三成は作法に則って深く頭を垂れると、すくと立ち上がった。先まで自らの腹を切ろうとしていた匕首を抜き、閉じた陣幕の左手、北側を裂いて山へと続く逃げ道を開く。そして十数人の家臣とわずかな足軽を従え、落ち延びていった。全てが伝わったのだろう、もうこちらには何も言わず、顔すら向けなかった。

友の背が山中に消えてゆく。森の暗がりに溶け込むまで見届けると、清興はそちらに平伏し、陣幕を出て大筒方の武者に声を向けた。

「其方らも早めに逃げるが良い。だが、その前にひとつ頼まれてくれ」

そして大筒の長に耳打ちをする。

「頼んだぞ」

言い残してにこりと笑うと、山道を駆け下りていった。

三成に落ち延びるよう促す間に、先手は敵の蹂躙を許していた。柵も何も全てが壊され、これでもかと敵兵が押し寄せている。

「射よ」

既に弾切れか、陣を任せた信勝は立て続けに矢を放たせている。それによって、どうにか足を鈍らせているらしい。名を呼んで駆け寄ると、信勝は兵に「休まず射よ」と命じ、こちらを向いた。

「父上、お逃げくだされ。ここは、それがしが」

殊勝な物言いを聞き、悲しい思い出が脳裏に浮かんだ。我が子に手柄を挙げさせるべく、腹を切った男——木塚宗右衛門の父の思いが、今さらながら胸に沁みる。あの悲哀の根を断つべく、三成を頼んで再び戦場に身を投じたのだ。

「子を盾にして逃げる親がどこにあろう。わしが打って出る。この身に当たっても構わぬ、おまえは矢の続く限り放たせ、時が来たら退け」

「如何に父上とて、おひとりでは。それに『時が来たら』とは」

「わしは、ひとりではない。退き時も自ずと分かろう」

最後まで友を支えきったのだ。既に三成と己は二人でひとり、離れていても共にある。その誇らしさ、嬉しさに、力強い笑みが漏れた。

「良いな」

おずおずと信勝が頷く。その肩をぽんと叩くと、自らの槍を左手に、右手には足軽の長槍を摑んで、多くの矢が集まる辺りへと馳せ着けた。

「島左近である。見よや其方ら、手柄首ぞ」

呼ばわりながら、二間半の長槍を右手に振り上げ、嫌になるほど群れ集った一団へと斜めに振り下ろした。後から後から押し寄せる中、敵兵は身をかわし得ず、肩や頭を打ち据えられて三人、四人とくずおれた。

「どうした。我が首、欲しゅうないか」

次には左手の馬上槍を、ぶんぶんと左右に走らせて前に出る。信勝の放たせた矢が後ろから迫って具足に弾かれ、兜に当たり、そして腕や脚に突き刺さった。痛みなど感じない。左腕の鉄砲傷でさえ、辛いと感じている暇はなかった。

（七百五十九、七百六十、七百六十一……）

清興は頭の中で、ただ数えていた。他に考えることなど、もう何もない。敵を斃すのも、体に染み付いた動きをそのまま出すのみである。

「そりゃあ」

右手の槍を掲げ、打ち下ろす。長く重い足軽槍を馬の鞭の如く操り、瞬く間に六人、七人と叩き殺した。

「そうれ！」

次いで、その槍を横薙ぎに振り抜く。十人以上をひと息に片付けると、肘がみしりと鈍い音を立てた。体が壊れている。それが何だと言うのか。

（八百十七、八百十八……）

動き辛い右腕を無理に動かし、長槍を投げつけた。その柄に足を掬われ、或いは地に伏した骸に躓いて、敵兵がごろごろと転げてゆく。

「雁首揃えて、手負いのひとりも討ち取れぬか」

げらげらと笑い、左手の槍に右手を添える。両手で左上から右下へ、次いで切っ先を持ち上げて右上から左下へ、交互に繰り返して敵を叩く。清興の前には骸と怪我人の道ができた。

（九百、九百一、九百二）

倒れた者を踏み付け踏み越え、なお前に出た。槍を右脇に手挟み、体ごと回って切っ先で円を描く。辺りの敵が怯んで飛び退き、互いにぶつかり合って将棋倒しになった。

十分だ。そうして開けた視界から自陣を垣間見れば、もう一町余りも後ろになっていた。

十分だ。

清興は槍を捨てた。

「そら。これで討ち取れるか。どうだ」

両手を拡げて嘲る。敵もさすがに憤ったか、士分も足軽も、多くの者が突っ掛けて来た。

「死ねい」

突き出された槍を「何の」と掴み、ぐいと引く。敵の武者がたたらを踏んだ。清興はその者の首を左脇に抱え、崩れるように後ろに倒れた。敵兵が群がってくる。

（九百九十八、九百九十九、千）

仰向けになった上には、何人の敵が折り重なっているだろう。周りには何十人が押し寄せているのだろう。空も、地も、山も見えない。人、人、人、勝ち戦に狂い、手柄を貪る醜《むさぼ》い臭いしかない。群がる肉の壁の遥か向こうで、ドン、と響く。清興は目を見開き、満面の笑みで叫んだ。

「三成！」

満足だ。徳川方よ、恐れ慄き足を止めるが良い。それこそ、友が退くための時となるのだ。やがて、うぬらに鉄槌が下ろう。三成はきっと我が夢を叶えてくれる。

(過ぎたるもの……か。わしにとっては、お主こそ――)

全てを思う間もなく、八つの砲弾が一ヵ所を目掛けて落ちた。多くの敵を巻き添えにし、狂おしいばかりの恐怖を与えて、清興はもう何を思うこともできぬ身となっていた。

関ヶ原の戦いはたったの半日で終わった。三成は再起を期して大坂を指したものの、道中で病に倒れて足を止め、無念の極みで身を休めていたところを囚われの身となった。捕縛したのは、奇《く》しくも清興の奮戦を打ち砕いたのと同じ、田中吉政であった。

合戦から半月後の十月一日、三成は京の六条河原《ろくじょう》で斬首となった。

罪人として引き立てられる道中、三成は喉の渇きを覚えて水を所望した。護送の兵はこれに応じ、道端の木から柿の実を捥《も》いで渡す。しかし三成は「柿は痰《たん》の毒だ」と言い、ついに口にしなかった。これから死ぬ者が体を気遣って何になると、皆が笑った。

本書は二〇一八年二月、講談社より単行本で刊行されました。

|著者|吉川永青　1968年東京都生まれ。横浜国立大学経営学部卒業。2010年「我が糸は誰を操る」で第５回小説現代長編新人賞奨励賞を受賞。同作は、『戯史三國志　我が糸は誰を操る』と改題し、翌年に刊行。'12年『戯史三國志　我が槍は覇道の翼』、'15年『誉れの赤』でそれぞれ第33回、第36回吉川英治文学新人賞候補となる。'16年『闘鬼　斎藤一』で第４回野村胡堂賞受賞。７人の作家による"競作長篇"『決戦！関ヶ原』『決戦！三國志』『決戦！川中島』『決戦！関ヶ原２』『決戦！賤ヶ岳』にも参加している。他に、『化け札』『関羽を斬った男』『治部の礎』『裏関ヶ原』『孟徳と本初　三國志官渡決戦録』『龍の右目　伊達成実伝』『第六天の魔王なり』『雷雲の龍　会津に吼える』『毒牙　義昭と光秀』『憂き夜に花を』などがある。

老侍《おいざむらい》
吉川永青《よしかわながはる》

講談社文庫
定価はカバーに
表示してあります

2020年６月11日第１刷発行

発行者――渡瀬昌彦
発行所――株式会社　講談社
東京都文京区音羽2-12-21　〒112-8001
電話　出版（03）5395-3510
　　　販売（03）5395-5817
　　　業務（03）5395-3615
Printed in Japan

デザイン―菊地信義
本文データ制作―講談社デジタル製作
印刷―――豊国印刷株式会社
製本―――株式会社国宝社

ISBN978-4-06-519332-7

講談社文庫刊行の辞

二十一世紀の到来を目睫に望みながら、われわれはいま、人類史上かつて例を見ない巨大な転換期をむかえようとしている。

世界も、日本も、激動の予兆に対する期待とおののきを内に蔵して、未知の時代に歩み入ろうとしている。このときにあたり、創業の人野間清治の「ナショナル・エデュケイター」への志を現代に甦らせようと意図して、われわれはここに古今の文芸作品はいうまでもなく、ひろく人文・社会・自然の諸科学から東西の名著を網羅する、新しい綜合文庫の発刊を決意した。

激動の転換期はまた断絶の時代である。われわれは戦後二十五年間の出版文化のありかたへの深い反省をこめて、この断絶の時代にあえて人間的な持続を求めようとする。いたずらに浮薄な商業主義のあだ花を追い求めることなく、長期にわたって良書に生命をあたえようとつとめるところにしか、今後の出版文化の真の繁栄はあり得ないと信じるからである。

同時にわれわれはこの綜合文庫の刊行を通じて、人文・社会・自然の諸科学が、結局人間の学にほかならないことを立証しようと願っている。かつて知識とは、「汝自身を知る」ことにつきていた。現代社会の瑣末な情報の氾濫のなかから、力強い知識の源泉を掘り起し、技術文明のただなかに、生きた人間の姿を復活させること。それこそわれわれの切なる希求である。

われわれは権威に盲従せず、俗流に媚びることなく、渾然一体となって日本の「草の根」をかたちづくる若く新しい世代の人々に、心をこめてこの新しい綜合文庫をおくり届けたい。それは知識の泉であるとともに感受性のふるさとであり、もっとも有機的に組織され、社会に開かれた万人のための大学をめざしている。大方の支援と協力を衷心より切望してやまない。

一九七一年七月

野間省一

講談社文庫 最新刊

上田秀人 布石 〈百万石の留守居役(十五)〉
宿老・本多政長不在の加賀藩では、嫡男《ちゃくなん》・主殿《とのも》の周囲が騒がしくなる。〈文庫書下ろし〉

佐々木裕一 若君の覚悟 〈公家武者 信平《のぶひら》(八)〉
信平のもとに舞い込んだ木乃伊《みいら》の秘薬騒動。若き藩主を襲う京の魑魅《すだま》の巨大な陰謀とは!?

こだま ここは、おしまいの地
田舎で「当たり前」すら知らずに育った著者の失敗続きの半生。講談社エッセイ賞受賞作。

西尾維新 掟上今日子の退職願
「最速の探偵」が、個性豊かな4人の女性警部と4つの事件に挑む! 大人気シリーズ第5巻。

神楽坂淳 うちの旦那が甘ちゃんで 8
沙耶が芸者の付き人「箱屋」になって潜入捜査。他方、月也は陰間茶屋ですごいことに!

西村京太郎 札幌駅殺人事件
社内不倫カップルが新生活を始めた札幌で二件の殺人事件が発生。その背景に潜む罠とは。

椹野道流 南柯《なんか》の夢 鬼籍通覧
少女は浴室で手首を切り、死亡。発見時、傍らには親友である美少女が寄り添っていた。

講談社文芸文庫

古井由吉

野川

解説=佐伯一麦　年譜=著者、編集部

東京大空襲から戦後の涯へ、時空を貫く一本の道。老年の身の内で響きあう、生涯の記憶と死者たちの声。現代の生の実相を重層的な文体で描く、古井文学の真髄。

ふA12
978-4-06-520209-8

古井由吉

詩への小路　ドゥイノの悲歌

解説=平出　隆　年譜=著者

リルケ「ドゥイノの悲歌」全訳をはじめドイツ、フランスの詩人からギリシャ悲劇まで、詩をめぐる自在な随想と翻訳。徹底した思索とエッセイズムが結晶した名篇。

ふA11
978-4-06-518501-8

講談社文庫　目録

吉村　昭　新装版 落日の宴 (上)(下)
吉村　昭　白い遠景
吉田ルイ子　ハーレムの熱い日々
吉川英明　新装版 父 吉川英治
吉村葉子　お金がなくても平気なフランス人 お金があっても不安な日本人
米原万里　ロシアは今日も荒れ模様
横山秀夫　半落ち
横山秀夫　出口のない海
吉田修一　日曜日たち
吉本隆明　真贋
吉本隆明　フランシス子へ
横関　大　再会
横関　大　グッバイ・ヒーロー
横関　大　チェインギャングは忘れない
横関　大　沈黙のエール
横関　大　ルパンの娘
横関　大　スマイルメイカー
横関　大　K2 〈池袋署刑事課 神崎・黒木〉
横関　大　ルパンの帰還
横関　大　ホームズの娘
吉川永青　誉れの赤
吉川永青　裏関ヶ原
吉川永青　化け札
吉川永青　治部の礎《いしずえ》
好村兼一　兜割源三郎 〈玄治店密命始末〉
吉村龍一　光る牙
吉村龍一　隠された牙 〈森林保護官 樋口孝也の事件簿〉
吉川トリコ　ぶらりぶらこの恋
吉川トリコ　ミドリのミ
吉川英梨　波動 〈新東京水上警察〉
吉川英梨　烈渦 〈新東京水上警察〉
吉川英梨　朽《く》海《かい》の城 〈新東京水上警察〉
吉川英梨　海底の道化師 〈新東京水上警察〉
薬丸岳／竹吉優輔／高野文緒／横関大／遠藤武文／翔田寛　デッド・オア・アライヴ
隆　慶一郎　花と火の帝 (上)(下)
隆　慶一郎　時代小説の愉しみ
隆　慶一郎　新装版 柳生刺客状
隆　慶一郎　見知らぬ海へ 〈レジェンド歴史時代小説〉
梨　沙華《はな》　鬼《おに》
梨　沙華　鬼 2
梨　沙華　鬼 3
梨　沙華　鬼 4
リレーミステリー　宮辻薬東宮
連城三紀彦　女王 (上)(下)
連城三紀彦 著 綾辻行人／伊坂幸太郎／小野不由美／米澤穂信 編　連城三紀彦 レジェンド 〈傑作ミステリー集〉
連城三紀彦 著 綾辻行人／伊坂幸太郎／小野不由美／米澤穂信 編　連城三紀彦 レジェンド2 〈傑作ミステリー集〉
令丈《れいじょう》ヒロ子 原作・文 吉田玲子 脚本　小説 若おかみは小学生! 〈劇場版〉
渡辺淳一　失楽園 (上)(下)
渡辺淳一　男と女
渡辺淳一　泪《なみだ》壺《つぼ》
渡辺淳一　秘すれば花
渡辺淳一　化粧 (上)(下)
渡辺淳一　あじさい日記 (上)(下)
渡辺淳一　熟年革命
渡辺淳一　幸せ上手
渡辺淳一　新装版 雲の階段 (上)(下)

芥川龍之介　藪の中
有吉佐和子　新装版 和宮様御留
阿刀田　高　ナポレオン狂
阿刀田　高　新装版ブラック・ジョーク大全
相沢忠洋　「岩宿」の発見〈幻の旧石器を求めて〉
鮎川哲也　りら荘事件
赤川次郎　偶像崇拝殺人事件
赤川次郎　人間消失殺人事件
赤川次郎　三姉妹探偵団
赤川次郎　三姉妹探偵団2〈キャンパス篇〉
赤川次郎　三姉妹探偵団3〈珠美・初恋篇〉
赤川次郎　三姉妹探偵団4〈怪奇篇〉
赤川次郎　三姉妹探偵団5〈復讐篇〉
赤川次郎　三姉妹探偵団6〈危機一髪篇〉
赤川次郎　三姉妹探偵団7〈駆け落ち篇〉
赤川次郎　三姉妹探偵団8〈人質篇〉
赤川次郎　三姉妹探偵団9〈青ひげ篇〉
赤川次郎　三姉妹探偵団10〈父恋し篇〉
赤川次郎　死が小径をやってくる〈三姉妹探偵団11〉
赤川次郎　死神のお気に入り〈三姉妹探偵団12〉
赤川次郎　次女と野獣〈三姉妹探偵団13〉
赤川次郎　心地よい悪夢〈三姉妹探偵団14〉
赤川次郎　ふるえて眠れ、三姉妹〈三姉妹探偵団15〉
赤川次郎　三姉妹、呪いの道行〈三姉妹探偵団16〉
赤川次郎　三姉妹、初めてのおつかい〈三姉妹探偵団17〉
赤川次郎　恋の花咲く三姉妹〈三姉妹探偵団18〉
赤川次郎　月もおぼろに三姉妹〈三姉妹探偵団19〉
赤川次郎　三姉妹、ふしぎな旅日記〈三姉妹探偵団20〉
赤川次郎　三姉妹清く貧しく美しく〈三姉妹探偵団21〉
赤川次郎　三姉妹と忘れじの面影〈三姉妹探偵団22〉
赤川次郎　三姉妹、舞踏会への招待〈三姉妹探偵団23〉
赤川次郎　三人姉妹殺人事件〈三姉妹探偵団24〉
赤川次郎　三姉妹、さびしい入江の歌〈三姉妹探偵団25〉
赤川次郎　静かな町の夕暮に
泡坂妻夫　花火と銃声
新井素子　グリーン・レクイエム
安能　務 訳　封神演義 全三冊
安西水丸　東京美女散歩
トルーマン・カポーティ 安西水丸 訳　真夏の航海
綾辻行人　緋色の囁き
綾辻行人　暗闇の囁き
綾辻行人　黄昏の囁き
綾辻行人　殺人方程式〈切断された死体の問題〉
綾辻行人　鳴風荘事件 殺人方程式II
綾辻行人　十角館の殺人〈新装改訂版〉
綾辻行人　水車館の殺人〈新装改訂版〉
綾辻行人　迷路館の殺人〈新装改訂版〉
綾辻行人　人形館の殺人〈新装改訂版〉
綾辻行人　時計館の殺人〈新装改訂版〉(上)(下)
綾辻行人　黒猫館の殺人〈新装改訂版〉
綾辻行人　暗黒館の殺人 全四冊
綾辻行人　びっくり館の殺人
綾辻行人　奇面館の殺人(上)(下)
綾辻行人　どんどん橋、落ちた〈新装改訂版〉
我孫子武丸　探偵映画
我孫子武丸　新装版 8の殺人

講談社文庫　目録

麻見和史　深紅の断片〈警防課救命チーム〉
赤坂憲雄　岡本太郎という思想
有川　浩　三匹のおっさん
有川　浩　三匹のおっさん　ふたたび
有川　浩　ヒア・カムズ・ザ・サン
有川　浩　旅猫リポート
有川ひろ ほか　ニャンニャンにゃんそろじー
荒崎一海　無流心月剣〈宗元寺隼人密命帖(一)〉
荒崎一海　幽霊の足〈宗元寺隼人密命帖(二)〉
荒崎一海　名花散る〈宗元寺隼人密命帖(三)〉
荒崎一海　江都落涙〈宗元寺隼人密命帖(四)〉
荒崎一海　門前仲町〈九頭竜覚山　浮世綴(一)〉
荒崎一海　蓬萊橋雨景〈九頭竜覚山　浮世綴(二)〉
荒崎一海　寺町哀感〈九頭竜覚山　浮世綴(三)〉
荒崎一海　小名木川《おなきがわ》〈九頭竜覚山　浮世綴(四)〉
浅野里沙子　花篝《はなかがり》　御探し物請負屋
朱野帰子《かえるこ》　駅物語
東　浩紀　一般意志2・0〈ルソー、フロイト、グーグル〉
朝倉宏景　白球アフロ

朝倉宏景　野球部ひとり
朝倉宏景　つよく結べ、ポニーテール
安達　瑶　奈落の花〈堕ちたエリート〉
朝井リョウ　スペードの3
朝井リョウ　世にも奇妙な君物語
足立　紳　弱虫日記
有沢ゆう希　ムサヲ 原作　恋と嘘〈映画ノベライズ〉
有沢ゆう希　末次由紀 原作　〈小説〉ちはやふる　上の句
有沢ゆう希　末次由紀 原作　〈小説〉ちはやふる　下の句
有沢ゆう希　末次由紀 原作　〈小説〉ちはやふる　結び
有沢ゆう希　ろびこ 原作　〈小説〉となりの怪物くん
有沢ゆう希　小説 パーフェクトワールド〈君といる奇跡〉
蒼井凜花　女唇《ルージュ》の伝言
秋川滝美　幸腹《こうふく》な百貨店
秋川滝美　幸腹な百貨店〈デパ地下おにぎり騒動〉
秋川滝美　幸腹な百貨店〈催事場で蕎麦屋呑み〉
東　芙美子　原作 雲田はるこ　脚本 羽原大介　小説 昭和元禄落語心中
赤神　諒　神遊の城
彩瀬まる　やがて海へと届く

浅生　鴨　伴走者
天野純希　有楽斎の戦
五木寛之　ソフィアの秋
五木寛之　狼のブルース
五木寛之　海峡物語
五木寛之　風花のひと
五木寛之　鳥の歌(上)(下)
五木寛之　燃える秋
五木寛之　真夜中の望遠鏡〈流されゆく日々'78〉
五木寛之　ナホトカ青春航路〈流されゆく日々'79〉
五木寛之　旅の幻燈
五木寛之　他力
五木寛之　こころの天気図
五木寛之　新装版 恋歌
五木寛之　百寺巡礼　第一巻　奈良
五木寛之　百寺巡礼　第二巻　北陸
五木寛之　百寺巡礼　第三巻　京都I
五木寛之　百寺巡礼　第四巻　滋賀・東海
五木寛之　百寺巡礼　第五巻　関東・信州

2020年3月15日現在

邂逅

小杉健治

集英社文庫

目次

邂逅

第一章　断　崖

1

　風はなく、波は穏やかに見える。だが、眼下の岩場に激しく波しぶきが立っていた。津軽海峡に突き出た立待岬《たちまちみさき》の断崖に、鶴見京介《つるみきようすけ》は複雑な思いで立っていた。隣にいる志賀川真二《しかがわしんじ》は海のかなたを見ている。視線の先にある陸影は下北《しもきた》半島だ。

　京介は志賀川の胸中を、彼がわざわざここに来た理由を察している。志賀川は思い出に浸ることで、けじめをつけようとしているのではないか。

　空はだんだん薄暗くなってきた。海にイカ釣り船が出ている。京介はやりきれない気持ちで、志賀川の心の整理がつくのを待っていた。

　京介は高校までは札幌で過ごし、東京の大学の法学部に入って四年のときに司法試験に合格した。大学を卒業後に二年間の司法修習生の生活を経て、虎ノ門にある柏田四郎《かしわだしろう》法律事務所の居候弁護士になった。

ちんまりとした顔は青白く、やや長髪で、大学生のような雰囲気だったが、最近は弁護士としての経験を積み、自信がついてきたせいで、精悍《せいかん》な顔つきになったと言われるようになった。

志賀川は高校の同級生である。濃い眉に切れ長の目。長身で、爽やかな感じの男だ。だから、今度のことに関しては、京介はただ困惑するだけだった。

だいぶ暗くなってきた。海の上に月が出ていた。

「行こうか」

ようやく志賀川が顔を向けた。

「ああ」

京介も頷《うなず》く。

ふたりは待たせてあるタクシーに戻って、函館山《はこだてやま》の山頂に向かった。途中木々が途切れて街が見えた。灯《あか》りが点《つ》いて、輝いていた。

この時期、山麓駅から山頂の展望台までのロープウェイが保守・点検のために休業中で、バスかタクシーを利用するしかなかった。

山頂の展望台に着き、駐車場から歩く。展望台にはすでにひとがかなり出ていた。

函館湾と津軽海峡にはさまれた街のオレンジや白の灯りが、空の暗さが増すたびに輝いてきた。この夜景を見るのはこれで三度目だ。いずれも、志賀川がいっしょだった。

これまでと違って、今夜の闇と光は京介の胸を切なくした。

展望台には次々とひとが集まってくる。

「いつ見てもきれいな光景だ。昔と変わらない」

志賀川は明るい声で言うが、どこかとりつくろった感じがした。

「ここでプロポーズをしたんだったな」

京介はきいた。

「……そうだ、この夜景を見ながらな。あのときも丸い月が出ていた」

間《ま》があって返事があった。志賀川はしんみりとなっているようだ。

明るく振る舞っているが、ほんとうは傷ついているのだと、京介は思った。それでも、この結論しかなかったのかと、残念でならなかった。

「寒くなった。少し早いが、そろそろ行こうか」

志賀川は夜景から目を逸《そ》らすように顔を向けた。その目に涙を見たような気がしたのは錯覚だったか。

続々とやってくる観光客とすれ違いながら、京介と志賀川は駐車場に戻り、タクシーに乗り込んだ。

「すみません。じゃあ、お願いします」

志賀川は言った。

「では、柳町のレストランに」

「あっ、聖マリア教会の前を通っていただけますか」

志賀川は思いついたように言った。

七年前、志賀川はそこで結婚式を挙げたのだ。

タクシーは下っていく。暗い中に教会の壁に十字架がくっきり浮かび上がる聖ヨハネ教会が目に入った。函館山の山麓には聖ヨハネ教会の他に、ハリストス正教会、カトリック元町教会などの教会があって、それぞれライトアップされて、荘厳な姿を見せている。

八幡坂《はちまんざか》を過ぎ、やがて白亜の聖マリア教会の前でタクシーは停《と》まった。教会は暗い中にひっそりと佇《たたず》んでいた。

志賀川は窓ガラスに額をつけて闇の中に白く浮かぶ教会を眺めていた。

七年前、志賀川が城野詩緒里《しろのしおり》とここで結婚式を挙げたとき、高校時代の友人たちとともに京介も参列した。

新妻と愛の誓いを交わした当時のことを蘇《よみがえ》らせているのだろう、志賀川は長い間、見つめていた。

十年前、京介は大学を卒業して札幌の実家に帰ったとき、やはり札幌に帰っていた志賀川と、同じ高校の同級生の井原正人《いはらまさと》の三人で函館を旅行した。

最初の日は五稜郭《ごりょうかく》や函館山の山麓、そして夜は山頂から夜景を見た。

二日目の朝、レンタカーで立待岬にやって来た。青空に白い雲、紺碧《こんぺき》の海に下北半島が望める。

「下北があんなに近くに見えるんだ」

京介が呟《つぶや》くように言ったが、志賀川と井原から返事はなかった。京介が目を向けると、ふたりの視線は別の方向に向いていた。ふたりの視線のずっと先を追うと、曲線を描いた海岸線が続いている。途中に、石川啄木《たくぼく》の像がある大森浜、その先に湯ノ川温泉がある。ちょうど飛行機が高度を下げてきたところだった。函館空港に着陸する飛行機だ。

だが、ふたりが見ていたのはずっと手前だった。若い女が佇んでいた。ジーンズの足は細く、横顔に憂いがあった。髪が風になびいている。連れの女性がカメラを構えていた。

声をかけたくてもその勇気がないのだとわかった。

カメラを構えていた女性がふたりに近づいてきて、

「すみません。写真を撮っていただけませんか」

と、声をかけてきた。目がくりっとして、鼻筋が通り、口元に笑みを湛《たた》えている。二十歳ぐらいだ。

「いいですよ」

志賀川は素早く応じ、女性からカメラを受け取った。

井原も志賀川の傍らから、津軽海峡を背景に立つふたりの女性を見ていた。

写し終え、志賀川はふたりのそばに行った。カメラを返すとき、ふたりに何か言ったようだった。井原も声をかけている。ふたりが会釈を返した。

そのまま、ふたりの女性は待たせてあるタクシーに乗って引き上げていった。

井原と志賀川は未練がましくタクシーを見送っている。

「どうしたんだ？　誘わなかったのか」

京介は揶揄《からか》うようにきいた。

「うまく言えなかった。なんだか、見え透いた軟派と思われたくなくて」

志賀川が呟いた。

「井原も声をかけていたじゃないか」

「俺も同じだ。あの女性を目の前にしたら当たり障りのない挨拶しか出来なかった」

井原も正直に答えた。

「珍しいな。ふたりが萎縮するなんて」

京介は驚いて、

「そんなに美人だったのか」

「ああ、清楚《せいそ》な美人だ。俺には手が届きそうにない女性だ」

志賀川がため息をつく。

「志賀川の言うとおりだ」

井原も同調した。

「まあいいじゃないか。さあ、行こう」

レンタカーの運転席には志賀川が、助手席には京介が座った。

「さあ、次はどこだ？」

「大沼公園は？」

京介が提案する。

「釣りとかカヌーなんかが目的ならともかく、男三人で散策しても面白くもないだろう」

志賀川は気が進まないようで、

「井原はどうだ？」

と、後部座席にいる井原にきいた。

「トラピスト修道院に行くのではないのか」

井原は答える。

「大沼から帰ってから行けばいい」

京介が言う。

「なんでそんなに大沼に行きたいんだ?」

志賀川が不思議そうにきく。

「昨夜夜景を見たとき、土産物屋で、大沼公園のポスターを見たんだ。それを見たら、急に行きたくなって」

「鶴見がそれほど言うなら、そうしよう」

志賀川は恩着せがましく言い、車を発進させ、国道5号線に入った。

大沼までおよそ四十分。車の中でも、さっきの女性の話題ばかりだった。話の合間にため息が漏れるのを聞いて、

「ふたりともまるで一目惚《ぼ》れだ」

と、京介は呆《あき》れた。

「あんな清潔感溢《あふ》れた美人はそうそういない。もうひとりの女性も可愛《かわい》かったけど」

井原が力説するように言う。

「井原が女性のことで、そんなに入れ込むなんて珍しいな」

京介は驚いて言う。どちらかというと、井原は人見知りで女性に対しても積極的に出るタイプではなかった。

「鶴見はどうなんだ?」

志賀川がハンドルを握りながらきく。

「どうって?」

「あの女性のことだ」

「確かに美人だと思う。けど、俺はもうひとりのほうが好みかな」

「よかった。ライバルが減った」

「もう二度と会うこともない女性をめぐってのライバルか」

「いいんだ」

志賀川は苦笑する。

大沼公園に着くまで、ふたりは清楚な女性の話で盛り上がっていた。

大沼国定公園は大沼、小沼、じゅんさい沼の三つの湖に百以上の島があるという。車を駐車場に停め、三人は湖に向かった。

青空が広がっていた。遊覧船が出発した。橋を渡る。汀《みぎわ》に向かうと、紺碧の湖水の向こうに駒ヶ岳がくっきり望めた。芽吹きはじめた木々の緑も艶を増していた。

「きれいだ」

京介は感嘆の声を上げた。

「確かに」

志賀川も景色に見入った。井原も黙って見つめている。

京介は目の端に若い女性の顔が入り、はっとして顔を向けた。立待岬で会った女性たちだ。向こうも気づいて京介に向かって会釈をした。

京介も軽く頭を下げてから、

「おい」

と、ふたりに声をかけた。

「ここに来てよかっただろう」

志賀川が声を上げた。

「なに？　あっ」

井原も興奮しているようだ。

「まさか、ここでもお会いするなんて」

女性ふたりが近づいてきた。

「また、お会いするなんて」

志賀川は声を弾ませる。

ふたりは城野詩緒里と笠原《かさはら》めぐみと名乗った。ここでの再会が、志賀川と井原の運命を変えることになるとは、京介は想像さえしていなかった。

志賀川はまだ教会を見ていた。表情はわからないが、おそらく沈んだ顔をしているのだろう。京介は邪魔しないように、じっと待っていた。

「もう結構です。行ってください」

ようやく、志賀川は顔を戻して運転手に言った。

タクシーは坂道を下った。正面に港の灯りが煌《きら》めいている。

「後悔はないのか」

京介はたまらずにきいた。

「ない。ただ、少し感傷的になったが、俺にはこれしかなかった」

志賀川はきっぱりした口調で言った。その表情には、すでに迷いや悔いはないようだった。

やがて、柳町にあるイタリアンの店に着いた。

タクシーを下り、三角屋根に白い壁の建物の重たい木の扉を押して中に入る。

「志賀川ですが」

出てきた店の女主人に告げる。

「どうぞ、奥の部屋に」

京介は志賀川のあとについて行く。

奥の個室には十人ほどがすでに集まっていた。男性と女性が半々だ。男性は高校の同級生、女性は詩緒里の学校時代の友達だ。そして、笠原めぐみの顔もあった。

すでに詩緒里は来ていた。ジーンズの上下で、はじめて詩緒里を立待岬で見かけたときと同じような姿だった。意識しているのかもしれない。にこやかに笑っているが、胸中はわからない。

京介と志賀川の高校の同級生である大柄な増岡《ますおか》が寄ってきた。

「まったく、驚いたよ」

開口一番、増岡が言う。

「すまない。でも、よく来てくれたな」

志賀川が応じる。

「うむ。事情を知りたいと思ってな。まさか、あんな仲のよい……」

増岡は途中で言葉を切り、顔を京介に向けた。

「いっしょだったのか」

「夜景を見てきた」

京介は言った。

「夜景？」

「付き合ってもらった」

志賀川が説明をしてから、

「井原は来ていないのか」

と、残念そうに言った。

「井原も呼んでいるのか」

増岡は意外そうな顔をした。

「ああ。同じ仲間だしな。来るかどうかわからないが」

志賀川は心配そうな顔になった。

ふたりから離れ、京介は詩緒里やめぐみらに挨拶した。

「鶴見さん、きょうはごくろうさまです」

詩緒里が丁寧に挨拶をする。

「なにかすっきりしませんが」

京介は正直に言う。

「鶴見さん。お久しぶりです」

めぐみが声をかけてきた。

「結婚式以来ですね」

京介は眩《まぶ》しそうにめぐみを見た。ボブヘアが明るい顔だちに似合っている。

「ええ」

めぐみが笑みを浮かべた。

六時半になって、皆が席についた。一番前に向かい合わせで、志賀川と詩緒里が座り、志賀川の横に京介、その向かいにめぐみが座った。だが、一番後ろの席がひとつだけ空いていた。井原のために用意した席だ。

ビールが運ばれてきたあと、志賀川と詩緒里が同時に立ち上がった。

ざわめきが収まるのを待ってから、えーと、と志賀川が口を開いた。

「きょうは忙しい中、我々志賀川真二と城野詩緒里のために集まっていただきありがとう」

志賀川は少し言葉を詰まらせ、

「ふたりは七年間の結婚生活を経て、先日離婚届を提出した」

と、続けた。

「なぜと思われるかもしれないが、すべて俺の不徳のいたすところとしか言いようがない。責任は一切俺にある」

一同は黙って志賀川の話に耳を傾けている。

京介は複雑な思いで、向かいに立っている詩緒里を見た。離婚を納得しているのか、落ち着いた様子だ。だが、決心するまでにはかなりの葛藤《かっとう》があったことだろう。

「きょう来てくれたみんなは七年前の結婚式に参列してくれた。そして、二次会、三次会まで付き合ってくれた友人だ。都合で出席出来ない者が五人いる。そのうち、三人は仕事の都合だが、あとのふたりは離婚式などとふざけている、そんなものに出席したくないということだった」

　志賀川は頷きながら、

「もっともな意見だ。俺がもし呼ばれる立場だったら、そんなもの行けるかと蹴っただろう。それなのに君たちは来てくれた。改めて礼を言わせてもらう。ありがとう」

　志賀川は頭を下げ、

「この七年間、俺は仕合わせだった。詩緒里さんに感謝している。詩緒里さんとはじめて会ったのは立待岬だ。それから交際がはじまった。この経緯については結婚式のパーティの席で話したから割愛する。今は彼女への感謝の念でいっぱいだ」

　そのとき、志賀川が入口のほうに目をやって微《かす》かに頷いたような気がした。京介は後ろを見た。

　井原正人が入ってきた。井原は黙って席についた。

　志賀川は詩緒里にちらっと目をやってから続けた。

「きょうで俺たちは別々の人生を歩むことになるが、君たちとの友情は変わらない。これからも、同様に付き合ってもらいたい」

　深々と頭を下げたあと、志賀川は詩緒里を促した。

　詩緒里が一歩前に出て、会釈をして口を開いた。

「皆さん、今日はありがとうございました。私は志賀川詩緒里から城野詩緒里に戻りました。まさか、このような形でふたりの暮しが終わるとは想像さえしていませんでした。この七年間、いえ、正確には六年半はとても仕合わせでした」

詩緒里は声を詰まらせたが、すぐに立ち直り、

「私にとっても真二さんとの暮しはほんとうに仕合わせでした。この仕合わせは永遠に続くものと思っていました。でも、そんな暮しは私をガラスの器に閉じ込めていきました。それはそれで仕合わせでしたが、半年前にそのガラスにひびが入り、とうとう割れてしまいました。私は外に放り出されたのですが、新しい生き方を見出《みいだ》せるいい機会だと思いました。今回、このような形になり、七年前に皆さんの前で一生添い遂げると約束したことを裏切る結果になりましたが、改めて、私たちの新しい門出をだいじな方々に見届けていただきたく、このような会を催させていただきました」

詩緒里は気丈に振る舞っているが、深い悲しみを堪《こら》えているのがわかった。

京介は志賀川の身勝手な振舞いに心の奥では反感を抱いていた。離婚の原因は志賀川にあるのだ。

挨拶を終えたあと、志賀川は、

「ともかく、乾杯しよう」

と、京介に向かって言った。

「乾杯の音頭をとってくれ」

「乾杯は抵抗あるけど」

　京介は困惑した。

「いや。俺たちの新しい門出だ。乾杯でいい」

　志賀川が言う。

「よし。俺が」

　増岡が立ち上がった。

「ふたりに何があったかわからないが、こうして離婚式を行なうということは、ふたりが前向きになっている証拠だ。乾杯で行こう」

　増岡が言う。

　志賀川も詩緒里も頷いた。

「鶴見、いいな」

　増岡が京介にきく。

「わかった」

　京介は否も応もなかった。

「じゃあ、俺が代表して」

　増岡がグラスを掲げた。

「ふたりは別々の道を歩みだしたが、これからも友人であることに違いはない。ふたりがいい人生を歩めるように。それから、ここにいる皆の未来も明るいものであるように祈って乾杯」

「乾杯」

と、皆が唱和した。

京介は井原を見た。井原はグラスを持っていなかった。

「しばらく、食事を楽しんでくれ」

前菜が運ばれてきた。京介はフォークを手にした。

志賀川はビールのお代わりをもらい、詩緒里はワインにした。

「井原が来たじゃないか」

京介は志賀川に顔を寄せて小声で言う。

「よかった」

志賀川はほっとしたようだ。

結婚式のあとの二次会、三次会では座は盛り上がり、賑《にぎ》やかだった。だが、きょうは弾まない。

パスタが運ばれてくると、皆、パスタをもくもくと食べはじめる。

やはり、みなどこかぎこちなかった。離婚するふたりを前に、何を話したらいいのか、わからないのだ。いや、そのことに触れないように気をつかっているので、何か話題が出ても続かない。

皆、もくもくと酒を呑《の》み、食事を続けた。

「なんだか、通夜みたいだ」

志賀川が大声で言った。

そして、立ち上がった。

「皆、聞いてくれ」

志賀川が神妙な顔を向けて、おもむろに口を開いた。

「離婚式に招いておいて、別れる理由を言わないのは失礼だと思う。恥を晒《さら》すことになるが、聞いてくれ」

志賀川は離婚のわけを話すつもりだ。京介は詩緒里を見た。微笑《ほほえ》んでいるが、目は笑っていないと思った。

2

志賀川は大きく深呼吸をしてから口を開いた。

「事情を打ち明けることについては、詩緒里さんの了解をとってある。事情を知れば、みんなは俺を非難するだろう。それでも構わない。どうか、非難してくれ。そのぶん、詩緒里、いや詩緒里さんを守ってやってもらいたい」

間を置いて、志賀川は続ける。

「さっき、詩緒里さんが言ったガラスの器にひびを入れたのは俺だ」

少し迷ったようだが、

「女だ」

と、志賀川は思い切ったように口にした。

「離婚の原因は俺の女問題だ」

微かにざわついた。

ざわつきが収まってから、

「俺は銀座のクラブの女性に夢中になった。どうしようもないほど惹《ひ》かれている。このままじゃ、詩緒里さんを不幸にするだけだと思った」

詩緒里は俯《うつむ》いている。京介は女絡みだと薄々感づいていたが、志賀川がはっきりとしかも堂々と話したことに驚いた。

「志賀川は大馬鹿者だ」

増岡が叫んだ。

「何と言われても返す言葉はない」

志賀川はしおらしく俯いた。

「その女といっしょに暮らすつもりか」

増岡がさらにきいた。

「止《や》めないか。詩緒里さんの前だ」

京介は思わず声をかけた。

「あっ。すまない」

あわてて、増岡は引き下がった。

だが、志賀川は真顔で、

「じつはその女には親しい男がいる。金銭面でかなり援助を受けているらしい。その男から横取りすることになる」

「志賀川、そんな話、この場ですることないだろう」

京介はたしなめた。

「鶴見さん。いいんです。私なら」

詩緒里は言った。

「でも……」

京介が言いかけたとき、一番後ろに座っていた井原がいきなり立ち上がり、テーブルをまわって志賀川のところにきた。

「井原、なんだそんなおっかない顔をして」

志賀川が笑いを浮かべる。

「きさま、よくも詩緒里さんを傷つけるような真似《まね》を」

井原の声は震えを帯びていた。

「なに怒っているんだ？　ひょっとして、今でも……」

「黙れ」

いきなり、井原が志賀川の襟首につかみかかった。詩緒里が悲鳴を上げた。志賀川が倒れそうになる。

あわてて、増岡が井原を後ろから羽交い締めにした。

「止めるんだ」

「いや、いい」

志賀川は曲がったネクタイを直しながら言う。

「あのときの約束を忘れたのか。一生、詩緒里さんを守っていくと。何があっても守っていくと……」

井原の声は震えていた。

「井原、きょうはよく来てくれた」

志賀川は微笑んで言う。

「なに？」

「俺たちの新しい門出を見届けてくれ」

「…………」

井原は口を開いたが言葉にならなかった。

「井原。席にもどろう」

京介は井原の体を押して席に戻した。

だが、井原は座ろうとしなかった。

「帰る」

部屋を出ていこうとした。

「待てよ」

京介は追いかけた。

部屋を出たところで回り込んだ。

「きょうはふたりの新しい出発なんだ。素直に応援してやろう」

「…………」

「ここで帰ったら、後悔する。君が怒っているのは志賀川にだろう。詩緒里さんが悲しむ。気持ちはわかるが戻るんだ」

京介は必死に説得する。

「ここに来るまで、志賀川と立待岬や函館山に行っていたんだ。彼、山頂から夜景を見ていたとき、涙を浮かべていた。それから、結婚式を挙げた教会の前にタクシーを停め、じっと見つめていた」

「…………」

「志賀川は強がっているけど、傷ついているんだ」

「いずれにしろ、離婚の原因は志賀川の不倫だ」

井原は吐き捨てた。

「そのとおりだ。俺も志賀川を許せない。君が志賀川を許せない気持ちはよくわかる。だから、志賀川にではなく、詩緒里さんのために祝ってやろう」

「…………」

「ほんとうは志賀川は別れたくなかったのかもしれない。詩緒里さんが許さなかったのかもしれない。さあ、戻ろう」

京介は説得して部屋に連れ戻した。

志賀川がこっちを見ている。

アルコールがだいぶ回ってきたころ、増岡が口を開いた。

「この中で、ひとりもんは誰だ？」

増岡は一同を見まわして、

「男は俺と鶴見、そして井原か」

「それに俺だ」

志賀川が口をはさんだ。

「まあ、そうなるな。で、女性陣は？」

「私だけかしら」

笠原めぐみが手を上げた。

「私もよ」

詩緒里の友人、田所美樹《たどころみき》が声を上げた。

「そうか、ふたりか」

「私も仲間入りよ」

詩緒里が叫ぶように言う。

「男は四人だが、俺は除《の》けていい。すると、三対三だ」

志賀川が声を弾ませ、

「この中で結ばれるものが生まれたら楽しいな」

と、はしゃぐように言う。

志賀川は酔っているようだ。井原が隅で不快げに顔をしかめていた。

十年前、立待岬で詩緒里とめぐみに出会い、そしてその日のうちに大沼公園で再会した。

詩緒里たちは立待岬からタクシーで函館駅に行き、普通電車で五十分かけてJR大沼公園駅までやってきたということだった。

五人で島巡りの路《みち》を歩き、それからレンタカーに五人乗りして、湖畔のレストランに行って昼食をとった。そこで改めて紹介しあった。ふたりは函館の短大の同級生で、四月から詩緒里は東京のIT企業に、めぐみは地元のホテルに勤めることになっていると言った。

島巡りのときから、京介とめぐみがペアで、志賀川と井原は詩緒里を真ん中に歩いていた。詩緒里が東京で暮らすようになると言うと、志賀川も井原も喜色を浮かべた。

京介もそうだが、志賀川も井原も大学は東京だった。志賀川は商社の三藤《みつふじ》物産に、井原は大手の不動産会社に就職が決まっていた。

夕方になって、詩緒里とめぐみもいっしょに車で函館まで戻った。助手席に詩緒里が、後部座席にめぐみをはさんで井原と京介が座った。

助手席の後ろに井原が座ってしきりに詩緒里に話しかけ、志賀川もハンドルを握りながら詩緒里に声をかけていた。

必然的に、京介はめぐみと会話を弾ませた。大学を卒業して司法研修所で研修を受け、弁護士になるというと、めぐみは目を丸くして、すごいわと言った。そのときは、めぐみとの会話が楽しく、志賀川たちがどんな話をしていたかは聞いていなかった。

夕方にふたりと函館駅で別れ、それから京介たちは予約してある湯ノ川温泉の旅館に入った。

露天風呂に浸《つ》かりながら、志賀川が言った。

「鶴見。ずいぶんめぐみさんと親密そうだったじゃないか」

「ふたりこそ、詩緒里さんと楽しそうだった。立待岬で、ふたりは彼女に一目惚れだったからな」

京介は言ってから、

「まさか志賀川と井原の女性の好みが同じだったとは、想像もしていなかった」

と、笑った。

しかし、ふたりから何の反応もなかった。そのとき微かに不安を抱いた。その後、東京にいながら研修が忙しく、京介は志賀川や井原と個別に会う機会はあったが、三人で会う機会はなかなかとれなかった。

一年ほどして、井原と会ったが、顔つきが暗いことが気になった。

「最近、志賀川と会っているか」

井原がきいた。

「忙しいらしく、会っていない。志賀川がどうかしたのか」

「いや……」

井原は言葉を濁した。

何度か志賀川に電話をしたが、忙しさを理由に断られた。京介を避けているような気がしないでもなかったが、そのことは井原には黙っていた。

井原は他のことを考えているような様子で、そのときは早々に別れた。京介は体調が優れないのだろうと思った。

それから数日後、増岡から電話があり、新橋の居酒屋で会った。

司法研修所での研修の様子を話したり、増岡の近況などを聞いたりしたあと、ふいに増岡がきいてきた。

「志賀川と井原の間に何かあったのか」

「何かとは？」

京介は胸騒ぎがした。

「どうやらふたりは仲違《なかたが》いをしているようだ」

「まさか」

「この前、偶然、銀座で志賀川と会ったんだ。女連れだった。だから立ち話で別れたが、俺と会ったことを井原に言わないでくれと言われた。その後に井原に会ったとき、さりげなく志賀川のことをきいたら顔つきが変わった。それから、井原は吐き捨てるように、裏切り者めと言ったんだ」

「裏切り者？」

「ああ、そのきつい言い方にびっくりした」

「そうか」

「あのふたりは結構気が合っていた。それが今は反目しあっているんだ。何か心当たりはないか」

増岡のビールグラスは空になっていた。

「志賀川といっしょの女性はどんな感じだった？」

京介はきいた。

「髪の長い色白の美人だ。二十一か二ぐらいだ。とても清楚な感じだった」

「………」

「知っているのか」

「たぶん、城野詩緒里さんかもしれない」

京介は戸惑いながら、

「俺と志賀川と井原と三人で函館を旅行したことがあっただろう？　君は用事があって参加できなかったが」

「そんなことがあったな」

「立待岬で城野詩緒里さんと笠原めぐみさんという女性に会った。志賀川と井原は城野詩緒里さんが気に入ったようだった」

「その女性を巡ってふたりは……」

増岡は眉根を寄せた。

「なんとなく危惧していたが、まさかそれが現実になろうとしているなんて」

京介は胸が痛んだ。

「志賀川は抜け駆けして城野詩緒里さんに接近したのかもしれないな。だから、井原は裏切り者と吐き捨てた……」

立待岬で出会って三年後、志賀川と詩緒里は函館の教会で結婚した。式に出席したのは京介、増岡ら友人三人。井原は出席しなかった。

それから、志賀川と井原の交流は途絶えた。いや、井原は京介たちの前からも姿を消したのだ。

志賀川が体を寄せてきて、

「井原のこと、頼む」

と、京介の耳元で囁《ささや》いた。

京介は井原のほうに目をやった。井原は居心地が悪そうにしていた。引き上げようとしているのだろう。

「井原のぶんも部屋をとってあるんだ。あとのことは気にするな。皆にはうまく言っておく」

「わかった。じゃあ、ホテルで」

京介は頷いた。

井原が立ち上がり、静かに部屋を出た。京介も立ち上がった。

外に出ていく井原に追いついた。

「井原。待てよ」

「やはり、来るんじゃなかった」

井原はため息混じりに呟く。

「今夜はどうするんだ?」

「札幌の実家に帰る」

「電車あるのか」

「高速バスだ」

「志賀川が、井原のぶんも部屋をとってあるそうだ。いっしょに泊まらないか」

「いや、いい」

井原は首を横に振り、

「君は戻ったほうがいい」

と、追い返そうとした。

「いや、久しぶりに会えたんだ。君といっしょにいよう。バスの時間は？」

京介は有無を言わせずきく。

「十一時半だ」

「まだ三時間ぐらいある。どこか入ろう」

京介はちょうど通りかかったタクシーをつかまえ、躊躇《ちゅうちょ》している井原を半ば強引に乗せて函館駅に向かった。駅の近くにあるホテルの一階の喫茶室に入った。

コーヒーを頼んだあと、京介はきいた。

「今、どこで何をしているんだ？」

「陶芸だ」

「陶芸？」

京介はきき返した。

「焼き物だ。陶器だ」

「陶芸家か」

京介は驚いて、改めて井原の顔を見た。なるほど、生き馬の目を抜くようなビジネスの世界で生きている人間の目つきと違い、純粋で、それでいて頑固そうな目をしていた。

「七年前、笠間《かさま》の陶芸家に弟子入りしたんだ」

茨城県笠間市は、笠間焼きで有名な所である。

「そうか。大手の不動産会社を辞めたと聞いて驚いたが、まさか陶芸家になっていたとは……。昔から陶芸に興味を持っていたのか」

京介は目を見張ってきいた。

「いや、自分を変えたかったんだ」

コーヒーが運ばれてきた。

「詩緒里さんのことがあって？」

京介ははっきりときいた。

「………………」

井原は黙って頷いた。

「では、今も笠間に？」

「そうだ」

「結婚は？」

「弟子の身分で、とうてい無理だ」

井原は首を横に振る。

「志賀川を恨んでいるのか」

「…………」

「どうなんだ？」

「わからない」

「…………」

「彼女のことで抜け駆けしないと約束したんだ。それなのに、俺に内緒で、彼女を誘って……。俺が彼女のことを真剣に思っていたことを知りながら」

井原は続けて、

「約束を破ったのはそれだけじゃない。志賀川は詩緒里さんと結婚すると俺に告げたとき、彼女を一生守っていくと約束したんだ。それなのに、他の女にうつつを抜かすなんて。それが許せなかったんだ」

と、拳を握りしめる。

「今でも、彼女のことを？」

「いや。もう過去のことだ」

「志賀川への恨みが消えないのか」

「いや、そのことも、もう済んだことだ。それに……」

井原はひと息ついて、

「志賀川と彼女のおかげで、俺は自分を変えることが出来たんだ。今の俺は、不動産会社に勤めていたときより充実した人生を送っている。ある意味、感謝しているところもある。だから、志賀川の誘いを受けてきょう来たんだ。だが、割り切っていたつもりでも、志賀川のあの台詞《せりふ》を聞いたら……」

井原は言葉を詰まらせ、

「志賀川の女のことは知っていたのか」

と、京介にきいた。

「ひと月ほど前に聞いた。相手がどんな女かは聞いていない」

京介は答える。

「他の女にうつつを抜かすなんて」

井原はまたくり返した。

「なあ、今夜はホテルに泊まらないか。事情はどうあれ、志賀川は新しく出発するに当たり、君との仲を取り戻したいんだ。志賀川は表面では平然としているが、ほんとうは悲しいのだと思う」

「………」

「昔からそうだった。精神面は強いように見えるが、ほんとうは弱い人間だ。そのことをわかっているから、わざと強がっているんだ」

京介は説得を続ける。

「君からすれば勝手かもしれないが、志賀川にしてみれば詩緒里さんと別れた上に、君とも仲違いしたままでは耐えられないのだと思う」

「………」

「いいな。詩緒里さんも泊まるそうだ。彼女とも話をしたほうがいい。君が姿を晦《くら》ましてしまったことで、ずいぶん悩んでいたそうだ」

「わかった」

井原が頷いた。

「よかった」

京介はほっとした。

「ちょっと志賀川に連絡してくる」

携帯を取り出して、京介はロビーに出た。

志賀川が出た。

「鶴見だ。井原、ホテルに泊まるそうだ」

「よかった。よく説得してくれた。こっちはもう着いている」

「早かったな」

「あれから、しばらくしてお開きになった。遠くから来ている女性もいるからな。君の荷物は持ってきたから心配いらない」

「わかった。これからホテルに向かう」

京介は電話を切って井原のところに戻った。

函館国際ホテルの広いロビーに入っていくと、壁際のソファーに志賀川らが待っていた。詩緒里とめぐみもいる。

「よく来てくれた」

志賀川が立ち上がって井原を迎えた。

詩緒里も立ち上がり、

「井原さん、お久しぶりです」

と、声をかけた。

「久しぶり」

井原はぎこちなく挨拶を返した。

「他のひとは？」

京介はきいた。

「増岡たちは夜行バスで札幌に帰るそうだ」

志賀川が答えると、めぐみがあとを引き取り、

「美樹たちは電車で帰りました」

と、言った。

他のひとたちにも挨拶をしておきたかったと思ったが、仕方ない。

「じゃあ、また明日。私たちは同じ部屋なので。ぺちゃくちゃおしゃべりします」

めぐみが男たちに言い、先にエレベーターに向かった。

「じゃあ、君たちのチェックインを済ませてくる」

志賀川はフロントに向かった。

志賀川が戻ってきて、キイを寄越《よこ》し、エレベーターに向かった。部屋は本館の十一階だった。

十一階に着いて、それぞれの部屋に別れる。

「上に大浴場があるんだ。三十分後にそこに来ないか。十年前、湯ノ川温泉で湯に浸かったように」

志賀川が誘った。

「わかった。行く」

京介が応じると、井原も頷いた。

部屋に入ると、正面の窓から港が見えた。志賀川と詩緒里が別れたことはやりきれないが、ふたりとも元気そうなのが救いだった。それに、井原と再び交友がはじまると思うと、沈みがちな気持ちもいくぶん明るくなった。

3

窓ガラスから朝陽《あさひ》が射《さ》し込んでいる。京介は目覚めた。

昨夜は展望風呂の湯船に、三人で浸かった。不思議なことに、十年前に戻ったような気がした。

「井原、おまえを裏切ったことを許してくれ」

いきなり、志賀川が謝った。

「俺もさっきは取り乱して悪かった」

井原も詫《わ》びた。

「いや、腹が立つのは当たり前だ。詩緒里さんを仕合わせにすると大見得を切ったのに、こんなことになってしまった……」

「それより、新しい女性のことを教えてくれないか」

井原がきいた。

「銀座のクラブのママなんだ。市村亜美《いちむらあみ》という三十二歳の女だ」

「同い年か」

「そうだ。だが、おとなの女に見える」

「結婚するつもりなのか」

「ゆくゆくは。ただ、さっきも言ったがパトロンがいるんだ」

志賀川は顔をしかめた。

「どうする気だ？」

心配になって、京介はきいた。

「別れてもらうつもりだ」

志賀川は険しい顔つきになった。

「どんな男なんだ？」

「函館在住の男だ。函館で海産物問屋をやり、東京に三軒の居酒屋を持っている。そして愛人にクラブをやらせているんだ」

「女性はどう思っているんだ？」

「俺に心を寄せている」

「心配だな」

京介は呟く。

「何がだ？」

「その女、本気なのか」

「もちろんだ」

志賀川は即座に答えた。

「でも、パトロンの世話になっているんだろう。パトロンと別れたら、市村亜美さんはクラブを追い出されるんだろう。それでもいいと言っているのか」

「そうだ」

志賀川は応じた。

京介はなんとなく心配で、心から祝福する気持ちにはなれない。また、うまく行くように応援することにも抵抗があった。だが、井原と志賀川のわだかまりが少しほぐれたことにほっとして眠りについた。


ベッドの脇にある電話が鳴って、飛び起きた。午前七時前だ。

「もしもし」

「志賀川だ。すまん、ちょっと出かけてくる」

「出かける？　どこに？」

京介は訝《いぶか》ってきいた。

「ちょっとひとと会うんだ。詳しいことは帰ってから話す。俺に遠慮せず、朝飯を食ってくれ。じゃあ、あっ、鶴見」

「なんだ？」

間があってから、

「いや、やっぱり帰ってからにする」

「……わかった」

気になったが、京介は応じた。

「じゃあ」

そう言ったが、志賀川はなかなか電話を切ろうとしなかった。声をかけようとしたとき、電話は切れた。

例の女と会うのかと、京介は思った。それにしても、なぜこんな早い時間に……。

気になって、すぐ着替えて、顔も洗わないまま部屋を出て志賀川の部屋に行った。チャイムを鳴らしたが、応答はない。

すぐエレベーターでロビーに下りた。フロントにはもうチェックアウトする客の姿があったが、志賀川はいなかった。

玄関に向かって走った。

自動ドアを出ると、まさに志賀川がタクシーに乗るところだった。

「志賀川」

京介は声をかけた。

志賀川は乗りかけたが、体を戻して振り返った。

「鶴見、どうしたんだ？」

志賀川は笑いながらきいた。

「いや、なんだか気になって」

京介は言い、

「誰と会うんだ？」

「…………」

「ひょっとして、市村亜美さんでは？」

「違う。心配させてすまない。じゃあ、行ってくる」

志賀川は京介の腕をぽんぽんと二度叩《たた》いてタクシーに乗り込んだ。窓ガラスに顔をつけて、志賀川は京介を見ていた。

タクシーを見送ったが、これが、志賀川との永久の別れとなった。

ホテル西館のレストランで、京介は井原、詩緒里、めぐみの四人でバイキングスタイルの朝食をとっていた。

めぐみは陶芸家を目指している井原にいろいろな質問をしていた。詩緒里も横で聞いている。

しかし、京介は志賀川の顔が脳裏から離れない。

「鶴見さん、どうかしたの？」

めぐみがきいた。

「えっ？」

京介はきき返す。

「なんだか浮かない顔をして」

「そう？」

京介は顔に手を当てた。

「志賀川さんのことが気になるのね」

めぐみがきいた。

「今、九時か。もう二時間になる」

そろそろ帰ってきてもいい頃だ。

「タクシーでどこに行ったんだろう」

井原が言う。

食事が終わり、コーヒーを飲んでいると、黒服に蝶《ちょう》ネクタイのボーイが近づいてきた。

「失礼ですが、鶴見さまでしょうか」

「そうです。何か」

「フロントから電話がかかっているのですが」

「フロントから？」

京介は首をひねった。

「わかりました」

すぐに立ち上がり、ボーイについて入口の脇にあるデスクに向かった。めぐみがついて来てくれた。

電話に出ると、

「今、警察の方がお見えです。替わりますので」

と、フロントの女性が告げた。

警察……。たちまち、京介は動悸《どうき》が激しくなった。

「函館道南署の中谷《なかたに》と申します。志賀川さんのことでお話があります。下りてきていただけますか」

「志賀川に何かあったのですか」

「じつは立待岬で遺体となって発見されました」

「えっ、今なんと？」

聞き違えたと思ったので、京介は訊《たず》ねた。

「立待岬で遺体となって発見されました」

「そんなはずありません。志賀川はそんなところに行っていません」

すぐ、京介は反発した。

「所持品の財布の中に免許証があり、志賀川真二さんとわかりました」

耳元で爆発音を聞いたあとのように聴覚が麻痺《まひ》した。

「鶴見さん、どうしたの？」

めぐみの声が聞こえて、我を取り戻した。

京介はすぐ行きますと答えて、電話を切った。

めぐみの顔を見て、

「警察からだ。志賀川が死んだって。井原と詩緒里さんといっしょにフロントに来てくれないか。先に行っているんで」

と、京介は現実感が伴わないまま告げた。

「えっ？　どういうこと？」

めぐみは不審そうな顔をした。

「何かの間違いだと思うけど、ともかく行ってみる。すぐ来てくれ」

「わかったわ」

めぐみはふたりのところに戻っていった。

京介はエレベーターで一階に下りた。

フロントに行くと、紺の背広を着た四十前後と思える肩幅の広い、眼光の鋭い男が待っていた。

「鶴見さんですね。中谷です。志賀川さんのご家族は？」

「実家は札幌です。奥さんだった女性はこのホテルにいます」

「では、その方といっしょに身許《みもと》の確認をしていただきたいのですが」

中谷は、警部補と書かれた名刺を渡しながら促した。

「もうすぐやってきます。それより、なぜ、志賀川は死んだのですか」

京介は動揺を抑えられない。

「立待岬の断崖から突き落とされたようです。岩で頭を打って……」

中谷は事務的に答える。

「さっきも言いましたが、志賀川が立待岬に行ったとは信じられません。死んだ男性が何らかの事情で志賀川の財布を持っていたのでは……」

そのようなことはあり得ないと思いながら、京介はそう言った。

「ご遺体を確認していただければはっきりいたしますので」

「遺体はまだ立待岬に？」

「いえ、警察署です」

「突き落とした人間はわかっているのですか」

「いえ、まだです」

ききたいことがたくさんあったが、頭は混乱している。中谷も死体が志賀川だと断定できないうちは多くを語れないと思っているようだった。

ようやく、詩緒里たちがやってきた。

「真二さんが死んだってほんとうなの？」

詩緒里が青ざめた顔できいた。

「立待岬で死んだそうだ」

「………………」

詩緒里は息を呑んだ。

「これから身許の確認に。詩緒里さん、いっしょに」

京介はそう言い、

「志賀川の奥さんだった女性です」

と、中谷に紹介した。

「では、さっそく函館道南署まで」

「俺たちも行く」

井原が訴えるように言う。

「私も」

めぐみも言う。

「では、どうぞ」

中谷は言い、玄関に向かった。

警察の車両はワゴン車だった。車に乗り込む。海岸町にある函館道南署に向かって車は発進した。

車内で、みな黙り込んでいた。詩緒里は窓の外の風景をぼんやり眺めている。

「どうして警察は私のことがわかったのですか」

京介は努めて冷静にきいた。

「ホテルから志賀川さんを乗せたタクシーの運転手からです」

あのとき、志賀川が京介の名を呼んだ。その声が聞こえていたようだ。

「志賀川は立待岬に行くように運転手さんに言ったのですか」

京介はきいた。

「そうです。ホテル前から乗って、すぐに立待岬に行ってくれと言ったそうです」

志賀川は京介に行き先を言わなかった。言う必要がないと思ったからか。

「誰かと会うつもりだったのでしょうか」

「ええ、タクシーの運転手の話では、立待岬の駐車場にタクシーを待たせ、男と会っていたそうです。ふたりはそのうち姿が見えなくなった。しばらくして、相手の男だけが戻ってきて、駐車場に停めてあった車で出て行った。その後、いくら待っても志賀川さんが戻ってこないので、崖のほうに行ってみたら崖下に倒れていた。それで、警察に」

中谷は説明した。

「その男が志賀川を突き落としたのですか」

「おそらく。崖っぷちでふたりの男が揉《も》み合っているのを見ていたひとがいました」

「目撃者が？」

「朝陽の写真を撮りにきたひとです。ただ、突き落としたところは見ていません。揉み合っているのを見ただけで、ひとりが志賀川さんだったかどうかもわかりません。写真を撮り終え、目を戻したときはひとりだけで、崖の上を駐車場のほうに走っていったということです」

「揉み合っている写真は撮っていなかったのですか」

「撮っていません」

「相手の男は誰かわかっているのですか」

「いえ。でも、タクシーの運転手が顔と車種を覚えていますから、じきに見つかるでしょう」

函館道南署に着いた。玄関ではなく裏口だ。車を下り、裏口から署内に入って地下の霊安室に案内された。

ひんやりとした空気が全身を不快に包んだ。霊安室の前で立ちすくむ。目眩《めまい》がしたのか、詩緒里がよろけそうになった。めぐみがあわてて支える。

部屋に入ると、別の警察官が待っていた。

「こちらに」

冷気が襲いかかる。部屋の真ん中にカートがあり、ひとが横たわっている。頭の上で、線香が煙をあげている。

警察官が顔をおおった布を外した。太くて濃い眉が真っ先に目に飛び込んできた。傷口を隠すためか、頭部に包帯が巻かれていた。

「志賀川……」

京介が呟いたとき、突然詩緒里が嗚咽《おえつ》を漏らした。泣き崩れる詩緒里の肩をめぐみが抱いた。

京介も悲しみが胸の底から突き上げてきた。

「志賀川、どうしてだ」

井原が叫ぶように言った。

「志賀川真二さんに間違いありませんか」

中谷が確かめる。

「志賀川です」

京介は答えた。

「はい、間違いありません」

詩緒里も嗚咽を堪えながら言った。

テーブルの上に財布や携帯、ハンカチなどが置かれていた。

「所持品は少し預からせていただきます。それから、ご遺体はこれから司法解剖にまわされます」

解剖という言葉が胸を抉《えぐ》った。

「何を確かめるのですか」

「念のために、薬物を呑まされていないかを」

「薬物ですか」

「不意をついて突き落としたのならともかく、犯人は志賀川さんと揉み合っていたそうです。へたをすれば、ふたりともいっしょに落ちてしまう危険性があります。志賀川さんが薬を呑まされて意識がもうろうとしていれば、揉み合っても容易に突き落とせますから」

「ひょっとして、志賀川が相手の男を突き落とそうとして、誤って自分が落ちた可能性もあると考えているのでは？」

京介は憤然ときいた。

「現場から逃げた男はそう弁明することも考えられます。あらゆることを想定し、対処しておこうと思いまして」

志賀川が相手を殺そうとしたなど断じてない。京介は物言わぬ志賀川を見つめて悲しみを堪えた。

「これから、改めて事情をお聞きしたいのですが」

中谷の声が遠くに聞こえた。

4

刑事課があるフロアに行き、京介たちは小部屋で中谷警部補ともうひとりの若い刑事と向かい合った。

「いろいろお訊ねしたいのですが」

中谷が口を開いた。

「まず、皆さんと志賀川真二さんとのご関係をもう一度、お聞かせ願えますか」

「私から」

京介は口を開き、自分の名と職業を言い、井原、詩緒里、めぐみの順に紹介し、それぞれ志賀川との関係を話した。

「あなたは弁護士さんですか」

中谷が京介にきいた。

「そうです」

京介は名刺を差し出した。

中谷は名刺に目を落として、すぐにきいた。

「志賀川さんやあなた方がどうして函館に来ていたのか、その訳から話していただけますか」

中谷は四人の顔に視線を這《は》わせた。

京介は詩緒里と目を合わせ、

「また、私からお話しいたします」

と、口を開いた。

「志賀川と詩緒里さんは最近、離婚しました。その離婚式を、ふたりが結婚式を挙げた函館で行ないたいと、志賀川から誘いがあったのです」

「離婚式ですか」

中谷は不思議そうな顔をした。

「ご理解いただけないと思いますが、志賀川のそれなりのけじめのつけ方だったのだと思います。志賀川と詩緒里さんはふたりが出会った函館で結婚式を挙げたのです。式に列席した仲間に、同じ函館で別れの挨拶をして、新しい出発をしたかったのだと思います」

　京介は志賀川の思いを訴えた。

「あなたは離婚式をやることに何の抵抗もなかったのですか」

　中谷は詩緒里に顔を向けた。

「彼が離婚式をやりたいと熱く語るのを聞いて、親しい仲間にちゃんと報告するのもいいかなと思うようになって承諾しました」

　詩緒里は沈んだ声で答える。

　ほんとうは志賀川は詩緒里に未練があったのではないか。未練というより、別れたくなかったのだ。だが、市村亜美と抜き差しならない関係になった。ひょっとして、子どもが出来たのかもしれない。

　皆の前で別れを公言して、自分を追い込むことで、詩緒里への未練を断ち切るしかなかったのではないか。

　それはきのう立待岬や展望台からの夜景、そして結婚式を挙げた教会をじっと見ていたことからも推察出来る。

　そして、もうひとつ。志賀川には大きな狙いがあった。井原のことだ。井原との仲直りと同時に、詩緒里を井原に託したかったのではないか。今も井原が詩緒里のことを思い続けているかどうかわからないが、会えば恋心は再燃する。それを期待したのではないか。

だが、そのことまで中谷に言う必要はない。

「失礼ですが、離婚の原因はなんですか。立待岬で待ち合わせた男との間に何らかのトラブルがあったと思われます。そのことに関係しているかもしれませんので」

中谷はやや身を乗り出すようにしてきいた。

「女です」

詩緒里が答えた。

「志賀川さんに付き合っている女性がいたのですか」

「そうです」

詩緒里は辛《つら》そうに答える。

「まさか、離婚式で志賀川が言ったことは本当なのか……」

京介は思わず呟いた。

「何か思い当たることが？」

「志賀川は、市村亜美という女性と親しくなったそうです。市村亜美さんはある男の愛人だそうです」

「愛人？」

中谷の目が鈍く光った。

「はい。市村亜美さんのことで志賀川はその愛人の男ともめていたようです」

「その男について何かきいていますか」

「函館で海産物問屋をやり、東京に三軒の居酒屋を持っている男だと。そして銀座で市村亜美さんにクラブをやらせていると言ってました」

「なるほど」

「その男の名は聞いていませんか」

「いえ」

「わかりました。でも、その男はすぐ見つけ出せるでしょう」

そう言ったあとで、

「志賀川さんは市村亜美さんに対してどの程度の感情をお持ちだったのでしょうか」

と、中谷はきいた。

「かなり熱を上げていたようです」

詩緒里が激しい口調で言った。

「私と離婚したのも、その女性と結婚したかったからだと思います」

「志賀川さんは世話をしている男がいることを知っていて、市村亜美さんとの結婚を考えていたということですね」

「そのようです」

詩緒里は答えた。

「志賀川は愛人の男性に市村亜美さんと別れてもらうと言ってました」

京介も付け加えた。

「そうですか」

中谷は頷いた。

「志賀川が会っていた男は、その愛人の男でしょうか」

京介はきいた。

女のことで話し合いをするだけなら、わざわざ立待岬で会う必要はない。やはり、相手の男に何かの企《たくら》みがあってのことか。

「さっそく、その男について調べてみます。どうもごくろうさまでした」

中谷は礼を言って腰を上げた。

「解剖が終わったら、ご連絡いたします。どなたに？」

「私に」

詩緒里は言った。

警察署を出てから、詩緒里は携帯を取り出して札幌の志賀川の実家に知らせた。実家は志賀川の兄の代になっている。仲のよい兄弟だったことを覚えている。

詩緒里が電話を切った。

「どうでした？」

「義姉でした。泣いていました」

詩緒里も目尻を拭う。

今後の相談をしたが、四人とももう一泊することにした。京介は、きょうは土曜日なので明日までいられるが、明後日の月曜日には東京地裁で裁判がある。

「ともかく、ホテルに戻りましょう」

京介は憔悴《しょうすい》している詩緒里が心配だった。

5

いったんホテルに戻り、今夜の宿泊の手続きをし、遅めの昼食をとったが、四人とも食欲はなく、少し横になりたいという詩緒里をめぐみに任せ、京介と井原はタクシーで立待岬に向かった。

市電の谷地頭《やちがしら》の停留場を過ぎ、坂道を上がった。

なぜ、あのとき、無理にでも行き先をきき出さなかったのかと、またも京介は悔やんだ。行き先が立待岬だと聞いたら、不審に思っていっしょについて行ったかもしれない。

今さら言っても詮ないことが何度も胸を掠《かす》める。

立待岬に近づくと、石川啄木一族の墓という表示が見えた。啄木は僅かな期間、函館で暮らしたことがあるのだ。

「十年前、函館を旅行したとき、志賀川は啄木の歌について蘊蓄《うんちく》を語っていたな。覚えているか」

井原が思い出したように口にした。

「よく、覚えている。『東海の小島の磯の白砂にわれ泣きぬれて蟹《かに》とたはむる』だろう」

京介は志賀川が得意そうに語っていたのを思い出した。

「そうだ。函館の大森浜で作ったとされているが、それならばなぜ東海なのだ。なぜ、北海ではないのか。磯は岩場で、砂はない。なぜ、磯の白砂なのかと得意気に話していた」

井原は懐かしそうに、

「その歌の解釈をこっちが感心して聞いていると、あとですぐネタ本を明かした」

と、苦笑した。

「そうだ。確か、『石川啄木「一握の砂」の秘密』という本だ。そこに、著者の考えが述べられている。志賀川はその本を読んでいて受け売りで語ったのだ。だが、志賀川のいいところはすぐネタを明かすことだ」

京介は志賀川のいたずらっぽい笑顔を思い浮かべた。

「志賀川はその場では何も言わず、あとになって、じつはということが多い。今回の謎の行動も、あとで説明すればよいと思っていたのだろう。だが、それも叶《かな》わない……」

京介は涙が込み上げてきた。そのとき、海が視界に入った。

タクシーを下り、崖の柵のところまで行く。風が強く、津軽海峡の波は高かった。どんよりした空に下北半島が霞《かす》んでいた。

「今朝、志賀川はひとと会うと言ってホテルを出た。なぜ、わざわざここで会うことにしたのか」

京介は不思議だった。

「相手の指定だろう。相手は志賀川を殺すつもりでここまで誘《おび》き出したのだ。単なる話し合いなら、ここで会う必要はない」

井原はきっぱり言い、

「なぜ、そんな誘いに乗ったんだ」

と、悔しそうに吐き捨てた。

タクシーの中から窓ガラスに顔をつけて京介を見ていた姿が脳裏にこびりついている。なぜ、あのとき行き先をきかなかったのか。立待岬だと聞けば、京介は不審に思ったはずだ。またも、後悔が自分を責めた。

「せっかく、志賀川と雪解けがなったというのに」

井原が悔しそうに言う。

「これからは、また三人で会うことも出来ると楽しみだったのに」

京介も同じ思いだった。

「昨夜のホテルの展望風呂が最後になるとは……」

井原はやりきれないように言う。

風の音が慟哭《どうこく》のように聞こえた。志賀川の死を悲しみ、殺した相手の男に怒りをぶつけるように、激しい波が岩場に打ちつけて砕けた。

「十年前のことが思い出される」

井原が切りだした。

「あのとき詩緒里さんと出会ってから、俺と志賀川は喧嘩《けんか》別れしてしまった。志賀川は俺との友情より彼女との愛を選んだんだ」

「…………」

京介は開きかけた口を閉ざした。

「でも、結果的にはよかった、おかげで俺は新しい道を歩むことが出来たのだから。その点では志賀川に感謝している」

「志賀川は今回のことで、君の居場所を調べたんだな」

「俺の実家に問い合わせたようだ。笠間の工房まで訪ねてきた」

「なんだって。そこまで出かけていったのか」

　驚いた。

「そうだ。志賀川の顔を見て、俺も驚いた。そこで、理由は言わなかったが、彼女と離婚すると言った。なぜ、俺にそんなことを言うのかときいたら、ふたりの新しい出発を見届けに来てくれと。ふざけた話だと思ったが、後日、飛行機のチケットが送られてきた」

「君に会いに行ったことは俺には言わなかった」

「俺はもう過去と縁を切ったつもりでいたが、志賀川が帰ったあと、妙に切ない思いにかられた。辛いこともあったが、俺には大事な過去だった。だから、過去に向き合おうと思った。まさか、こんなことになるなんて」

　井原は声を詰まらせた。

「志賀川は君との仲を回復したかっただけでなく、詩緒里さんを君に託したかったのではないか」

　京介は想像を口にした。

「人間の感情はそんなものではない」

　井原は怒ったように言う。

　辺りは暗くなっていた。そろそろ引き上げようかと思ったとき、携帯が鳴った。詩緒里からだった。

「もしもし」

京介は応答した。

「刑事さんから連絡があって、これから警察署に来てくれないかって。真二さんが会っていた男がわかったそうよ」

「逮捕されたんですか」

「いえ、まだ。任意で事情をきいているそうです」

「じゃあ、これから行きます」

「私たちも」

詩緒里が意気込んだように言う。

「休んでなくてだいじょうぶですか」

「ええ、もう平気です」

「じゃあ、警察署で」

電話を切り、

「志賀川が会っていた男がわかったそうだ。警察署に来てくれと」

と、告げた。

「そうか」

井原は険しい顔をした。

立待岬を離れ、谷地頭の停留場まで歩き、バスに乗った。

函館道南署の玄関に入ると、すでに詩緒里とめぐみが来ていた。

四人で刑事課のフロアに行き、中谷警部補と会った。

午前中と同じ小部屋に案内され、

「相手の男がわかったそうですね」

京介が待ちかねたようにきく。

「ええ。タクシーの運転手が車種とナンバーの一部を覚えており、海産物問屋ということで当たりをつけたところ、該当の車が見つかりました。それだけでなく、志賀川さんの携帯の着信履歴からもその人物が特定できました。当初、志賀川さんと会ったことを否認していましたが、タクシーの運転手に顔を確かめてもらい、間違いないということで、任意で今、来てもらっています」

「なんという男ですか」

京介はきいた。

「函館の吉池《よしいけ》水産副社長の吉池仁一郎《じんいちろう》、四十二歳です」

「で、吉池は認めたのですか」

「やっと志賀川さんと会ったことは認めました。が、話し合いが済んですぐ別れたと。

先に車で帰ったので、そのあと何があったかわからないと言っています」

「揉み合っていたのは自分じゃないと？」

「そうです」

「話し合いって何だったのでしょうか」

井原がきいた。

「旅行で函館に来たから会いたいと連絡が来たそうです。さしたる用件があったわけではなく、ただ会いたいというだけで」

「そもそも、なぜ立待岬で会ったのでしょう」

「志賀川さんから呼び出されたと主張しています」

「嘘《うそ》です」

京介は即座に言う。

「まだ、警察にいるのですか」

「ええ、任意で事情を聞いているところですが、市村亜美さんのことに触れると、急に態度が変わり、弁護士が来てから話すと」

「弁護士を呼んだのですか」

「そうです。そろそろ、来るころです」

「吉池は志賀川との関係をどう説明しているのですか」

「単なる知り合いとだけ。詳しいことは弁護士が来てからの一点張りです」

「そうですか」

「そこで、もう少しお話をお聞きしたいのです。吉池は志賀川さんから立待岬に呼び出されたと主張していますが、あなた方は志賀川さんのほうが呼び出されたと思っているのですね」

「そうです」

「その根拠は何でしょうか」

「………」

京介ははっとした。

志賀川が呼び出されたという証拠はない。そもそも、今朝、部屋に電話がかかってきて、これから出かけてひとと会うと言っただけだ。昨日の様子から、突然朝になって出かけることに不審を抱き、誰かから呼び出されたのだろうと思い込んでいたが、志賀川が吉池と会うことを隠していたとも考えられる。

「じつは、志賀川が呼び出されたと考えたのは彼の言動からです。彼から誰かと会うという話を聞いていなかったので、呼び出されたと思ったのですが、志賀川が呼び出した可能性も否定出来ません」

志賀川と吉池は市村亜美のことで話し合うために会うことにしたのだろう。ただ会うだけなら、どちらが誘おうが何も気にかけることはない。だが、場所が立待岬であることが問題なのだ。話し合い場所として適切かどうかより、断崖絶壁で対立するふたりが会えば、話し合いがこじれた場合にはとんでもない事態に発展する危険性があったはずだ。だから、どっちが立待岬に誘ったのかは大きな問題なのだ。

京介は詩緒里に顔を向け、

「志賀川が今朝誰かと会う約束をしていたことを知ってましたか」

と、きいた。

「いいえ、何も聞いていません」

詩緒里は首を横に振った。

「おそらく、吉池は志賀川が立待岬を指定したと言うでしょう」

死人に口無しだ。志賀川が指定したことにされかねない。

「刑事さん。あくまでも昨日からの印象でしかありませんが、志賀川が立待岬に誘われたとしか考えられません」

京介は訴えた。

「志賀川さんは市村亜美さんとの結婚を考えていたそうですね。だから、愛人の男性に市村亜美さんと別れてもらおうと」

中谷が鋭い目をして続けた。

「志賀川さんは吉池が素直に市村亜美さんと別れると思っていたのでしょうか」

「そうだと思います。というのは市村亜美さん自身も志賀川に惹かれていたようですから。志賀川にはその自信があったから、別れてもらうつもりだと言っていたのでしょう」

「そのあたりのことは市村亜美さんに確かめてみましょう」

中谷の声を聞いて、京介ははっとした。

「刑事さん。警察は市村亜美さんと連絡をとったのですか」

京介は確かめた。

「いえ」

「では、彼女は事件のことをまだ知らない……。あっ」

京介は思わず声を上げた。

「事件は報道されているのでしょうか」

「自殺ではなく、他殺ですからね。マスコミも取材に来ていました。少なくとも函館地方、あるいは北海道には小さく報道されているかもしれません」

「東京にも流れていたら……」

京介は心配になった。

「何か」

中谷がきいた。

「市村亜美さんが志賀川の死を知ったら、吉池のもとに戻ることになるでしょう。市村亜美さんは吉池と別れ、志賀川のところに行くつもりだったとしても、こうなったら、志賀川とのことは真剣ではなかったと言うのではないでしょうか」

「そうですね」

中谷は頷く。

「刑事さん、死んだ人間はもう何も言えません。志賀川は何も訴えることは出来ません。どうか、市村亜美さんの返事も注意をして聞いてください」

そのとき、ノックの音がしてドアが開いた。

いかつい顔の刑事が、

「弁護士の先生が来ました」

と、中谷に伝えた。

「すぐ行く」

中谷は応じ、

「では、これから弁護士を交えての取調べをしますので」

と、顔を向けてから立ち上がった。

「取調べが終わるまで待たせてもらっていいでしょうか。吉池という男を見てみたいのです」

京介は頼んだ。

「いいでしょう。ここでお待ちください」

「ありがとうございます」

京介は礼を言う。

中谷が出ていったあと、京介は三人にきいた。

「どうします？　ホテルに戻りますか」

「俺も吉池がどんな男か見てみたい」

井原が言うと、詩緒里とめぐみも待つと言った。

四人で待っていたが、口数は少なかった。

「鶴見さん」

詩緒里が声をかけてきた。

「死んだ志賀川は何も訴えることが出来ないというのはどういうことなんですか」

「志賀川がしつこく付きまとっていただけだと市村亜美さんが言ったら、志賀川に不利になります。市村亜美さんを手に入れたいがために立待岬に吉池を誘い、突き落として殺そうとした。ところが、志賀川が足を滑らせて崖から転落した。つまり正当防衛だと主張するかもしれないということです」

「………」

詩緒里は唖然《あぜん》としていた。

ノックがありドアが開いた。さっきのいかつい刑事が、

「もうすぐ、吉池と弁護士が引き上げます」

と、伝えた。

「えっ、引き上げるんですか」

「ええ、廊下で待っていれば、吉池が出てきます」

「わかりました」

京介たちは廊下に出た。

しばらくして、大柄で肩幅の広いがっしりした体つきの四十過ぎと思える男と、同い年くらいの小太りの男が出てきてエレベーターの前に立った。

小太りの男が弁護士だ。胸にひまわりのバッジをつけている。大柄な男が吉池仁一郎だろう。

京介は吉池に、志賀川と何があったのかを問いつめたかった。吉池は不快そうな顔でエレベーターに乗り込んだ。弁護士も続く。

エレベーターを見送ったあと、中谷がやって来た。

「大柄な男が吉池で、いっしょにいたのが板室《いたむろ》弁護士です。遣《や》り手《て》の弁護士でしてね。

任意だから引き上げると、半ば強引に吉池を連れていってしまいました。明日、また来るという約束で」

「明日、様子を伺いにまいります」

「いいでしょう」

中谷は応じた。


京介たちはホテルに戻った。

ホテルのバーに入って、柔らかい椅子に腰を下ろした。慌ただしい一日だった。

「疲れたでしょう」

京介は詩緒里に声をかけた。

「だいじょうぶです」

詩緒里が気丈に答える。離婚したとはいえ、志賀川とはつい数カ月前までいっしょに暮らしていたのだ。

「詩緒里、気が張っているからなんとか持ちこたえているけど」

めぐみが心配する。

ウエーターが注文をとりにきた。ビールとオードブルを頼んだ。腹は空《す》いているはずなのに食欲はなかった。

「志賀川のお兄さんから連絡はありましたか」

「ええ。函館で荼毘《だび》に付して遺骨を札幌に持ち帰るということです。明後日《あさって》になるそうです。私も見届けます」

「明後日か。俺は立ち会えない」

京介は無念そうに言う。

「俺が立ち会う」

井原が言った。

「井原さん。ありがとう」

詩緒里は井原に頭を下げた。

「井原が来てくれてよかった」

京介は安堵《あんど》した。詩緒里も心強いだろう。

ビールが運ばれてきた。

「じゃあ、志賀川のために」

皆でグラスを掲げた。改めて志賀川のことが思い出され、京介は込み上げてくるものを懸命に堪えた。

「なんでこんなことになってしまったんだ」

井原が吐き捨てるように言う。

「これは夢だ。夢だから覚める、覚めてくれ」

京介はもう涙を堪えきれなくなっていた。

第二章　強　請

1

翌日の昼、京介はひとりで函館道南署に赴いた。

中谷警部補は吉池の取調べ中で、京介は一階の受付の前にあるソファーで待った。交通窓口や落とし物など、各種申請手続の窓口に一般市民が訪れている。

老人が免許返納の相談をしている。そんな光景を目に入れながら待っていると、京介ははっとした。エレベーターホールから現われた男が吉池に似ている。取調べ中だと思っていたのでひと違いかと思ったが、昨日見かけた男と同じ人物だ。

吉池はホールを抜けて玄関に向かった。京介はすぐ立ち上がり、あとを追った。吉池は玄関を出ていった。

吉池は駐車場に向かっている。車で来ているようだ。キイを取り出した。車のライトが光った。

京介は近づき、声をかけた。

「吉池さん」

吉池は立ち止まって振り向いた。

胡乱《うろん》げな顔をしてこっちを見た。

「吉池仁一郎さんですね」

「そうだが」

「志賀川真二の友人で、鶴見と申します」

「…………」

吉池は眉間に皺《しわ》を寄せた。

「警察の疑いは晴れたのですか」

「俺は関係ない」

吉池は憤然と言う。

「少しお話を伺いたいのですが。お時間はとらせません」

「なんだ？」

吉池は自分の車に近づいた。

「昨日の朝、志賀川と立待岬で会ったそうですね」

「呼ばれてね」

「志賀川が立待岬を指定したのですか」

「そうだ」

「なぜ、立待岬だったのでしょうか」

「そんなことはわからない。日の出を見たかったとしか思えないが」

「日の出にしては少し遅い時間ですが」

「君は警察かね」

吉池は口元を歪《ゆが》める。

「志賀川に何があったのか知りたいのです」

「何があったのか、俺もわからんよ。すぐ引き上げたから。あのあとで、あの男が誰かと揉めて転落したんだ」

「それが誰かわかりませんか」

「わからない。もういいか」

吉池はドアに手をかけた。

「志賀川と何を話し合ったのですか」

「函館にいるので会いたいと電話がかかってきた。だが、俺が空いているのは早朝しかないと言ったら、立待岬を指定したんだ」

「志賀川とは、どのような付き合いなのでしょうか」

「俺は月に一度か二度、東京に行く。東京に店を持っているのでね。そのとき、知り合いのクラブで彼から声をかけられたんだ」

「市村亜美さんのお店ですね」

「……そうだ」

吉池は一瞬、間を置いた。

「もういいな」

吉池はドアを開けた。

「志賀川はあなたから市村亜美さんを奪うようなことを言っていました。そのことで会ったのではありませんか」

「そのようなことを真剣に考えていたわけではあるまい」

「いえ、真剣でした」

「そんなこと出来るわけがない」

「どうしてですか」

「市村亜美は他の男に心を移すような女ではないからだ」

吉池はいらだったように、

「友人が不慮の死を遂げたことで動揺しているのだろうが、勝手な憶測をするのはやめてもらいたい」

「最後にひとつ。志賀川が立待岬を指定したとき、あなたは不審に思わなかったのですか。なぜ、立待岬で会うことを承諾したのでしょうか」

「俺が時間を指定した。だから、場所はあの男に任せただけだ。失礼」

吉池は車に乗り込み、すぐエンジンをかけた。

走り去った車を見送り、京介は署内に戻った。

改めて、中谷警部補に面会した。

昨日の小部屋で、中谷と向かい合った。

「吉池の疑いは晴れたのですか」

「いえ。揉み合っていたふたりが志賀川真二さんと吉池だという証拠がないのです。だから、すぐに引き上げたという吉池の言葉を否定出来ないのです」

中谷は苦しそうに言う。

「志賀川と会ったことは認めているのですね」

「ええ、タクシー運転手の証言がありますし、家族も朝早く車で出かけたと言っています。認めざるをえなかったのでしょう」

「刑事さんは吉池が嘘をついていると思っているのですね」

「ええ。タクシー運転手は吉池が崖のほうから逃げるように走ってきた姿を見ているのです。その時間、他に不審な人物を見ていません」

「なぜ帰りをそんなに急いだのか、吉池は何と言っているのですか」

「仕事があるから急いで帰ったと」

「志賀川と会った理由は何て？」

「函館に来たから挨拶をしたいと志賀川真二に言われた。それだけです」

「たったそれだけで、忙しい時間を割いて立待岬まで会いに行くのは不自然です。会っていた時間は三十分もなかったのでしょう。挨拶だけなら、自宅か会社で会えばよかったはずです」

京介は疑問を口にする。

「板室弁護士が付いてやりづらくなりました」

「市村亜美さんの連絡先を教えていただけませんか。志賀川の携帯に登録されていますよね」

「ええ。私のほうからも連絡をとりましたから」

中谷は自分の携帯を取り出して、市村亜美の携帯の電話番号を教えてくれた。

「市村亜美さんの反応はいかがでしたか」

「すでに知っていました。吉池から聞いたそうです。驚いていましたが、それほど大きなショックを受けたようには感じられませんでした」

「やはり……」

京介はため息をついた。

市村亜美は志賀川との関係を、事実とは違う形で証言する可能性が高い。志賀川がいなくなった今、吉池に頼って生きていかねばならないはずだ。

「今後の捜査はどのように？」

京介はきいた。

「念のために、東京まで行き、市村亜美さんから話を聞いてきます。それから」

中谷は続けた。

「昨日の朝、立待岬には日の出の写真を撮ろうとして何人かが来ていました。前にお話しした目撃者とは別のひとたちを探しているところです」

ドアが開き、若い刑事が入ってきた。

「目撃者が現われました」

「目撃者？」

「今、向こうにいます」

「よし」

中谷は立ち上がって部屋を出た。京介もあとに続く。
二十七、八と思える男が、いかつい顔の刑事と立って話していた。
「このひとが重大なことを」

いかつい顔の刑事が中谷に告げたあと、

「あなたからもう一度話してくれませんか」

と、若い男に向かって言った。

「はい」

若い男はすぐに写真を見せた。

「昨日の朝、朝焼けの津軽海峡の写真を撮るために立待岬へ行きました。海だけでなく絶壁も撮ったのですが、すぐあと写真屋さんでプリントを依頼し、今朝受け取りました。そうしたらこんなものが写っていたんです」

「これは」

中谷が声を上げた。

京介も覗《のぞ》き込む。

崖っぷちで、男ふたりが揉み合っている写真だ。ふたりの顔が小さいので断定は出来ないが、志賀川と吉池のように見える。

「志賀川と吉池に違いない」

中谷が呟いた。

「そのあと、これを」

男はさらにもう一枚見せた。

「これは吉池」

中谷は言い、京介もあっと声を発した。同じ構図で、吉池がひとりでカメラのほうに走ってくる。そこに、志賀川の姿はなかった。

「あなたの名前は？」

「紀田大地《きだだいち》です」

「こっちで詳しい話をお聞かせください」

中谷は京介に顔を向け、

「改めて、吉池から事情を聞くことになるでしょう」

と言い、さっきの小部屋に紀田大地を連れていった。

夜になって、京介は函館空港に向かった。

井原と詩緒里、それにめぐみも見送りに来た。空港に着いて、出発ゲートに向かう。

「大事なときに付き合ってやれずに申し訳ない」

裁判を欠席してでも、司法解剖を終えた志賀川を引き取り、荼毘に付すまで函館に滞在すべきかと悩んだが、明日は依頼人にとっては大切な裁判なのだ。

「鶴見、心配するな。俺がおまえのぶんまで志賀川を見送ってやる」

井原が力強く言う。

「私もちゃんと見送ります。別れたとはいえ、夫婦だったのですから」

詩緒里も涙ぐんで言う。

「めぐみさん、詩緒里さんのことを頼みます」

京介はめぐみに言う。

「任せてください」

めぐみは京介を見つめ、

「鶴見さんもお体に気をつけて」

「ええ、だいじょうぶです」

京介が答えたとき、携帯が鳴った。

「ちょっと失礼」

そう言い、京介は携帯を見た。中谷警部補からだった。

「鶴見ですが」

「中谷です。さきほど吉池の逮捕状を取りました」

「吉池は認めたのですか」

「志賀川さんのほうから摑《つか》みかかってきて揉み合いになったと、正当防衛を主張しています」

「頼んだ」

「やはり、志賀川を悪者にしようとしていますね」

「ええ」

「で、何の話し合いだったというのでしょうか」

「やはり、市村亜美さんのことです。市村亜美さんにこれ以上近づくなと説き伏せるために立待岬に行ったと。ところが、志賀川さんが突き落とそうとしたと」

「そうですか」

京介は思わず拳を握りしめた。志賀川を悪者に仕立てようとすることが許せなかった。

「ただ、まだ何か吉池は隠していることがありそうです。取調べで明らかにしていきます」

京介は電話を切った。

「吉池に逮捕状が出たそうだ」

京介は三人に告げた。

「やっぱり、吉池が……」

井原が呻《うめ》くように言う。

「だが、吉池は志賀川に非があったと、正当防衛を主張しているらしい」

京介は吉池の言い分を話した。

「問題は市村亜美さんだ。彼女が吉池の言い分に沿うようなことを言うと志賀川に不利になる。いや、その公算が強い」

「志賀川を裏切るというのか」

「志賀川が生きていればこそ吉池と別れられるんだ。志賀川がいなくなったら、今までどおり吉池についていかなければならないだろう」

「志賀川はその程度の女に夢中になったのか」

井原は呆れたように言う。

詩緒里は唇を嚙《か》んでいる。

「そろそろ時間だ」

京介は、皆に別れを言い、保安検査場に向かった。

飛行機に乗り込んだ。ほぼ満席の羽田行きの最終便が離陸したとき、京介は胸の底から突き上げてくるものがあった。

志賀川は市村亜美と強く結ばれていたはずだ。そうでなければ、詩緒里と離婚などしない。吉池のほうが市村亜美に未練があり、志賀川を邪魔に思っていたのではないか。吉池は最初から志賀川を突き落とすつもりで立待岬に呼び出した。そう考えるほうが自然ではないか。

今になって、京介は自分の迂闊《うかつ》さに気づかされた。どうして、今まで志賀川と市村亜美との関係に気づかなかったのか。いや、志賀川はなぜ、市村亜美のことを最後まで隠していたのか。

詩緒里と離婚しようと思っていると聞いたときも、志賀川はその理由に市村亜美のことは言わなかった。

このような大事なことを、離婚式ではじめて言うなんて……。このままでは、おまえが悪者にされてしまうのだと、叱りつけたかった。

飛行機は羽田空港に着陸した。重たい足取りで帰途についた。

2

翌日の夜、京介は虎ノ門の事務所を出て、銀座に向かった。

昼間、電話で約束をとりつけていた。市村亜美の店は京橋に近いビルの六階にあった。

プレートに「あみ」とあるドアを開けると、カウンターと奥にテーブル席が二卓のこぢんまりした店だった。

カウンターの中から細身の女性が出てきた。髪が長く、派手な顔つきの美人だ。

「鶴見ですが、市村亜美さんですか」

京介は声をかける。

「ええ。どうぞ」

亜美は京介にソファーに座るように言う。

「失礼します」

京介は腰を下ろした。

彼女はグラスに氷を入れて烏龍《ウーロン》茶を出してくれた。

「すみません」

京介は礼を言い、目の前に座った亜美に、

「私は志賀川とは高校時代からの友人でした。十五年以上の付き合いになります。生前、志賀川がお世話になっていたようで」

と、切りだした。

「亡くなったなんて信じられないわ」

亜美は首を横に振りながら言う。

「函館の立待岬で、吉池さんと揉み合いになって……」

「さっきまで刑事さんがいらっしゃっていたんです」

亜美は涙を流した痕のある目を向けた。

「刑事？」

「函館道南署の刑事さんがふたり」

「そうですか。さっそく来たのですね」

京介は中谷警部補の顔を思い浮かべながら、

「どのようなお話をされたのですか」

と、きいた。

「吉池とのこと、そして志賀川さんとの関係」

「なんとお答えに？」

「正直に答えたわ。吉池に世話になっていると」

「志賀川とは？」

「お客のひとり」

「客のひとりですか。志賀川はあなたと結婚したいと」

「嘘」

亜美は強い声で言った。

「彼は私を口説いたけど、結婚しようなどとは言ってないわ」

「彼はあなたに積極的に出ていたのですね」

「ええ。そうよ」

「………」

「あなたはどうだったのですか」

「彼をどう思っていたんですか」

京介はもう一度きいた。

「惹かれていったわ」

「では、お互いに愛し合っていたのですね」

「愛し合っていたと言えるかしら」

「どうしてですか」

「私が吉池の女だから近づいたんじゃないかしら」

「どういうことですか」

「彼、吉池に興味があったのよ」

京介は亜美の話が理解出来ず、怪訝《けげん》な顔をした。

「はじめて志賀川さんがうちに来たのは会社の同僚の方とよ。半年前だったわ。テーブル席に座ったのだけど、そのとき、吉池も来ていたの。吉池がカラオケで歌ったあと、大きく拍手してカウンターにいた吉池に話しかけていって」

「志賀川がわざわざ席を立って声をかけたというのですか」

京介は驚いてきいた。

「ええ、しばらく横に座って名刺を交換したりしていたわ」

京介は首を傾《かし》げ、

「ほんとうに志賀川が？」

「ええ、そうよ」

志賀川はそういう真似が出来る人間ではないと思っていたので意外だった。よほど、歌声が気に入ったのか。

「ちなみに、どんな歌だったか覚えていますか」

「ええ、北島三郎の『函館の女《ひと》』よ。吉池はいつも北島三郎の歌ばかりだから」

「演歌……」

京介は首を傾げた。志賀川はいつも外国の曲を聴いていた。日本の歌、特に演歌は苦手だと言っていた。

「それから志賀川さんは吉池が来るときはたいてい現われるようになったの。そのうち、私と吉池の関係に気づいたのね。それからよ、私に積極的になったのは」

亜美が続けた。

「志賀川は、それであなたに近づいたということですか」

「わからないけど、志賀川さんはこんなことを言っていたわ。函館に出張したとき、吉池水産を見てきたと。かなり、吉池のことを調べたみたい」

「………」

思いがけない話ばかりだ。自分が知っている志賀川とは別人のようだ。

「今の話を警察にしたのですね」

「しました」

「失礼ですが、このお店はあなたの？」

「そうです。名義は私です。でも、自宅マンションは吉池のものです。ですから、こうなると、取り上げられちゃうでしょうね」

亜美は不満そうに言う。

「吉池さんの家族は当然、あなたの存在を知らないんでしょうね」

「知らないわ。知られたら追い出されてしまうと言ってました。あのひと、養子だから」

「養子？」

「ええ、吉池は副社長だけど、奥さんの父親が会長としてまだ目を光らせているみたい。だから、私とのことは絶対に秘密に。幸い、函館と東京だから知られる心配はないけど」

「志賀川は知っていたのですね」

「ええ、調べたみたい」

「今の話も警察に？」

「ええ、きかれるままに答えました」

「志賀川といっしょに来た会社の同僚はその後も、ここにいらっしゃっていますか」

「ええ、たまに」

「名前を教えていただけませんか」

「牟礼《むれ》さんです」

牟礼という名に心当たりがあった。結婚式の出席者にいたような気がする。

「こんなことになるなんて」

亜美が吐息混じりに言う。

吉池の家族に、亜美のことが知られるのも時間の問題かもしれない。そうなれば、いっぺんにふたりの男性を失うことになるのだ。

「ながながとありがとうございました」

京介は礼を言って立ち上がった。

「志賀川さんの葬儀はどこで？」

亜美は座ったまま見上げてきいた。

「札幌の実家で、身内だけで行なうことになると思います。失礼します」

京介はドアの前で振り返った。

亜美は俯いて泣いているように見えた。

翌日、午前中に依頼者との打ち合わせを済ませたあと、京介は内幸町《うちさいわいちょう》にある三藤物産に向かった。

晴れて比較的暖かい日だった。虎ノ門にある事務所から近いので、ときどき志賀川と昼食を共にしたことがあった。

二十階建てのビルのロビーに入り、正面の受付に向かう。

「すみません。鉄鋼部門の牟礼さんにお会いしたいのですが。志賀川真二の友人で、鶴見と申します」

志賀川の部署は鉄鋼部門だと聞いていた。牟礼も同じ部署のはずだ。

受付の女性が送話口を押さえて、

「申し訳ありません。牟礼が電話に出ていただけないかと申しております」

と、受話器を寄越した。

「わかりました」

京介は電話に出た。

「もしもし」

京介が呼びかけると、

「牟礼ですが、志賀川くんの結婚式でお会いした方ですね」

「そうです。少し、お話を……」

「三十分ほどお待ちいただけますか。打ち合わせが長引いていて」

「わかりました。ロビーでお待ちしています」

「志賀川くん、元気にしているんですか」

その質問に違和感を持った。まだ志賀川の死を知らない様子だからというだけでなく、まるで、しばらく志賀川と会っていないような口振りだ。

「お会いしてからお話ししようと思っていましたが、じつは志賀川は三日前に亡くなりました」

「えっ」

牟礼が絶句したのがわかった。

「すみません。終わったらすぐ下りていきます」

やっと、声が聞こえた。

出入りの多いロビーで待っていると、見覚えのある男が近づいてきた。四角い顔と大きな鼻に特徴がある。

「鶴見さんですね。牟礼です」

牟礼は挨拶し、

「志賀川くんが死んだってどういうことですか」

と、きいた。

「先週の土曜日の朝、函館の立待岬で崖から突き落とされて……」

「………」

「そのことで少しお話をお伺いしたいのですが」

「わかりました。外に出ましょう」

牟礼が先に立った。

昼休みで、どこも客がいっぱいだった。ふたりの足は日比谷公園に向かった。

幸門《さいわいもん》から公園に入る。日比谷公会堂の前から大噴水のほうに向かった。人出が多い。

歩きながらの会話になった。

「志賀川くんは誰に殺されたのですか」

牟礼がきいた。

「吉池仁二郎という男のようです」

京介は胸の痛みがまた蘇る。

「吉池?」

牟礼は首を傾げた。

「銀座の京橋寄りにある『あみ』というクラブをご存じですか」

「ええ、たまに行きますから」

「『あみ』に志賀川がはじめて行ったとき、あなたといっしょだったそうですね」

「そうです。私は以前に、上司に連れていかれたことがあったんです。それで、残業の帰り、いっしょに行きました」

「そのとき、吉池が来ていたそうです。ママの話では、カラオケで歌い終えた吉池に、志賀川が声をかけたと」

「ああ、あのときの」

牟礼は覚えていた。

「志賀川は、なぜ吉池に声をかけたのでしょうか」

「さあ、カラオケの歌が気に入ったようでした」

ベンチには制服姿の女性やネクタイをした男性が座って休憩している。

「志賀川はカラオケが気に入ったからと言って、知らない男に声をかけに行くようなタイプではないと思っていたのですが」

「確かにそうですね」

「それに、そのとき吉池が歌ったのは演歌だったそうですね」

「そうでした。『函館の女』でした」

「志賀川は演歌が苦手だと言っていたのですが」

「私もそのことを不思議に思ってききました。そうしたら、ジャンルに関係なく、いい歌はいいんだと言っていました。確かに、歌はうまかったですからね」

「そうですか」

確かに、その通りだ。その歌声が志賀川の心に染みたのかもしれない。そのころから、詩緒里との間に隙間風が吹き出していたのか。

「志賀川は、その吉池という男に興味を覚えたようなのですが、何か思い当たることはありませんか」

「いえ」

「志賀川が以前からその男を知っていたような様子は？」

「さあ、わかりません」

牟礼は真顔のまま、

「志賀川くんはあのママにずいぶん積極的でした。まさか、そのことで……」

と、呟いた。

「志賀川はママに夢中になっていたのですか」

京介は確かめる。

「ええ、ひとりでよく通っているようでした。吉池という男とあのママの取り合いになったのでしょうか」

「その可能性もありますが……」

「志賀川くんの葬儀はいつなのですか」

「札幌の実家で身内だけで行なわれるようです。牟礼さんは志賀川が死んだことを知らなかったようですが、会社には連絡は入ったのでしょうか」

「いえ」

「連絡は入っていないのですか。昨日、今日と志賀川は無断欠勤していることになりますね。ひょっとして、志賀川は休暇をとって……」

「鶴見さん」

牟礼が口をはさんだ。

「志賀川くんから聞いていなかったのですか」

「何をでしょうか」

「志賀川くんは先月で退社しました」

「退社？」

耳を疑った。

「会社を辞めたというのですか」

「ええ」

「理由は？」

「ベンチャー企業を立ち上げたいと言っていました。その準備のために時間が必要だと」

「志賀川がそんなことを？」

京介は唖然とした。

「何をやろうとしていたのでしょうか」

「詳しいことは聞いていません」

噴水のところから引き返す。

「それにしても、人生の転機となる大事なことを、どうして志賀川くんは友人のあなたに黙っていたのでしょうね」

牟礼は首を傾げた。

「ええ……。その他に、何か志賀川のことで変わったことはありませんでしたか」

京介は念のためにきいた。

「たぶんベンチャー企業の立ち上げのことなのか、半年ほど前からときどき考え込んでいるようなところがありました」

「考え込んでいる……」

「それから、休みをとることが多くなりました。そのころから、仕事に集中出来なくなっていたようです。やはり、次のステップを考えていたのでしょう」

「信じられません」

志賀川は商社マンであることに誇りを持っていたのだ。

「志賀川を新しい道に進ませる何かがあったのでしょうか」

井原は志賀川と詩緒里が婚約したことで不動産会社を辞め、まったく違う世界に飛び込んだ。志賀川も新しい道に行かざるを得ない何かがあったのか。

日比谷公会堂の前まで戻ってきた。

「あっ、そうだ。彼は昼休みに日比谷図書館に行っていたことがありました」

「図書館？」

「ベンチャー企業の立ち上げで、何か調べていたのかもしれませんね」

牟礼は言った。

さっき入った幸門を出て牟礼と別れ、虎ノ門の事務所に戻った。

自分の執務室に入り、窓辺に立つ。

行き交う車を目に入れながら、京介は混乱した頭を整理した。市村亜美と牟礼から聞いた志賀川の話はまだ受け入れられなかった。

自分の知らない志賀川がいたことに衝撃を受けている。会社を辞めていたことに驚きを禁じ得ない。

詩緒里は知っていたのだろうか。

携帯が鳴っていることに気づいた。携帯を取り出すと詩緒里からだった。

「はい、鶴見です」

「詩緒里です。今、真二さんのお兄さん夫婦といっしょに葬儀場に来ています」

昨日の午前中に志賀川の遺体は大学病院から函館道南署に運ばれてきて、遺体を引き取った遺族と共に、まっすぐ火葬場に向かったという。

「寂しいお別れですね。見送ってやりたかった」

京介は涙ぐんだ。

「鶴見さんのぶんも気持ちを込めて見送ります」

「頼みます」

京介は言ってから、

「東京にはいつお戻りに？」

と、きいた。

「夕方の便で帰ります」

「そうですか。明日にでもお会いしたいのですが」

「わかりました」

「明日の朝、電話いたします。それから、井原もいっしょに帰ってくるのでしょうか」

「いっしょです。替わりましょうか」

「お願いします」

「もしもし」

井原の声に替わった。

「ごくろうさん。君が見送ってくれたことが、せめてものなぐさめだ」

京介は井原をいたわる。

「辛いよ」

ぽつりと井原は言った。

「夕方の便で帰るそうだが、まっすぐ笠間に向かうのか」

「四、五日も留守したので今夜は笠間に帰る。だが、君と話がしたいから明日にでも東京に出ていく」

「そうしてもらえると助かる。いろいろ志賀川のことで話があるんだ。詩緒里さんといっしょに会おう」

「わかった」

「めぐみさん、いる？」

「ああ、今、替わる」

「もしもし」

めぐみの声が聞こえた。

「お疲れさま。いろいろありがとう」

「いえ、私なんて何もしていないわ」

「詩緒里さんがどんなに心強いか。じつは今度の金曜日、函館に行くつもりです。もし、お時間があれば」

「わかりました。空港までお迎えに行きます」

「ありがとう。じゃあ」

京介は電話を切った。この時間、志賀川は皆に見送られていると思い、またも涙が込み上げてきた。

3

翌日の昼過ぎに、井原と詩緒里が虎ノ門の柏田法律事務所にやってきた。

ふたりを執務室に招き、応接セットのテーブルをはさんで向かい合った。

「すぐわかりましたか」

京介は詩緒里にきいた。

「ええ、井原さんがいっしょだったので」

詩緒里は井原の顔を見た。

「志賀川も何度かここに来たことがあるんです。会社が近かったもので」

京介はそう言ったあとで、

「詩緒里さん。志賀川は会社を辞めていたそうですね」

と、きいた。

「辞めた？　商社を？」

井原が驚いてきいた。

「そう、一カ月前に辞めていた。詩緒里さんは知っていたのですか」

「はい」

詩緒里は頷き、

「鶴見さんには自分の口から言うので、言わないでくれと」

「同僚の牟礼さんの話ではベンチャー企業を立ち上げると話していたそうです。具体的なことを聞いていますか」

「いえ、詳しいことは何も言いませんでした」

「会社を辞めたことと離婚は何か関係があるのでしょうか」

「わかりません。離婚の話を切りだされたとき、初めて会社を辞める話をしたのです」

「鶴見は何も気づかなかったのか」

井原がきいた。

「いや、まったく気づかなかった。会うときはいつも元気で普段と変わらなかった。だが、牟礼さんの話だと、半年ほど前から志賀川は仕事に身が入らないような感じになっていたらしい。ベンチャー企業の立ち上げの件で頭を悩ましていたのかもしれないが」

京介は顔をしかめ、

「市村亜美に会ってきた」

と、口にした。

「結婚をする約束が出来ていたのか」

井原が険しい声できいた。

「いや、市村亜美が言うには志賀川には結婚する気などなかったと。志賀川が彼女に積極的になったのは、彼女が吉池の愛人だと知ってからだというんだ」

「どういうことだ？」

「志賀川の狙いは吉池ではないかということだ」

「吉池？　なぜ……」

井原は不思議そうな顔をした。

「半年前、志賀川は市村亜美のクラブ『あみ』で、吉池と出会ったそうだ」

カラオケで『函館の女』を歌い終えた吉池に、志賀川から声をかけたという話をした。

「俺は志賀川が他人の歌に感動して声をかけるような人間には思えない。詩緒里さんはこのエピソードをどう思いますか」

「確かに、真二さんらしくありません」

詩緒里も言い、

「それに真二さんは演歌は苦手なはずです」

「ええ、そうです。そのとき、いっしょにいた牟礼さんは、志賀川にそのことをきいたそうです。そうしたら、ジャンルに関係なくいい歌はいいんだと言っていたそうです」

「確かにそうだが、ほんとうに感動したとしても、声をかけることはしないはずだ。志賀川らしくない」

井原が言い放つ。

「つまり、こういうことではないかと思う」

京介は一呼吸の間を置いて、

「志賀川は吉池を知っていたのではないか。それで近づこうとして声をかけたんだ。そして、市村亜美が吉池の愛人と知って彼女に近づいた……」

「なぜ、そこまで吉池を？　志賀川にとってどんな存在なんだ？」

井原は疑問を口にする。

「俺が調べた限りでは、俺の知らない志賀川がいたんだ」

京介はやりきれないというように言い、

「今話したことは警察も知っている。一昨日、函館道南署の刑事が市村亜美から事情を聞いたそうだ」

「警察はどう考えているのかしら」

詩緒里が困惑ぎみに口にする。

「吉池は婿養子らしい」

「婿養子？」

「吉池は吉池水産の副社長だが、まだ先代は健在だそうだ。市村亜美の存在がばれたら、吉池の立場が悪くなることは想像される。志賀川は吉池の弱みを握ったことになるんだ」

「まさか」

井原が目を剝《む》いた。

「志賀川はそのことで吉池を強請《ゆす》っていた。それで、吉池は金を渡すと言い、立待岬に誘い出して突き落とした。警察はそんなストーリーを作り上げるかもしれない」

「志賀川がそんな真似をするはずない」

井原が憤然とした。

「もちろんそうだ。だが、志賀川には金がいる事情もあった」

「なんだ？」

「ベンチャー企業の立ち上げだ。その資金だ」

「ばかな」

井原が吐き捨てる。

「警察だけではない。吉池は自分を有利にするために、志賀川から脅され続けてきたと自供するかもしれない」

「そんな」

詩緒里が悲鳴のように叫び、

「真二さんが貶《おとし》められるなんて耐えられないわ」

と、声を震わせた。

「まだ、警察がどう動くかわかりません。こっちの知らないことを調べ上げているかもしれません」

京介は詩緒里をなぐさめ、

「今週の金曜日に函館に行ってきます。中谷警部補から話を聞いてきます」

と、口にした。

「私も行きます」

詩緒里が身を乗り出して言う。

「でも、まだ、どこまで進展があるかわかりませんから、私ひとりで行きます。それより、志賀川の荷物を調べたいのです。何か、事件に結びつくものがあるかもしれません」

京介は続ける。

「特に、立ち上げようとしていたベンチャー企業に関するものがあるかもしれません。

ひとりでなく、誰かといっしょにやるなら、その人物の名もどこかにあるはずです。それから、吉池に関することも」

「それが」

詩緒里は困惑ぎみに、

「引越し先を知らないのです」

と、打ち明けた。

「聞いていないのですか」

「ええ、教えてくれませんでした」

「………」

「離婚が成立したあと、彼がマンションを出ていったのです。着るものやバッグ、パソコンなど最小限必要なものを段ボールに詰め、レンタカーで運んでいきました。それ以外のものはみな処分して」

「なんでそんな別れ方を？」

京介は腹立たしい思いできいた。

「女のひとと同居をはじめるのかと思っていました。それらしいことを言っていたので。だから、深く詮索しなかったのです」

「市村亜美さんとは同棲していません」

「………」

詩緒里は口を開きかけたが、何も言わなかった。

「住民票をとって転出先を調べてみます」

京介は言ってから、

「どうも志賀川の行動は不可解だ」

「ええ」

「志賀川の様子に変化が見られたのはいつごろからですか」

「半年前です。会社の同僚の牟礼さんの印象と同じです。深刻な顔で考え込むことが多くなりました。夜も眠れないようで……。それに、突然旅行に出かけることが多くなって。今までは、そんなことはなかったのに」

詩緒里は眉根を寄せ、

「そんな彼は私の知っている彼じゃなかったわ」

「旅行はどこに行くとか言ってましたか」

「いえ」

「函館かもしれませんね。吉池のことを調べるために」

ベンチャー企業立ち上げのために動き回っていたということも考えられる。

「詩緒里さん。志賀川の遺品はお兄さんに返されるでしょうが、返却されたら携帯を貸してもらえるように頼んでくれませんか。携帯のアドレス帳に登録されているひとたちに当たってみようと思います」

「わかりました」

詩緒里は応じ、

「私、何も真二さんのことを知らなかった……」

と、自分を責めるように言った。

「それはこっちも同じです。でも、知らなかったのは志賀川が隠していたからですよ。あなたにも我々にも」

京介は無念そうに言う。

「鶴見。俺に出来ることはないか」

井原がきく。

「何かあったら、そのときに頼む。それより、詩緒里さんが一番傷ついている。詩緒里さんを支えてやってくれ。もちろん、俺も力になるが」

「……もちろんだ」

井原は力を込めて言った。

ふたりが帰ったあと、京介は所長の柏田に呼ばれ、所長室に行った。

マホガニーの漆黒の大机の前に座ったまま、柏田は声をかけた。

「その後、何かわかったのか」

函館から戻って、大まかな話をしたが、詳しい話はまだしていなかった。

「はい。立待岬で突き落とされたことははっきりしているのですが、志賀川の行動にも不可解なところがあって……」

京介は市村亜美や同僚の牟礼と会った話をした。

鬢《びん》に白いものが目立つ柏田は黙って聞いていたが、

「確かに、難しい状況だな」

と、呟いた。

「はい。死人に口無しですから。志賀川に殺意があって、吉池は正当防衛だったと主張するのではないかと想像されますが……。私選弁護人がついていますから」

「弁護士がついているのか」

「ついています」

「弁護士もそういう弁護をするだろうな」

「はい」

「もし、休みが必要なら、私が他の業務を引き継ぐが？」

「ありがとうございます。じつは金曜日は重要な仕事はないので、函館に行ってみようと思います。函館道南署で話を聞いてきます。それに、出来たら吉池の弁護士にも会ってみたいので平日のほうがいいかと思いまして」

「そうか」

柏田は言い、

「弁護士は誰だね」

「板室弁護士です」

「四十歳ぐらいで小太りの？」

「そうです。ご存じですか」

「何度か会ったことがある。強引な弁護をするようだな。君が言ったようなアドバイスを被疑者にしているかもしれないな」

「はい。ただ、警察も志賀川が吉池を強請っていたという筋書きで進んでいくのではないかと。なにしろ、志賀川の行動も不可解なので……」

柏田は少し考えていたが、

「やはり、志賀川くんは何かを隠していたようだ。だが、それでいて離婚式を行なって別れることを報告するなんて、なんだか矛盾しているな」

と、感想を述べた。

「矛盾？」

「いや、隠したいことがあるなら、誰にも会わないほうがいいと思っただけだ。それとも、そこで、すべてを正直に話すつもりだったのか」

「いえ、そんな様子ではありませんでした。秘密を明かしたのは離婚の原因となった市村亜美さんとのことだけでした。そのあとのホテルの展望風呂でも、会社を辞めた話は一切ありませんでした」

卓上の電話が鳴ったので、京介は頭を下げ、柏田の執務室を出た。

京介は柏田の言葉が脳裏に引っ掛かった。何かを隠しているのに離婚式を行なったことに矛盾を感じたようだ。

言われてみればそんな気もする。あの離婚式は何だったのか。京介はますます混迷していた。

4

その週の金曜日。京介は函館空港に降り立った。

到着ロビーにめぐみが待っていた。細く白いパンツに薄いピンクのニットのセーター、上にダウンコート。颯爽とした感じが新鮮だった。

「ありがとう」

京介は声をかけた。

「寒いでしょう」

「いや、だいじょうぶです。それより、きょうお休みをとらせてしまって申し訳ない」

「いえ、平気です。行きましょうか」

めぐみは車で来ていた。

駐車場まで行き、ワインレッドのセダンに乗り込む。京介は助手席で、シートベルトを締めた。

「どちらへ？」

めぐみがエンジンをかけてきいた。

「函館道南署に」

「わかりました」

車が発進した。

「これ、めぐみさんの車？」

「そうよ。これで、仕事場に通っているの」

「そう」

「もう一週間経《た》つのね。なんだか、夢を見ているみたいだったわ」

ハンドルを握りながら、めぐみは呟くように言う。

「詩緒里、東京に帰ってどうだった？　気丈に振る舞っていたけど、かなり参っているんじゃないかな」

「新たな事実がわかってね」

「ええ、詩緒里から電話で聞いたわ。志賀川さんは市村亜美という女性と結婚する気はなかったそうね」

「市村亜美の話ではそうなんだ。吉池の手前、そういう言い方をするしかなかったのかとも思えるが、嘘をついている感じはしなかった。それに、吉池は逮捕されるし、別れざるを得ないので、吉池に都合のいい話をする必要もないしね」

「では、なぜ、志賀川さんはあんなことを言ったのかしら」

「詩緒里さんと別れる口実だったのかもしれない。ともかく、志賀川はいろいろなことを隠していた。会社を辞めたことだって、そうだ。ここ半年ばかりの志賀川の行動は信じられないことばかりだ」

裏切られた気がすると、京介は言った。

湯ノ川に入ったとき、十年前に志賀川と井原と三人で泊まった旅館が見えて、胸が熱くなった。

市電の通りを走っていく。右手に五稜郭タワーが大きく見え、車は港のほうに向かった。

そして、函館道南署の駐車場に車を入れ、ふたりで警察署の玄関に入った。やはり、各種申請手続のために何人か市民が来ていた。

京介は受付で、刑事一課の中谷警部補を呼んでもらった。

それから十分後、刑事課のフロアにある小部屋で中谷と向かい合っていた。

「その後、取調べのほうはいかがでしょうか」

京介がきいた。

「きょうは地検のほうで取調べを受けています」

「吉池は認めたのでしょうか」

「まだ、取調べ中なので詳しい話は出来かねますが、吉池は志賀川が自分を殺そうとしたので、正当防衛だと言っています。しかし、我々は吉池が志賀川さんを殺す目的で立待岬に誘い出したと思っています」

「動機はどう考えているのですか」

「申し訳ありません。詳しいことはまだ」

「ひょっとして、志賀川が吉池を強請っていたと考えているのでは？」

京介はずばりきいた。

「…………」

中谷は返答に詰まった。

「そうなんですね」

「ええ」

「根拠は？」

「いずれお話しします」

「そうですか」

京介は諦めて、

「じつは志賀川は離婚したあとの引越し先を、誰にも教えていなかったのです。住民票を調べたのですが、異動届けも出ていません。我々は志賀川の住まいも知らなかったのです」

京介はそう話してから、

「函館国際ホテルにチェックインした際に新しい自宅の住所を書いたかもしれません。それを調べていただけないでしょうか」

たぶん、詩緒里と暮らしていた元の住所を書いたのではないかと思っているが、念のために調べてみたいと思った。

「調べました」

中谷はあっさり言った。

「調べたのですか。どこでしょうか」

「東京江戸川区平井にある木造のアパートです。セカンドハウスとして使うということで借りています。住民票は元のままです」

「新しい住所でチェックインしていたのですか」

「そうです。それで、いちおうその部屋を調べました」

「ひょっとして、そこに何か証拠になるようなものがあったのでは？」

「そうです。我々の主張を裏付ける証拠を見つけました」

「志賀川が吉池を強請っていたという証拠ですか」

「そうです。まだ、吉池は否認していますので、明らかに出来ませんが、いずれにしても起訴段階では明らかになるわけですから」

そう言ったあと、中谷はなぐさめるように続けた。

「ご友人として、志賀川さんのいやな部分を目にしなければならないことになるでしょうが、それで吉池を裁けるわけですから」

「わかりました。お忙しいところをありがとうございました」

京介とめぐみは立ち上がって頭を下げた。

警察署の玄関を出て、駐車場に向かう。

「志賀川さんが強請っていたなんて信じられないわ。証拠って何かしら」

めぐみが憤然として言う。

「すでに警察が調べていたなんて」

京介は無念そうに言う。引越し先を誰かに話してくれていれば、こっちが先に部屋に入ることが出来たのだ。もちろん証拠を湮滅《いんめつ》することはしないが、強請りの証拠になるものかどうかの判別はつく。

車に乗ってから、

「これから板室弁護士に会いに行きたい」

と、告げた。

時計を見ると、十二時になるところだ。昼食の時間を避けたほうがいい。

「食事をしよう」

京介が言うと、

「何がいいかしら。函館はおいしいものがたくさんあるわ。お寿司に海鮮丼、塩ラーメン。ラッキーピエロのハンバーガーもあるわ」

「ラッキーピエロ?」

「ハンバーガーのチェーン店よ。注文が入ってから手作りするので、出来立てのが食べられるの」

「おいしそうだね。よし、その前に板室弁護士に約束をとりつけておこう」

京介は携帯を取り出し、アドレス帳を開いた。

板室弁護士の事務所に電話をかける。

「はい、板室貞治《さだはる》法律事務所です」

女性の声がした。

「志賀川真二の友人の鶴見と申します。板室先生をお願いしたいのですが」

京介が用件を言うと、しばらくして、

「はい。板室です」

男の声に替わった。

「私は志賀川真二の友人の鶴見京介と申します。事件のことで先生にお伺いしたいことがありまして」

改めて、京介は名乗って用件を言う。

「志賀川真二のご友人でしたら、私のほうも会いたいと思っていたところです」

「では、午後にでもお時間を……」

「いや、これから一時にひとと会わなければならないんだ。今から来られませんか」

「今、函館道南署です。これから向かいます」

「わかった」

京介は携帯の電話を切った。

「今から来てくれということだった。行こう」

「場所は？」

「五稜郭町の五稜郭中央ビルだ」

めぐみは車を発進させた。

市電の通りに入り、五稜郭公園前駅の交差点を左折し、五稜郭タワーのほうに進む。

京介は左右のビルを見つめた。

「あっ、左手前方にある」

京介は五稜郭中央ビルを見つけた。六階に板室貞治法律事務所の看板が出ている。そのビルの横の道を入ったところにある駐車場に車を入れた。

五稜郭中央ビルの古い建物に入り、エレベーターで六階に上がった。エレベーターを下りた目の前に、事務所があった。

それから十分後、京介とめぐみは板室弁護士の執務室の応接セットで、板室と向かい合っていた。

板室はいかにも精力的な感じの男だった。

名刺を出して挨拶をしたが、

「鶴見さんは同業者ですか」

と、板室は眉根を寄せて言った。

「ですが、今は志賀川真二の友人としてお話を」

「ええ。私もそのように接します」

　板室は真顔で言う。

「志賀川を突き落としたという疑いに、吉池さんはどう反論しているのでしょうか」

　さっそく、京介は切りだした。

「相手が摑みかかって来て揉み合いになったということです。そのとき、志賀川真二が足を滑らせて落ちたと」

「志賀川が摑みかかってきた訳は？」

「市村亜美と別れろと言って摑みかかってきたということです」

「突き落とそうとしたのではなく、摑みかかってきたのですね」

「そうです。ですから、揉み合いの中でおきた事故だったということです。吉池さんはそう言っていますが、それでは説明がつかないのは、どうして待ち合わせたのが立待岬だったかということです」

　板室は難しい顔をして続ける。

「吉池さんは立待岬を指定したのも志賀川だと言っています。志賀川は最初からある魂胆があって立待岬に呼び出したのだと」

「先生は、志賀川に吉池に対する殺意があったとお思いなのですか」

　京介は確かめる。

「その前に、警察の見方をお話ししましょう」

板室は京介とめぐみの顔を交互に見て、

「警察は、吉池が市村亜美とのことで強請られていたと考えているようです」

やはり、そうだと京介は思った。

「吉池は吉池水産の先代社長の娘と結婚した。婿に入ったのです。副社長ですが、先代の影響力は強い。もし、市村亜美との関係を先代や奥さんに知られたら、立場が悪くなる。その弱みに付け入り、強請っていたということです。その脅迫から逃れるために、吉池は志賀川を金を払うという口実で立待岬に誘い、突き落として殺したという筋書きを作っています」

「やはり……」

京介は呟き、

「警察は何かその証拠を持っているのでしょうか」

「吉池さんの話では、警察は志賀川のアパートにあった写真を見せたそうです」

「………」

やはり、警察は志賀川のアパートで写真を見つけたのだ。

「夜、吉池さんが市村亜美とマンションに入っていくところや、朝方ふたりがマンションから出てくるところ、そしてマンションの全景。それらの写真が封筒に入っていて、宛先は吉池仁一郎となっていたそうです」

「志賀川がそんな真似をするなんて信じられません」

それが、写真についていた指紋も封筒の宛名の筆跡も志賀川のものだと警察は断定した。それが、強請りの証拠です」

「なぜ、宛名が吉池本人なのでしょうか。強請るなら、奥さんなり先代の社長なりに送るほうが……」

「本人に返却するためのものです。つまり、立待岬で無事に金を受け取ったら、帰京したあとに本人に強請りのネタを郵送するつもりだったと警察は考えているようだ。だが警察は、吉池さんが最初から志賀川を殺すつもりだったと考えている」

「吉池は何と言っているのですか」

「でたらめだと訴えています」

「先生はどうお考えですか」

「警察の考えたことを検証してみましょう」

板室は厳しい顔で、

「たとえば、強請りのネタの写真を郵送する封筒にはデータが入っていなかった。志賀川がデータを持ったままなら、今後何枚でも写真をプリント出来るではないか。なぜ、データがなかったのか」

「考えられることは、立待岬で吉池は志賀川から金と交換でデータを受け取ったということだ。だが、志賀川は用心のためにデータと写真を東京に残していた……。そう考えれば、警察の言い分も頷けるところはある。しかし、私はそのような写真を東京のアパートに置いてあったということに引っ掛かるんだ」

「ちゃんと取り引きに応じるかどうか、志賀川は吉池を信用していなかったということでしょうか」

「そうかもしれない。志賀川は吉池を信用していなかった。だから、保険の意味で、写真を確保していた」

板室は目を細めて続ける。いつの間にか、京介に対する口調が変わっていた。

「今後も強請り続けるつもりならデータは渡すまい。だから、強請りは一回こっきりのつもりだったに違いない。だからこそ志賀川は、吉池を信用していなかったという考えに落ち着く。ならば、なぜ、志賀川は立待岬までのこのこ出かけていったのか。その上、断崖を歩いているんだ。身の危険を感じなかったのか」

板室は息継ぎをし、

「そう考えれば、立待岬に誘ったのは吉池ではなく志賀川だと考えたほうが自然だ」

「………」

「そこに、吉池が出かけていったということだ」

「吉池の言い分が正しいと？」

「そうだ。これは吉池の弁護人という立場を離れ、客観的に見ても、吉池さんの言い分に利がある」

板室は言い切った。

京介はきいた。

「では、志賀川のアパートにあった写真はどういうことでしょうか」

「わからない」

板室は首を横に振ったあとで、

「君は志賀川が強請りをするような男ではないと言っていたね」

「はい。信じられません」

「志賀川はひと月前に奥さんと別れているが、理由はなんだね」

「市村亜美とのことだと本人は言っていました。半年前の四月末ごろに、志賀川は市村亜美と出会っています。そのとき、吉池も同時に知り合っているのです」

「離婚の話はいつごろから出ていたのだろうか」

「三カ月前だそうです」

めぐみが口を入れた。

「ただ、奥さんの詩緒里が言うには、半年前から志賀川さんの様子がおかしかったと」

「たとえば？」

「考え事をしていることが多くなって、夜中も目を覚ましたらなかなか寝つかれないようだったと。食欲もなく、三カ月ぐらい前から傍目《はため》にも苦しんでいるのがわかったと、奥さんは言っていましたが」

「理由に心当たりは？」

「市村亜美さんとの仲が深まり、詩緒里さんを傷つけることへの自責の念かと思ったのですが……」

京介は顔をしかめ、

「市村亜美さんが言うには、志賀川とは結婚の約束まではしていないということでした。彼女がどこまでほんとうのことを言っているか……」

「今回のこの事件の特徴ですよ。志賀川も吉池さんも何かを隠している。ほんとうのことを言っていない」

板室は深くため息をつき、

「ですが、私は弁護人ですから吉池さんが訴えたことは信じます。鶴見さんに言うまでもありませんが」

「ということは、志賀川のほうが襲いかかったということですね」

「そう、吉池さんがいなくなれば市村亜美を自分のものに出来る。志賀川はそう考えて吉池さんを立待岬で殺そうとした。が、誤って自分が転落した……」

「板室先生はその説明に納得出来ますか」

京介は鋭く迫る。

「君はどう思うかね」

板室が逆にきいた。

「いくら市村亜美を自分のものにしたいからといって、自分の犯行だとばれたら元も子もなくなります。立待岬ではひとに目撃される可能性が高い。犯行場所に不適切だと思いますが。それに、そんな場所に誘き出されたら吉池も警戒するのではありませんか」

さらに、京介は続ける。

「断崖絶壁から突き落とすなら、隙を窺《うかが》って横から相手の体を突き飛ばせばいい。揉み合いになったことが解《げ》せません。もっとも吉池が警戒して崖側から離れて歩いたから、揉み合いになったということはなきにしもあらずですが」

「そう」

板室は頷き、

「そういう疑問を持つのも当然だ」

「私は志賀川が吉池を殺そうとしたなどとは信じられません」

「吉池は志賀川が襲ってきたと言い、志賀川を知るひとたちはそんな真似をするはずないと言う。すると、あと考えられるのは、志賀川が自ら落ちたということですが」

「自ら落ちた？　自殺ということですか。それこそ、ありえません」

京介は否定した。

「でも、決してありえないことではない。たとえば、志賀川が不治の病を患っていた場合です」

「志賀川は病気に罹患《りかん》していたなど聞いていません」

「隠していたとも考えられる」

「そんな」

「余命いくばくもないと察した志賀川は、奥さんにいくらかの金を残してやろうとして病をうまく隠して保険に入った。だが、自殺だと保険金がおりない。だから、吉池に殺されたように偽装して崖から飛び降りた……」

「それだったら、余命が尽きるまで待てばいいことではありませんか」

京介は異を唱えた。

「病死したあと、保険会社は不審を持って調べるでしょう。そうしたら病気を隠して契約したことがばれてしまう」

「仮に志賀川がそのようなことを考えたとして、他殺を装った自殺をすることはありえません。何ら関係ないひとを殺人犯にしてまで、そのような真似をする男ではありません。自分の利益のために、ひとの一生をだいなしにしてしまうことは絶対にしません。そのことは断言します」

京介は言い切り、さらに、

「余命いくばくもない者が保険会社の健康診断に引っ掛からないというのも腑《ふ》に落ちませんが、志賀川は最後まで病気の気配もありませんでした」

「函館道南署の刑事一課の中谷警部補が言うには、病気を苦に飛び降り自殺をしたり、保険金を家族に残したいために自殺したケースを、これまでも見てきたそうだ」

いきなり、中谷の話になった。

「それで志賀川の遺体の司法解剖をした。志賀川は睡眠剤などの薬物は呑んでなかった。また、各臓器にも病巣はなかったそうだ。余命いくばくもない病人ではなかったんだ。それから」

板室は息継ぎをし、

「中谷警部補は保険会社に調査を依頼した。その結果、最近になって新たに入った保険はなかったそうだ」

「そうでしたか」

他人の人生を踏みにじっての保険金詐取が打ち消されたことに安堵したが、なぜかまだ心臓がどきどきしていた。

板室の話を聞いたが、志賀川と吉池の主張の違いを解決することは出来なかった。

板室が時間を気にした。依頼人がやってくる時間が近づいているのだろう。

「先生、ありがとうございました。また、何かあったらお邪魔してよろしいでしょうか」

「ああ。構わない」

「そうだ。吉池の住まいを教えていただけませんか。いえ、訪れることなどしません。ただ、どのような家に住んでいるのか一目見ておきたいと思っただけです」

「ちょっと待って」

板室は執務机に向かい、メモ用紙に吉池水産の住所を書いて寄越した。大手町《おおてまち》にある。

「家族は？」

「ここには奥さんと八歳の娘と六歳の息子がいる」

「家族はたいへんな状況に追い込まれているのでしょうね」

「会社のほうもどうなるか。副社長が逮捕されたのだからな」

板室は表情を曇らせる。

「では、失礼します」

京介とめぐみは事務所を辞去した。

5

京介とめぐみは立待岬にやって来た。晴れているが、風が強く、寒かった。

「先週の金曜日、離婚式の前に志賀川とふたりでここにやって来たんだ。志賀川は十年前の詩緒里さんとの出会いを思い出していたようだ。目尻を濡《ぬ》らしていた」

京介の声が風に流される。

「志賀川はほんとうに詩緒里さんとの離婚を望んでいたのだろうか。結婚式を挙げた教会の前にタクシーを停め、しばらく思いに耽《ふけ》っていた。そこでも泣いていたようだ」

「離婚式ではそんな感じはなかったけど」

めぐみが言う。

「そうだな。かなり元気だった。空《から》元気だったのだろうか」

「皆に心配させないように」

「そうかもしれない」

「志賀川さんが落ちたのは、どの辺り？」

めぐみが絶壁に目を向けた。

「この先だ」

京介は絶壁が続くほうに指をさした。

「そこまで行ってみましょう」

めぐみが歩みかけた。

「危ないよ」

京介はめぐみの腕をとって止めた。

「強風だ。体が煽《あお》られたら」

「だいじょうぶよ」

「だめだ」

京介は強く言う。

めぐみの腕を強く摑んでいたことに気づき、京介はあわてて手を放した。

めぐみはじっと京介の顔を見つめていたが、

「ひょっとして鶴見さんは高いところが苦手？」

と、真顔できいた。

「いや、それは……、出来ればそんなところは遠慮したいと」

京介はしどろもどろになったが、

「正直に言うと、高いところは怖い」

と、告白した。

「だから、志賀川が死んだと聞かされても、落ちた場所にも行けなかった」

「鶴見さんにも苦手なものはあるのね」

「たくさんある」

「わかったわ。ここから手を合わせます」

そう言い、めぐみは絶壁に向かって手を合わせた。

その横顔を美しいと思った。

それから、車に戻った。めぐみはすぐに車を発進させた。

複雑な感情が芽生えていることに気づいて、京介はうろたえた。今まで意識していなかったが、急にめぐみが特別な存在に思えてきた。

「鶴見さん。どうかしたの？」

「えっ、どうして？」

「さっきから黙ったままだから」

「ちょっと志賀川のことを考えていたんだ」

京介はあわててごまかした。

「立待岬で会うことを決めたのは志賀川だろうか吉池だろうか」

「志賀川さんだとしたら、市村亜美さんのことで？」

「でも、市村亜美が言うには、志賀川は吉池の愛人だから自分に近づいてきたと言っているんだ。一番気になるのは、アパートにあった写真だ」

そのことを考えると、志賀川は吉池を脅していたという警察の考えが当たっているように思えるが……。

志賀川はひとの弱みを握って金を強請りとるような男では断じてない。だが、京介に見せていないもうひとつの顔があったのか。

会社を辞めていた。ベンチャー企業を立ち上げるためだったらしい。その資金のために吉池を脅していた……。

しかし、ベンチャー企業の立ち上げの話は牟礼から聞いただけだ。

函館の市街が望める場所を通り、坂道を下って函館駅のほうに向かう。

赤レンガ倉庫の前を通り、先日宿泊した函館国際ホテルを目に留め、朝市広場の近くをまわって、やっと吉池水産のビルを見つけた。

淡いグリーンの外壁の五階建てだった。通りの反対側に車を停めて建物を見た。

一階は店舗になっていて、二階、三階が事務所、四階、五階が住居。そんな感じがした。函館市場にも店舗を構え、工場も持っているようだと板室が言っていた。

タクシーがやってきて、ビルの脇に停まった。店の横の事務所に上がる階段から三十代後半と思える細身の女性が下りてきた。

ニット帽をかぶり、サングラスをかけて、ダウンジャケットを羽織っている。

「吉池の奥さんかしら」

めぐみが言う。

「そうかもしれない」

板室との約束を破ることになるが、吉池の奥さんなら話してみたいと思った。

女性はタクシーに乗り込んだ。

「あとをつけましょうか」

めぐみは車を発進させた。

タクシーは函館駅前を過ぎ、まっすぐ国道5号線を走る。

平日だから面会は出来るはずだ。

「ひょっとして、警察か」

やがて、国道から離れ、タクシーは函館道南署の門を入っていった。玄関前でタクシーを下り、女性は署内に入った。

朝、吉池は地検に連れていかれたそうだが、今は警察署に戻っているのだろう。

「どうしますか」

「待とう。面会時間は十五分ぐらいに制限されているから、そう長くはかからない」

車を駐車場に入れて、さっきの女性が出てくるのを待った。

案外と早く、女性が出てきた。

京介は車から下りて、門に向かう女性に近づいた。

「吉池さん」

背後から声をかけた。

女性が立ち止まった。振り返り、訝《いぶか》しげに京介を見た。

「失礼ですが、吉池仁一郎さんの奥さまではありませんか」

京介はきいた。

「あなたは?」

「死んだ志賀川真二の友人です」

「…………」

「申し訳ありません。少しお話を伺いたいのですが」

「何もお話しするようなことはありません」

きっぱりと言い、そのまま行こうとした。

「私は、志賀川が吉池さんを強請っていたということが信じられないのです」

「…………」

「奥さまは吉池さんが脅されていることにお気づきでしたか」

京介は強引に迫った。

「ここひと月ぐらい、主人は悩んでいるようでした。何を悩んでいるのか、私にはわかりません」

吉池夫人は首を横に振り、

「お亡くなりになった志賀川さんには申し訳なく思っています。でも、私には何があったのかわからないのです」

「こんなことになって奥さまもたいへんなことに」

「…………」

「すみません。まだ、心の整理もついていない時期なのに、不躾《ぶしつけ》にお声をかけて」

京介は謝った。

「志賀川さんとは一度お会いしました」

「えっ、志賀川と会った？」

京介は驚いてきき返す。

「ひと月ほど前、訪ねてきました」

「志賀川が奥さまに会いに？」

「ええ。吉池とは東京で知り合ったと」

ふたりが話し合っている横をパトカーが出ていった。

「志賀川は何を？」

「吉池がどんな夫か、子どもたちは父親のことをどう思っているのかと」

「………」

「相手にしませんでしたが、志賀川さんは誠実そうで、そんな悪いひとには思えませんでした」

「志賀川はそのとき市村亜美という女性の名を口にしましたか」

「いえ」

「いったい、志賀川は何のために奥さまに会いに……」

「わかりません。おかしなことをきいていました」

「おかしなこと?」

「吉池さんがいなくなったら、あなたもお子さんもショックを受けるでしょうねと言っていました。それから、生活はどうなるのかと」

「志賀川がそんなことをきいたのですか」

「はい」

「なんと答えたのですか」

「生活は、会社があるから影響ありませんと答えたら、志賀川さんは安心した様子でした。会社は一応、私が社長ですから」

「………」

京介は胸が苦しくなった。

「ごめんなさい。もういいかしら」

「もし、よろしければお送りいたします。車ですので」

「いえ、結構です」

そう言い、吉池夫人は去っていった。

京介は唖然として見送った。夫が殺人の疑いで捕まり、さぞ傷つき、心労も激しいだろうと思っていたのだが、吉池夫人に悲壮感はなく淡々としていた。

脇に、めぐみが車を寄せた。

京介は助手席に乗り込んだ。

「どうでした？」

「ひと月前に、志賀川が吉池の奥さんに会いにいったそうだ」

「えっ？」

志賀川と吉池夫人とのやりとりを、京介は話した。

「吉池さんがいなくなったらって、どういうことかしら」

めぐみの声は震えを帯びている。

「さあ」

「殺すというふうに受け取れるわ」

「ばかな」

京介は吐き捨てた。志賀川はひとを殺そうとするような男ではない。しかし、吉池夫人にわざわざ会いに行っていることは不可解だ。

「わからない。ますます志賀川という男がわからなくなった」

京介は呻くように言った。

食欲もなく、塩ラーメンで夕飯を済ませ、めぐみに函館空港まで送ってもらった。

「付き合ってもらってありがとう」

京介は礼を言う。

「また来ることがあったら……」

「吉池が起訴されたあと、板室弁護士に会わないと」

「お待ちしています」

めぐみは微笑みを浮かべた。

「じゃあ」

京介は保安検査場に向かった。順番が来て検査場に入るとき振り返ると、めぐみはまだ立っていた。

第三章　目撃証言

1

翌日の土曜日、虎ノ門の事務所に詩緒里がやって来た。

「さあ、どうぞ」

事務所が休みで事務員がいないので、京介がドアを開けて迎えた。

「失礼します」

詩緒里は事務所に入ってきた。井原は仕事があり、東京に出てこられなかった。

執務室の応接セットでテーブルをはさんで向かい合った。

「道南署の中谷警部補と吉池の私選弁護人の板室弁護士、それから吉池の奥さんにも会ってきました」

「まあ」

詩緒里は目を見開いた。

「何かわかったのですか」

「志賀川が借りていたアパートがわかりました。江戸川区平井です」

「江戸川区ですか」

「ええ、函館国際ホテルの宿泊者名簿に住所が書いてあったそうです。それで、警察は東京まで捜査員をやって調べたそうです」

「………」

「志賀川はセカンドハウスとして部屋を借りていました。ですから、江戸川区への転入届けを出していません」

「なぜ、セカンドハウスなのでしょうか」

詩緒里は首を傾げる。

「わかりません。もしかしたら、一時的に住む目的だったのかもしれません」

あるいは、志賀川は市村亜美のマンションに転がり込むつもりだったが、マンションの名義が吉池だとわかり引っ越せなくなった。そんなことをしたら、すぐに亜美もマンションを取り上げられてしまう。

だから、亜美との新しい住まいを見つけるまでの一時的な部屋を借りた。そういう解釈も出来るが、亜美は志賀川は結婚を口にしていなかったという。

この点については、亜美にもう一度確かめてみなければならない。

「それより、信じられないことが」

「なんでしょうか」

「江戸川区平井のアパートの部屋に吉池宛の封筒があり、吉池が市村亜美と夜、マンションに入っていくところや、朝方ふたりがマンションから出てくるところの写真が入っていたそうです」

「…………」

「警察は、志賀川が吉池を強請っていた証拠と見ています」

「彼が強請りだなんて」

詩緒里はそんなはずはないと否定した。

「そうです。志賀川がそんな真似をするはずありません。では、なぜ、あんな写真を撮っていたのか」

「…………」

「それから、志賀川は吉池の奥さんに会いに行ったらしい」

「えっ、彼がそこまで？」

詩緒里は驚いたように言う。

「志賀川は奥さんに、吉池さんがいなくなったら、あなたもお子さんもショックを受けるでしょうねと言い、生活はどうなるのかときいたそうです」

「信じられません」

詩緒里は激しく首を横に振る。

「志賀川の行動は信じられないことばかりです。ですが、写真の件も吉池の奥さんに会いに行ったのも事実なんです。志賀川は半年前から様子がおかしくなったと言ってましたね。やはり、吉池と会ってからだ」

志賀川は市村亜美のスナックで吉池と会った。志賀川は吉池を知っていたのではないか。それで、近づいた。決していい関係ではなかったのだろう。

「吉池の名を口にしたことはなかったでしょうか、よく、思い出してみてください。何かのときに漏らしたとか……」

「聞いたことはありません」

詩緒里は首を横に振った。

「志賀川は考え事をしていることが多くなって、夜中も目を覚ましたらなかなか寝つかれないようだったと言っていましたね。三カ月ぐらい前から傍目にも苦しんでいるのがわかったそうですが、そのとき、心配して声をかけたりしたのですよね」

「ええ。でも、なんでもないと言うだけで……」

詩緒里は苦しそうな表情で、

「もっとしつこくきいておくのでした。そのことが悔やまれます」

と、俯いた。

「三カ月ほど前、会う約束を直前に多忙を理由にキャンセルされたことが二度ありました。あのころ、彼はそんなに忙しかったのでしょうか」

京介はそのころのことを思い出しながらきいた。

「休日もよく出かけていました」

「ベンチャー企業の立ち上げで忙しかったとも考えられますが、函館にも行っているのです。企業の立ち上げとは関係ないと思われますが」

それとも、企業立ち上げの資金を吉池に出させようとしていたのだろうか。

「ベンチャー企業のことは聞いたことはありません」

「見通しが立つまでは話せないと思っていたということかもしれませんが。そのころ、彼がよく会っていたひとはいましたか」

「わかりません。彼は何も私に話してくれなかったので。ただ、ときどき誰かから携帯に電話がかかっていました」

詩緒里は思い出したように、

「たぶん同じひとからだと思いますが、その電話があると、厳しい顔で別の部屋へ移動して話していました」

「そのころ、連絡を取り合っていた誰かがいたのですね」

その男が何者か気になった。

「ええ、電話が済んでも、険しい顔でした」

「そうですか」

京介は頷き、

「志賀川の携帯を持ってきていただけましたか」

と、きいた。

「はい」

詩緒里はバッグから携帯を取り出し、ロックを解除した。

京介は受け取ると、すぐ画面にタッチしてアドレス帳を開いた。京介や井原の電話番号は当然登録されており、市村亜美や吉池の名もあった。その他、六十人近い男女が登録されている。

その中で、京介も詩緒里も知らない名を十二名抜き出し、京介は自分の携帯に登録した。この中に、志賀川が連絡を取り合っていた人物がいるかもしれない。

次に、履歴を調べたが、残っているのは事件の一週間前以降で、それ以前は消去してあった。

その他、ラインやメールなども調べたが、不審な内容はなかった。

詩緒里が引き上げたあと、京介は志賀川のアドレス帳にあった十二名に電話をしていった。

電話に出ない相手には警戒しているのだろうと、ショートメールで志賀川の友人であるという内容のメッセージを送り、全員と連絡がとれたが、詩緒里が言っていたような電話の相手はいなかった。

その人物の名はアドレス帳から削除したのでは……。


夕方、銀座凬月堂《ふうげつどう》の二階で、京介は市村亜美を待った。窓際の席で、歩いているひとがよく見える。まだ、彼女の姿は目に入らない。

きょうはお店が休みだが、銀座に用があるのでと、ここを指定されたのだ。もう約束の時間から三十分近く経とうとしている。

半分に減ったコーヒーは冷めていた。カップをテーブルに戻したとき、ようやく、窓の下に市村亜美の姿が見えた。

しばらくして、階段を上がり、亜美がやって来た。

「お待たせしました」

亜美が不機嫌そうに向かい側に座った。

亜美がウエーターにレモンティーを頼むのを待ってから、京介は切りだした。

「志賀川とあなたの仲を、もう一度お聞かせ願いたいのですが」

「この前も言ったように、志賀川さんは私と吉池の関係を知って近づいてきたのよ」

「結婚の話やいっしょに住むという話はなかったのですか」

「ないわ」

「志賀川は、あなたを吉池さんから奪って結婚するのだと言っていました。あなたがそのつもりでなくても、志賀川が一方的にそう思っていたということは?」

「それも違います。志賀川さんは、私から吉池のことをいろいろ聞き出そうとしていたのです」

「聞き出す?」

ウエーターがレモンティーを運んできたので、京介はウエーターが離れるまで口をつぐんだ。

「志賀川はどんなことをきいていたのでしょうか」

京介は質問を続けた。

「東京でサラリーマンだった吉池が、どういう経緯で函館の吉池商会の副社長になったのかとか、私とどこで知り合ったのかとか」

「つまり、吉池さんの経歴を知りたがっていたのですね」

「そうよ」

「吉池さんは東京でサラリーマンをしていたのですか」

「そうみたい。出身は北海道の松前《まつまえ》で、東京の大学を出てから鉄鋼会社に就職して、三十三歳のとき、会社を辞めて北海道に帰ったって話していたわ。そこで、奥さんと知り合ったみたい」

「なぜ、会社を辞めたのか、ききましたか」

「自分で会社を起こそうとしたみたい。それが、婿入りで副社長に」

「どこの会社にいたのかわかりませんか」

「元の同僚の方とお店に来たことがあります。一度だけですけど。そのひとは吉池のことを田川《たがわ》って呼んでいたわ」

「田川ですか」

京介は呟き、

「いつごろですか」

と、確かめた。

「お店をオープンしたばかりのころですから三年前ね」

「会社とそのひとの名を覚えていませんか」

京介は身を乗り出してきいた。

「新山《にいやま》さんと仰《おつしや》いました。ホルダーに名刺が入っているはずです。名刺をもらった記憶があるので」

「その名刺をお借り出来ませんか。いえ、あとで教えていただけませんか。電話か、メールで写真を送っていただくか。どちらでも」

「いいわ」

京介は携帯の電話番号を教えた。

「それから、はじめて志賀川がお店に顔を出したときのことですが、吉池さんがカラオケで歌ったあと、大きく拍手して吉池さんに話しかけていったということですね」

「ええ」

「そのときの様子なのですが、志賀川は吉池さんのことを以前から知っていたような印象はありませんでしたか」

「さあ、それはわからないけど、そういうことも考えられるかもしれないわ。だって、あのあと、吉池のことをいろいろきいてきたんだから」

亜美は頷きながら言う。

志賀川は吉池とは面識はなかったが、どこかで見かけたことがあったのではないか。そのことを確かめるために吉池に近づいたのではないか。

亜美の言うように、志賀川は吉池と親しい関係にある亜美に近づき、吉池のことを聞き出そうとしたのだ。

亜美をめぐって、志賀川と吉池が敵対していたわけではない。離婚式の席で、志賀川が市村亜美の名を出したのは嘘だった。おそらく、真相から皆の目を逸らすためだろう。

やはり、真相は吉池への強請りか。

志賀川は以前に吉池と接触したことがあったのだ。それは決していい関係ではなかった。だから、吉池の弱みを見つけたので金にしようと思ったのだ。

その後、函館まで行って吉池のことを調べている。

今回の事件は、志賀川から強請られていた吉池が窮地を脱するために犯行に及んだということか。おそらく警察はそう考えているのではないか。

細かい点で疑問があっても、大筋では間違っていないようだ。それでも、志賀川が強請りをしたということが受け入れられない。

「そろそろ、行かないと」

亜美は腕時計を見た。

「さっきの吉池さんの同僚の名刺の件、よろしくお願いいたします」

京介も立ち上がって言った。

翌日の朝、亜美からメールが届き、名刺を撮った写真が送られてきた。

吉池の同僚だ。日東《にっとう》製鋼営業一課、新山武治《たけはる》となっていた。名刺に携帯の電話番号が書いてあった。

日曜日なので自宅にいるだろうと思い、十時過ぎになってから携帯に電話を入れた。

「もしもし」

警戒するような声が聞こえた。

「新山武治さんですか。私は弁護士の鶴見と申します」

「弁護士？」

「はい。でも、弁護士としてお電話をさせていただいたのではなく、田川仁一郎さん、今の吉池仁一郎さんのことでお話をお伺いしたいと思いまして」

京介は事件に触れ、被害者の志賀川真二の友人だと名乗った。

「吉池がひとを殺したのですか」

新山は驚いたようにきいた。

「ご存じではありませんでしたか」

「知りませんでした。いったい何が？」

「函館の立待岬の断崖から志賀川真二という男を突き落として殺害した容疑です」

新山は興奮してきいた。

新聞に小さく出ていただけなので、新山が見過ごしたのも無理はない。

「どうかお話を伺わせてください」

「吉池は今どこに？」

「函館道南署です」

「私もすぐにでも詳しい話をお聞きしたい。しかし、これから家族で出かけるのです」

「そうですか。それなら明日にでも。会社の近くまでお伺いします」

会社は京橋にあった。

「鶴見さんの事務所はどちらですか」

「虎ノ門です」

「でしたら、私が事務所にお伺いします。詳しくお聞きしたいので」

「わかりました」

午前十時に約束をして電話を切った。

新山から何が聞けるのか、京介は逸《はや》る気持ちを抑えた。

2

翌月曜日の朝十時ちょうどに、新山武治がやってきた。

新山は頭髪の薄い細身の男だった。

挨拶のあとで、執務室の応接セットで向かい合った。

「新山さんのことは、スナック『あみ』のママからお聞きしました」

京介は打ち明けた。

「そうでしたか。三年ほど前に、吉池に連れていってもらいました」

新山は思い出すように言い、

「いったい、吉池に何があったのでしょうか」

と、身を乗り出してきいた。

「吉池仁一郎さんとスナック『あみ』のママとの関係をご存じですか」

「聞いています」

「半年前、私の友人の志賀川真二はスナック『あみ』で、吉池さんと知り合ったのですが、その後、吉池さんと『あみ』のママとの関係をネタに、吉池さんを強請ったというのが警察の見方です。そのために、吉池さんは志賀川を立待岬に誘き出して断崖から突き落としたということです」

「…………」

新山は言葉を失っていた。

「しかし、私には志賀川が吉池さんを強請っていたということが信じられないのです。それで、気になるのは、志賀川が『あみ』で吉池さんと知り合ったことです」

カラオケをきっかけに志賀川が声をかけたという話をして、

「志賀川がそのような真似をするとは思えないのです。それで、もっと以前に、志賀川と吉池さんは何らかの因縁があったのではないか。今回の事件のきっかけはそっちにあるのではないかと思ったのです」

「私には思い当たるようなことは何もありませんが」

新山は首を横に振る。

「九年前、吉池さんは会社を辞めていますね」

「ええ」

「なぜ、辞めたのでしょうか」

「松前に帰らなければならなくなったと、私には言っていました」

「実家で何かあったのでしょうか」

「詳しいことは言いませんでした」

「前々から考えていたのでしょうか」

「わかりませんが、突然言い出されたのでびっくりしたことを覚えています」

「会社のほうで何か壁にぶち当たっていたとか、人間関係で問題を抱えていたとか」

「いや。そういうことはなかった。彼は得意先からの信望もあり、上司からも評価されていました。だから、会社を辞めると言ったとき、みな驚いていました。上司の中には他の会社から引き抜かれたのではないかと疑う者もいましたから」

「そうではなかったのですね」

「ええ。彼はすぐ東京を離れましたから」

「そのころ、吉池さんの私的なことで何かあったということは？」

京介はきいた。

「わかりません。しいて言えば……」

新山は小首を傾げ、

「女性の件かもしれません」

と、口にした。

「女性？　恋人とか」

「吉池には付き合っている女がいたようです。紹介してもらったことはありませんが、言葉の端々にそのような様子がありました」

「その女性のこと、詳しくわかりませんか」

京介は身を乗り出す。

「いえ。もしかしたら失恋したのかもしれない」

「失恋ですか」

「ええ、すごく元気のない時期がありました。そのあとです、会社を辞めると言い出したのは」

ふと井原を思い出した。井原は詩緒里に失恋し、生き方を変えて陶芸家への道を歩み出したのだ。

「その女性のことを知っている方はいませんか」

「誰にも話していなかったと思います」

「なぜでしょうか」

「吉池は女のことをひとに話すタイプではありませんでした」

「そのころ、吉池さんはどこに住んでいらっしゃったのですか」

「赤羽《あかばね》です。駅の近くのマンションに住んでいました」

「赤羽ですか」

九年前には、志賀川は東十条《ひがしじゆうじよう》に住んでいた。隣の駅だ。通勤時、ふたりは電車の中で乗り合わせた可能性もある。

「そのマンションの名はわかりませんか」

「いえ、行ったことはないので」

「そうですか」

京介はため息をついた。

「会社を辞めたあと、吉池さんは故郷に帰ったのですね」

「そうです」

そう言ったあとで、新山は思い出したように、

「昔、吉池と付き合っていた女性が赤羽のマンションを知っているかも……」

と、呟いた。

「その女性は？」

「会社の後輩です。その女性は吉池と結婚する気でいたみたいですが、吉池にその気がなかったようで別れました。もしかしたら、吉池はそのとき、別の女性に目が行っていたのかもしれません」

「その女性に連絡がとれますか」

「私がきいてみます。今は結婚しているので、吉池のことで鶴見さんが訪ねていくのはどうかと思いますので」

「では、お願い出来ますか」

「わかりました」

「ところで、吉池さんは奥さんとは、うまくいっていたのでしょうか」

「あまり、奥さんの話は聞きませんね。養子だから、遠慮があるみたいで」

京介はきいた。

吉池の妻を思い出したが、気丈な感じの女性だった。

「『あみ』のママとのことも、家庭で抑えつけられていたからかもしれません」

新山は感想を述べた。

「新山さんが、一番最近に吉池さんに会ったのはいつごろのことでしょうか」

「一カ月ほど前に、東京に来たとき、会いました」

「そのとき、吉池さんはどんな様子だったのでしょうか」

「今から思うと、なんとなく元気がないようでした」

志賀川のことで悩んでいたのかもしれない。

「そろそろ、私は」

新山は腕時計を見て言った。

「吉池さんが会社を辞めたのは、九年前の何月でしたか」

「三月末で辞めていきました」

「すると退職願を出したのは？」

「一カ月前に提出ですから、二月末だったと思います」

廊下まで新山を見送って、京介は部屋に戻った。

窓辺に立ち、青い空を見つめながら、新たなストーリーを考えた。九年前、吉池は急に会社を辞め、松前の実家に帰った。

その当時、吉池は赤羽に住んでいた。志賀川は東十条。通勤電車の中で接触した可能性がある。

しかし、志賀川が一方的に覚えていただけで、吉池は志賀川を知らなかったようだ。

ただ単に電車の中で見かけただけなら、スナック『あみ』で出会った吉池に声をかけたりまでしなかったのではないか。

志賀川にとって吉池は強烈な印象を持つ存在だったに違いない。

九年前といえば、京介は司法試験に合格したあと、弁護士になるために埼玉県和光市にある司法研修所で司法修習生として勉強していた時期だ。

司法研修所時代はほとんど志賀川と会う機会を持てなかった。もし志賀川と会っていたらなんらかの相談があったかもしれない。

井原はどうだろうか。ともに就職して一年ぐらいのときだ。ふたりで呑みに行って仕事の愚痴でも言い合っていたのではないか。

携帯を取り出し、井原に電話をかけた。しかし、電話に出なかった。陶芸家に弟子入りして住み込んでいる身だから、すぐに電話に出られないのかもしれない。

井原から電話がかかってきたのは、昼休みになってからだった。

「さっきは電話に出られなかった」

井原が言う。

「いや、忙しい時間だと思いながら電話をしてしまったんだ」

「何かあったのか」

「ちょっと思い出して欲しいことがあってね。その前に、詩緒里さんから話を聞いてくれたか」

京介は口にした。

「聞いた。江戸川区平井にアパートを借りていたそうだな」

「うむ。そこに、吉池と市村亜美の写真入りの封筒があった。警察は、志賀川が吉池を強請っていた証拠と見ているようだ。それに、志賀川は吉池の奥さんに会いに行っているんだ」

「志賀川らしくない」

井原が苦しそうに言う。

「そこで思い出して欲しいのは九年前のことだ」

京介は井原に託すようにきいた。

「九年前？」

「そうだ、新入社員のころのことだ。そのころ、志賀川とは会っていなかったか」

「ときどき会っていたけど。それが？」

「そのころ、志賀川に何か変わったことはなかったか」

「変わったこと？」

「悩んでいたり、落ち込んでいたりしていなかったか」

「いや、そのようなことはなかった。いったい、何を調べているんだ？」

「吉池は九年前の三月、急に会社を辞めて松前に帰ったんだ。吉池に何かあったんだと思える。半年前、スナック『あみ』で、志賀川が吉池に声をかけて近づいたのは、記憶にある顔だったからではないかと」

「九年前、志賀川は吉池と会っていたかもしれないと？」

「そうだ。あのころ、志賀川は東十条に住んでいたな」

「そう。東十条だ」

「吉池は赤羽だ。電車で隣の駅だ」

「ふたりの間に何かあったというのか」

「ただ、志賀川だけが相手の顔を覚えていて、吉池のほうは何も感じていなかったかもしれない。単に、忘れていただけかもしれないが」

「思い当たることはないが、少し時間をくれ。思い出してみる」

「頼む」

京介は電話を切った。

今抱えている民事と刑事の裁判が控えていて、しばらくは民事訴訟での答弁書の作成や、新たに国選弁護人を引き受けた刑事事件の裁判員裁判での公判前整理手続の準備をしなければならなかった。

公判前整理手続とは、裁判官、検察官、弁護人で話し合いをし、裁判が迅速に行なえるように事前に争点や証拠の整理などを行なうことである。国選といえども、被告人のために全力を尽くすことに変わりはない。

忙しい数日が経過し、金曜日になった。ようやく仕事が一段落した夕方、函館の板室弁護士から電話がかかってきた。

「函館の板室です」

電話の向こうから板室の声がした。

「先日はありがとうございました」

京介はわざわざ電話を寄越した板室の真意を測りかねながら挨拶をする。

「ちょっと、今いいかな」

「ええ、だいじょうぶです」

「吉池のことだが、逮捕されて二週間になるが、最近少し情緒不安定になってきてね。ときどき、妙なことを口走るんだ」

板室は慎重な物言いだ。

「妙なこと？」

「志賀川に嵌《は》められたと」

「嵌められた？　どういうことでしょうか」

京介は意味がつかめずきき返した。

「きいても、答えてくれないんだ」

板室からため息が漏れた。

「で、事件についてはどう話しているのですか」

「相手が自分を突き落とそうとして誤って落ちた。自分は何もしていない。このことは最初から変わらない。その上で、志賀川に嵌められたと言うようになった」

「先生はその線で弁護をしていくのですね」

「依頼人の利益を守るために弁護をするつもりだ。ただ、吉池の主張を裏付けるには志賀川に吉池に対する殺意がなければならない。しかし、警察は志賀川の殺意を否定している。なぜなら志賀川は恐喝者だからだ」

板室は吐き出すように言う。

「警察は志賀川が恐喝をしていたと決めつけているのですか」

「そうだ」

「やはり、写真が根拠ですね」

「うむ。ただ、志賀川の殺意を証明する証言もある」

「殺意の証言ですって」

京介は思わずきき返した。

「そうだ。志賀川は吉池の奥さんに会いに行っている。そこで志賀川は、吉池さんがいなくなったら、あなたもお子さんもショックを受けるでしょうねと言い、生活はどうなるのかときいている」

　京介も吉池の妻からその言葉を聞いている。しかし、ほんとうに、志賀川がそんなことを口にしたのか。京介は疑問に思っている。

「この言葉からすれば、殺すつもりだったと考えることは可能だ。志賀川は吉池さんがいなくなれば市村亜美を自分のものに出来ると思い、犯行に及んだとも考えられる」

「………」

「だが、身内の証言は採用されない。警察は、奥さんが吉池を助けようと嘘をついていると見ている。それに、市村亜美は志賀川との関係を否定している。警察もその証言から、志賀川が吉池に殺意を持つ理由がないとしている。だが」

　板室は続ける。

「志賀川は君に、市村亜美と結婚する旨の話をしていたそうだが」

「ええ、パトロンには別れてもらうつもりだと言ってました」

「志賀川がそこまで言うからには、市村亜美とも話し合いがついていたと見ていい。すると、市村亜美が嘘をついていることになる」

「彼女が嘘をつく理由がわかりません。吉池と別れることになれば、マンションを取り上げられてしまうかもしれません。そうまでして志賀川といっしょになろうとは思っていなかったはずです」

「では、なぜ、志賀川は君に市村亜美のことを話したんだ?」

「…………」

「志賀川、吉池、市村亜美。誰かが嘘をついているんだ。その中で、志賀川に嵌められたという言葉が気になる」

板室は改めてそのことを言い、

「吉池と志賀川の間には、我々が知らない確執があったのではないかと思えてならないんだ」

「仰るとおりです。私もふたりの間に何かあったのではないかと思い、調べているところです。先生」

京介は姿勢を正して、

「吉池は九年前に突然、勤めていた会社を辞め、松前に戻っているのです。同僚も驚いていました。吉池に、九年前に何があったのかきいていただけませんか。当時、吉池は北区赤羽に部屋を借り、志賀川は隣駅の東十条に住んでいました。そのころ、ふたりの間に何かあったのだと思えるのです。もちろん、吉池がほんとうのことを話すとは思えませんが、その反応から何か摑めるかもしれません」

「よし、わかった。接見のとき、きいてみよう。また、連絡する」

「あっ、それから」

京介は思いついて、

「立待岬で、吉池と志賀川が揉み合っている写真を撮った紀田大地という男性がいましたね。この方に、もう一度そのときの様子をきいてみたいのです。紀田大地の連絡先を知りたいのですが」

「ちょっと待ちたまえ」

板室は言い、

「いいかね。電話番号は……」

「わかりました。ありがとうございました」

「紀田大地はたまたま写真を撮っていただけで、参考になる話は聞けなかったが」

「そうでしょうね」

「まあ、君の気が済むようにしたらいい」

そう言い、板室は電話を切った。

板室弁護士の言葉が耳に残っている。志賀川に嵌められた、とはどういうことか。いずれにしろ、志賀川と吉池の間に何かがあったのは間違いない。そして、それは吉池が会社を辞めた九年前なのではないか。

携帯が鳴った。井原からだった。

「もしもし」

京介は応答する。

「九年前の件だ。詩緒里さんと話していて思い出したことがある。関係あるかどうかわからないが」

井原がそう前置きして、

「九年前、志賀川が住んでいた東十条のマンションの近くで、殺人事件があったんだ」

「殺人事件？」

「犯人はすぐ捕まったそうだ」

「その事件に志賀川が関係しているのか」

京介は急《せ》いてきいた。

「志賀川は目撃者だ。犯人とすれ違った。それで、裁判で証言したそうだ。その話を詩緒里さんが覚えていた。俺も、彼からはじめて法廷に立ったという話を聞いたことがあった。詩緒里さんにきいてみてくれ」

「わかった。すぐ電話してみる」

「待て、替わる」

「えっ」

いっしょにいるのかと思ったとき、

「もしもし、替わりました。詩緒里です」

「今の殺人事件ですが、九年前のいつでしょうか」

「事件があったのは二月だったと思います。二月末か三月ごろ、殺人犯とすれ違ったという話を聞きました。それで六月に裁判で証言したそうです」

「そうですか。そんな話、一度もしてくれませんでした」

京介は嘆息した。

「確か、法廷で会った被告人が悄然《しょうぜん》としていて証言するのが辛かったと言ってました。思い出したくなかったのだと思います」

「そうでしたか。で、どんな事件か覚えていますか」

「殺されたのはひとり暮しの若い女性だったと思います。詳しいことはわかりません」

「いえ。そこまでわかれば、調べることは簡単です」

そう言い、

「すみません。井原と替わってください」

と、京介は頼んだ。

「もしもし」

「今のこと、調べてみる」

京介は言う。

「わかった」

「今、どこに？　東京？」

「いや、笠間だ」

「じゃあ、詩緒里さんがそっちに？」

「窯を見たいというので」

「そう、よかった。詩緒里さんに早く元気になってもらいたい。じゃあ」

京介は電話を切ったあと、ネットで九年前の殺人事件を検索してみた。全国では一年に何百件も殺人事件が起きている。その中に、東京北区東十条で起きた女子大生殺害事件があった。

3

外は暗くなっていた。京介は日比谷公園にある日比谷図書館に寄って新聞の縮刷版を開いた。

九年前の二月十日の夜九時過ぎ、東十条一丁目×番地、『東十条トーヨーマンション』四階の四〇三号室で、住人の榊原初美《さかきばらはつみ》が鈍器で頭部を殴打されて死んでいるのを、訪ねてきた知人が発見した。

その三十分前、通行人がマンションの玄関から飛び出してきた男と鉢合わせをした。そのとき、通行人は男の顔を見ていた。

通行人の目撃証言から男の似顔絵を作成し、聞き込みをかけた末に、水道修理業者の畑中正樹《はたなかまさき》という三十三歳の男が浮かび上がった。マンションの防犯カメラに映っていた不審な男が、顔を隠していたが、体つきは畑中正樹に似ていた。

事件前日の九日、畑中は榊原初美の部屋に洗面所の水漏れの修理で訪れている。そこで、初美に興味を抱き、事件の夜に訪問した。だが、初美から警戒されて、帰れと罵られたのでかっとなって玄関にあった花瓶で頭部を殴って殺した。

花瓶から畑中の指紋が検出された。事件当夜のアリバイを証明することも出来ず、事件から十日後、畑中は殺人容疑で逮捕された。

畑中正樹は最初から否認していた。反省の色が見られないことから一審で無期懲役、畑中側は控訴したが、棄却された。

一審の判決が出たという新聞記事に、畑中の弁護人の名前が出ていた。広木孝治郎《ひろきこうじろう》弁護士は控訴すると語っているとあった。

当時は、かなりマスコミを騒がせた事件だったようだが、記憶にない。

ネットで広木弁護士を検索する。広木孝治郎法律事務所は新橋にあった。

時刻は六時を過ぎている。念のために、広木弁護士の事務所に電話した。何回かコール音が鳴り、諦めかけたとき、男の声が聞こえた。

「はい、広木孝治郎法律事務所です」

「恐れ入ります。弁護士の鶴見と申します。広木先生はいらっしゃいますか」

「私ですが」

ほっとして、京介は口を開いた。

「つかぬことをお伺いいたしますが、先生は九年前に東十条で起きた女子大生殺害事件の被告人畑中正樹の弁護をなさいましたでしょうか」

「ええ。それが何か」

「ある事情で、その事件のことを知りたいのです。どうか、裁判資料を見せていただくわけには……」

「事情とは？」

「じつは、その事件の目撃者は私の友人のようなのです」

新聞には目撃者の名前は出ていなかった。

「話すと長くなりますが、その目撃者志賀川は先日殺されました」

「今、どちらに？」

広木がきいた。

「日比谷図書館を出たところです」

「そうですか。では、事務所まで来てください。新橋烏森《からすもり》にあります」

広木は事務所の場所を教えてくれた。

それから二十分後に、京介は広木の事務所にやってきた。

広木は四十半ばの細面で額が広く、眼光の鋭い男だった。すでに事務員は帰ったようだが、若い弁護士がまだ居残っていた。

京介は広木の執務室に通され、名刺を交換してから応接セットで向かい合った。

「柏田先生のところにいらっしゃるのですか」

広木は目を細めてきいた。

「柏田をご存じですか」

「ええ、弱者の味方の弁護士ですからね。私の目標のひとりです」

「そうなんですか」

京介は柏田が褒められると、我が事のようにうれしい。

「ところで、お話の件ですが」

広木が促した。

「はい。じつは志賀川は二週間前に、函館の立待岬で崖から突き落とされて亡くなりました。相手は、吉池仁一郎という男です」

京介はその事件のあらましを語った。

「警察は志賀川が吉池を女のことで恐喝していたと見ているのですが、私は志賀川がそのような真似をするとは信じられないのです。それで、志賀川と吉池の間に昔から何か確執があったのではないかと思って調べたところ、九年前の三月に吉池が突然会社を辞め、その前の二月には志賀川が女子大生殺害事件の目撃者になっていたことがわかりました」

京介は息継ぎをし、

「たまたま偶然なのかどうかわかりませんが、ともかくその事件を調べてみる必要があると思ったのです」

「そうですか」

広木は頷いた。

「被告人の畑中正樹は最初から犯行を否認していたのですね」

「ええ、一貫して否認していました」

「先生も当然、畑中は無実だと思っていらっしゃったのですね」

「もちろん、その無実を信じないと弁護出来ませんからね」

「検察の主張を覆せなかったのは、志賀川の目撃証言が大きかったのでしょうか」

京介は確かめた。

「畑中を探し出すまでには目撃証言が大きかったでしょうが、目撃証言がなくてもいずれ畑中が浮かび上がったでしょう。状況は畑中に不利でした。特に、畑中にアリバイがなかったのが大きかった。目撃証言がなくても有罪になっていたでしょう」

広木は顔をしかめた。

「犯行時間帯、畑中はどこにいたと言っているのですか」

「荒川区尾久《おぐ》七丁目のアパートの部屋にいたと言っています。でも、アパートの住人は畑中の部屋はずっと真っ暗だったと言っていたのです。それから、八時半と九時過ぎの二度、会社の同僚が畑中に電話をかけているのです。出なかったそうです」

「畑中はなんと？」

「風邪気味で微熱があったので、会社から帰って風邪薬を呑んですぐにふとんに入ったら、明け方までぐっすり眠ってしまったと」

「畑中はほんとうのことを言っていたのでしょうか」

「そうですね」

広木は困惑ぎみに、

「翌日、畑中はふつうに田端《たばた》にある会社に出勤しているのです。前の夜だけ具合が悪かったという主張は受け入れられませんでした」

「先生も疑いを？」

「ええ、ほんとうは別の場所にいた。ところが、その場所のことは言えなかったのではないかという考え方も出来ますが」

「別の場所というのは？」

「たとえば風俗か、あるいは人妻と会っていたとか。そのようなことも考えたのですが、畑中は部屋で寝ていたの一点張りでした」

「凶器の花瓶には畑中の指紋がついていたのですよね」

「それは、前の日、水漏れの修理で被害者の部屋を訪れたとき、花瓶に触れて落としそうになったので摑んだそうです」

「殴打のために持ったとしたら指紋の位置が不自然だということは？」

「それが、まさに殴打のために摑んだような指紋の位置だったのです」

花瓶は首が長く、下が丸い形をしていた。そのまま首を摑むのと、丸い部分を上にして首を摑むのとでは指紋のつき方が違う。

「畑中はなぜ、そんな持ち方をしたのでしょうか」

「口元を手前にして花瓶が転がってきたのであわてて摑んだということでした。運悪く、花瓶を振り下ろすために摑んだと解釈されてしまったということです」

「花瓶に花は？」

「活けてありません。ただ、花瓶だけが下駄箱の上に置いてあったのです」

「榊原初美の死体を発見したのは知人ということでしたが？」

「被害者の恋人です」

「名前は？」

「小出琢磨《こいでたくま》という男です」

　広木は表情を曇らせ、

「じつは、当初はこの小出に疑いがかかったようです。というのも、事件の数日前にふたりが言い争っているのを隣家の住人が聞いていたのです。被害者が別れたがっていたという話もありましてね」

「小出琢磨の疑いが晴れた訳は？」

「やはり、一番大きかったのは目撃証言です。小出琢磨は二十二歳でしたが、目撃証言は三十ぐらいの男でしたから」

「しかし、目撃証言はマンションから飛び出してきた畑中を見ただけで、実際に殺しの現場を見たわけではないのですよね」

「そのとおりです。畑中がマンションから飛び出してきたのは殺しをしたからではなく、死体を見つけて驚いて逃げてきたのではないかということも考えられたのです。ですが、畑中はそのことも否定しました。マンションに行っていないと言い張ったのです。あくまでも、自分は部屋で寝ていたと」

「ほんとうに行っていなかったのでしょうか」

「いえ、目撃証言もありますから」

「では、先生は畑中はマンションを訪ねて榊原初美の死体を発見し、あわてて逃げたとお考えに？」

「ええ、ずっと風邪気味で寝込んでいたというより、そのほうが矛盾がないように思えましてね。ですが、畑中は頑《かたく》なにマンションに行っていないと言ったのです」

「なぜでしょうか」

「被害者に会いに行ったことを隠したかったのかもしれません。じつは、畑中には付き合っている女性がいたのです。その女性に、被害者に惹かれたことを隠したかったのかとも考えました」

「もし、先生のお考えに立つと、真犯人は小出琢磨ということになりますね」

「いえ。小出琢磨かどうかは別として、畑中が訪問する少し前に、真犯人が榊原初美を殺したという可能性はあると思いました。こういう考えで弁護をしていければと思ったのですが、マンションに行っていないというので」

「そうなると、目撃者の証言の信憑性《しんぴょうせい》を疑われることになりますね」

「仮に、目撃証言が信用出来ないものだとしても、マンションから逃げてきた男が畑中ではなかったという証明は出来なかったでしょう。ただ、そのとき目撃されたのが本当に畑中だったかどうかはわからないというだけのことです。事実、裁判では目撃証言はそれほど大きな争点ではありませんでした。花瓶の指紋や防犯カメラの映像、それに不自然なアリバイなどから、畑中の犯行は立証されていきましたから」

「そうでしたか」

京介は頷いた。

志賀川の目撃証言が決定的な証拠になったわけではなかったのだ。

「この事件の関係者で、田川仁一郎という男は登場しませんでしたか」

当時はまだ吉池は独身だった。

「田川……。いえ、出てこなかったと思います」

「そうですか」

この事件に田川が関わっていないことを知って、京介は落胆した。

「ところで、畑中正樹は今どこの刑務所に？」

「いえ」

広木は首を横に振った。

「………」

京介は急に胸騒ぎがした。

「畑中がどうかしたのですか」

「千葉刑務所で、亡くなりました」

「亡くなった？　いつですか」

「去年です」

「病気ですか」

「いえ、自殺です。独房で首をくくって」

「…………」

　京介は胸が痛んだ。

「抗議の自殺でしょうか」

　京介はやっときいた。

「いえ」

「絶望ですか」

「その一年前、両親が相次いで亡くなりました」

「兄弟は？」

「弟と妹がいました。妹さんは事件の二年後、自殺を図りました」

「えっ？」

　京介は息を呑んだ。

「首を吊《つ》ったのです。発見が早く、命に別状はなかったのですが、寝たきりに……」

「なぜ、自殺なんか……」

「妹さんには婚約者がいたのですが、殺人犯の家族と親戚になりたくないという先方の意向で破談に。それから、妹さんは鬱になって」

「なんと酷《むご》い」

「父親も会社を辞めざるを得なくなり、弟は行方不明に」

「………」

「畑中は妹の破談がかなり堪《こた》えていたようです。自分のせいで一家が崩壊したとショックを受けていたということです。畑中は生きている意味を見出せなくなったのでしょう」

「被害者側も地獄なら加害者側も地獄ですね」

京介はやりきれないように言った。

「弟さんはなんという名前なのでしょうか」

「畑中大介だったと思います」

そう言ったあと、

「裁判資料をご覧になるのでしたら、資料室のほうに」

と、広木は声をかけた。

「ぜひ、お願いいたします」

京介は立ち上がって、広木の案内で裁判資料の保管してある場所へ入った。

棚に段ボール箱が並んでいて、事件名と年月日が記された紙が貼ってある。箱は日付順に並んでいた。

「これですね」

京介は当該の段ボール箱を探し、テーブルまで運んだ。

「私はあと一時間ぐらい仕事をしていますので」

「わかりました。それまでには済ませます」

事件の概略は説明を受けてわかったが、確認する意味で、起訴状の写しを開き、検察官の冒頭陳述書に目を通した。

被害者の榊原初美は四国高松出身で、東京の女子大に通っていた。大学三年の二十一歳だ。

第一発見者の小出琢磨は別の大学に通う二十二歳で、発見時の様子を供述書で述べている。

「……夜九時過ぎに、榊原初美の部屋を訪ねました。チャイムを鳴らしても応答がなく、ドアに手をかけると鍵はかかっていませんでした。それで、ドアを開けると、灯りは点いていて、上がり口に倒れている彼女を見つけ、あわてて抱き起こしました。頭から血を流し、すでに絶命していました。横に花瓶が転がっていましたので、私が花瓶の胴の部分を摑んでどかしました」

小出琢磨の指紋も花瓶についていたようだ。

胴の部分を摑んで殴打出来るだろうか。ふと、そんなことを考えたが、京介はふと妙なことに気づいた。

小出琢磨の訪問時間がなぜ九時過ぎだったのか。もっと早い時間に訪問するのが自然ではないか。たまたま用事があって、その時間になってしまったのか。

犯行時刻以前に、防犯カメラには小出の姿は映っていなかったのであろう。従って、小出が訪問したのは九時過ぎということになる。おそらく、その時刻に防犯カメラに小出の姿は映っていたはずだ。

だとしたら、小出の犯行は考えられない。だが……と、さっきの疑問が蘇る。恋人の部屋を訪れるにしては時間が遅すぎないか。もっと早い時間にやってきて、いっしょに夕飯をとったりするのでは……。確かに、事情があってその時間になったのかもしれないが、京介は引っ掛かった。

もし、小出琢磨を真犯人とするなら、小出はもっと早い時間、たとえば六時とか七時には榊原初美の部屋にいたと考えられる。そして、何らかのいさかいになり、かっとなった小出が花瓶を摑んで殴打した。

小出はあわてて部屋を飛び出し、非常階段を使って逃走。だから、防犯カメラには映っていなかった……。

そして、入れ代わるように畑中正樹がやってきた。ドアを開けて、初美が倒れているのを見て、あわてて逃げ出した。

志賀川が畑中を見たのはそのときだ。畑中が初美の部屋を訪れたことを隠すのは、初美に下心があっての訪問だったからではないか。

だが、この考えには無理がある。初美は玄関で倒れていたのだ。小出が部屋の中にいたのだとしたら、犯行場所はリビングか寝室になるのではないか。

やはり、畑中の犯行だったのか。いずれにしろ、小出琢磨に会ってみたいと思った。

4

翌日、京介は東十条一丁目×番地にある『東十条トーヨーマンション』の前にやって来た。

壁など新しく、改装したようだ。入口も洒落《しやれ》た感じになっている。

志賀川が借りていたマンションはこの先だ。志賀川はいつもこの道を使って通勤していたのだ。

志賀川のことを思い出し、京介は悲しみに襲われた。志賀川が目撃者となった事件を調べることが志賀川が殺されなければならなかった謎の解明に役立つのかどうかわからない。それでも調べてみようと思った。

マンションの前に立っていると、背後に近づいてくる足音がした。

「あの、鶴見先生ですか」

声をかけられ、京介は顔を向けた。

大きな眼鏡をかけた女性が立っていた。

「杉崎《すぎさき》りなさんですか」

京介はきいた。

「はい」

「鶴見です、さっそく時間を作ってくださり、ありがとうございます」

京介は名刺を差し出して挨拶をする。榊原初美の大学時代の友人だ。

広木弁護士が杉崎りなに話をききに行ったことを思い出してくれたのだ。広木は自分が会って話を聞いた相手の名前と連絡先をメモに残してあった。

電話をかけると、杉崎りなの実家で、電話に出た母親が、結婚して王子に住んでいるりなの電話番号を教えてくれたのだ。

「懐かしくて悲しい場所です」

りなはマンションに目をやった。

王子の家に電話をして事情を話すと、快く応じてくれ、『東十条トーヨーマンション』の前で待ち合わせることになったのだ。

「前は古い建物でしたが、すっかりきれいになって」

りなは感慨深げにマンションに目をやった。

「何度か榊原さんの部屋には行ったことがあるのですか」

京介はきいた。

「あります。泊まって、夜通し話をしたことも」

りなはしんみり言う。

近くの児童公園に入ってベンチに腰を下ろした。風もなく、日向《ひなた》は暖かかった。

「初美があんなことになって、私もずっと塞ぎ込んでいました。大学に入ってからの付き合いでしたが、もう姉妹のように」

「親友の死は辛いですよね」

京介も身に沁《し》みた。

ただ、志賀川に謎が多すぎることが気持ちを複雑にしている。

「あんな死に方をして、どんなに怖かったか。これからいっぱいやりたいことがあったのに悔しかったでしょうに……。初美の気持ちを思うと胸が引き裂かれそうになります」

「榊原さんには恋人がいらっしゃったそうですね」

「ええ、小出琢磨さんです」

「小出さんともお会いになったことはあるのですか」

「ええ。小出さんのお友達と私たちのグループとで、いろんなところに行っていました。キャンプにもスキーにも」

「楽しそうですね」

「ええ、楽しかったわ。初美がリーダー的存在で」

「ふたりは結婚を約束していたのですか」

「ゆくゆくはそういうことになったかもしれませんが、具体的にはまだそこまではいっていなかったと思います。まだ、学生でしたし、小出さんは大学院に行くつもりのようでしたから、まだ結婚は考えられなかったと思いますけど」

「小出さんは、その後、どうなさったのですか」

「結局、大学院には行かなかったようです。事件にショックを受けて、勉強する気になれなかったのでしょうね」

りなは痛ましげに続ける。

「葬儀のときはひと目も憚《はばか》らず、泣き崩れていました」

「そうでしょうね」

　京介は応じてから、

「あなたは加害者の畑中正樹を知っていたのですか」

「いえ、知りません。だって、水漏れの修理に来たひとなんでしょう。初美だって名前も知らなかったはずよ」

　りなは厳しい顔で続けた。

「裁判で見た畑中は弱々しい姿を装い、殺していないってしらを切って……」

「裁判は傍聴されたのですか」

「ええ。でも、しらを切り通す畑中に呆れて不愉快になるだけなので、途中から行かなくなりました」

「小出さんも傍聴を？」

「ええ、ずっとしていたようです」

「畑中正樹が亡くなったことをご存じですか」

　京介が口にすると、りなはきょとんとした顔をした。

「畑中は刑務所で自殺を図ったのです」

「ほんとうですか」

　りなは目をぱちくりさせた。

「一年前だそうです」

「そんな……」

りなは憤然とし、

「畑中は罪を認めないまま死んでいったんですか。罪を認めて、初美に謝って欲しかった。あんまりです。勝手に死んでいくなんて」

と、声を震わせた。

「良心の呵責《かしやく》からか、それとも両親が相次いで亡くなり、生きていく気力をなくしたのかもしれません」

「勝手です」

りなは激しく責めた。

京介は畑中の妹の件を話そうとしたが、かえってりなを困惑させるだけだと思い、話題を変えた。

「ところで、小出さんがどこにいるかわかりませんか」

「小出さんですか」

「ええ、小出さんにお会いしたいと思いまして」

「小出さんに何か」

りなが不思議そうにきいた。

「事件で、小出さんは苦しい立場に追い込まれたのではないかと想像したのです。恋人を失った悲しみだけでなく、謂《いわ》れのない疑いをかけられたのではないかと」

「ええ。そうです。かなり、小出さんも調べられたそうです」

「やはり。で、すぐ疑いは晴れたのでしょう」

「それが……」

りなは言いよどんだが、すぐ続けた。

「事件の数日前に、小出さんと初美が喧嘩をしたんです。それを、マンションの隣の部屋のひとが聞いていたんです」

「何が原因なんでしょう」

「わかりません。小出さんは些細《ささい》なことだと言ってました。でも、畑中が捕まって、疑いが晴れたのです」

「なるほど」

「小出さんの居場所はわかりませんが、仲間の誰かが知っていると思います。きいてみます」

「お願いします」

京介は頭を下げた。

「でも、どうして今になって、あの事件のことを調べているのですか」

りなが不審そうにきいた。

「マンションから飛び出してきた畑中を見たという志賀川という目撃者が私の友人なのです」

「そうなんですか」

「その友人が半月ほど前に殺されました」

「まあ」

りなは驚いたように目を見張った。

「容疑者は捕まったのですが、動機が納得出来ないのです。志賀川がこの九年前の事件の目撃者であることを知って、何か関係があるかもしれないと思い調べているのです」

京介はりなに顔を向け、

「田川仁一郎という名に心当たりはありませんか」

と、きいた。

「田川仁一郎ですか」

呟いてから、

「いえ」

と、りなは首を横に振った。

「榊原初美さんからそのような名を聞いたこともありませんか」

「ええ。そのひとが何か」

「いえ、ただ、この事件に関係しているかどうかを知りたくて」

曖昧に答えてから、

「杉崎さんはいつご結婚を?」

「五年前です。初美が生きていたら結婚式に出席してくれたでしょうに残念です」

「でも、きっと遠くから、あなたの仕合わせを祈っているでしょうね」

「ええ、そうだと思います」

りなはしんみり頷いた。

「すみません。わざわざお呼びたてしながら、公園でお話をお聞きするだけで」

京介は立ち上がって言う。

「いえ、久しぶりに初美に思いを馳《は》せることが出来て有り難かったです。小出さんの連絡先がわかったらお知らせします」

りなも頭を下げた。

駅に向かうりなと別れ、京介は志賀川が住んでいたマンションに向かった。

大通りを越えた、川の近くのマンションだった。

該当の場所にマンションはなく、駐車場になっていた。九年の歳月が流れていることを思い知らされた。

大学を卒業して就職した当時、志賀川はここから会社に通っていたのだ。会社からの帰宅時、九時ごろの時間を考えれば、残業しての帰りだったのであろう。犯人の目撃者となった。『東十条トーヨーマンション』から飛び出してきた男と出くわしたのだ。

そのことと立待岬の事件が関連しているかどうか、今のところ、その証《あかし》はない。しかし、関係ないとははっきりするまで、調べなくてはならないと思った。

その日の午後、京介は紀田大地と京浜急行の大森海岸駅の近くにある喫茶店で会った。板室から聞いた電話番号にかけて用件を言うと、快く応じてくれたのだ。函館道南署で顔を合わせていたので、あっさり会うことが出来た。住まいはこの近くだという。

「お休みのところをすみません。あなたのおかげで真相がわかりました」

京介は礼を言う。

「ほんとうに偶然でした。朝焼けの立待岬を写真に撮りたくてシャッターを押しまくっていたんです。立待岬ではふたりが揉み合っている光景は目には入っていなかったんです」

二十七歳の紀田大地は爽やかな顔で言う。髪が長く、細面で女性のようなやわらかな顔だちだ。

ウエートレスが注文をとりにきて、ふたりはコーヒーを頼んだ。

「紀田さんはプロのカメラマンなのですか」

京介はきく。

「まだプロとは言えません。それだけで食べていけませんから。だから、バーテンのバイトをしています」

「立待岬はどういうわけで？」

「全国の岬の写真を撮ろうと思いましてね。その一環です。たまったら個展を開きたいと思っています」

「そうですか」

コーヒーが運ばれてきて、会話は中断した。

「立待岬ですが、あなたはあのふたりが駐車場のほうから歩いてきたのは見ていないのですね」

ウエートレスが去ってから、京介は再び切りだした。

「見ていません。崖に沿った道を男がふたり歩いているのを微かに目に留めていただけで、意識は常に絶壁と海にあったんです。ですから、どんな様子だったかはわかりません。すみません」

「いえ」

「叫び声とか悲鳴のようなものは聞こえなかったのですか」

「ええ。ただ……」

紀田が思い出すように、

「ひとりが一目散に駆けていくのを見て、もうひとりはどうしたんだろうと思いながら、そのひとに向けてシャッターを切ったのです」

そう言ったあとで、

「あのとき、志賀川さんは崖下に……」

紀田は声を詰まらせた。

「吉池は、志賀川が突き落とそうとして襲いかかってきたと訴えているようですが、あなたの印象としてはいかがですか」

「揉み合う前の写真もありました。ふたりが並んで歩いていたのですが、海側に志賀川さんがいたのです。最初から、突き落とすつもりなら、海側に吉池さんを歩かせるのではないかと思いました」

「警察にもその話を?」

「はい」

紀田はコーヒーカップを口に運んでから答えた。

「吉池が海側になって、ふたりが並んで歩いている写真はなかったのですね」

「それはありません」

「そのときは、志賀川も吉池も、紀田さんは知らなかったのですよね。どうして、志賀川が海側を歩いていたと言えるのですか」

「正確には、細身のひとが海側で、大柄なひとと並んで歩いていたのが目に入っただけです。あとで、警察のひとから細身のひとが志賀川さんだと教えられました」

「なるほど」

京介はコーヒーを口に含む。

紀田の見間違いでなければ、志賀川はまさか突き落とされるとは思いもしなかったということだ。その恐れがあれば、崖っぷちを歩いたりしなかっただろう。

紀田の話を聞いて、改めて志賀川の最期の様子が目に浮かんできた。

海側を歩いていた志賀川はいきなり吉池に突き飛ばされた。だが、志賀川はとっさに吉池の腕を摑んだ。吉池が腕を振りほどこうとして揉み合いになったが、体力に勝る吉池に敵《かな》わなかったのだ。

京介は胸が締めつけられた。

「もし、よろしければそのときの写真をお送りしましょうか。志賀川さんの顔がわかる写真もあります」

「いえ、見るに忍びません。辛すぎます」

京介は正直に答えた。

「でも、あなたもせっかくの撮影がとんだことになってしまいましたね」

「ええ。まさか、あんな場面に出くわすなんて」

紀田も表情を曇らせる。

「ところで、立待岬にはタクシーで行ったのですか」

「いえ、谷地頭にある小さなホテルに泊まりました。立待岬に近いので」

「そうでしたか」

京介は残っていたコーヒーを飲みほして、

「いろいろ参考になりました」

と、礼を言った。

「いえ、私の写真が少しでもお役に立てたら光栄です」

紀田は微笑んだ。

喫茶店を出たところで紀田と別れ、京介は駅に向かった。紀田の話からも、吉池が志賀川を突き落としたことは間違いない。

吉池には志賀川に対する明確な殺意があった。やはり、市村亜美との仲をネタに脅迫したことが理由なのか。

しかし、九年前の吉池の突然の退社、女子大生殺害事件で志賀川が目撃者となったことがどこかで絡んでいるとしたら……。

京介はある可能性を考えないわけにはいかなかった。

5

京介が小出琢磨と会うことが出来たのは月曜日だった。杉崎りなから連絡先を聞き、すぐに電話をして約束をとりつけたのだ。

小出が勤めるIT企業は新宿西口にあり、会社が入っているビルの入口から携帯に電話をして、小出を呼び出した。

小出は茶のスーツ姿で、ネクタイの首元を少し緩めていた。

「鶴見です。お時間をとらせてすみません」

京介はわびた。

「いえ」

小出は厳しい顔で答えた。

「どこか喫茶店でも」

「このビルの地下にもありますが、会社の人間と会うのもいやなので、少し歩きますか」

そう言い、小出は駅のほうに向かい、途中にあった喫茶店に入った。テーブルをはさんで向かい合い、飲み物を頼んでから、

「小出さんの連絡先は杉崎りなさんからお聞きしました」

「ええ。電話がかかってきて、鶴見さんのことを伺いました」

小出は表情が硬いままだ。

飲み物が届いてから、その理由に見当がついた。カップを掴む小出の指に指輪がはめられていたのだ。

「九年前のことを思い出させてしまい恐縮なのですが」

そう前置きして、京介は切りだした。

「榊原初美さんを殺した畑中正樹は刑務所で自殺しました」

「そうですってね。杉崎さんから聞きました」

小出は小さな声で言う。

「失礼なことをお訊ねして申し訳ないのですが、最初、あなたも警察に調べられたそうですね」

「ええ、疑われました」

「第一発見者はまず疑われますからね。どのようなところに疑いが？」

「事件の数日前に、彼女とちょっと言い合いをしました。そのことがあって、また言い

合いになって、かっとなって殺したのではないかと」

小出は言ったが、

「でも、逃げていく犯人を見ていたひとがいたおかげで、私の疑いは晴れました」

「その目撃者の志賀川が私の友人なのです」

「そうですってね、私は志賀川さんの証言で助かったのです。もし、あの証言がなかったら、私への疑いは長く続いたと思います。志賀川さんに感謝しています」

「その言葉を聞いたら、志賀川も喜んだでしょう」

そう言ってから、京介は話を前に戻した。

「榊原さんとはどのようなことで言い合いになったのですか」

「たいしたことではありません。些細なことで」

詳しい内容を言いたくないようだった。

仕方なく、次の質問に移った。

「あなたは事件の夜、九時過ぎ、榊原さんのマンションを訪れていますね。なぜ、そんな時間だったのですか。もっと早い時間に行っていれば、犯行を防げたかもしれませんね」

「あの日は上野の居酒屋で、大学の仲間と呑んでいたんです。でも、数日前の喧嘩のことが気になって、彼女に電話をしたんです。そうしたら、今は部屋にいるというので、これから行くからと伝え、仲間と別れ、マンションに向かったんです」

小出は悔しそうに、

「電話をかけなければよかったんです。彼女はチャイムが鳴ったとき、私だと思ってドアを開けたんです。私が訪ねる約束さえしてなかったら、彼女は用心して相手を確かめたはずです」

「そうですね。でも、いちおうは確認したと思いますよ。相手が油断させるようなことを言ってドアを開けさせたのかもしれません」

「いえ、電話さえかけなければあんなことにはなっていなかったはずです」

小出は自分を責めるように言う。

「あなたはそのことをずっと気にしていたのですか」

「ええ」

「話は蒸し返しになりますが、榊原さんとの言い合いの原因は何だったのですか」

「…………」

「言えないことだったのですか」

「いえ」

小出は首を横に振り、

「彼女は私に内緒で上野のスナックでバイトをしていたんです。週に二日ですが。そのことを先輩から聞いて、彼女を問いつめたんです。彼女はあっさり認めました。私が辞めろと言うと、彼女は楽しいからと。それで言い合いになって」

「スナックでバイトですか」

京介は微かに胸が騒いだ。

「どこのお店かわかりますか」

「いえ」

「先輩はそのスナックに行っていたんですよね。先輩に確かめてもらうわけにはいきませんか」

京介は迫るように頼む。

「それが大事なことなんですか」

「まだ、わかりませんが、いちおう知っておきたいのです」

「わかりました。ちょっとお待ちください。今、きいてみます」

小出は立ち上がって、店を出ていった。

しばらくして、小出は戻ってきた。

「わかりました。上野の池之端《いけのはた》仲町通りにある『夢クラブ』というスナックだそうです」

「わかりました」

京介は携帯のメモに記録した。

「あなたは今は？」

「ええ。結婚しています。三年前に」

「そうでしたか。それはよかった」

「結婚していいのかどうか、迷いましたが」

「不幸な事件を乗り越えて摑んだ仕合わせではありませんか。負い目を感じる必要はありません」

京介は力づけるように言い、

「最後にもうひとつお聞かせください」

「はい」

「あなたは裁判を傍聴したのですね」

「ええ。しました」

「畑中正樹は一貫して否認していたようですね。あなたはその態度をどう思いましたか。判決文にあるように、反省の欠片《かけら》もない殺人鬼か、それとも真実を訴えている不幸な男なのか」

「…………」

「いかがですか」

「じつはわからないのです」

「わからない？」

「畑中は一貫して否認していました。その訴えに必死さがありました。私も最初は警察から疑われましたからよくわかるのです。あの必死さはしらを切っているのではないという印象を持ちました」

「畑中は無実かもしれないと思ったのですか」

驚いて、京介は訊ねる。

「はい。それは、証人尋問の志賀川さんの証言からも感じたのです」

「志賀川の証言？」

「はい。弁護士が、あなたが見た男はここにいる被告人に間違いないかときいたとき、志賀川さんは、あのときに見た男に間違いないけど、受ける印象がだいぶ異なると」

「印象が異なる？」

「はい。でも、検察官は犯行直後の興奮状態のときと今とでは印象が異なるのは当然だと言っていました」

「そうですか」

「私は疑われた経験があるから、そう感じたのかもしれないのですが」

京介は気になった。

「あなたは、田川仁一郎という名に心当たりはありませんか」

「田川仁一郎……。思い当たりません」

「榊原さんの口からその名が出たことは？」

「いえ。ありません」

「そうですか」

「もしかして、畑中は無実だったのではと思っているのですか」

小出がきいた。

「いえ、そういうわけではありません」

京介はあわてて否定した。

だが、心の中ではますますある疑惑が膨らんでいた。

小出と別れたあと、京介は駅の構内の人気のない柱の陰から、新山武治に電話した。

「吉池仁一郎さんのことでお会いした弁護士の鶴見です。先日はありがとうございました」

「いえ、また何か」

「つかぬことをお伺いいたしますが、新山さんは上野の池之端仲町通りにある『夢クラブ』というスナックをご存じですか」

「『夢クラブ』？」

新山は呟いてから、

「名前は忘れましたけど、上野のスナックに一度、行ったことがあります」

「どなたと？」

「吉池に誘われて」

「吉池さんの馴染《なじ》みの店だったのですか」

「そうです。私は家が三鷹なので、上野には滅多に出ませんが、吉池はボトルを入れていました。それが何か」

「いえ。まだ、はっきりしたことを話せるまでには至っていないのです」

「そうですか」

「そのスナックはどのような店でしたか」

「そうですね。普通のスナックでしたが」

「若い女性がいたのですか」

「ええ、いました。女子大生も何人かいました」

「吉池さんには気に入った女性がいたのでしょうか」

「いたみたいです」

「どんな女性か聞いていませんか」

「いえ」

「吉池さんが、そのスナックのことで何か話題にしたことはありませんか」

そのスナックが『夢クラブ』だとして、そこで働いていた女性が殺されたのなら、その驚きを吉池は新山に話すのが普通ではないか。

「聞いたことはありませんね」

「そうですか」

「そうそう、当時吉池と付き合っていた女性に赤羽のマンションのことをきいてみましたが、知りませんでした」

「わかりました」

新山は何かききたそうだったが、京介は礼を言って電話を切った。

それから事務所に戻り、不動産の明け渡しで訴えられた依頼人に代わって答弁書を作成し、次に貸し金の返済を求める訴状の作成をこなし、六時過ぎに事務所を出た。

池之端仲町通りを何度か往復して、やっと『夢クラブ』というスナックを見つけた。

呑み屋の看板が並んでいるビルの四階で、エレベーターで上がり、『夢クラブ』のドアを開けた。

七時を過ぎたばかりで、カウンターの中に男性がひとりいてグラスを拭いていた。カウンターに七席、奥にテーブルが五卓並んでいる。

「すみません。客ではないんです。ママはまだですか」

京介はきいた。

「八時にならないと」

三十半ばと思える男性が答える。

「八時ですか。待たせてもらっていいでしょうか」

「どうぞ」

「では」

京介は椅子に腰を下ろした。

「このお店は何年になるのですか」

「十二年だそうです」

「ここには長いんですか」

「私ですか。五年です」

「お店のオープン当時からの女性はいらっしゃるのでしょうか」

「ひとりおりますよ。ゆかりさんです」

「ゆかりさんは何時ごろお見えでしょうか」

「七時半には来ます」

「そうですか。では、ゆかりさんからお話をお聞きすることにします」

「失礼ですが、弁護士さんですね」

男性が胸のバッジを見てきいた。

「そうです」

「何か問題でも？」

「いえ、そうじゃないんです。九年前当時のお客さんのことでお訊ねしたいことがありまして」

「九年前……」

「ええ。ちょっと古い話なので」

「ひょっとして、美樹《みき》さんのことですか」

「美樹さん？」

「ええ、殺された女性です。ここでは美樹と名乗っていたようです」

「そうです。どうしてそのことを？」

「ママとゆかりさんから聞きました。ちょうど、殺した男の控訴審が終わって、刑が確定した話をしていたのです」

「そうでしたか」

やはり、ここではたいへんな話題になっていたのだ。事件が起きた直後は客の間にも、その話は伝わっていたはずだ。当然、吉池の耳にも入っていただろう。だとしたら、新山武治にもその話をするのが自然ではないか。

「あっ、ゆかりさんです」

ドアが開いて、三十半ばと思える女性が入ってきた。

「ゆかりさん、こちら弁護士さん。九年前の美樹さんのことで」

京介は立ち上がって、

「鶴見と申します」

と、挨拶した。

ゆかりはコートを脱いで椅子に掛け、怪訝な顔をした。

「どうして美樹ちゃんのことを？」

京介が確かめる。

「美樹さんとは、榊原初美さんのことですね」

「そうです」

「その当時、日東製鋼の田川仁一郎というひとがお客で来ていませんでしたか」

「田川……」

ゆかりは少し目を見開き、

「田川さんは来ていました」

と、戸惑いながら答える。

「田川さんは榊原初美、いや美樹さんと顔を合わせたことはありますか」

「あります」

「田川さんは美樹さんに対して、どうだったのでしょうか」

「かなり気に入っていました。ときどき、同伴していたし、夜中にタクシーでマンションまで送ってあげたりしていました」

「美樹さん一途《いちず》だったのですね」

「そうだったんでしょうね。美樹ちゃんがあんなことになってから、お店に顔を出さなくなりましたから」

「顔を出さなくなった？」

「ええ。でも、そんなふうには見えなかったんですけど」

「そんなふうに見えなかったと言うのは？」

京介は口を入れた。

「美樹ちゃんがいなければ、別の女の子にちょっかいをかけるタイプに思えたのです。というのも、新しい子が入ってくると、目尻を下げていましたから」

「美樹さんが殺されたあと、田川さんは一度もここに顔を出していないのですね」

「そうです」

「美樹さんはどうだったのでしょうか」

「単なるお客さんのひとりでしかありません」

「言い寄られたりしなかったのでしょうか」

「帰りのタクシーの中で手を握ってきたりしたようです。ママが、あまりしつこかったら私が田川さんに注意するからと言ったら、自分ではっきり伝えますからだいじょうぶですと答えていました」

「田川さんのことを迷惑に思っていたようですね」

「そうかもしれません」

ドアが開いて、若い女性が中年の男性と入ってきた。

それを潮《しお》に、京介は話を切り上げた。

「わかりました。ありがとうございました」

「あの」

ゆかりが不思議そうに、

「田川さんと美樹ちゃんのことで何かあったのですか」

と、きいた。

「いえ、特には……」

「でも、以前にも同じことをききにきたひとがいたんです」

「えっ？」

京介は耳を疑った。

「それはいつごろですか」

「四カ月ぐらい前、六月だったと思います」

「そのひとの名前はわかりますか」

「確か、成田《なりた》さんとか」

「成田？　いくつぐらいのひとですか」

「三十二、三歳かしら。今と同じようなことをきいていました。だから、さっきから不思議に思っていたんです」

「どういうひとかわかりませんか」

「名前以外、何も言いませんでした。田川さんの知り合いだとだけ。眼鏡をかけて、細面で鼻筋の通った顔でした。誠実そうな印象を受けました」

眼鏡をかけていることを除けば、志賀川に似ていなくもない。成田という偽名で、眼鏡をかけて現われたのではないか。

その前に事件関係者に成田という男が存在しないかどうか、そのことを確かめる必要があると思った。

第四章　罪の深さ

1

翌日の火曜日、京介は新橋烏森にある広木孝治郎法律事務所を訪れた。

「すみません。また、裁判資料を見せていただきます」

広木にそう言い、資料室に入った。

畑中正樹被告事件の裁判資料が収まっている段ボール箱をテーブルに出して、資料を広げた。

京介の関心は成田という名だ。池之端仲町通りにあるスナック『夢クラブ』に現われた成田という男は何者なのか。
三十二、三歳で、眼鏡をかけて細面で鼻筋の通った顔。誠実そうな印象だという。志賀川に似ているが、確証はない。
京介は榊原初美の友人の杉崎りな、恋人だった小出琢磨、それから志賀川の同僚の牟礼、吉池の同僚の新山らに片っ端から電話で確かめた。しかし、誰も成田という名に心当たりがなかった。

そこで、再び裁判資料を調べたのだが、どこにも成田姓の人物は見つからなかった。事件の関係者ではないのか。警察官や検事にもその名はなかった。

京介は改めて検察官の冒頭陳述書や警察官の実況見聞調書を調べてみた。

畑中正樹が犯人だという決め手は凶器の花瓶の首についていた畑中の指紋だ。しかし、畑中の供述書によれば、前日に水漏れの修理で訪れたときに下駄箱の上に転がっていた花瓶を摑んだときについたと主張している。確かに、花瓶を振り回すのにふさわしい持ち方に見えるが、花瓶の口が手前にあれば、とっさにそのような持ち方をしても不自然ではないはずだ。

それに、畑中の犯行だとしたら、逆に指紋が残っているほうに違和感がある。犯人ならば花瓶の指紋を拭き取って逃げるのではないか。逮捕後、畑中は犯行を一貫して否認し続けたのだ。犯行を否認する男が指紋を残したまま逃走したことに疑問が残る。

やはり、吉池が疑わしく思えてくる。ただ、吉池の犯行だとしたら、なぜ吉池の指紋がついていないのか。

計画的な犯行なら凶器を用意していたはずだ。だが、犯行は計画的とは思えない。話している最中にかっとなって、とっさに花瓶で殴った。そのとき、吉池はハンカチで花瓶の口を摑んだのではないか。

そう考えれば、凶器の花瓶に指紋がついていないことの説明がつく。

吉池は何度かタクシーでマンションまで榊原初美を送っている。しかし、部屋の中に入ったことはないはずだ。

だが、事件当夜、吉池はふいに榊原初美の部屋を訪れた。その時刻、恋人の小出琢磨がやって来ることになっていた。初美は吉池を小出だと思い、ドアを開けた。

そこで、初美は帰ってと叫ぶ。小出に見られたら誤解を招く。ただでさえ、スナックのバイトの件で言い争いになっていたのだ。

だから、初美は激しく帰れと叫んだ。いや、罵ったのかもしれない。吉池はプライドを傷つけられた。そのとき、傍らに花の挿していない花瓶があった。ハンカチを取り出して、その花瓶を摑んだ……。

これはあくまでも想像に過ぎない。だが、単なる想像に終わらないとも思うのだ。

犯行後、吉池はあわてて逃走し、マンションを飛び出したところで志賀川と出くわした。

そのまま自宅に帰った志賀川は、しばらくしてパトカーのけたたましいサイレンの音で何かを察し、現場に向かった。そこで、自分が出くわした男が殺人犯だったと知った……。

この仮説を、広木弁護士に話して確かめようとしたが、まだ吉池が真犯人だと決めつけるのは早いと思い直した。

資料を段ボール箱に戻し、広木弁護士の執務室を訪れた。

「先生、ありがとうございました」

「何かわかったかね」

「はい、だいぶ」

「では、畑中正樹が無実だという可能性が出てきたのですか」

「まだ、確証はありませんが……」

「そう」

広木は複雑な顔をした。

無実の証拠が今さら出てきても、死んでしまった畑中には何もしてやれないのだ。

「先生、じつは成田という男を探しているのです」

「成田？」

「はい、当時三十二、三歳ぐらいで、眼鏡をかけて細面、鼻筋の通った誠実そうな男だそうです。心当たりはありませんか」

「いや、覚えはない」

「そうですか」

「先生は、殺された榊原初美さんが週二回、上野池之端のスナックで働いていたことをご存じでしたか」

「いや、知らない」

「警察も知らなかったのでしょうか」

「凶器の花瓶から犯人のものと思われる指紋が検出され、逃げていく犯人と出くわした目撃者がいたことから似顔絵が作られ、数日後には畑中正樹が浮かび上がったからね。もし、目撃者がいなかったら、被害者の交友関係などを徹底的に調べただろうからスナックのことも明らかになっただろうが」

「似顔絵から、どうして畑中正樹が浮かび上がったのですか」

「周辺の聞き込みからです。やはり、畑中に水漏れの修理をしてもらったことがある家の主婦が、水道修理業者に似ていると話し、それで畑中を任意で警察に呼び、目撃者に面通しさせたら間違いないというので……」

ほんとうは志賀川が出くわしたのは吉池だった。おそらく、吉池と畑中は顔だちや背格好も似ていたのだろう。

「畑中正樹の顔だちや背格好は、どのような感じだったのでしょうか」

京介はきいた。

「背が高くてがっしりした体格でした。目は大きく、鼻筋が通っていましたね」

吉池は大柄で肩幅の広いがっしりした体つきだった。似ている。志賀川が間違えた可能性が高まった。

「なぜ、畑中の顔だちや背格好を気にするのですか」

広木は厳しい顔付きになった。

「志賀川の目撃証言が間違っていたかもしれません。志賀川がマンションの前で出くわした男は吉池で、警察が見つけた畑中の面通しで、志賀川が自分が見た男だと思い込んで証言したのではないかと」

「この前の話では、吉池が志賀川さんを立待岬で突き落としたということでしたね」

「はい……」

「志賀川さんはこの件で吉池を……」

市村亜美との仲をネタに脅していたというのは表向きで、裏ではこの件で志賀川は吉池を強請っていたのだろうか。

だから、吉池は志賀川を殺さねばならなかったのだ。

広木にどういう挨拶をして別れたのか、京介は覚えていなかった。

気がついたとき、虎ノ門の事務所に向かって歩いていた。

京介は自分の執務室に落ち着いた。

ゆっくり考えを整理したいのだ。

志賀川は会社の同僚の牟礼といっしょに、銀座にあるスナック『あみ』に行った。そこでカラオケで『函館の女』を歌っている男を見た。そのとき、九年前に自分が目撃した男にそっくりだと気づいたのだ。

だから、歌声に感動したと言い、男に近づいた。そして、男が吉池仁一郎という名で、今は函館に住んでいて、月に何回か東京に来る生活をしているが、九年前までは東京に住んでいたことがわかった。

志賀川は女子大生殺しの畑中正樹が一貫して犯行を否認していたことを知っていた。真犯人は吉池だと確信し、吉池のことを調べ上げていった。

そして、成田と名乗って上野のスナック『夢クラブ』に行き、吉池と榊原初美の関係を聞き出した。

ただ、わからないのは、志賀川がどうして『夢クラブ』のことを知ったのかだ。

そのことはわからないが、志賀川は吉池の犯行の動機を知り、いよいよ吉池を強請る準備に入った。

だが、動機がわかったとはいえ、吉池が榊原初美を殺したという証拠があるわけではない。とぼけられたらそれまでだ。そこで、市村亜美との仲と女子大生殺しを併せて恐喝のネタにしたのではないか。

このふたつの恐喝が吉池を追いつめ、逆に志賀川の口を封じる逆襲に出た……。

だが、京介は首を横に振った。志賀川がひとを強請るような真似をする男にはどうしても思えないのだ。

だが、吉池が志賀川を突き落としたのは事実だ。揉み合っている写真がある。撮影した紀田大地の話では、最初から志賀川が海側を歩いていたという。いきなり、吉池は志賀川を横から突き落とそうとしたが、あわてて志賀川は吉池の腕にしがみついたのではないか。だが、力尽きて崖下に転落した。

京介は函館の板室弁護士の携帯に電話をかけた。

「もしもし」

すぐ、板室が出た。

「鶴見です」

「君か」

「その後、吉池の様子はいかがでしょうか」

「相変わらずだ。志賀川が突き落とそうとしたのだと言っている。自分は突き落としていない、と吉池は頑なに主張している」

「検察のほうは？」

「恐喝から逃れるために吉池が突き落としたとして起訴するのだろう。どうも、吉池は私にも何か隠していることがあるようだ。それが何かわからない」

「そのことですが、ある重大なことがわかりました」

「重大なこと？」

「お願いがあるのですが、吉池に質問して欲しいことがあるのです」

「どんな質問だね」

「電話より直接お話をしたほうがよいと思います。明日、お時間がおありでしょうか」

「時間はとれるが」

「では、明日函館に行きます」

「明日？　仕事はだいじょうぶなのか」

「はい、調整しました」

「わかった。では、事務所に来てくれ。私も事務所に出る」

「午後一時ごろにお伺いいたします」

「待っている」

京介は電話を切ったあと、笠原めぐみの携帯に電話をかけた。

「はい、笠原です。鶴見さん？」

めぐみの弾んだ声が聞こえた。

「ええ。鶴見です。突然なんだけど、明日、函館に行くことにしたんだ。また、日帰りだけど」

「ほんとうに？」

「ええ。それでもしよければ昼飯でも。最終便に間に合うなら夜でもいいけど」

京介は自分でも浮き立っているのに気づいていた。

「なんとかします。何時に着きます？」

志賀川のもうひとつの顔を明らかにするための函館行きだ。その苦痛から逃れようと、京介はめぐみとの再会に思いを馳せた。

めぐみとの電話を切ったあと、京介は詩緒里に電話をかけた。

「鶴見さん」

詩緒里はほっとしたような声を出した。

「何かありましたか」

「今、アルバムを見ていたんです。それでちょっといろいろ思い出して」

「アルバムですか」

「函館の聖マリア教会の前で撮った写真を見ていたら、ちょっと込み上げてきて」

詩緒里は涙声になって、

「最近になって、喪失感や悲しみに襲われるようになったんです。時が経つにつれ、切なさに胸が苦しくなって」

「わかります。ほんとうの悲しみはそういうものなのかもしれませんね」

「変ね、離婚したっていうのに」

まだ心は繋がっていたのだろうと、京介は思った。

「やっぱり、今から考えると半年前から真二さんは変わってしまった。それ以前の彼とは別人みたい」

「ええ。彼は半年前から変わりました。それは、吉池仁一郎に会ったからです。その理由に、思い至りました」

京介は胸に痛みが走った。

「なぜ、ですか」

「そのことをはっきりさせるために、明日函館に行ってきます」

「函館に？」

「ええ。板室弁護士に会いにです。帰ったら、井原にも聞いてもらいたいので、井原の都合を聞いておいていただけますか」

「わかりました」

「それから、ひとつお伺いしたいのですが、成田という名前に心当たりはありませんか」

志賀川が偽名を使ったのだと思われるが、なぜ成田だったのか。身の回りに、その名の人物がいるのではないか。

「いえ、思い当たりません」

詩緒里は答えた。

「すみません。見落としていたかもしれないので、志賀川の携帯のアドレス帳に載っていないか見ていただけませんか」

「少々お待ちください」

詩緒里は何かごそごそやりだした。

「もしもし」

再び、詩緒里の声が聞こえた。

「成田という名前は登録されていません」

「そうですか。わかりました」

「成田というひとがどうかしたのですか」

「ある場所に、成田と名乗る男が吉池のことで訪ねているのです。特徴から、志賀川ではないかと思ったんです。成田が志賀川の偽名だとしたら、志賀川の周辺にいる人物の名前を使ったのではないかと思って」

「偽名……」

詩緒里が呟き、

「ひょっとしたら、成田山かもしれません」

「成田山？　成田山新勝寺《しんしょうじ》ですか」

「ええ、今年のお正月、ふたりで初詣に成田山に行ったのです。そこで……」

詩緒里は言いよどんだが、

「お参りが終わったあと、お互いに何を願ったのか言い合ったら、ふたりとも子宝に恵まれますようにだったの……」

詩緒里が嗚咽を漏らした。

「すみません」

「いえ、そうだったのですか」

志賀川は子どもを欲しがっていた。もし、子どもがいたら、志賀川は吉池に対してももっと違った行動に出たかもしれない。

志賀川はそのことが頭にあって、成田という偽名をとっさに使ったと考えるのは、あながち間違っていないようだ。

「また、函館から帰ったら連絡します」

京介は電話を切った。

2

函館空港からバスで函館駅に出て、昼飯に駅近くで塩ラーメンを食べて、市電で五稜郭公園に向かった。

結局、めぐみは仕事が入っていて調整がつかず、夕方に会うことになったのだ。

ちょうど一時に、京介は板室弁護士の事務所に到着した。

執務室の応接セットで差向いになって、京介は切りだした。

「九年前の二月、北区東十条で女子大生が殺されました。夜九時ごろ、犯人は被害者の榊原初美さんの頭を玄関にあった花瓶で殴って殺し、すぐ部屋から逃げました。そして、マンションを出たところで、志賀川真二と出くわしたのです。志賀川の証言により、畑中正樹という男が逮捕されました」

京介は事件の概略を説明し、畑中は犯行を否認したまま高裁で刑が確定したことを話し、さらに続けた。

「事件から九年経った、今年の四月、志賀川は銀座のスナック『あみ』で、吉池を見かけ、近づいていきました。このときの志賀川らしくない行動が不思議でしたが、じつは吉池は自分が事件の夜に目撃した男にそっくりだったのです。それで、真相を確かめようと、事件を調べはじめたのです。被害者の榊原初美が上野の『夢クラブ』というスナックでアルバイトをしていたことを知り、志賀川は成田という偽名で『夢クラブ』を訪ね、吉池が客で来ていたかどうかを確かめました。当時、吉池は榊原初美をタクシーでマンションまでよく送っていたそうです」

板室は厳しい表情を崩さずにきいていた。

「志賀川は市村亜美との仲だけをネタに吉池を脅迫していたのではなく、女子大生殺しの件でも脅していたのではないかと」

「今の話は間違いないのか」

「はい。当時、吉池は完全に捜査圏外でした。たまたま、畑中正樹と吉池の雰囲気が似ていたのだと思います。捜査に協力した志賀川は警察が見つけ出した畑中を面通しで見て、自分が目撃した男だと断定したのです」

「…………」

「畑中はたまたま前日、水漏れの修理で、被害者宅を訪問していたのです。そのとき、倒れていた花瓶を起こしてやったそうです。そのときについた指紋が決め手となりました」

京介は身を乗り出し、

「この女子大生殺しについて、吉池に訊ねてもらいたいのです。吉池はこの事件の直後、会社を辞めて松前に帰っているのです」

「吉池が何か隠しているとは思っていたが……」

　板室はため息をつき、

「これから接見してくる」

と、怒ったように言った。

「私も警察まで」

　京介はついていくことにした。


　板室は車で来ていた。

　京介は助手席に乗り込んだ。板室は静かに車を発進させた。五稜郭タワーが遠ざかっていく。

　函館道南署に着いた。駐車場に車を駐車し、玄関に向かった。

　板室が接見室に向かったあと、京介はロビーのソファーで待った。地下の霊安室で、志賀川と対面したときの悲しみが蘇ってきた。

　三十分以上経って、板室が戻ってきた。

「いかがでしたか」

　京介は待ちかねてきいた。

玄関を出て、駐車場に向かいながら、

「最後にようやく、上野池之端仲町通りにあるスナックに通い、榊原初美をタクシーでマンションに送っていったことがあることは認めた。しかし、殺しは否定した。その夜、マンションにも行っていないと言った」

と、板室は答えた。

「そうですか」

車に乗り込む。

「会社を辞めたのは、体調が優れないので実家に帰って静養するためだったと」

板室はシートベルトをしてからエンジンをかけた。

「そのようなことは彼の同僚は話していませんでしたが」

「誰にも相談出来なかったと言っている」

車を発進させる。

「なぜでしょう」

「見かけは元気そうに見えるから、誰にも病気だと信じてもらえそうもなかったからだと言っていた」

板室はハンドルを操りながら口を開く。

「心の問題だとすれば、納得できますが。つまり、ひとを殺した罪に脅えて……」

「だが、吉池は殺しを否定している」

「先生から見て、吉池の様子はいかがでしたか」

「わからない」

板室は前方を見ながら首を横に振った。

「志賀川がスナックに行って、榊原初美との関係を調べていたと告げたが、志賀川が何を調べようとやっていないものはやっていないと言い切った」

「………」

吉池が否定することは予想されたことだ。しかし、榊原初美との関係を認めたことは大きな前進だと思った。

「どうなんだね、吉池が殺したという証拠はあるのかね」

「ありません」

「吉池さんの犯行を裏付けるものがないとしたら、この件は吉池さんにとっては恐怖でもなんでもないように思えるが」

「仰るとおりです。すべて志賀川の目を信じるしかありません」

「しかし、志賀川はもういない。こうなっては、吉池さんを女子大生殺しの犯人だと考えること自体、無意味ということになる。せっかくの君の発見だったが、吉池さんにはなんら影響を及ぼさないようだな」

板室は口元を歪めた。

「志賀川は吉池に女子大生殺しの件を話したに違いありません。吉池が目撃した男に似ていたことと逮捕された畑中が最後まで犯行を否認し続けていたことから、吉池と榊原初美との関係を調べたのです。それで、ふたりに接点があった。こうなれば、志賀川は吉池が真犯人だと確信したことでしょう。だとしたら、この件で、吉池に迫ったことは想像できます」

京介は間を置き、

「吉池は志賀川との関係で、このことについては話していませんね。なぜ、なんでしょうか。話す必要はないと考えたのか、それとも女子大生殺しの件に触れて欲しくなかったということでしょうか」

「………」

「吉池が女子大生殺しと無関係ならば、かえってそのことを素直に持ち出したほうが、今回の件で有利な展開になったのではないでしょうか」

「というと？」

「志賀川は吉池が犯人だったと思っていたに違いありません。そのことで強請りを働いたが、吉池が相手にしなかったので、今度は市村亜美との仲をネタに脅してきた。これも吉池が撥《は》ねつけたので、志賀川はかっとなって吉池を殺そうとして誤って崖下に転落した。そういう言い逃れが出来るではありませんか」

　京介はさらに続ける。

「そうであれば、正当防衛の主張が明確になるではありませんか。それなのに、なぜ志賀川との接点となる女子大生殺しについて話さないのでしょうか」

「吉池さんは市村亜美を自分に譲れと迫った志賀川に対して、はっきり拒絶したから、かっとなった志賀川が自分を殺そうとしたと訴えているんだ」

「それでも同じです。志賀川は女子大生殺しは目を瞑るから市村亜美と別れろと迫ってきたと明かすことで、それを拒んだために志賀川の殺意を煽ることになったと主張出来るはずです」

「…………」

「それなのに、そのことはなぜ口にしなかったのでしょうか」

　京介は疑問を口にする。

「そこまで気がまわらなかったのかもしれない」

「そうでしょうか。事実を言えばいいだけの話です。それに先生は吉池が何かを隠しているようだと看破されていました。その隠し事こそ、女子大生殺しだったのでは……」

「君の話では、吉池の殺意を立証することになってしまう。私は志賀川に殺意があったとして弁護をしていくつもりだ」

板室は厳しい声で、

「君の考えは警察・検察の意には沿うもののようだが」

と、たしなめるように言う。

「私は真実を知りたいだけです」

「吉池さんははっきり女子大生殺しを否定している。そして、その証拠もない。あるのは吉池さんが殺された女子大生と顔見知りだったということだけだ。吉池さんにとっては、とるに足らない話という認識だったのかもしれない」

「先生」

京介は身を乗り出した。

「私を吉池に会わせていただけませんか。先生の助手ということで」

「なんのために？」

「吉池が隠していることを明らかにさせて……」

「それは私がしている。それとも、私では無理だというのかね」

「そういうわけではありません」

あわてて、京介は言う。

「確かに、吉池は何かを隠している。それが女子大生殺しの件かどうかはわからない。しかし、殺しに関わった証拠がない以上、現在の吉池にとっては痛くも痒《かゆ》くもない話だ。

これまでどおりの弁護をしていくことには変わりない」

「わかりました」

「女子大生殺しの件は、警察に言うつもりかね」

「いえ。私からは言うつもりはありません。このことはかえって志賀川の心証を悪くするだけですから。もちろん、先生がお話しになるならそれでも結構です」

「まあ。これからも吉池さんとは話し合いを続けていく」

「吉池の様子はどうなのですか」

「逮捕から半月経った。少し窶《やつ》れたようだ。自信をなくしているのかもしれない。自分の言い分は検事にもまったく聞き入れてもらえないと嘆いていた」

「そうですか」

京介は吉池に自分から問いかけが出来ないことがはがゆかった。

車は事務所近くの駐車場に入った。

車を下りてから、

「先生、ありがとうございました」

「事務所に寄っていかないか」

「これからひとと会うので」

「そうか。きょうは泊まるのかね」

「いえ、最終便で東京に帰ります」

「あわただしいな」

板室は少し考えてから、

「公訴期限まであと一週間だ。不起訴になれば自由に会えるし、吉池さんが起訴されて拘置所に行ったとしても、私といっしょに接見に行くことも出来る。もう一度、来るといい」

「ほんとうですか」

京介は思わず声を上げた。

「ぜひ、お願いいたします」

「そのとき、飯を食おう。旨《うま》い寿司《すし》を食わせてやる。予定が決まったら知らせてくれ。店を予約しておくから」

「ありがとうございます」

京介は礼を言い、市電の停留場まで歩いた。

午後四時に、函館国際ホテルのロビーでめぐみと待ち合わせている。ロビーに着くと、すでにめぐみが来ていた。

めぐみはブルーのダウンコートを着ている。京介は駆け寄った。

「待たせた？」

　京介はきく。

「ちょっと前に来たところ」

　めぐみは微笑んだ。

「板室弁護士とは何を？」

「どこかに落ち着いてから話すよ。ただ、あと一週間後には吉池の身柄が移される。そのとき、板室先生が吉池に会わせてくれるそうだ」

　京介は出口に向かいながら言う。

「また、会えるのね」

　めぐみはさりげなく言ったが、京介はどぎまぎした。

「どこに行きましょうか」

　めぐみがきく。

「ほんとうはおいしいお寿司を食べようかと思ったけど、予約とれなかった」

「そう、板室先生も今度来たら旨い寿司を食べさせてくれると言っていた」

「もしかしたら、『梅乃《うめの》寿司』かもしれないわ」

「『梅乃寿司』？」

「ええ、さくら通りにあるの。とにかく、おいしいの。鶴見さんに食べさせてあげたかったんだけど、今日は予約がいっぱいで」

「それは残念」

「鶴見さんといっしょに行こうと思ったけど、どうやら板室弁護士に先を越されてしまいそうね」

めぐみはがっかりしたように言う。

「楽しみだな」

京介は応じた。

「あと、函館の夜景を見ながら食事をするレストランを考えたけど、あまり時間がないから」

「すまない。次回来るときは一泊するよ」

「きっとね」

めぐみが目を輝かせた。

ふたりが入ったのは、イカ料理の店で、生け簀《いす》を囲んだカウンターに並んで座った。

ビールを呑みながら、

「鶴見さんとこうしているなんて、なんだか不思議」

と、めぐみが言う。

「そうだね」

京介は答えたが、実際はそんな気がしない。二十二歳のときに知り合い、志賀川と詩緒里の結婚式で会ったのを最後に会うことはなかった。

そして離婚式のときに何年かぶりで再会した。だが、めぐみとは時の経過を感じなかった。以前のように気取ることなく自然体で接することが出来た。

イカの塩辛に箸をつけ、イカの和え物《あもの》を口にする。めぐみはイカ焼きを食べている。

「志賀川のことだけど」

京介は不意に口を開き、女子大生殺しの件に吉池が関係していることを話した。

めぐみは驚きを隠さずに、

「志賀川さんにそんなことがあったなんて」

「目撃者だったことも話してくれなかったんだ。詩緒里さんと井原には話していたからわかったけど、ふたりも知らなかったら、女子大生殺しとの関わりは気づかぬままだった」

「でも、どうして、鶴見さんには話さなかったのかしら」

めぐみが不審そうにきいた。

「そのころ、司法研修所の修習生だったから、忙しくて誰とも会っていなかったんだ。会っていたら、当然話しただろうけど」

「でも、事件から数カ月後には裁判で証言したのでしょう。そのことを、なぜ鶴見さんに伝えなかったのかしら」

「………」

京介は考え込んだ。法廷の証言台に立つというのは話のタネになる。京介に会ったときに、その話をしそうなものだ。特に、弁護士になろうとしている京介に対しては格好の話題ではなかったか。それなのに、なぜ自分には……。

「鶴見さんが弁護士だからかしら」

めぐみが何気なく言う。

弁護士だから……。いや、そんなことが口にしない理由にはならない。やましいことをしているならともかく、犯人を目撃しただけだ。

そう思ったとき、ふと小出琢磨との会話が蘇った。

小出は裁判を傍聴していて、畑中正樹の犯行に疑問を持ちはじめたと告白した。

「畑中は一貫して否認していました。その訴えに必死さがありました。私も最初は警察から疑われましたからよくわかるのです。あの必死さはしらを切っているのではないという印象を持ちました」

「畑中は無実かもしれないと思ったのですか」

驚いて、京介は訊ねた。

「はい。それは、証人尋問の志賀川さんの証言からも感じたのです」

「志賀川の証言？」

「はい。弁護士が、あなたが見た男はここにいる被告人に間違いないかときいたとき、志賀川さんは、あのときに見た男に間違いないけど、受ける印象がだいぶ異なると」

「印象が異なる？」

「はい。でも、検察官は犯行直後の興奮状態のときと今とでは印象が異なるのは当然だと言っていました」

検察官の言葉で、志賀川は納得したのだろうか。

志賀川は自分の目撃証言に自信をなくしていたのではないか。だから、京介にも話せなかったとも考えられる。

いくら、銀座のクラブ『あみ』で見かけた吉池が自分が目撃した男に似ていたとしても、普通ならば単によく似た男だとしてやり過ごしたはずだ。

それなのに、志賀川は吉池に近づき、女子大生殺しとの関係を調べた。どうして、はじめて会った吉池に真犯人の可能性を見つけたのか。

志賀川は自信がなかったのではないか。頑なに否認を続ける畑中正樹を見て、自分の証言に不安になった。いや、間違っているかもしれないという恐怖を覚えたのではないか。だから、あえて女子大生殺しの件を忘れようとしていたのではないか。

「どうかしたの？」

めぐみが訝しげにきいた。

京介は我に返った。

「もしかしたら、志賀川はここ半年どころかもっと以前から悩んでいたのかもしれない。その苦しみを封じ込めてきた……」

もし、自分の証言が間違っていたと知ったなら、志賀川はどうしただろうか。そのことに思いが至ったとき、京介は思わず声を上げそうになった。

3

翌日、京介はJR田端駅で下り、畑中正樹が働いていた水道修理業の会社を訪れた。

小さな工場の横に事務所があり、京介は応対に出た女性に用件を告げた。その女性は鶴見の名刺を持って奥の部屋に行き、やがて戻ってきた。

「どうぞ、こちらに」

女性は事務所の壁際にある衝立《ついたて》で仕切られた応接コーナーに案内した。卓上に置いてあるパンフレットには水道の仕組みや水の流れが図に描いて説明されていた。

五分ほどして、頭髪の薄い小太りの男がやってきた。

所長の前川《まえかわ》と名乗ってから、

「畑中正樹のことだそうですね」

と、切りだした。

「はい。畑中さんは一年前に刑務所で亡くなったそうですね」

「ええ」

前川は表情を曇らせたが、

「鶴見さんはあの事件のことを調べ直しているのですか」

と、目を光らせた。

「ある事件の関連で……」

「私はいまだに冤罪《えんざい》だと思っていますよ」

前川は怒ったように言った。

「畑中さんをよくご存じでしたか」

「もちろん。いっしょに仕事をしてきた仲ですからね。あの男がひとを殺すなんて、ありえません」

「畑中さんには妹さんと弟さんがいたそうですが」

「ええ。畑中の家族は悲惨でした。妹の綾子《あやこ》さんは結婚を控えていたのに突然婚約を解消されて自殺を図ったんです。幸い、発見が早く、命には別状ありませんでしたが、寝たきりで」

前川はやりきれないように顔をしかめて続ける。

「父親と母親は毎月のように刑務所に面会に行っていました。でも、一昨年《おととし》、息子の無実を信じながら相次いで亡くなりました。そのショックが大きかったのでしょうね、一年後に畑中は首をくくったんです」

「痛ましいですね」

京介は胸が締めつけられる。

「弟さんはどうしているかわかりますか」

と、きいた。

「わかりません。父親がどこかに養子に出したそうです。殺人者の兄弟という世間の差別から守るために。両親はどこに養子に出したのか、一切口にしなかったそうです」

「じゃあ、弟さんが今どこにいるか、誰も知らないのですね」

「ええ。知らないはずです」

「そうですか」

京介はため息をついて、

「弟さんの名前をご存じですか」

「いいえ。わかりません。綾子さんとはお会いしたことがあるのですが、弟さんとは会っていないので」

「妹の綾子さんはどこにいらっしゃるか、ご存じですか」

　京介はきいた。

「いえ。病院を出て、どこか施設に入っていると聞きましたが、どこかはわかりません」

「どなたか知っているひとはいないでしょうか」

「綾子さんに何か」

「綾子さんの面倒を見ている方にお会いしたいのです」

「わかりませんね」

「どなたか、綾子さんや弟さんのことをご記憶の方を知らないでしょうか」

「わかりません」

　前川は首を横に振る。

「妹さんの婚約者だった男性の名はわかりませんか」

「村瀬俊輔《むらせしゅんすけ》というひとでした。でも、破談の後、村瀬くんは結婚したと聞いているので、何も知らないと思いますが」

「どうして、婚約者の名をご存じなのですか」

「綾子さんと婚約者、そして畑中と私とで食事をしたことがあるのです。じつは、結婚式に招待されていましてね」

「なるほど。で、村瀬さんは別の女性と結婚したのですね」

京介はやりきれないようにきいた。

「ええ、結婚したという挨拶状が来ました」

「いつのことでしょうか」

「挨拶状が来たのは五年ぐらい前です」

「その挨拶状はお持ちですか」

「いえ、処分してしまいました」

「連絡先はわかりませんか」

「勤めていた会社はわかります。大東京電気の技術者でした」

大東京電気は一部上場の大企業だ。

「ありがとうございました。あっ、最後におききしたいのですが、成田か志賀川という男が事件のことで訪ねてきませんでしたか」

「いいえ。来ていません」

「そうですか。わかりました」

京介は立ち上がって礼を言う。

田端から新橋に出て、虎ノ門まで歩いて事務所に戻った。

所長の柏木に来客があるらしく、事務員の女性がお茶を運んでいった。京介は自分の執務室に入り、溜《た》まっている仕事をこなし、時間が出来たところで大東京電気に電話をした。

交換台に、技術者の村瀬俊輔の名を告げると、村瀬は第一研究所の所属だということで、川崎にある研究所の電話番号を教えてくれた。

そこに電話をかけ、弁護士の鶴見と名乗り、村瀬俊輔の名を告げると、やがて、男の声に代わった。

「村瀬ですが」

緊張している声だ。弁護士からの電話だと聞いて身構えたのかもしれない。

「弁護士の鶴見と申します。今、ある事情から九年前に起きた女子大生殺害事件の関係者を調べているのです。それで、村瀬さんにもお話をお伺いしたいのです。どうか、お目にかかりたいのですが」

「いいですよ」

「ほんとうですか」

断られると思っていたので、あっさり承諾してくれたのは意外だったが、京介にとっては有り難かった。

「いつがよろしいでしょうか」

「明日の夜なら」

「場所はどちらに？」

「JR大森駅前にある東急ホテルのロビーでいかがでしょうか」

「わかりました」

七時に約束をし、京介は自分の携帯の電話番号を教えて電話を切った。

九年前のことを蒸し返されることに反発を覚えるはずだが、村瀬が快く応じてくれたので助かった。ひょっとしたら、婚約破棄した畑中綾子が自殺を図ったことが心に重くのしかかっていて、断りきれなかったのかもしれない。

翌日、京介は夕方六時過ぎに事務所を出て新橋まで歩き、京浜東北線で大森へ行った。前川のところに結婚の挨拶状が来たのは五年前というから、村瀬は婚約破棄から四年後に結婚したことになる。

大森駅に着いて、満員の電車から吐き出された。

駅と直結でホテルのロビーに入る。まだ、七時まで時間がある。京介が空いている椅子に座ろうとしたとき、向かいに座っていた三十代半ばと思える男が立ち上がって近づいてきた。

「失礼ですが、鶴見先生ですか」

「そうです。村瀬さんですか」

「はい。村瀬です」

「よくわかりましたね」

「バッジです」

村瀬は京介の上着の襟に目をやった。弁護士バッジを目ざとく見つけたようだ。

「そうでしたか。よく、いらしてくださいました」

「いえ」

ティーサロンに向かう。

ふたりともコーヒーを頼み、村瀬の仕事の内容を聞いたりしていたが、飲み物が届くと、京介は切りだした。

「村瀬さんにとって辛い話かもしれませんが、お許しください。畑中綾子さんと婚約していたとお伺いしましたが」

「そうです」

村瀬は辛そうに顔をしかめた。

「兄の正樹さんのことがあって、婚約解消を？」

京介はずばりきいた。

「殺人犯の妹と結婚するなら親戚づきあいをやめると、伯父や伯母をはじめ、親戚の者が父と母に苦情を入れたのです。父と母は、兄と妹は違うという考えだったのですが、親戚から責められてとうとう反対するようになって」

「あなたはどうだったのですか」

「私はそんなこと関係なく結婚するつもりでした。でも、周囲が猛反対しているところに嫁いできても、綾子さんが苦しむだけだと思い……」

「その後、綾子さんは自殺を図ったそうですね」

「ショックでした」

村瀬は俯き、

「命が助かったのは救いでしたが、後遺症が……」

「その後、綾子さんに会われたことはあるのですか」

「見舞いに行きました。でも、そのときは私のこともわからなかった……」

「その後、あなたはご結婚なさったのですね」

「はい。伯父の勧める女性と」

「そうですか」

「でも、二年前に離婚しました」

「えっ、どうしてですか」

「私のせいです」

「………」

「病院で見た綾子さんの寝たきりの姿が、脳裏に焼きついて離れないのです。いつも私が暗い顔をしているので、向こうはいやになったのでしょう。離婚を切り出されました」

村瀬はため息をつき、

「このままでは彼女まで不幸にしてしまうと思い、離婚を受け入れました」

「そうだったのですか」

村瀬の苦しみが理解出来る気がした。

「ひょっとして、離婚後、綾子さんに会いに行かれたのでは？」

「最近です」

「最近？　綾子さんに会ったのですか」

「ええ」

「今、綾子さんはどちらに？」

「施設に入っています」

「施設？」

「精神科の施設です。体は回復しましたが、心の病がまだ。でも、だんだん笑うようになってきました。医師も奇跡だと言っています」

「綾子さんは兄の正樹さん、ご両親が亡くなったことをご存じなのでしょうか」

「いえ、知らないようです」

「綾子さんの弟さんはどうしているのでしょうか」

「…………」

すぐに返事はなかった。

「わかりません」

なぜ、答えるまでに間があったのか。京介は不思議に思った。

「ところで、志賀川という男が綾子さんを訪ねたかどうかわかりませんか」

「志賀川さんとはお会いしました」

「えっ、志賀川と会ったのですか」

京介は思わずきき返した。

「綾子さんに面会に行ったときに会いました」

「いつのことですか」

「七月の終わりころです」

「志賀川はどんな用で？」

「綾子さんに謝っていました。お兄さんは無実だと。私がひと違いをしたと」

「志賀川がそんなことを……」

やはり、志賀川は吉池が榊原初美を殺した真犯人だと確信したのだ。

「綾子さんは志賀川さんの言葉が理解出来たのか、それ以来表情が穏やかになったんです。私のこともわかるようになって……」

「回復の兆しが見えたということですか」

「ええ、先生も驚いていました。完全に元通りになるにはもっと時間がかかるが、少しずつ良くなっていくと、太鼓判を押してくれました」

「それはよかった」

京介は安堵したが、すぐ表情を引き締め、

「志賀川は吉池仁一郎のことを話していましたか」

と、確かめた。

「ええ、自分が見たのは吉池だったと言っていました」

「吉池に対してどうするかというのは？」

「いえ、特には……」

「志賀川が死んだことをご存じですか」

京介は村瀬の表情を窺った。

「はい」

「どうして知ったのですか」

「たまたま、新聞の小さな記事を見つけて。それから函館の新聞を取り寄せ、吉池が突き落としたことを知りました」

「この事件を知って、どう思いましたか」

「志賀川さんは吉池を追及し、自首するように迫ったのだと思います。だから、吉池は志賀川さんを……」

村瀬は唇を嚙んだ。

「確かに、志賀川は吉池に罪を認めさせたかったのでしょう。そうすれば、畑中正樹さんの汚名が雪《そそ》がれます。でも」

京介は首を横に振り、

「吉池に罪を認めさせることは無理だと、志賀川はわかっていたはずです。吉池と被害者の繋がりがわかったとしても、殺したかどうかは別です。物的証拠もありません。あくまでも、志賀川の推測です」

「…………」

「わかっていたから、志賀川は別の弱みを握って吉池に迫ったのだとも考えました。でも、吉池がそれに動じるとは思えません。つまり、吉池に九年前の事件の自白を迫っても無視されるだけだとわかっていたのではないかと思うのです」

「志賀川さんには、吉池に罪を認めさせるつもりはなかったということですか」

「…………」

京介は返答に窮した。

恐ろしい考えに、自分の思考があるところで停まってしまうのだ。

「吉池が志賀川さんを殺した動機を、警察はどう見ているのですか」

「愛人の件で、志賀川から強請られていたからだということです」

「愛人の件ですか……」

村瀬は眉根を寄せて呟いた。

「しかし、私は懐疑的に思っています」

やはり、こうなっては、直接吉池と対決するしかない。そう思い、京介は話を切り上げた。

「いろいろありがとうございました。最後にお願いがあるのですが」

「なんでしょうか」

「綾子さんにお会いしたいのです」

「それは……」

村瀬は難色を示す。

「まだ、普通の受け答えは出来ません。会っても、何も……」

村瀬は首を横に振った。

「そうですか。綾子さんの弟さんは面会に来ることはないのでしょうか」

「さあ」

「ひょっとして、村瀬さんと入れ違いに、面会に来ているかもしれません。受付か施設の方にきいてみていただけませんか」

「わかりました」

村瀬は言い、立ち上がった。

ティーサロンを出て、京介はきいた。

「村瀬さんの家はこちらなのですか」

「いえ、ちょっと知り合いのところに寄るので。では、失礼します」

村瀬と別れ、京介は駅に向かった。

駅に貼ってあるポスターに大森海岸駅の名が見えた。十日ほど前、京急の大森海岸駅近くで、立待岬で志賀川と吉池が揉み合っている写真を撮った紀田大地と会った。

京介は携帯を取り出して「大森」を検索して地図を出した。なるほど、運河に近いほうに大森海岸駅がある。

地図に、いくつかの大きな病院が表示されている。京介ははっとした。表示されている病院を検索してみた。

リハビリ専門の科がある病院があった。京介は誘われるように地図を頼って、その病院へ向かった。

四階建ての病院が見えてきた。駐車場に車が疎《まば》らに停まっている。玄関に向かいかけたとき、門をくぐってくる男をみつけ、京介はあわてて玄関の脇に隠れた。

紀田大地だ。紀田大地は受付でチェックを受けて奥のエレベーターホールに向かった。部外者立入禁止の張り紙があった。

京介は外に出た。そして、駐車場のほうから病棟を見上げた。暗闇の中に、病室の灯りが浮かぶ。

ふと、二階真ん中の部屋の窓にふたつの人影が映った。ひとりは村瀬のようだ。もうひとりは紀田大地。

ある疑惑が形になっていく。京介は目眩に襲われるほどの衝撃を受けた。

4

函館に日帰りしてから三日後の土曜日、板室弁護士から意外な電話があった。

「警察が特別に君との同道の接見を許してくれたんだ」

「ほんとうですか」

「公訴期限が迫っているのに、取調べに行き詰まっているようだ。中谷警部補に、君からきいた話をしたら興味を示してね。ぜひ、協力をしてもらいたいと」

「わかりました。明日、お伺いします」

京介は電話を切り、すぐに笠原めぐみに連絡をした。

翌日、京介は函館空港に降り立ち、出迎えてくれためぐみの車で、まっすぐ函館道南署に向かった。

車の中で、京介はめぐみにかいつまんで経緯を説明し、志賀川の意図について自分の推測を話した。めぐみは何も言わなかった。

函館道南署に着くと、すでに板室弁護士が来ていた。

「ごくろうさん」

「いえ、ご連絡、ありがとうございました」

そこに中谷警部補がやって来て、

「こちらに」

と、会議室に案内した。

椅子に座ってから、中谷が切りだした。

「吉池は頑として犯行を否認している。志賀川に嵌められたのだと言い張っている。だが、その根拠も示さない。そんなとき板室先生から九年前の事件を聞いた。そこで、板室先生の勧めもあり、吉池に会っていただこうと思ったのです」

「わかりました。私にとっても願ってもないことです」

京介は感謝をした。

「では、さっそく」

めぐみを残して、京介は板室といっしょに接見室に向かった。

接見室で待っていると、アクリルボードで仕切られた向こう側に、吉池仁一郎が現われた。

京介の顔を見て、吉池は眉根を寄せる。

手錠と腰縄を外して、警察官が部屋を出ていくと、板室が切りだした。

「吉池さん。志賀川真二の友人で弁護士の鶴見さんだ。君と話がしたいというので、連れてきた」

「話なんかない」

吉池は憤然と言う。

「吉池さん。どうか、話を聞いてください」

「…………」

吉池は俯いた。

「板室先生。ふたりだけにしていただけないでしょうか」

「…………」

板室は少し顔色を変えたが、吉池の様子を見て、

「わかった」

と、立ち上がった。

板室が接見室を出ていくのを待って、京介は口を開いた。

「あなたは志賀川に嵌められたと訴えているそうですね」

「そうだ。俺は嵌められた。立待岬で会うことを言い出したのもあいつだ。誰も信じてくれないが」

吉池は嘆くように言う。

「私は信じます」

「………」

吉池は不思議そうな顔をしていたが、

「なぜ、そう思うのだ？」

「志賀川は銀座のクラブ『あみ』で、あなたをはじめて見て、とっさに九年前の東十条トーヨーマンションの前で出くわした男を思い出したのです」

「いい迷惑だ」

吉池は顔をそむける。

京介は無視して続ける。

「自分が目撃したのはこの男だと思い、あなたに近づき、いろいろ調べた。そうしたら、あなたと殺された榊原初美との接点がわかった。あなたが通っていた上野池之端仲町通りにあるスナックで、彼女は週に二日働いていたのです」

「偶然だ」

「夜中に、何度かタクシーでマンションの前まで送っていったことがあったそうですね」

「誰だってやっている。別に下心があったわけではない」

「志賀川は、あなたが榊原初美を殺した真犯人だと悟ったのです」

「志賀川の勝手な思い込みだ。ただ似ていただけで、犯人にされてしまうなんて、こんな不条理な話はあるか」

吉池は怒りで顔を紅潮させた。

「志賀川はあなたと榊原初美の関わりを調べたあと、犯人とされた畑中正樹さんの妹綾子さんにも会いにいっているんです」

「俺には関わりのないことだ」

「綾子さんは兄が殺人容疑で捕まったために、婚約を解消されたのです。そのために、自殺を図ったのです。この話は志賀川から聞いているはずです」

「知らない」

「畑中さんの両親は毎月のように刑務所に、息子の面会に行っていたそうです。でも、二年前に心労から倒れ、相次いでお亡くなりになりました。最後まで、無実を信じていたそうです。この話も志賀川から聞いたはずです」

「………」

「志賀川は榊原初美殺害のことであなたに迫まった。自首しろと。いかがですか、志賀川はあなたに自首しろと迫ったのではありませんか」

京介は口を真一文字に閉ざしている吉池を冷たく見つめ、

「もちろん、あなたは否定したでしょう。証拠はないのです。今さら、九年前の女子大生殺害事件であなたの罪を立証することは無理です。あなたはそのことを十分にわかっていた。だから、志賀川に対しても強気に出た。いかがですか。間違っていたら、違うと仰ってください」

「………」

「認めるのですね」

「こんな話をするために、ここに来たのではない」

吉池は憤然と立ち上がった。

「待ってください。あなたは志賀川を殺していない。そうですね」

吉池は睨《にら》みつけるように京介の顔を見つめた。

「あなたの仰るように、志賀川はあなたを嵌めたのです」

「………」

しばらく突っ立っていたが、吉池は再び腰を下ろした。

「志賀川はあなたと『あみ』で会ったあと、事件のことを調べ、畑中正樹が刑務所で自殺したことを知ったのです。妹の綾子は婚約を解消された絶望から自殺を図り、弟は殺人者の弟であることを隠すために養子に出されて名前を変えた。こういう事実を知り、志賀川は自分の罪の深さに打ちのめされたのです。今さら、あなたを告発したところで証拠もないのですから何にもなりません。だから、志賀川はあなたに別の形で制裁を加えようとしたのです」

京介はひと呼吸置き、

「それで市村亜美さんとの不倫をネタにあなたを強請るというストーリーを考えたのです。不倫ネタで、あなたが動揺するかどうかは関係ないのです。あなたが志賀川を殺す動機が生まれればいいのです」

「………」

「おそらく、あの日、あなたを立待岬に誘い出したのは、あなたが仰るように志賀川でしょう。あなたは、まさか立待岬であのような企みがあるとは露知らず、車で立待岬に行ったのです」

吉池は俯いているので表情はよくわからない。

「崖沿いを歩いているとき、いきなり志賀川はあなたにしがみつき、揉み合っているように見せた。そのとき撮られた写真が有力な証拠となったのです」

その写真を撮った人物こそ、畑中大地、養子に出された正樹の弟だ。

「吉池さん。志賀川は自分から落ちたのではありませんか」

京介は胸を掻《か》きむしられるような思いで口にした。

「だから、あなたは志賀川に嵌められたと言っているのです。志賀川が自分から落ちたと訴えたら、その訳の詮索がはじまるからです」

吉池は口を開きかけたが、すぐ閉ざした。

「志賀川は九年前の事件で目撃証言をしましたが、畑中正樹が一貫して犯行を否認していたことで、だんだん自信がなくなっていったようです。そして、妹さんが婚約破棄を苦にして自殺を図ったことを知り、自分の証言の重さに恐ろしくなっていった。ですから、裁判のことは忘れようと務めていたように思えます。というのも、裁判で証言台に立ったという話を、私に一切しなかったからです。ところが、あなたに会って、事件に再び立ち向かわざるを得なくなったのです」

京介は語気を荒らげ、

「あなたに志賀川の苦しみがわかりますか」

と、訴えた。

「自らの死をもってしか、自分の罪を償えない。志賀川はそこまで追いつめられていたのです。確かに、志賀川はあなたを嵌めようとして、自ら身を投げたかもしれません。ですが、あなたが殺したも同然なのです」

京介は感情が激してきて、

「あなたは榊原初美を殺したばかりでなく、間接的に畑中正樹を殺し、妹綾子の仕合わせを奪い、畑中一家を破滅に追い込み、さらに志賀川を殺したのです」

「………」

「吉池さん。志賀川は自分の命を懸けてあなたを告発したのです。どうか、九年前の事件の真相を話してくれませんか。いえ、自首してください。畑中正樹さんの名誉を回復させてあげたいのです。妹さんと弟さんのためにも……」

吉池は俯いたままだ。京介はさらに続けた。

「あなたにはまだ幼いふたりのお子さんがいらっしゃいます。このままなら、あなたはやってもいない志賀川殺しの罪で裁かれます。あなたの幼いふたりのお子さんは殺人者の子という汚名を着せられるでしょう。しかし、どうせ裁かれるのなら、自分の犯した罪を反省し、素直な気持ちで償う姿を見せたほうが、お子さんたちも強い気持ちで生きていけるのではないでしょうか」

「すみません」

吉池が顔を上げた。

「板室先生を呼んでくれますか」

「わかりました。どうか、よくお考えください。志賀川が自ら飛び降りたという話は板室先生にはしていません」

「……………」

「今、板室先生と代わります」

京介は立ち上がって接見室を出て、さっきの会議室に戻った。

ドアを開けると、板室とめぐみが顔を向けた。

「先生を呼んでくださいとのことです」

京介は言う。

「わかった」

板室は立ち上がって部屋を出ていった。

「どうでしたか」

めぐみがきいた。

「わからないけど、訴えが届いたような気もする」

最後は、それまでの頑なな態度はなくなっていたようだ。しかし、だからといって、安心は出来ない。

板室が戻ってきた。

「吉池が時間が欲しいと言ってきた。少し考えたいというので留置場に戻した。私はいったん事務所に戻って、待つことにする」

「あとは先生にお任せいたします」

「何かあったら電話をする」

「わかりました」

京介は中谷警部補に挨拶をし、めぐみといっしょに警察署を出た。

めぐみの車で再び立待岬に行った。強風が海から吹いてきた。今日は下北半島は霞んでいた。

「志賀川は自ら飛び降りたんだ」

京介は絶壁を見つめながら言った。

「今、何て?」

めぐみが目の前に手をかざして風をよけながらきいた。

「志賀川は吉池に突き落とされたんじゃない。自分で飛び降りたんだ」

「どうして?」

めぐみは叫ぶように言う。

「吉池に九年前の事件の罪を償わせるためだ。命を懸けての告発をしたんだ。だが、それだけじゃない」

京介は胸が締めつけられる思いで続けた。

「志賀川は自分の罪を罰したのだと思う。自分の過《あやま》ちのために無辜《むこ》の畑中正樹を罪に落とし、家族を地獄に落としたんだ。妹の綾子さんは今も心の病を患ったままだ。弟は養子に出されて名前を変えている。畑中正樹の弟ということを隠して生きざるを得なかった。志賀川はそのことに深く傷ついたのだ」

「そんな。だって、志賀川さんには詩緒里がいたのよ。詩緒里を不幸にして自分だけ勝手に死んでいくなんて」

めぐみは激しく声を震わせた。

「十字架を背負ったまま、詩緒里さんを守っていくことは出来ないと思ったのだろう。それほど、志賀川は自分の過ちの深さに傷ついたんだ」

京介は風の音に負けないように声を強め、

「志賀川は詩緒里さんを井原に託したかったのではないかと思う。あの離婚式は、井原と詩緒里さんのために開いたのだ」

「…………」

「志賀川がそこまで追い込まれていたなんて知らなかった。志賀川がどんな思いで、離婚式の席に座っていたのか。そのことを考えると、志賀川が可哀そうでならない」

「他に方法はなかったの？」

「あった、他に道はあったはずだ。ひとりで悩まず、相談してくれればよかったんだ。そうしたら、こんな不幸な結末を迎えることはなかったんだ」

京介は込み上げてくるものを必死に堪えた。

「詩緒里、このことを知ったらどう思うかしら」

「それが心配だ。ただ、井原は今でも詩緒里さんのことを思っている。志賀川はそのことを知っているから井原に……」

京介は嗚咽が漏れて、声を詰まらせた。

だんだん海は夕闇に覆われてきた。函館の街に灯りがともりだした。その灯りが涙に霞む。灯りの輝きが悲しく目に映った。

「行きましょうか」

寒くなってきて、いつしかふたりは体を寄せ合っていた。

京介は涙を拭って頷いた。

京介とめぐみは函館山山麓にあるレストランに入った。窓際の席から夜景が手にとるように見えた。

「なんだか悲しいほどきれいね」

めぐみが呟く。夜景が悲しみの色に染まっていた。

アラカルトで、洋食を頼んだ。

「めぐみさんがいてくれてよかった。もし、ひとりだったら、この苦しみにのたうちまわっていたかもしれない」

京介はめぐみの顔を見つめた。

「私もそう」

空にひときわ輝いている星が見えた。ふと、あの星が志賀川のような気がして、心の中で、その名を呼んだ。

そのとき、携帯のバイブレーションに気づいた。携帯を取り出すと、板室弁護士からだった。

「板室先生からだ」

京介は立ち上がって店の外に出た。

「はい、鶴見です」

「板室だ。吉池が九年前に榊原初美を殺したことを認めた」

「ほんとうですか」

「そのことで志賀川真二に自首するように何度も迫られていたそうだ。しかし、今さら自分がその件で裁かれたくはないので無視した。それでもしつこく言ってくるので、志賀川を殺したと自供した」

「吉池は志賀川を殺していません。志賀川は自分から飛び降りたのです」

「しかし、吉池は自分が突き落としたと言っている」

「おそらく、自分が殺したも同然と思っていて、そういう言い方をしたのではないでしょうか」

明日、事務所にお伺いすると言って、京介は電話を切った。

めぐみのところに戻り、

「吉池が九年前のことを認めたそうだ」

と、京介は告げた。

「そう。これで、志賀川さんの思いが叶ったのね」

「うん。畑中正樹の名誉が回復される。志賀川も喜んでいるだろう」

京介は胸が一杯になっていた。

翌日、板室弁護士の事務所で吉池の自白の内容を聞いた。

「吉池は榊原初美さんに惹かれ、タクシーで送るときにそれとなく誘いをかけていたそうだ。満更でもない様子だったので、事件の夜、マンションに行った。部屋の前に立ったら、まるで待っていたかのようにドアが開いて彼女が顔を出した。吉池だと気づくと、とたんに顔をしかめ、帰ってと叫んだそうだ。そのときの汚物を見るような彼女の表情にプライドが傷つけられ、かっとなった。なんとか怒りを堪えていたが、早く出ていけと追い払われたとき、思わず下駄箱の上にあった空の花瓶を摑んで殴りつけた。手袋をしていたので指紋はつかなかった。彼女が倒れたのを見て、急に怖くなって逃げだし、マンションを出たところで駅のほうからやって来た男とぶつかりそうになった。顔を見合わせたが、相手の顔は覚えていなかったと……」

「そうでしたか。榊原初美はその時間にやって来ることになっていた恋人の小出琢磨だと思い、ドアを開けたのでしょう」

「顔を見られており、いつか捜査の手が自分に及ぶと生きた心地がしなかったそうだ。ところが、意外なことに犯人が逮捕された。だが、誤認逮捕であり、いずれ容疑は晴れる。東京にいるのが恐ろしくなって、会社を辞め、松前に帰った。ところが、捕まった男は否認したまま裁判にかけられ有罪になった。それから、吉池はだんだん事件のことを忘れていったそうだ。もし、志賀川真二に出会わなければ、一生安泰だったかもしれない。志賀川と出会った場所が愛人の市村亜美の店だったというのは、運命のいたずらというより、天が与えた罰だったかもしれないと言っていた」

「よく、吉池はそこまで話してくれました」

京介はしみじみ言う。

「君の言葉が身に沁みたと言っていた。君の言葉で、いかに自分が多くの人間を不幸にし、死に追いやったのかに気づかされたそうだ」

「志賀川を死に追いやったのは自分だという思いから、突き落としたと言ったのでしょうね。先生、志賀川は自分で落ちたのです。吉池に罪をなすりつけるために。立待岬でのことは、志賀川の自作自演です。今回の件では吉池は無実です」

京介は志賀川の企みを、想像だがと断った上で説明した。

「わかった」

板室は頷いた。

「吉池はどうなるでしょうか」

「本人が殺したと言っている以上、このまま起訴することになるだろう。裁判ですべてを明らかにするほうがいいと思う」

「もし、志賀川の行為の件で必要なら私が証人に立ちます。志賀川が自ら死んだことを証言します」

「場合によっては、そうしてもらうかもしれない」

「はい」

京介は板室弁護士の事務所から函館空港に向かった。

空港に着いてからめぐみに電話を入れた。仕事中のめぐみに、これから帰るとだけ言い、羽田行きの飛行機に乗り込んだ。

5

翌日の昼過ぎ、虎ノ門の事務所に村瀬俊輔と紀田大地が揃《そろ》ってやってきた。

京介はふたりを執務室に招じた。

「わざわざお出《い》でいただきありがとうございました」

京介はふたりに謝意を示した。

「いいえ、吉池が九年前の事件を自白したとお聞きし、気持ちが昂《たかぶ》っています。大地くんも素直についてきてくれました」

村瀬は声を上擦らせていた。

「で、吉池はどうして自白をする気になったのでしょうか」

村瀬が待ちかねたようにきいた。

「自分の犯した罪の重さに今さらながらに気づいたのです。榊原初美さんの命を奪い、無辜の畑中正樹さんを罪に落とし、あげく死に追いやった。そして、今回、志賀川真二を死に追い込んだ。吉池を罠《わな》に嵌めるために自ら身を投じたとはいえ、そこまで志賀川を追い込んだのは自分だと思ったのでしょう」

「では、兄の無実は明らかになるのですね」

「再審請求をして、晴れて汚名を雪ぐことが出来ます」

「よかった」

村瀬と紀田は顔を見合わせて喜びを見せた。

「紀田さん、あなたは畑中正樹さんの弟さんですね」

京介は紀田に顔を向けた。

「そうです。一命をとりとめましたが、姉が自殺を図ったあと、親父《おやじ》が知り合いの紀田さんに頼んで私を養子にしてもらったのです。そして名前も大地と変えました。畑中正樹と縁を切るために。殺人者の弟は世間から爪弾《つまはじ》きにされるからと」

紀田は苦しそうに言い、

「紀田姓になって、兄と縁を切るように生きてきました。でも、兄を裏切っているようでいつも胸が重くて……。兄が刑務所で自殺したのを聞いたとき、兄を殺したのは自分ではないかと」

「なぜ、ですか」

「兄の無実を証明するために、私は何もしなかった。せめて、刑務所に面会に行き、兄を励ましてやるべきだったと悔いています。兄の遺書に、姉と私に宛てて、俺のために人生を狂わせてしまってすまない、許してくれと記されていました。兄が悪いんじゃない。改めて、真犯人に殺意を覚えました。でも、真犯人は闇の中でした」

「そんなときに志賀川が現われたのですね」

「そうです。そして吉池のことを知りました。私は吉池に復讐を考えたのです。兄の仇《かたき》を討とうとしたんです。ですが、志賀川さんが、吉池を殺して大地くんが刑務所に入ったのではなんにもならない。そう言って計画を聞かせてくれたのです」

紀田は大きく息をつき、

「話を聞いて驚きました。自分の命を懸けて吉池を罠にかけ、九年前の事件の真相を語らせる。それが出来なくとも志賀川さん殺しの罪で刑務所に送ることが出来るというものでしたから」

「ふたりで止めました。そこまでする必要はないと。でも、志賀川さんの意志は固かったのです」

村瀬は口をはさんだ。

「村瀬さんも知っていたのですか」

「知っていました。なんとか思い留《とど》まらせようとしましたが、志賀川さんも長年苦しんできたのです。それを思うと、それ以上反対は出来ませんでした」

「紀田さんは志賀川に頼まれて、立待岬で待ち構えていたのですね」

「吉池が突き落とした証拠の写真を撮って、警察に提出するようにと頼まれました」

紀田が続ける。

「私の目の前で、志賀川さんは海に落ちていきました。でも、気づかない振りをして、その場を去りました。今でも、落下していく志賀川さんの姿が瞼《まぶた》の裏に焼きついています」

紀田は声を詰まらせた。

「市村亜美と吉池がマンションに出入りする写真もあなたが撮ったのですね」

「そうです。でも、それだけです。志賀川さんはそれ以外のことは何もさせてくれませんでした。関わりにならないようにと」

「そうでしたか」

すべて自分ひとりで責任を負っていこうとしたのだ。志賀川らしいと、やはり俺の思っていたとおりの人間だったと、京介は少し誇らしげな気持ちになった。

「大地くんは何か罪に問われますか」

と、村瀬が心配する。

「事情を聞かれるかもしれませんが、志賀川に頼まれただけですからそれほど心配することはありません。それより、さっそく畑中正樹さんの再審請求を、遺族の紀田さんが起こさなければ」

「私もいっしょに」

村瀬は言う。

「村瀬さんがそこまでなさるのは、ひょっとして……」

ある予感がして、京介はきいた。

「はい。綾子さんと結婚します」

「………」

「この先、彼女がどこまで普通の生活が出来るようになるかわかりませんが、綾子を妻にして彼女の面倒を一生見ていくつもりです。最近、彼女に笑顔が浮かぶようになったのです。その笑顔を見ていると、私は仕合わせな気持ちになれます」

「そうですか。よかった。きっと志賀川も喜んでいるでしょうね」

京介は目を細めた。

「先生」

紀田が京介に、

「再審請求、先生にお願いしてもよろしいですか」

「私でよければ、喜んで」

「ありがとうございます」

紀田が頭を下げた。

「では、私たちはこれで」

村瀬が腰を上げた。

「また何か新しいことがわかったら連絡します」

京介も立ち上がる。

「鶴見先生」

村瀬が背広の内ポケットから封書を取り出した。

「じつは、志賀川さんから預かっていたものです」

「志賀川から？」

「はい。函館から郵送されてきました。私宛の手紙には、もし、鶴見さんが真相がわかったあと、私のところに会いにきたら、同封の封書を渡してくれと。来なければ、真相を摑めなかったということだから焼却してくれと書いてありました」

京介は封書を受け取って、

「私がはじめて村瀬さんに電話をしてお会いしたいと頼んだとき、すんなり応じてくれました。志賀川から私のことを聞いていたのですね」

「じつはそうなんです。どんな方かも聞いていたので、ホテルのロビーでもすぐわかりました」

「そうだったのですか」

「では、失礼します」

京介はふたりを廊下まで見送ってから執務室に戻り、震える手で遺書とも思える志賀川の手紙の封を切った。

十日後、京介は詩緒里と井原、そしてめぐみの四人で立待岬に立った。

京介の誘いに詩緒里と井原はすぐ応じてくれ、めぐみにも電話をした。そして、今日、函館空港に着き、迎えに来ためぐみの車でここまで来たのだ。

海は荒れている。下北半島も霞んで姿を消していた。

詩緒里の手には花束が握られていた。さっきから誰も口をきく者はいない。

十年前、ここで志賀川を含めた五人が出会った。

「向こうに」

京介は崖沿いの道を行く。詩緒里たちがついてきた。

志賀川が飛び降りたと思われる場所に立った。強風が吹き荒れている。崖下を覗くと、岩場に波が激しく打ちつけていた。

詩緒里が京介の顔を見た。京介は頷く。

詩緒里が花束を崖に向かって投げた。強風に舞いながら、花束は落下していく。四人は手を合わせた。

詩緒里が嗚咽をもらした。京介も胸の底から再び込み上げるものを感じた。

「志賀川」

思わず叫んだ京介の声は風に流されて消えた。詩緒里とめぐみの泣き声が風の音と共に聞こえた。

井原がしゃがみ込んで慟哭している。

京介は志賀川の手紙の内容を思い出していた。

――鶴見、こんな形で君に語りかけねばならないことを許してくれ。もちろん、君がこの手紙を読んでいるときには、俺はとうにこの世にいない。

君のことだからきっと俺のことを調べ上げ、真相に気づくだろうことは予想している。君が紀田大地くんか村瀬俊輔さんを訪ねるとすれば真相に気づいたときだと思い、村瀬さんにこの手紙を託した。

この手紙を読んでいるということは君がすべてを知ったということだ。そして、まさしく君は真実を衝いているはずだ。だから今さら、俺がどうしてこのような仕儀に至ったか説明する必要はあるまいが、簡単に話しておく。

俺は九年前、マンションから逃げるように走ってきた男と出くわし、男の顔を見た。俺の証言から畑中正樹さんが浮上した。任意の取調べ時に、面通しをした。雰囲気が違うように思ったが、眉毛の濃い顔は似ていた。だから、目撃した男だと証言した。畑中さんは逮捕された。だが、一貫して犯行を否認していることを知り、俺は自信が微かに揺らいだ。でも、凶器の花瓶に畑中さんの指紋がついていた。これが決め手だった。だが、犯人ならばなぜ指紋をそのままにして逃げたのか。なぜ、拭き取って逃げなかったのかなどの疑問が湧いた。しかし、その疑問は振り払った。裁判でも畑中さんの主張は認められなかったのだ。俺は何も間違っていないと自分に言い聞かせた。

ところが今年の四月、吉池を見たとき、すぐ、あのときの男だとわかった。それから、俺の苦悩がはじまった。ともかく、吉池がほんとうに犯人かどうか、そのことを調べることにした。俺のとっかかりは、裁判を傍聴していた若い女性だ。裁判が終わったあと、エレベーターでいっしょになって話をした。その女性は、殺された榊原初美さんと同じスナックでバイトをしていたと言っていた。俺はそのとき、店の名を聞いた。その店の名を覚えていたのだ。それで、上野池之端仲町通りにある『夢クラブ』というスナックに行った。もちろん、そのときの女性はいなかったが、吉池が馴染みの客だったと聞いた。

これで、俺は取り返しのつかない間違いをしていたのだとわかった。畑中正樹さんは刑務所で自殺し、妹の綾子さんは婚約を解消されて自殺を図り、一命をとりとめたもののひとりで生きていけない状態になった。ご両親だって息子の無実を信じながら亡くなった。すべて俺の責任だ。俺はこの重大な罪を振り払って平然と生きていくことは出来ない。せめて、吉池の罪を告発し、畑中正樹さんの名誉を回復させたい。それが俺に出来る唯一の罪滅ぼしだ。

ただ、大きな心残りは詩緒里のことだ。好きでいっしょになった女だ。俺が一生愛して、守っていきたいと思っていた。だが、重大な罪を抱えた俺は、もはや彼女を守ってあげることは出来ない。

俺は井原を探した。井原とは詩緒里のことで絶縁状態だったが、井原の実家を訪れ、居場所を聞き出し、笠間の陶芸家の家まで会いにいった。そして、彼がまだ詩緒里を思い続けていることを知った。

君には話していなかったが、俺と井原と詩緒里の三人で待ち合わせをしたとき、じつは俺は井原には声をかけなかったことがあった。詩緒里には井原は用があって来られなくなったと告げた。そういう狡賢《ずるがしこ》いことをして、俺は詩緒里を自分のものにしたのだ。

会社の帰りに井原と待ち合わせ、詩緒里との結婚を告げたときのことだ。井原は恨みのこもった悲しげな目を向けて、やがて言った。詩緒里さんを必ず仕合わせにしてくれと。一生、詩緒里さんを守っていく、何があっても守っていくと俺は約束した。井原は黙って引き上げていった。俺は殴られる覚悟をしていただけに、かえって井原の様子が気になった。

　俺は不安になって井原を追いかけた。すでに井原は改札に入ったらしく姿が見えなかった。俺も改札を入り、ホームに行った。すると、ホームにぼんやり立っている井原を見つけた。そのとき、電車が入ってきた。井原の体が動いた。俺は驚いて駆けつけ、井原の体を押さえつけた。

　井原は電車に飛び込もうとしたのだ。俺は井原の詩緒里への思いの深さを知った。親友を裏切り、傷つけたことも、俺を苦しめてきた。

　俺は詩緒里を井原に託そうと思った。幸か不幸か、俺たちには子どもがいなかった。いや、いたとしても井原なら受け入れてくれる。そう思った。

だから、俺は詩緒里に離婚を言い出した。好きな女が出来たと言って。俺は詩緒里に嫌われなければならなかった。彼女に俺への思いを残してはいけないからだ。離婚式に井原を招いたのは、詩緒里を頼むという思いからだ。

　詩緒里が生活に困らないよう貯金と退職金は、贈与の遺言書を残した。

どうか、ふたりがうまく行くように君も力を貸してやってもらいたい。あの世からふたりの仕合わせを祈っている。

　離婚式の日、立待岬から函館山展望台、そして結婚式を挙げた聖マリア教会と君に付き合ってもらったが、何度すべてを打ち明けようと思ったことか。ほんとうは俺だって生きていたかった。

離婚式は俺にとっては皆との別れの宴だったのだ。この手紙は函館国際ホテルの部屋で書いている。明日、この手紙を村瀬さん宛に送る。それから立待岬に向かう。最後になったが、鶴見、こんな俺の親友でいてくれたことを感謝している。君と付き合ってきて楽しかった。君の嫁さんを見られなかったことが心残りだが、いつか君の奥さんになる女性に、俺のような友達がいたことを話してくれ。それから、君が畑中正樹さんの再審請求をして名誉を回復させてくれることを望む。

鶴見、さよなら。

解説

小梛治宣

鶴見京介弁護士シリーズの十二巻目にあたる本作は、シリーズの中でも異色であると同時にその出来映えが屈指の一巻である。どこが異色かといえば、まず、京介と事件との関わりが、きわめてプライベートなのだ。京介は誰かの依頼を受けたわけではなく、自ら積極的にその事件を調べていくことになる。そして、本作もこれまでの作品と同様に「冤罪」が核にありながらも、それが容易には見えて来ないのだ。京介が今回の事件の背後にある過去の出来事を丹念に掘り起こしていった結果、そこにようやく本シリーズの基調である冤罪が姿を見せることになる。この過去の冤罪事件を告発する、その方法がまた、実に感動的なのである。私に異色作と言わせるのは、そのあたりにも起因している。これは小杉健治にしか書けない世界だと思わせもするのである。

では、そうしたことを念頭に置きながら、本作の内容を追ってみよう。

鶴見京介は、高校の同級生だった志賀川真二の招待で函館に来ていた。この志賀川に井原正人を加えた三人で、十年前に函館旅行をしたことがあった。大学を卒業した直後のことだ。その折に三人は、清楚な美人と出会う。志賀川は、その女性城野詩緒里とそれから三年後に結婚する。今から七年前のことだ。

ところが、結婚式を挙げたその函館で、今度は離婚式をやるというのだ。その離婚式に京介は招待されたのだった。生涯彼女と連れ添い幸せにすると約束したのに、なぜこんなことになってしまったのか……。

離婚の原因は、志賀川の不倫だった。銀座のクラブのママ、市村亜美に夢中になったためだというのだ。実は、同級生の井原も詩緒里を愛しており、二人が結婚したことを機に、勤めていた不動産会社を辞めて、笠間の陶芸家に弟子入りしていた。

その晩、京介は井原とともに志賀川たちと同じホテルに宿泊し、久しぶりに三人で大浴場にも入った。この時、その後に起こる事件を予見させるような志賀川の言葉を京介は耳にしてはいない。

ところが翌朝、「ちょっとひとと会う」と言ってホテルを出たあと、志賀川は、立待岬で死体となって発見される。京介にとっては、青天の霹靂《へきれき》以外の何ものでもない。朝日の写真を撮りに来ていた男性が、崖っぷちで二人の男が揉《も》み合っているのを目撃していた。そのうちの一人は志賀川に違いない。もう一人の男が、志賀川を崖から突き落とした犯人ということになる。その男は、銀座のクラブのママ市村亜美のパトロンだった男なのか？　志賀川は、亜美をめぐってその男ともめていたようなのだ。

その男の正体はすぐに判明した。東京で三軒の居酒屋を経営している、函館の吉池水産副社長の吉池仁一郎だ。なぜ志賀川は、危険な崖際で吉池と会うようなことをしたのか。吉池は、志賀川を殺害しようとして危険な場所へ誘い出した——と京介は考えた。しかし、吉池はあくまでも志賀川から呼び出されたと主張する。志賀川は死んでいるので、死人に口なしの状況なのだ。

朝焼けの津軽海峡の写真を撮りに来ていた若い男が、崖っぷちで男ふたりが揉み合っている写真を撮っていたことで、状況は一変する。この写真が証拠となり、吉池は逮捕される。だが、吉池は志賀川の方から摑《つか》みかかってきたと、正当防衛を主張した。とはいうものの、吉池にはまだ何か隠していることがありそうだ……。

市村亜美を訪ねた京介は、彼女から、志賀川が近付いて来たのは吉池に興味があったからではないかと聞かされる。半年前に志賀川が初めて店に来たとき、志賀川の方から吉池に話しかけていったらしいのだ。しかも演歌になど興味のなかった志賀川が、吉池がカラオケで歌った「函館の女」をほめていたという。

ということは、志賀川が亜美に接近したのは、吉池の情報を得るためだったのか？京介の知る志賀川とはまるで違った印象を受ける。しかも、彼は勤めていた会社を辞めて、ベンチャー企業を立ち上げようとしていたことが分ってきた。商社マンに誇りをもっていた彼が、なぜ新しい道に踏み出そうとしていたのか？　疑惑は深まる一方だ。

京介が考えるには、志賀川は吉池を知っていて近付こうと声を掛けた。そして、市村亜美が吉池の愛人と知ったので、彼女に接近していったのではないか。とすると、志賀川がそこまでして吉池に近付こうとした目的は何なのか。吉池の弱点を握り、強請《ゆす》ろうとしていたのか？　とすると、二人の争いのもとは、市村亜美ではなく、金ということになる。ベンチャー企業の立ち上げには資金が必要だったともいえるのだが……。しかも、志賀川のアパートから、強請りの証拠とみなされる「写真」が見つかっていた。

だが、こうした一連の行動は、志賀川らしくない。矛盾することが多すぎるのだ。そもそもなぜ、離婚式を行なって別れることを報告するようなことをしたのか。志賀川は何かを隠していたのではないか。それは何か。すべての発端は、吉池と銀座のクラブで会ったこと――そこから志賀川は変貌していったと思われる。過去に二人の間に何かあったのか。離婚の裏に秘められた真相も、そこにあるのか……。

本書のタイトルとなっている「邂逅《かいこう》」とは、〈思いがけなく会うこと。めぐりあい〉と辞書にある。志賀川にとって、京介、井原との旅行中に詩緒里と出会ったことは、まさに「邂逅」であったろう。二人はその後結婚して幸せに暮らし始めるのだから、人生を決定づけるほどの「めぐりあい」だったはずである。

ところが、志賀川はそれから十年後に第二の「邂逅」を経験することになる。それが、離婚の原因と自ら認める市村亜美とのめぐりあいなのか、それとも、吉池に思いがけなく出会ったことなのか。京介は、志賀川の人生を激変させたのは、後者の「邂逅」ではないかと推理する。

吉池は九年前突然会社を辞めて、北海道に帰っていた。それは、あまりにも唐突で忙《せわ》しないものだったらしい。その九年前に志賀川と吉池とは電車の駅を一つ隔てただけのところに住んでいたことが分ってきた。ということは、志賀川と吉池との間に何らかの接点があったとも考えられる。

京介が九年前に遡って調べていくと、志賀川の住んでいた近くで殺人事件が起っていたものの、犯人は即刻逮捕されていた。そこに、二人を結ぶ接点を見つけることは出来ない。では、いったい九年前に何があったのか。京介の丹念な調査は、見えない糸を一本一本繋《つな》いでいき、やがて、一つの疑惑を浮かび上らせた。この疑惑が解ければ、現在と過去（九年前）を結び付ける真実が明らかになるはずなのだ。逮捕された吉池の口から出た「志賀川に嵌められた」という言葉が何を意味するのかも明らかになるのだが……。

京介が辿《たど》り着いた真相は、誰もがまったく想定していなかった、驚くべきものであった。ある一つの行為が、予測もつかない不幸の連鎖を生む。本人が正しいと思っていた行為が、もし間違っていたら……。そして、そのことが原因で悲劇が起きていたとしても、そうしたことに本人がまったく気付くことなく生活していたとしたら。だが、ある時その間違いに気付き、そこから発生した不幸の大きさを知ったとき、人はどのような行動をするのか、否、行動すべきものなのか。

作者は、この難問に対する一つの、やるせない解答を、作者らしい厳しくも温かな筆づかいで描き尽くす。そこに独自の感動が生み出されてくるのが、小杉ワールドの真骨頂であるが、本作は、鶴見京介弁護士シリーズの中でも、その感動の質がひと味違うのだ。冒頭で「シリーズの中でも異色である」と述べた由縁である。

本作は、志賀川が京介に宛てた手紙で幕を閉じる。手紙といえば、作者の代表作である『父からの手紙』を思い起こさせるのだが、この末尾の手紙が、感動をさらに深いものにし、涙を誘う。作者の独擅場《どくせんじょう》の「泣けるミステリー」の世界をたっぷりと味わっていただきたい。

最後に一つ気になるのが、鶴見京介にとっての良い意味での「邂逅」は、今回あったのかどうかであるが、その答えは次の巻まで持ち越しそうである。


（おなぎ・はるのぶ　日本大学副学長／文芸評論家）

本書は、集英社文庫のために書き下ろされた作品です。

小杉健治の本

最期

鶴見は、ホームレス殺害容疑をかけられた岩田の弁護を引き受けた。だが、無罪を主張する岩田が身分を偽っているという疑惑が浮上。裁判員から四日市の情報を得た鶴見は……。

生還

失踪した妻を捜し、郡上八幡へ毎年通い続ける男・悠木と知り合った鶴見弁護士。だが、悠木にジャーナリスト殺害の嫌疑が。彼の無実を信じる鶴見の奮闘！　感動の家族ミステリー。

集英社文庫

邂《かい》 逅《こう》

2021年4月25日　第1刷　　定価はカバーに表示してあります。

著　者　小杉健治《こすぎけんじ》

発行者　徳永　真

発行所　株式会社 集英社

東京都千代田区一ツ橋2-5-10　〒101-8050

電話　【編集部】03-3230-6095

【読者係】03-3230-6080

【販売部】03-3230-6393（書店専用）

印　刷　株式会社 廣済堂

製　本　株式会社 廣済堂

フォーマットデザイン　アリヤマデザインストア　　マークデザイン　居山浩二

ISBN978-4-08-744240-3 C0193